国家出版基金项目
NATIONAL PUBLICATION FOUNDATION

1945—1949年

东北解放区文学大系

本卷主编◎宋喜坤

戏剧卷②

总主编◎丛　坤

黑龙江大学出版社
哈尔滨

图书在版编目（CIP）数据

1945—1949 年东北解放区文学大系．戏剧卷 / 丛坤
总主编；宋喜坤分册主编．-- 哈尔滨：黑龙江大学出
版社，2021.10
　　ISBN 978-7-5686-0468-0

　　Ⅰ．①1… Ⅱ．①丛… ②宋… Ⅲ．①解放区文学—作
品综合集—东北地区— 1945-1949 ②戏剧文学—作品综合
集—中国— 1945-1949 Ⅳ．① I218.3

　　中国版本图书馆 CIP 数据核字（2021）第 101536 号

1945—1949 年东北解放区文学大系　戏剧卷
1945—1949 NIAN DONGBEI JIEFANGQU WENXUE DAXI XIJUJUAN
宋喜坤　主编

责任编辑	杨琳琳　魏　玲　高　媛　于　丹　宋丽丽　徐晓华　范丽丽　常宇琦
出版发行	黑龙江大学出版社
地　　址	哈尔滨市南岗区学府三道街 36 号
印　　刷	哈尔滨市石桥印务有限公司
开　　本	720 毫米 ×1000 毫米　1/16
印　　张	312
字　　数	3494 千
版　　次	2021 年 10 月第 1 版
印　　次	2021 年 10 月第 1 次印刷
书　　号	ISBN 978-7-5686-0468-0
定　　价	998.00 元（全十册）

《1945—1949 年东北解放区文学大系》

学术顾问（按姓名笔画排序）

冯毓云　刘中树　张中良　张毓茂

编委会（按姓名笔画排序）

主任： 于文秀

成员： 叶　红　丛　坤　刘冬梅　那晓波

孙建伟　李　雪　杨春风　宋喜坤

张　磊　陈才训　金　钢　赵儒军

侯　敏　郭　力　戚增媚　彭小川

蓝　天

出版说明

  1945 年到 1949 年的东北解放区,社会风云变幻,文学繁荣发展。当时的文学创作者们以激昂向上的笔触,再现了波澜壮阔的解放战争和轰轰烈烈的土地改革,讴歌了人民军队可歌可泣的英雄事迹,描绘了劳动人民翻身后的喜悦心情,书写了时代的大主题。为了再现这段文学风貌,我们编辑出版了《1945—1949 年东北解放区文学大系》。

  这套丛书大体以体裁分编,计小说卷(长篇、中篇、短篇)、散文卷、戏剧卷、诗歌卷、翻译文学卷、评论卷及史料卷七种,所收录作品以新文学为主。此阶段作品浩如烟海,而部分文字资料因时间久远或受当时技术所限出现严重缺损,考虑到丛书篇幅有限,故仅收入代表性较强的作品。对于因原始资料不全、不清晰而无法完整呈现,或受条件所限未收集到权威版本的篇目,则整理为存目,列于丛书卷末,以备读者参考。

  丛书编辑过程中,多数篇目由原始版本辑录,首次收入文集,也有些篇目参照了此前出版的多种文集。原始文献若有个别字迹不清确不可考的,丛书中以□代替。

  丛书收录作品以 1945 年 8 月至 1949 年 10 月为时间节点,个别作品的完成时间略有延伸。大部分作品结尾标注了写作时间，以及初次发表或结集出版的版本信息。作品编排大体以作者姓名笔画为序（特殊情况除外，如集体创作作品列于卷末）。

就筛选标准而言，所收主要为东北作家创作的主题作品，也有非东北籍作家创作的有关东北解放区的作品。除此之外，还有此时期公开发表的反映抗日战争题材的作品，以及在东北出版的反映其他解放区的、革命主题特色鲜明的作品。需要指出的是，在本丛书的史料卷中，还有一部分作品创作于新中国成立之后，但反映了解放战争时期东北解放区的文学发展面貌，或记述了一些典型事件、代表性人物，亦具珍贵的史料价值，为完整呈现当时的文学风貌，这部分作品亦收入丛书，以"节选"的方式呈现。

需要特别说明的是，此时期的个别作家受时代限制，思想表现出了一定的历史局限性，体现在文学创作方面可能表现为不同程度的瑕疵，这一群体的作品，只要总体导向是正面的、积极的，从保证史料全面性、完整性的角度考虑，我们也将其予以收录。个别作家在解放战争时期是积极追求进步的，但随着社会环境的变化，却出现思想动摇甚至走向错误道路，对于其作品，本丛书只选取其有代表性的、取向积极的篇目，对于其他时期该作家的不当言论、思想，我们不予认同。此外，在当时复杂的政治环境下，还有一些作品中的个别表述可能存在一些偏差，但只要其主题思想是积极进步的，则丛书亦予以收录。

丛书旨在突出东北解放区文学原貌，侧重文献整理，故此在编辑过程中，重点对作品中会影响读者理解的明显讹误进行了订正，对于字词、标点符号以及句法等，尊重原文的使用习惯，不予调改，以突出其史料价值。此外，由于此时期文学作品肩负宣传进步思想的重任,而读者对象大多文化程度较低,创作者亦水平不一,因此创作主旨以通俗易懂为要,一些篇目语言风格通俗、浅白,甚至个别篇目、细节存在一些俚语表达,为遵从原貌,丛书仅对不雅字、词、句加以处理,其余不予调改。本书选文除作者原注外,亦保留原文在初次出版时的编者注,供读者参考。

《1945—1949 年东北解放区文学大系》

戏 剧 卷 ②

总　序

张福贵

　　从古至今,东北在中国历史与文化进程中,特别是近代以来都是决定中国社会政治发展走向的重要因素。当然,这种作用不单纯是东北自生的,更是多种因素叠加和交汇的结果。东北文化既是文化空间概念,同时更是历史时间概念,是不同空间、区域的多种历史文化的积累,是一种时空统一的文化复合体。值得注意的是,除了抗战时期的特殊因缘使"东北作家群"名噪一时外,作为东北历史文化和现实社会表征的东北文学特别是东北解放区文学,在相当长的时间里却未得到应有的关注。黑龙江大学出版社在对过去为数不多的东北文学史料进行整理的基础上出版的东北文艺史料集成——《1945—1949 年东北解放区文学大系》,因而可以说是特别值得关注的。

　　《1945—1949 年东北解放区文学大系》内容丰富,除了包括小说卷、诗歌卷、散文卷、戏剧卷之外,还包括评论卷、史料卷和翻译文学卷。这是一个前所未有的大工程,也是一件大善事。正如"总导言"中所说的那样,丛书注重发掘新资料,通过回归文学现场,复现了东北解放区文学的整体面貌。东北解放区文学处于东北现代文学快速繁荣发展的历史时期,在土改文学、工业文学、战争文学等方面代表了20世纪40年代解放区文学的成就,是对《在延安文艺座谈会上的讲话》所确立的文艺观念的全面实践。对东北解放区文学的系统研究有利于更全面地总结解放区文学的成就,有利于把握延安文艺传统与东北解放区文学的内在联系,以及解放区文学对新中国文学制度、观念、创作等方面的影响。以"历史视角""时代视角"对东北解放区文学,尤其是解放战争时期的土改题材、工业题材的小说和戏剧进行分析,可以勾勒出政治意识形态对东北解放区文学运动、文学社团、文学形态、文学制度、文学风格、文学论争等产生的影响,有利于把握东北解放区文学的历史价值、认识价值、审美价值与当代意义,同时对于挖掘东北地区的文化历史和建设东北文化亦具有现实意义。东北解放区文学是基于延安文艺传统而创作的,对东北解放区文艺运动、文艺理论的全面审视具有重要的历史价值和理论意义。此外,对东北解放区文学进行深入研究,探寻人民文艺理论的历史源头,对于当代文艺创作、审美观念的引导亦具有一定的启示作用。但是,受地域因素、资料整理程度、研究者文化背景等条件的制约,东北解放区文学在中国当代文学史上的特殊地位与价值一直以来并未引起研究者的足够重视。

东北解放区文学无论是在中国大文学史中还是在东北文学和文化发展的历史中,都是具有特殊意义的存在。

虽然现代东北文学在新文学运动初期晚于也弱于关内文学的发展,但是1931年九一八事变发生,新起的东北文学及东北作家被国难推到了文坛中心,萧红、萧军等青年作家更是直接受到鲁迅的关注和扶持,迅速成为前沿作家。这一批流落到上海等都市的青年作家由此被称为"东北作家群",他们奠定了东北文学在中国大文学史上的特殊地位。然而，正像全面抗战进入相持阶段之后，中国文坛也变得相对平静、舒缓一样，除了萧红、萧军等人外，东北文学和东北作家也逐渐失去了文坛的关注。应当承认，一些东北作家的文学成就和文坛名声之间并不完全相符，是时代造就了他们，提高了他们的文学史地位。然而，另一方面，我们对其中有些作家及作品的价值却又是认识不足的。对此，我自己也有一个认识转化的过程：过去单纯依据多数东北作家的创作进行判断，感觉某些艺术价值之外的因素在评价中发生了作用，其地位可能有些"虚高"；但是，对于20世纪的中国文学史来说，艺术之外的价值判断就是艺术判断本身，或者说，社会判断、政治判断就是中国文学史评价的根本性尺度。因为在中国作家或者说在知识分子的群体意识之中，政治的责任感和社会的使命感几乎是与生俱来的，而中国20世纪风云激荡的社会现实又为这种责任感和使命感提供了最好的生长环境。"悲愤出诗人"，"文章憎命达"，文学创作是与政治、思想、伦理等融为一体的，脱离了这一切，文艺也就失去了时代与大众。所以说，无论是具体的作品分析，还是文学史研究，没有了这些"外在因素"，也就偏离了其本质。"东北作家群"是时代的产物，也是时代文艺的产物，20世纪中国文学史中应该有他们浓墨重彩的一笔。作为后人，对历史做出评价往往是轻而易举的，但是这"轻而易举"往往会导致曲解甚至歪曲了历史，委屈了历史人物。"东北作家群"的价值和意义不是单一的，因为对中国现代文学史的评价从来就不是一种艺术史、学术史的评价，而是一种思想史和政治史的评价。正如鲁迅当年为萧军的成名作《八月的乡村》所作的序中所写的那样，"这《八月的乡村》，即是很好的一部，虽然有些近乎短篇的连续，结构和描写人物的手段，也不能比法捷耶夫的《毁灭》，然而严肃,紧张,作者的心血和失去的天空,土地,受难的人民,以至失去的茂草,高粱,蝈蝈,蚊子,搅成一团,鲜红地在读者眼前展开,显示着中国的一份和全部,现在和未来,死路与活路。凡有人心的读者,是看得完的,而且有所得的"。《八月的乡村》不仅是中国现代第一部抗日题材的长篇小说,也是世界反法西斯战争题材的第一部长篇小说,其意义和价值是特殊的、特有的,不可单单以艺术审美的标准来看待这部作品。"东北作家群"的存在及其创作的意义,不只是为20世纪30年代的中国文坛增添了特有的地域文化内容和东北文学特有的审美风格,更在于最早向全国和世界传达出中华民族抗敌御辱的英勇壮举,最早发出反法西斯的声音。此外,在抗战大历史观视域下,"东北作家群"的创作为十四年抗战史提供了真实的证据。特别是东北解放区的早期文学直书十四年历史的特殊性,这是十分可贵的和独特的。于毅夫的散文《青年们补上十四年这一课》,深刻而沉重地描写了十四年殖民统治下东北人的精神状态和文化演变:

这许多现象,说明了东北在十四年殖民统治的过程中,文化生活上是起了很大的变化。翻开伪满的《满语国民读本》一看,真是"协和语"连篇,如亚细亚竟写成アジヤ,俄罗斯竟写成ロシヤ,有的人一直到现在还把多少元写成多少円,这都是伪满"协和语"的残余,说明殖民统治残余的文化还在活着,还没有死去,这在今天不能不说是一件遗憾的事!仔细想来,这也难怪,因为日本的魔手,掌握了东北十四年,今天一旦解放,希望不着一点痕迹,这是完全做不到的,要从历史上来看,它切断了东北历史十四年,这十四年的历史是很黯淡地被抹掉了,十四年来也的确是一个大变化,在这期间多少国家兴起了,多少国家衰落了,多少血泪的斗争、多少波浪的起伏,都被日本鬼子的魔手所遮断!我回到家乡接触到成千成百的青年,几乎都不大明了这十四年来的历史真相,有的连中国内部有多少省都不知道,连云南、贵州在哪里都不晓得。

难能可贵的是,作者较早地认识到在经历了十四年的奴化教育之后,对东北人民进行民族和民主意识的启蒙是至关重要的。"不过历史是不能停滞的,殖民统治残余的文化必须要肃清,法西斯毒化思想也必须要肃清,既然是日本鬼子切断了东北历史十四年,既然法西斯分子要篡改这一段历史,那我们就应该设法补足这十四年的历史!""要做到这点,我想青年们今天的迫切要求,不是如何加紧去学习英文、代数、几何、物理、化学,读死书本事,争分数之短长,准备到社会上去找一个饭碗,而是如何加紧去学习新文化,如何加紧学习社会科学,如何去改造自己的思想,如何进一步地去改造这遭受法西斯思想威胁的半封建的半殖民地的社会!""因此我向青年们提议要加强你们对于新文化的学习,加强对于社会科学的学习,特别是政治的学习,不要把自己圈在课堂里,圈在死书本子上。""新青年要掌握着新文化,新思想,才能创造起新中国新东北!"(《东北日报》1946 年 10 月 13 日)

在一批最前沿的左翼作家流亡关内之后,东北文学经过了一段艰难而相对平静的发展阶段。在表面繁华而内在凶险的沦陷区文艺界,中国作家用各种文艺手段或明或暗地与侵略者进行抗争,并为此付出了血的代价。这种状况直到 1945 年光复之后才发生根本性转变,东北文艺创作者们一方面回顾过去的苦难,另一方面表现出对新生活的憧憬,这正是后来东北解放区文艺的心理基础,而日渐激烈的解放战争又为东北文艺的走向和解放区文艺的诞生提供了具体的现实基础。这与以萧军、罗烽、舒群、白朗、塞克、金人等人为代表的东北籍作家的返乡,以及在东北沦陷区留守的左翼作家关沫南、陈隄、山丁、李季风、王光逖等人的坚持,是分不开的。当然,随我党十几万军政人员一同出关的延安等地的众多文艺家,在东北文艺的创设中更是起到了引领和带头作用。这其中已经成名的有刘白羽、周立波、丁玲、草明、严文井、张庚、吴伯箫、华山、陆地、公木、方青、任钧、雷加、马加、陈学昭、西虹、颜一烟、林蓝、柳青、师田手、李克异、蔡天心等。

东北解放区文艺的创作直接继承了延安文艺特别是毛泽东《在延安文艺座谈会上的讲话》精神。在党的直接领导下,东北解放区先后创办了《东北日报》《中苏日报》《东北民报》《关东日报》《辽南日报》《西满日报》《大连日报》《松江日报》《合江日报》《吉林日报》《胜利报》等,这些报纸多为党的机关报,其文艺副刊发表了大量的文艺作品、理论文章及文艺动态。这些报纸副刊对于东北解放区文学的引导与建构起到了重要的作用。与此同时,《东北文学》《东北文化》《东北文艺》《文学战线》《人民戏剧》《白山》《戏剧与音乐》等文学杂志,以及东北书店、大众书店、光华书店等出版机构相继创办,这些文艺刊物和书店对解放区文艺的发展也起到了很大的推动作用。

革命的逻辑和阶级的理论是东北解放区文艺创作的普遍主题。这是一种革命的启蒙,与左翼文艺一脉相承,只不过东北的社会现实为这种主题提供了更为广泛而坚实的生活基础。抗战胜利后,为了开辟和巩固东北解放区,使之成为解放全中国的军事和经济基地,我党进军东北,抢占了战略制高点。可是,在东北,人民军队所处的环境与山东等老解放区完全不同,殖民统治因素加之国民党的宣传,使得我们的政治优势在最初未能完全发挥出来。正如李衍白在散文《黎明升起——巨大变化的东北一年间》中所写的那样:"群众在犹豫中,岁月在艰苦里,这就是我们在东北土地上刚刚开始播种,还没有发芽开花时的现实遭遇。"随着革命形势的发展,革命军队传统的政治思想工作优势又体现了出来。我党在部队中开展了以"谁养活了谁"为主题的"诉苦运动",这颠覆了中国东北乡村社会的封建伦理,提高了官兵的阶级觉悟,极大地增强了部队的战斗力。

这种革命的逻辑在土改题材的作品中表现得最为突出。方青的短篇小说《擦黑》讲述了这个朴素的道理:

"……像赵三爷那号人,把咱穷人的血喝干了,咱们才不得不去找口水喝饮饮嗓;他们喝干了咱们的血没有一点过,咱们找口水喝饮饮嗓子就犯了罪?旧社会就是这么不公平!他们还满口的仁义道德,呸!雇一个扛活的,一年就剥削好几十石粮食,还总是有理!穷人的孩子偷他个瓜吃,就叫犯罪,绑起来揍半天,这叫什么他妈的道德?咱们要讲新道德,咱们贫雇农的道德;就是用新道德来看咱们贫雇农;像上边说的那些犯了点毛病的,都不要紧,脸上有点黑,一擦就干净了,只要坦白出来,都是穷哥儿们好兄弟。一句话:只要是姓穷的就有理,穷就是理!金牌子上的灰一擦净,还是金牌子。家务事怎么都

好办!"李政委讲的话刚一落音,大伙高兴地乱吵吵起来:
"都亲哥儿兄弟么!"

除此之外,还有在"你给地主害死爹,我给地主害死娘……"的事实教育下,认识到了彼此都是阶级弟兄,大家都是穷苦人的"无敌三勇士",他们从此"火线上生死抱团结"。(刘白羽《无敌三勇士》)

土地改革是东北解放区文艺最引人关注的问题。东北解放区文学作品中有许多极具写实性的"穷人翻身"故事,如周立波的《暴风骤雨》、马加的《江山村十日》、白朗的《孙宾和群力屯》、井岩盾的《瞎月工伸冤记》、李尔重的《第七班》、西虹的《英雄的父亲》等文艺经典作品。

方青的《土地还家》描述的就是这一历史巨变给贫苦农民带来的心理和生活的变化:

二十年了,郭长发又重新用自己的手来耕作自己的土地了。这是老人留下的命根,叫它长出粮食来养活后代的儿孙;可是二十年的光景,它被野狼吞了去,自己没有吃过它一颗粮食——他想到是旧社会把他的地抢走了。

现在呢?他又踏在这块地上铲草了。他感到自己已经离开家二十年,如今又回到母亲的怀里,亲切地叫着:"娘!我回来了。"——于是他又感到是:这是新社会把我的地要回来的。他这样想着,不由得拉长了声音跟儿子说:

　　"柱儿！想不到啊，盼了二十年，那时候你才三岁。多亏共产党……记住！可别忘了本啊！"

　　他直起腰来，两手拉着锄把，又沉重地重复着这句话：

　　"柱儿！记住，可别忘了本啊！"

　　佚名的《永北前线担架队速写》则写了老乡们在一天的时间里就组织起了八百余人的担架大队，作者经过和担架队员们的交谈，感受到了新解放区人民的觉悟。大队长问担架队员们："你们这次出来抬担架，怕不怕？"大伙回答："不怕！"大队长又问："为什么不怕？"大伙答："不怕，这是为了自己。"担架队员们相信唯有民主联军存在，他们才能活着。他们说："胜利是我们的，土地才是我们的。""赶走国民党反动派，保卫我们的土地和民主。"这与《白毛女》"旧社会使人变成鬼，新社会使鬼变成人"和《王贵与李香香》"要是不革命，穷人翻不了身，要是不革命，咱俩结不了婚"的主题是一样的。淮海战役的胜利是山东人民用手推车推出来的，而东北解放区的建立和辽沈战役的胜利又何尝不是如此！

　　战争书写是东北解放区文艺中最主要的内容，革命理想主义、革命集体主义和革命英雄主义精神，是东北文艺的思想主题，也是东北文艺的审美风尚。这种简单明了的思想、昂扬向上的精神本身就具有一种审美特质，它奠定了新中国文艺的审美基调。就东北解放区文艺而言，无论是描写抗日战争还是描写解放战争的作品，都普遍具有鲜明而朴素的阶级意识、粗犷而豪迈的革命情怀。

　　蔡天心的诗歌《仇恨的火焰》，描写了在觉醒的阶级意识支配下东北民主联军官兵的战斗情怀：

仇恨燃烧着，

像火一样烧灼着广阔的土地。

听啊——

大凌河在狂呼，

辽河在咆哮，

松花江在怒吼，

在许多城市和乡村里，

哪儿出现反动派的鬼影，

哪儿就堆成愤怒的山，

哪儿有敌人的迹蹄，

哪儿就燃起仇恨的火焰……

……

我们要

用剪刀剪断敌人的咽喉，

用斧头砍下他们的头颅，

用长矛刺穿他们的胸脯，

用棍棒打折他们的脚胫，

用地雷炸弹毁灭他们，

用从他们手里夺过来的武器，

打垮他们，

然后用铁镐把他们埋掉！

我们要用生命，用鲜血，

保卫这自由解放的土地，

不让反动派停留！

"赶走敌人啊，
赶快消灭它！"
让这充满着力量和胜利的声音，
随同捷报传播开去，
让千百万颗愤怒的心，
燃起
仇恨的火焰！

　　这种激情在东北解放区的散文、报告文学和战地通讯中表现得最为明显，如丁洪的《九勇士追缴榴弹炮》、马寒冰的《雪山和冰桥》、王向立的《插进敌人的心腹》、王焰的《钢铁英雄王德新》等。这些作品内容真实，情感深沉厚重，延续了抗战时期散文书写浪漫主义与现实主义相结合的审美特征。这些既有写实性又有抒情性的东北解放区散文作品在战争中凝聚人心，彰显力量，具有极大的宣传、鼓舞作用。

　　最为难得的是，面对东北发达的近代工业景观，作家们更多地描写了工人们的斗争和生活，这些作品成为东北文艺中最为独特而珍贵的展示，而且直接影响了新中国工业题材文学的创作。战争期间，沈阳、长春、大连等地的工业设施惨遭破坏。光复之后，为了保护工厂和恢复生产，工人们表现出了忘我的精神和高超的技术。这使得从未见过现代工业景象的文艺家们感动和激动，他们纷纷用笔来描写现代工业生产和城市新生活，从而给中国现代文学带来了前所未有的新气象。大连大众书店于 1948 年 8 月出版的

《"工农园地"选集》，就收录了城市工人拥护并融入新生活的历史片段，如袁玉湖《锉股的"火车头"》，郓景明、孙聚先《熔化炉的话》等。此外还有李衍白《工人的旗帜赵占魁》，草明《工人艺术里的爱和恨》，张望《老工友许万明》等。李衍白在散文《黎明升起——巨大变化的东北一年间》中，描写了东北现代工业的风貌和工人们的热情：

> 今日的城市也正在改变着一年以前的面貌，先看一看今天的哈尔滨，代表它新气象的是全部工业齿轮的旋转，是市中心区黑夜中的灯光如昼，是穿插在四条线路的廿五台电车和六条线路上卅台公共汽车，是一万五千吨自来水不停地输送给工厂、商店和住宅。这些数目字不仅超过了去年今日（蒋记大员们劫掠后所造成的混乱情况），而且有些超过了伪满。在紧张的战争中加速地恢复这些企业，同样不是依靠别的，而仅仅是由于工人的觉悟。你想一想，一个工人为了修理一个发电的锅炉，但又不能停止送电，于是就奋不顾身钻进可以熔化生铁、数百度的锅炉高热中，他穿着棉衣，外面的人用水龙朝他身上喷冷水，就这样工作一会熬不住了跑出来，再钻进去，来回好多次，最后，完成了任务。我们有好多这种感人的事例。

我们在这些描写工友的散文里，看到了解放区新生活带给城市工人的希望。他们积极上工，传授技术，加班加点，争着当劳动英雄。这在中国同时期其他地域的文学作品中是极少见的。

质朴单一的写实手法是东北文艺的普遍表现方式,这种质朴不单是一种审美风格,更是一种直面大众的话语策略。这一传统与近代"政治小说"、五四新文学、左翼文学和抗战文艺等都是一脉相承的。文艺作为一种宣传和斗争的工具,自然要承担起团结和争取最广大人民群众的历史任务。因此,质朴单一的写实手法、通俗易懂甚至有些粗俗的语言风格,成为东北解放区文艺的普遍表现形式。

鲁柏的诗歌《夸地照》用简朴的形式表达了翻身农民淳朴的感情:

一张地照领回家,
全家老少笑哈哈;
团团围住抢着看,
你一言我一语来把地照夸:

长方形,四个角,
宽有八寸长两拃;
雪白的纸上写黑字,
红穗绿叶把边插。

上边印着毛主席像,
四季农忙下边画;
地照本是政委会发,
鲜红的官印左边"卡"。

里面写着名和姓,

地亩多少填分明，

拿到地照心托底，

努力生产多收成。

这首诗歌不仅使用了农民的口语，而且用东北农村方言来直观地描摹地照的具体形状和细节，表达了翻身农民朴素的情感。这种描写和表现方式与中国古代民歌传统有直接的联系。

井岩盾的小说《瞎月工伸冤记》以一个雇农自述的方式讲述自己的悲苦经历和内心感受。当工作队员问他是否受地主老赵家的气，他说："大伙吃他的肉也不解渴啊，都叫他给熊苦啦。"于是在工作队的启发和支持下，他"找大伙宣传去了"："张大哥，李大兄弟啊，咱们都是祖祖辈辈受人欺负的人呀！这回来了八路军啦，八路军给咱们穷人做主呀！有话只管说呀！有八路军，咱们啥都不用怕呀！"这是东北解放区贫苦农民普遍具有的经历和感受，而这种质朴无华的语言也是地道的东北农民的日常语言，具有天然的亲和力。

邓家华的小说《打死我也不写信》从情节到语言都相当质朴，甚至有些幼稚，但是那种情感是真挚的。"我"被敌人抓去，遭到严酷的鞭打，"当时我痛得忍不住，皮肤里渗透出一条一条青的红的紫的血痕，可是打死我也不写信的，他们看到我昏过去了，也就走了。等我清醒过来时，浑身疼痛，我拼死命地弄坏了门逃了出来，可是不巧得很，又碰到了伪军，又把我抓起来了，他们还是逼迫我写信，我坚决地说：'死了心吧！就是死了，我父亲会帮我报仇的。'救星来了，在繁星的晚上，忽然西面枪声不停地响着，新四军老部队来攻击了，伪军们都吓得屁滚尿流地逃走了，啊！新四军救出我了,我很快地到了家里,见了爸爸妈妈,心里真是高兴得流泪了"。

李纳的散文《深得民心》记叙了长春一个米面商人对民主联军和共产党的淳朴情感:"他已经将红旗展开,举到我的眼前,我看到七个大字:'中国共产党万岁!'""'中国共产党万岁!'他重复着这七个字,从眼镜里透露出兴奋的眼睛。这脸,比先前更可爱更慈祥了:'我喜欢这七个字,所以我选择了它。'""大会开始了,人们都向着会场移动,老先生也站起来要走,临走时他问我在什么地方工作,我告诉了他,他高兴地说:'好,都是民主联军。深得民心,深得民心。'"抛开其内容不论,作品文字风格的朴素也显露出解放区文艺在艺术层面幼稚和不甚精致的弱点,而这弱点又可能是许多新生艺术的共有问题。也许,正因为幼稚,它才有更广阔的发展空间。

形式的多样性特别是短小化是东北解放区文艺创作的普遍特点,短篇小说、墙头诗、快板诗、散文、战地通讯、说唱文学等成为最常见的艺术形式。战争的环境、急剧变化的生活和读者的接受水平与习惯等,决定了人们需要并且适应这种短平快的表达方式,而这也是延安文艺和抗战文艺形式的延续。天意的《县长也要路条》描写了两个一丝不苟的儿童团员在放哨时不放过民主政府的县长,硬是把他和警卫员带到乡长那里查证的故事。其篇幅短小,不到400字,但是内容蕴意深刻,语言风趣自然,简直就是一篇微型小说。

小区区的短诗《一心一意要当兵》,将人物的关系、思想、表情和语言都生动形象地表现出来,极具说服力和感染力:

葫芦屯有个小莲青,

一心一意要当兵——

他爹说：

"你去吧。"

他娘说：

"你等一等！……"

他老婆说：

"哪能行？！……"

忸忸怩怩来扯腿；

哭哭啼啼不放松：

"你去当兵啥时还？

为老为少撇家中！"

小莲青，

脸一红：

"小青他娘，

你醒醒：

八路同志千千万，

哪个不是老百姓？！

我去当兵打蒋贼，

咱们才能享太平。"

　　当然，东北解放区文艺中也有许多保留了浓郁的文人气息的作品，这些作品与五四新文学的"纯文艺"审美风格有明显的承续性。例如大宇的诗歌《琴音》：

　　一个琴师

把琴音遗失在幽谷里

滑落在幽谷的谷缝里了

琴音栽培了心原上的一棵草儿

琴音赞咏了艺术的生命

一支灿烂的强烈的光焰

我就永住在这琴音里了

就仿佛身陷于一片梦的缘边

仿佛浴着一片无际的云海

无垠的生旅无限的生涯

何处呀

我摸索到何处呀

琴音丢在幽谷里

滑落在幽谷的谷缝里了

十分明显,这不是东北解放区文艺创作的主流。

《1945—1949年东北解放区文学大系》的编者耗费了大量精力来做这样一项浩大的地域性文学工程,这不只是对东北文艺的巨大贡献,更是对新中国文艺的巨大贡献。在此之后,东北文艺研究将迈上一个新台阶。

总导言

丛　坤

从 1945 年抗战胜利到 1949 年新中国成立这个时期,对于东北而言是极为特殊的。抗战胜利后,中共中央发布了《建立巩固的东北根据地》的指示,迅速成立了以彭真为书记的东北局,抽调了四分之一的中央委员、两万名党政干部、十三万主力部队赶赴东北,与国民党反动派展开激烈的斗争。在广大人民群众的支持下,中国共产党及其领导的军队从最初的战略防御转为战略反攻。1948 年 11 月,辽沈战役胜利,全东北获得解放。在解放战争时期,在中国共产党的领导下,东北人民反奸除霸,建立民主政府,消灭土匪,进行土地改革,在政治上、经济上翻身做了主人。东北的政治、经济、文化、教育等各个领域都发生了翻天覆地的变化,尤其是在文学创作方面,东北地区取得了不可低估的成就,文学创作出现了前所未有的发展和繁荣的局面。

“东北作家群”的回归、党中央选派的文化宣传干部的到来、文学新人的成长使得解放战争时期东北地区的创作队伍不断壮大。在东北沦陷后从东北去往关内的进步作家中,除萧红病逝于香港、

姜椿芳在上海从事党的地下工作外,塞克(即陈凝秋)、舒群、萧军、罗烽、白朗、金人等都积极响应党的号召,陆续返回东北。1945年9月至11月,党中央从陕甘宁边区和各个解放区抽调一大批优秀的文化工作者到东北解放区。据不完全统计,这一时期来到东北解放区的文化工作者有刘白羽、陈沂、周立波、草明、严文井、张庚、吴伯箫、华山、西虹、陆地、李之华、胡零、颜一烟、公木、林蓝、江帆、李纳、魏东明、夏葵、常工、方青、任钧、李则蓝、煌颖、侯唯动、李熏风、雷加、马加、袁犀、蔡天心、鲁琪、李北开等。① 中共中央东北局宣传部与东北文艺协会在"土地还家"口号的基础上,提出了"文艺还家"的口号,号召广大文艺工作者在与农民同吃、同住、同劳动的同时,领导农民群众参加土地改革运动,帮助农民成立夜校、学习文化、办黑板报、成立文艺宣传队,提高他们的写作能力与文艺欣赏能力,在农民、工人等基层劳动者中培养了一大批"文学新人"。创作队伍的空前壮大为东北解放区文学的繁荣奠定了坚实的基础。

东北解放区文学的繁荣也与当时出版事业的空前繁荣密不可分。东北局宣传部将建立思想宣传阵地(即报刊、出版机构)、改造思想、建构意识形态话语权确定为首要任务。进入东北不久,东北局于1945年11月在沈阳创办了机关报《东北日报》(1946年5月28日由沈阳迁至哈尔滨,1948年12月12日搬回沈阳)。该报面向东北全境的党政军发行,是东北解放区发行量最大的报纸。之后,东北解放区创办、发行的报纸近百种。据《黑龙江省志·报

---

① 彭放:《黑龙江文学通史(第二卷)》,北方文艺出版社2002年版,第354页。

业志》的统计,当时黑龙江地区(5省1市)的每个省市不仅有党政机关报,而且有人民团体和大行业的专业报纸,有些县也出版油印小报。仅哈尔滨出版的大报就有《哈尔滨日报》《哈尔滨公报》《哈尔滨工商日报》《大众白话报》《午报》《自卫报》《北光日报》《新民日报》《民主新报》《学生导报》《文化报》等。这一时期的报纸,无论设没设副刊,都或多或少地发表过文学作品。

东北局还出资创办了东北书店、光华书店、大连大众书店、辽东建国书店、兆麟书店、吉东书店、辽西书店等众多的图书出版机构。其中,东北书店是东北解放区规模最大、贡献最大的书店,在东北全境建有201个分店,发行网点遍布东北全境。除出版、发行图书外,东北书店还创办了《知识》《东北文学》《东北画报》《东北教育》等期刊。这些出版机构大量出版政治读物、教材和文学书籍,促进了东北解放区出版业的发展。仅以东北书店为例,从1946年到1948年,东北书店总共出版图书杂志760种、各类图书1 520余万册。① 东北解放区纸张和印刷质量上乘的大量出版物不仅发行于东北各地,还随着东北野战军入关和南下,成为陆续解放的北平、天津、武汉等地人民群众急需的读物。历史上一向"文风不盛"的东北第一次有大量的出版物输送到关内文化发达之地,这成为一时之盛事。

此外,东北解放区先后创办的文学类期刊的数量是惊人的。如1945年至1947年创办的文学期刊有《热风》(半月刊)、《文学》(月刊)、《文艺》(周刊)、《文艺工作》(旬刊)、《文艺导报》(月

---

① 逢增玉:《东北解放区文学制度生成及其对当代文学制度的预制》,载《文学评论》2017年第4期。

刊)、《东北文艺》(月刊)。1947 年以后创刊的大型专业期刊有《部队文艺》、《文学战线》(周立波主编)、《人民戏剧》(张庚、塞克主编),综合性期刊有《东北文化》(吴伯箫主编)、《知识》(舒群主编)等。其中,《东北文化》与《东北文艺》的影响最为突出。《东北文化》的主要任务是协同东北文化界,从政治上、思想上启发广大的东北青年和文化工作者,提高他们的自觉性,激发他们的革命热情、积极性和创造性,使他们在东北人民解放的伟大事业中发挥应有的作用。《东北文艺》是纯文艺性的刊物,刊载小说、戏剧、散文、诗歌、漫画、速写、报告文学、杂文、书刊评价,以及文学理论、有关文艺运动史的论著等。《东北文艺》聚集了一大批优秀的作者,如周立波、赵树理、罗烽、公木、萧军、塞克、舒群、白朗、严文井、刘白羽、西虹、范政、宋之的、金人、马加、雷加等。在他们的影响下,《东北文艺》还不断提携文学新人,这成为该刊的传统。从创刊到终结,《东北文艺》在新中国成立前后产生了很大的影响,20 世纪50 年代成长起来的许多作家、诗人是从这里起步的。可以说,《东北文艺》在解放战争和革命胜利后对新中国文学新人的培养起到了重要的作用。报纸、文学期刊、综合性期刊和出版机构的大量涌现,为东北解放区文学的发展创造了良好的条件。

与此同时,为了更好地团结广大文艺工作者,东北局于 1946年在黑龙江佳木斯成立了东北文化工作委员会,成员有张闻天、吕骥、张庚、塞克等。此后,若干文艺与文化团体陆续成立,其中最有影响的是 1946 年 10 月 19 日由全国文协的老会员萧军、舒群、罗烽、金人、白朗、草明 6 人在哈尔滨发起筹备的"中华全国文艺协会东北总分会"。这个文艺团体表面上是由文人自由结社,实际上主体是来自延安、具有干部身份的文化人,其中不少人是党员或东北文艺界的领导干部。"中华全国文艺协会东北总分会"对东北解放区文学的发展起到了不可忽视的作用。此外,中苏文化协会、鲁迅文艺研究会等文艺社团相继成立。1948年3月,中共东北局宣传部首次召开了由文学、戏剧、音乐、美术、电影等部门的150余名文艺工作者参加的文艺工作者会议。会议对抗战胜利以来的东北解放区文艺工作进行了总结,并制订了随后一段时间的文艺工作计划。此外,中共中央东北局宣传部内部成立了文艺工作委员会,吕骥、舒群、刘白羽、张庚、罗烽、何世德、严文井、袁牧之、朱丹、王曼硕、华君武、白华、向隅、田方、沙蒙、吴印咸任委员,负责指导东北解放区的文艺工作。

1946年秋,已迁至哈尔滨的原延安鲁迅艺术学院,按照东北局的指示北撤至佳木斯,并入东北大学,更名为鲁艺文学院。同年12月,东北局又决定让鲁艺脱离东北大学,组建东北鲁艺文工团。1948年秋冬之际,随着沈阳的解放,东北鲁艺文工团在经历了三年多艰苦卓绝的转战与工作后进入沈阳,随后正式复名为鲁迅艺术学院,恢复了延安鲁迅艺术学院的学校建制。文艺团体的纷纷建立为东北解放区文学创作队伍的培养提供了组织保证。

为了纪念解放东北这段革命岁月,为了展现东北解放区文学的勃兴与繁荣,我们编辑出版了《1945—1949年东北解放区文学大系》,分别从小说、散文、戏剧、诗歌、翻译文学、评论、史料等体裁角度进行整理、收录。

一

抗战胜利后的东北解放区文学是延安文艺的延伸与发展,东北解放区四年所发生的巨大变化,都生动、形象地展现在东北解放

区的小说创作中。东北解放区小说充分展示了当时的社会生活，塑造了形形色色的人物形象，给人们留下了时代的缩影与历史的印迹。

东北解放区小说创作大体可以分为两个阶段。第一个阶段是从 1945 年日本投降到 1946 年中共东北局通过"七七"决议，第二个阶段是从 1946 年通过"七七"决议到 1949 年新中国成立。在当时的局势下，中国共产党要最广泛地发动群众，进入东北的文艺工作者便肩负了与武装部队同样重要的"文化部队"的任务。他们用文学作品教育、引导群众，积极参与了粉碎旧的国家机器和意识形态的过程。在党的文艺方针政策的指引下，东北解放区的作家们广泛深入到农村土地改革、前方战斗生活和工厂建设之中，亲身体验群众生活。这使得东北解放区的小说能够迅速地反映生产、生活、军事等各个领域的变化与东北人民精神世界的变化。

从 1931 年日本发动九一八事变到 1945 年日本投降，十四年的沦陷历史构成了东北文学不可磨灭的创痛记忆。对沦陷时期东北社会生活的回忆，是这一时期小说的一个重要题材。而抗战题材小说则是对异族侵略者铁蹄下民生困难的真实记录，也是对战争年代民族精神的热情颂扬。但娣的《血族》、陆地的《生死斗争》、范政的《夏红秋》、骆宾基的《混沌——姜步畏家史》等都是这方面的代表作品。

土改斗争是东北解放区小说三大题材的重中之重。在那场深刻改变了中国农村政治、经济关系的运动中，东北解放区作家将强烈的政治使命感与巨大的创作热情相融合，创作出了大量的优秀作品，周立波的《暴风骤雨》、马加的《江山村十日》、安危的《土地底儿女们》等至今仍被读者反复阅读。

小说创作需要一个孕育的过程,相对来说,中长篇小说需要更长的时间来构思和写作,而短篇小说则完成得较快。在复杂、激烈的土改运动中,东北解放区作家们努力笔耕,迅速创作出大量的短篇小说。在这些小说中,我们可以看到东北农民在土改运动中的精神变化,农民经历了几千年的封建压迫,他们身上的枷锁不仅是物质上的,更是精神上的,从奴隶到主人的蜕变需要一个心灵的搏击历程。

反映前线战争是东北解放区小说的另一个重要题材,这些小说真实地体现了军民的鱼水情谊。西虹的《英雄的父亲》、纪云龙的《伤兵的母亲》等都是当时影响较大的作品。1947 年至 1948 年是解放战争中我党从防御转为反攻的时期,随着战事的推进,中国人民解放军(1948 年 1 月 1 日,东北民主联军改称为东北人民解放军,同年 11 月 13 日改称为中国人民解放军)的队伍急剧壮大,部队官兵的成分因而趋于复杂化。为此,部队采用诉苦的办法对广大指战员进行阶级教育,提高他们的政治觉悟和思想觉悟。诉苦教育消除了战士之间的隔阂,为解放战争的胜利打下了坚实的思想基础。刘白羽的短篇小说集《战火纷飞》、李尔重的中篇小说《第七班》等反映了这一主题。

除上述三大题材外,解放战争时期东北涌现出来的工业题材小说,亦可视为中国现代工业题材小说的发端,这也从一个方面证明了东北解放区小说的文学史价值和文化价值。

东北解放区的工业在新中国发展史上占有非常重要的地位。在这一方面,影响最大的是女作家草明的中篇小说《原动力》。这篇小说虽然存在粗糙和简单等不足之处,但作为新中国成立前描写工业生产和工人思想的作品,是值得关注和肯定的。此外,李纳的《出路》、鲁琪的《炉》、韶华的《荣誉》、张德裕的《红花还得绿叶扶》等作品也广受好评。这些小说充分展现了东北解放区工业蓬勃发展的景象,展现了工业生产对人的改造,也开创了新中国工业文学的先河。

东北解放区的相当一批小说,强调小说的政治价值,强调创作为工农兵服务,大多通俗易懂,而缺乏对心理深度和史诗境界的发掘。然而,东北解放区小说明朗新鲜,创造性地继承了延安文艺精神,反映了东北解放区的历史巨变和社会变革中诸多的社会问题,为新中国成立后的十七年文学开辟了道路。

二

散文卷在本丛书中占有重要的分量,真实地记录了解放战争中东北解放区人民的巨大贡献,独特的作品体例亦标示出其在新中国散文创作史中的独特地位。

解放战争时期东北战区的胜利,不仅是军事史上的奇迹,更是人民意志创造历史的丰碑。许多作者都以醒目而直接的题目记录了解放军普通战士勇敢战斗、不畏牺牲的英雄事迹,以真挚的情感,突出了普通战士大无畏的战斗精神和取得战斗胜利的信心。这些作品表现了同一个主题:解放军是人民的军队,中国共产党是全心全意为人民服务的。这也是新中国强大的根基体现。

散文卷中还有一部分作品,叙述了悲壮的抗联斗争的事迹,如纪云龙的《伟大民族英雄杨靖宇事略》、荻沉的《老杨——人民口中的杨靖宇将军》、陈堤的《悼念李兆麟将军》等。英勇不屈的民族气节是抗联英雄所具的崇高品质,也是抗联精神最真实的写照。而东北书店于1948年6月出版的《集中营》,以革命者的亲身经历叙述了大义凛然、为真理献身的革命志士的事迹,让后人真正理解了"头可断血可流,革命意志不能丢"的气节,"永不叛党"是英烈们用鲜血和生命刻写在党章之中的。

从1946年到1948年,尽管国民党军队在东北重要城市盘踞并负隅顽抗,但是东北农村却发生了翻天覆地的变化。中国共产党在根据地开展土改运动,领导农民推翻了地方统治势力,领导农民斗地主、分田地,农民欣欣鼓舞,迎来了新生活。强大的后方农村根据地为部队供给提供了保障,同时,许多年轻的子弟为了保护胜利果实自愿参加了解放军,这改变了国共双方在东北的兵力布局。《永北前线担架队速写》等作品反映了这一主题。

此外,解放区散文作家的笔下还洋溢着新生活的喜悦,如严文井的《乡间两月见闻》。除了乡村,对于那些在战后重新回到人民手中的城市,我党也开始接管,并进行初步的恢复性建设。在作家们的笔下,新生活带来了新气象。大连大众书店于1948年8月出版的《"工农园地"选集》,就收录了描写城市工人拥护和融入新生活的散文。在这些描写工厂、工友的散文里,我们可以看到解放区的新生活给城市工人带来了希望。

这些散文作品大多短小精悍,有迅速性、敏捷性和战斗性等特点,具有独特的艺术特征。这与当时许多作家的出身密切相关。如刘白羽、草明、白朗、华山、西虹等作家对战争环境和百姓生活有着敏锐的观察力和真实的体验,他们的作品使得东北解放区1945年至1949年的散文创作呈现出独特的风格,表现出纪实性和文学性相结合的特点。此外,由众多从延安来到东北的文艺干部组成的随军记者,以大量的新闻报道反击了国民党的舆论污蔑,记录了解放军战士不畏艰险、顽强抗敌的英雄事迹,同时表现了后方人民在解放区土改过程中翻身解放、分得土地的喜悦心情。

散文作家记录这些真人真事的报道在东北解放战争中起到了巨大的宣传作用,成为鼓舞人心的强大的精神力量。东北解放区散文也因为内容真实、情感真实而呈现出历久弥新的生命力,往往给读者带来身临其境的感受,也让人忽略了作品本身的艺术特质。实际上,这些散文正是在真实的基础上,以生动与丰富的细节给读者留下了深刻的印象,在真实性的基础上呈现出文学性。华山的《松花江畔的南国情书》就是代表作品之一。

细节的生动亦使东北解放区散文具有鲜明的文学性。东北解放区散文将我军战士的大无畏精神写得非常真实、感人。在展示解放区新生活、新风尚方面,许多拥军爱民的片段写得细腻、真实。

东北解放区散文在主题内容上具有很高的价值,大量的散文颂扬了东北人民解放军的集体主义精神和英雄主义精神,表现了我军指战员的英勇气概,体现了战士们浩气长存的革命豪情。因此,东北解放区散文具有较高的文学价值,其明朗的表现方式恰恰是后来共和国文学明确表达和高度肯定的。题材广泛、内容真实和情感深厚的纪实性文学,使得东北解放区散文在战争时期凝聚了强大的精神力量。反映中国人民解放军不畏艰险、英勇战斗的长篇报告文学,在风格上激情澎湃,体现出解放军崇高的革命乐观主义精神。这一时期的散文把东北解放历史进程的全貌和战士们的英勇壮举再现了出来,东北解放区散文也因此具有了军事史和共和国历史的资料留存价值。东北解放区散文在创作上因为具有纪实性与文学性相结合的特点,为军旅散文创作提供了新的美学范式。

三

在东北解放区文学中,戏剧具有内容丰富、种类繁多、通俗明了、利于传播等特点,兼之创作群体庞大,故而获得了巨大的丰收,这成为东北解放区文学繁荣的重要标志之一。东北解放区的戏剧具有鲜明的启蒙性、宣传性和战斗性等特征,对生产建设、围剿土匪、土改运动和解放战争发挥着不可替代的宣传作用。

东北解放区戏剧的繁荣首先得益于东北解放区报刊对戏剧的支持。例如,《东北日报》刊发的剧作涉及歌唱新生活、感恩共产党、批判美蒋、拥军劳军、参军保家、歌颂劳模等多方面的内容。1947 年 5 月 4 日创刊的《文化报》则是东北解放区第一份纯文艺性质的报纸,主要刊载一些文学常识、短文、小诗、书评、剧报等。此外,《前进报》《北光日报》《合江日报》等都刊发了大量的戏剧作品。而从刊载量来看,期刊对戏剧的支持力度更大。在众多的文艺期刊中,对戏剧传播影响较大的是《东北文学》《东北文化》《东北文艺》《文学战线》《知识》和《人民戏剧》等。

从 1945 年年底开始,东北解放区以各家出版社为依托陆续出版了许多戏剧作品,这是解放区戏剧传播的重要途径。较有影响的是东北书店和人民戏剧社等。在解放战争期间,东北书店出版的各类戏剧作品和理论书籍近百种,形式包括话剧(独幕话剧、多幕话剧)、京剧、评剧、二人转、歌舞剧(广场歌舞剧、儿童歌舞剧)、歌剧、新歌剧、小歌剧、道情剧、活报剧、秧歌剧、小喜剧、小调剧、皮影戏等。其中,秧歌剧超过一半。

文艺团体的迅猛发展是解放区戏剧广泛传播的最终体现。1945 年 11 月以后,东北文工团等数十个文艺团体在东北局宣传部的领导下先后成立。这些文艺团体以《在延安文艺座谈会上的讲话》为指导,坚持走文艺大众化的道路,活跃在东北城市和乡村,战斗在前线和后方。他们创作、表演了一系列以支援前线、土地改革、翻身当家为主题的作品,这些作品受到人民群众的好评。

从内容方面来看,歌颂工人阶级是东北解放区戏剧的一个重要内容。东北光复后,作为解放全中国的大本营,哈尔滨、沈阳等工业城市的作用得以凸显,工人阶级成为时代的主角。从剧作内容来看,第一种是反映工人生活的剧作,如王大化、颜一烟创作的《东北人民大翻身》;第二种是歌颂先进个人无私支援解放区建设、帮助工厂恢复生产的剧作,较有影响的有《献器材》《十个滚珠》《一条皮带》《刘桂兰捉奸》;第三种是歌颂党的政策的剧作,代表作品有《比有儿子还强》和《唱"劳保"》。工业题材戏剧的大量创作,极大地拓宽了解放区戏剧的创作领域,为新中国工业题材戏剧的发展奠定了坚实的基础。

东北解放区戏剧中描写农民翻身解放、分得土地的农村题材的戏剧的比重最大。第一类是反映东北农民翻身解放,通过新旧对比来歌颂新农村、新生活的剧作。第二类是反映粉碎各类阴谋、同复辟分子做斗争的剧作,代表剧作有《反"翻把"斗争》等。第三类是反映改造后进、互助合作,表现农民积极开展大生产运动的剧作,如《二流子转变》。第四类是描写劳动妇女反抗封建婚姻、争取民主权利、积极参加劳动生产的剧作,如《邹大姐翻身》。

东北解放后,群众的思想还比较保守,革命启蒙的任务十分重要,尤其是要帮助东北人民认同和接受中国共产党及其领导的人民军队。在描写军队的戏剧中,既有表现人民军队英勇战争、不怕牺牲、勇于献身的剧作,也有以军民互助、拥军支前为主要内容的剧作,这类剧作完整地再现了东北人民从最初的误解民主联军到后来积极送子参军、送夫参军、拥军支前的全过程。前者的代表作有《老耿赶队》《鞋》《两个战士》等,后者的代表作有《透亮了》《收割》《支援前线》等。

在艺术特点上,虽然东北解放区戏剧的整体水平不是最高的,但是其庞大的作者群体、巨大的创作数量、伟大的历史功绩,使得解放区戏剧创作达到了巅峰状态。东北解放区戏剧因对传统戏剧和西方舶来戏剧的融合而具有现代性,在这种融合的过程中实现了本土化,并形成了民族化、大众化、乡土化的特征。东北解放区戏剧的民族化特征源于延安时期戏剧的"中国化"。而其大众化特征是指具有广泛的群众基础,且创作群体亦十分大众化。东北解放区戏剧的乡土化则主要表现在地域特色上。

在创作方法上,东北解放区戏剧继承了延安戏剧的传统,剧作家们用现实主义的方法把自己身边刚发生或正在发生的事情通过戏剧的形式真实地反映出来,集中表现工、农、兵的日常生活。东北解放区戏剧起到了鼓舞斗志、颂扬先进、宣传政策、支援前线的作用。

在戏剧结构上,东北解放区戏剧的戏剧冲突尖锐而集中,叙事模式多元,表现方式多样。在人物塑造上,剧作塑造了一个个爱憎分明、个性突出、敢作敢为的人物形象。这些人物形象生动丰满、有血有肉,为观众熟悉和喜爱。

东北解放区戏剧在取得较高的艺术成就和发挥重要的宣传作用的同时,也存在一定的不足。然而瑕不掩瑜,民族化、大众化、乡土化的特征,使得戏剧的宣传性、教育性、战斗性的作用得以充分发挥出来。东北解放区戏剧对光复后进行的民众文化启蒙、文化宣传具有不可替代的作用,对解放区的土地改革和解放战争做出了不可磨灭的贡献。

四

东北解放区诗歌秉承了我国诗歌的优秀传统,具有红色革命基因。它一方面与伪满时期的诗歌做了彻底的割裂,另一方面又延续了东北抗联诗歌的革命精神和爱国主义情怀,集中书写了山河易色、异族入侵带给东北人民的苦难和屈辱,书写了受难的人民在共产党领导下的觉醒与反抗,书写了东北人民在艰苦的自然环境与战争环境中形成的坚韧、乐观、幽默的性格。

东北解放区诗歌是中国解放区诗歌的重要组成部分,与其他解放区诗歌保持着一致性和连续性。它之所以能复制延安解放区的文学模式,主要是因为其创作队伍中的很大一部分是来自延安解放区的革命文艺工作者,故在文学制度和文学政策上与全国其他解放区能保持一致。东北解放区诗歌的作者主要有四种身份:一是中共中央派驻到东北的文艺工作者;二是抗战时期流亡到关内的"东北作家群"(在抗战结束后返回东北);三是虽然本人不在东北解放区,但是其作品在东北解放区的重要报刊上发表过并产生了一定影响的诗人;四是来自各行各业的业余诗人。《东北日报》文艺副刊曾陆续发表过很多业余诗人的作品,这些业余诗人中既有宣传干部,又有工人、农民、战士、学生(其中有许多人使用笔名,甚至使用多个笔名,今天有些作者的真实姓名已很难核实)。有一些诗人并不在东北解放区工作,但是其作品在东北解放区的重要报刊上发表过,并对全国解放区的文学发展产生过重要影响,如艾青、田间等。东北解放区的代表诗人有公木、方冰、马加、严文井、鲁琪、冈夫、天蓝、韦长明、刘和民、李北开、彤剑、侯唯动、胡昭、李沅、夏葵、林耘、顾世学、萧群、蔡天心、杜易白、西虹、师田手、白刃、白拓方、叶乃芬、丁耶、孙滨、阮铿等。

从内容上看,东北解放区诗歌主要是反映当时东北解放区的经济建设、军事斗争、农村工作和城市建设等,具有现实性、时代性。从艺术形式上看,诗歌谣曲化、大众化、民间化的特点突出。抒情诗、叙事诗、街头诗、朗诵诗、歌谣、童谣等成为当时最常见的诗歌体裁。东北解放区诗歌具有以下几个显著特点:

第一,诗歌内容具革命性且高度政治化。东北解放区文学是为中国共产党解放东北和建设东北的政治任务服务的,其主要功能和目的是紧密贴近和配合解放区的主流政治运动。很多诗歌是为满足当时的政治需要而作的,充分体现了《在延安文艺座谈会上的讲话》在诗歌创作方面的实践成绩。东北解放区诗歌与中国解放区诗歌在题材选择、审美价值上保持着一致性,并具有东北解放区特有的地域性特点。揭露、批判、颂扬是东北解放区诗歌的三大主旋律,诗人们以工人、农民、士兵、英雄人物、劳动模范等为书写对象,歌颂英雄人物,记录战争风云,赞美新农民,抒发家国情怀。

第二,具有鲜明的战争文学特点。东北经历了十四年艰苦卓绝的抗日战争,接着又经历了五年的解放战争,近二十年间,始终处于战争状态。诗歌也呈现出战时文学特质,记录了艰苦卓绝的战争场景与生活现实。对于重大战役的抒写与记录,英雄主义、乐观精神、必胜信念的情感基调,加之大东北茫茫雪原、天寒地冻的地域特点,使得东北解放区诗歌具有鲜明的东北地域特色。

第三,农村题材也是东北解放区诗歌的重头戏。东北经过十四年的抗日战争,土地荒废,农民思想落后。抗日战争结束后,解放军入驻东北,一方面做农民的思想工作,进行思想启蒙,另一方面在农村贯彻党的土改政策,进行土地革命,让农民成为土地真正的主人。因此,在东北解放区,启蒙农民思想、反映土改运动、揭露地主阶级剥削农民的本质、塑造新农民形象成为农村题材诗歌的主要内容。

第四,工业题材诗歌在东北解放区诗歌中独领风骚。《文学战线》等报刊还专门设立了工人专栏,如《文学战线》专辟"工人创作特辑",作者均来自生产第一线。工业题材诗歌丰富了东北解放区诗歌的样态,也成为东北解放区诗歌的重要组成部分。

第五,叙事诗是东北解放区诗歌的主要体裁。长篇叙事诗体量大,便于完整地呈现人物或事件的变化过程,便于刻画生动、饱满的艺术形象,因此很受东北解放区诗人的青睐。在《东北文艺》《文学战线》等杂志和个人诗集中,带有浓郁的东北民间话语特色,反映土改运动、翻身农民踊跃参军等内容的长篇叙事诗一时间大量出现。

第六,诗歌审美倡导大众化、通俗化。在解放战争时期,文学要担负着团结人民、教育人民、打击敌人的任务,因此,战时诗歌不能一味地追求高雅的诗意,它既要通俗易懂,便于启蒙民众,又要迎合普通大众的审美需求,适应战争时期的宣传需要。东北解放区诗歌的谣曲化倾向突出,诗作大多出自部队宣传干部、战士、工人、农民之笔,以社会现象为题材,具有相当强的时效性,普遍具有语言通俗易懂、直抒胸臆、为群众所熟悉和易于接受等特点,真正达到了为工农兵服务的目的。

东北解放区诗歌也存在一些不足。由于过于强调宣传性、鼓动性和战斗性,重内容而轻艺术,艺术水准较低,东北解放区诗歌未能达到思想性和艺术性相结合的高度。

<h2 style="text-align:center">五</h2>

东北翻译文学兴起于 20 世纪 20 年代末,当时的《北国》《关外》等文学期刊上都登载过翻译作品,对俄苏、英、美、日等国家的民族文学作品,以及批判现实主义、"普罗文学"等文艺理论均有译介。但这种生动、活跃的局面随着 1931 年九一八事变的发生而不复存在。1931 年至 1945 年,在长达十四年的沦陷时期,东北翻译文学出现了两块文学阵地:一个是以沈阳、大连为中心的"南满文学"阵地,另一个是以哈尔滨为中心的"北满文学"阵地。辽南文坛在九一八事变以后出现了一股译介欧美和日本文学及其理论的潮流,主要刊发、翻译消极的浪漫主义、自然主义的文艺作品和理论,只刊发少量的俄苏文学。相对而言,北满文坛对俄苏现实主义文学作品及其理论的翻译有着更重要的意义。

解放战争时期的东北解放区文学的传播模式主要是"延安模式"。在翻译文学方面,东北解放区文艺工作者侧重译介的目的性和计划性。从目前了解到的情况来看,当时很多期刊都设有翻译栏目,其中《东北日报》《东北文艺》《前进报》《群众文艺》《知识》等都设立了介绍苏联文学的专栏,经常发表苏联社会主义建设时期和卫国战争时期的作品。此外,侧重刊发翻译文学的报纸、期刊还有《文学战线》《文化报》《知识》《东北文化》等。文学观念是文学创作的潜在基础,规范和支配着这个时代的文学创作。解放区的作家们译介了大量的苏俄作品,其中大部分是社会主义现实主义作品。除报刊外,东北解放区翻译文学的出版途径还有书店。由书店、期刊、报纸构成的媒介场,有效地促进了东北作家与世界文艺思潮的交流,尤其是苏联所倡导的革命现实主义文学创作思想对东北的文艺运动发挥了指导作用。

《东北日报》的译介主要集中在俄苏文艺思想、作家作品方面,其中刊发爱伦堡、法捷耶夫等文艺理论家的作品的数量最多,产生的影响也最为深刻。这些作品极大地开阔了东北知识分子的视野。《东北文艺》每期都对俄苏文学作品、作家进行介绍,较有代表性的是1947年曾连载过的金人翻译的苏联作家华西莱芙斯卡娅的中篇小说《只不过是爱情》。《文化报》介绍了大批的俄苏作家,刊载了一些文艺评论、文学作品等。《文学战线》在刊发原创作品的同时,则侧重于介绍俄苏文学作品和翻译俄苏文艺理论。

东北书店出版了大量的翻译过来的苏联文艺论著和苏俄文学作品,目前搜集到的翻译文艺论著的种类达110余种。其翻译出版的俄苏文学作品具有丰富的题材,包括电影文学剧本、报告文学、游记、书信集、诗歌、小说等。辽东建国书社、大连大众书店、光华书店等也是翻译作品重要的出版机构。

翻译文学的发展有助于文学创作的繁荣与文艺理念的更新,但东北解放区译介作品的内容较为单一,翻译的作品几乎全都来自苏联,俄苏文艺思想、文艺理论和文艺作品得到高度关注,成为文坛的主流。其原因有如下几个方面:

首先,从地缘因素来看,东北与苏联有着天然的地缘关系。东北地区与苏联的东西伯利亚地区有着相似的自然环境,都处于高纬度寒带地区,气候寒冷,地广人稀。自然环境和原始文化的相似为思想的交流提供了基本契合点。

其次,从政治因素来看,俄苏文学在中国的兴衰与中俄之间的政治文化交流有着密切的关系。当时的文人也希望通过译介苏联文学作品来改造和影响人们的思想意识,以及树立新民主主义革命的奋斗目标和未来社会主义的奋斗目标。

最后,从社会现实来看,东北解放区的沈阳、大连等地在中国人民解放军进驻之前已经驻有苏联红军,而且在经济、文化等方面与苏联交往密切,苏联文学作品的翻译、出版自然丰富。

1942年之后,延安文艺工作者主要是对苏联等少数社会主义国家的文学作品进行译介。对于与苏联接壤的东北解放区来说,由于与外界接触困难,能获得的外国文学作品更少,在建设新文学方面,除了以五四新文学和老解放区文学为资源外,苏联文学便是重要的资源。苏联文学对建设中的东北解放区文学具有不同寻常的意义。

六

东北解放区建立后,文学创作繁荣一时。然而,文学创作在繁荣的背后也存在着一些问题,其中一个突出的问题就是创作者的背景复杂,其中有来自抗日根据地的,也有来自关内国统区的,还有本土的。不同的思想意识、价值取向、艺术趣味掺杂在各类作品中,部分作品的创作倾向出现了偏差。这些问题引起了文艺界的关注。东北解放区的主要报刊和杂志纷纷开辟评论专栏,采用编者按、读者来信、短评、述评、观后感等形式开展文艺批评,为确立正确的文艺路线提供思想保障。

初到东北的文艺工作者首先感受到的是新老解放区之间政治环境和文化环境的差异。自清朝灭亡到抗战胜利的三十多年间,东北民众饱受战乱的痛苦。抗战胜利后,虽然旧的社会结构和文化体制已经解体,但旧的意识形态还残留在一些人的头脑中,东北民众与新政权之间存在着一定的隔膜。刚刚到达东北的大多数文艺工作者对东北特殊的历史环境认识不足,尚未做好相应的思想准备,仍然延续过去的创作方法和思维方式,脱离群众和实际。以什么样的形式和内容来服务刚刚从殖民者的铁蹄下解放出来的人民,是当时文艺工作迫切需要解决的问题。

文艺争鸣与文艺批评既是抗日根据地文艺工作的优良传统,也是党指导文艺工作的重要手段。毛泽东同志在《在延安文艺座谈会上的讲话》中指出,文艺界的主要的斗争方法之一,是文艺批评。此时,东北文艺工作者的首要任务就是对旧的意识形态进行批判和改造,从而构建与延安解放区主体同构的新的意识形态场域。因此,在本地区文艺界开展一场广泛的文艺批评运动就显得十分迫切和必要。1945 年 11 月,陈云同志在《对满洲工作的几点意见》中提出了党在东北的几项重要任务:"扫荡反动武装和土匪,肃清汉奸力量,放手发动群众,扩大部队,改造政权,以建立三大城市外围及长春铁路干线两旁的广大的巩固根据地。"这既是党在东北的中心工作,也是东北文艺界所面临的主要任务。东北解放区的文艺队伍自觉地将创作与政治任务结合起来,坚持为人民服务的创作方向,以《在延安文艺座谈会上的讲话》为指导来进行创作。东北这块古老而又年轻的土地上结出了丰硕的艺术成果。这些作品在内容上贴近当时东北的现实生活,在形式上生动活泼,富有浓郁的地方乡土气息,在教育人民、鼓舞人民、组织人民、团结人民、打击敌人方面发挥了重要作用。东北解放区文艺作为革命文艺版图中的一个独立板块开始形成,它既是"延安文艺"的派生,又具备地域文化品格。它不是由内而外自发产生的,而是在改造和清除原有旧文化的基础上通过外部输入逐步确立的。

与"延安文艺"相比,东北解放区文艺自身也出现了一些新的特质,特别是在文艺批评方面,文艺工作者表现出了强烈的自觉性。他们坚持无产阶级和人民大众立场,从不同层面和角度开展文艺界的批评与自我批评,引导东北解放区文艺朝着正确的方向发展。

东北解放区文艺的根本任务与延安文艺的根本任务保持着高度一致,但又具有特殊性。如果简单地照搬、照抄延安文艺的经验,那么东北解放区文艺很难适应革命发展的需要。东北解放区文艺首先具有启蒙的意义,它不仅具有文化启蒙的意义,也具有政治启蒙的意义。为此,东北解放区的文艺工作者以《在延安文艺座谈会上的讲话》精神为指导,树立起无产阶级的文艺大旗,以新文化来改造旧社会,重塑民众的国家意识、民族意识和政治意识,把东北建设成为中国革命的战略大后方。

在延安文艺旗帜的指引下,东北文艺界通过理论探讨和思想整风,统一了广大文艺工作者对革命文学根本属性的认识,东北的文艺工作焕然一新。广大文艺工作者在理论和实践两个方面取得了很大的成就,既继承和发扬了延安文艺思想,也将《在延安文艺座谈会上的讲话》精神与具体实践结合起来。夏征农、蔡天心、铁汉、甦旅、萧军、胥树人等知名的文艺界人士都对这个问题做了深入研究,产生了较大的影响。

与延安文艺相比,这个时期的东北文艺作品主题更丰富,创作者以切身的生命体验为基础,再现了解放战争时期东北所发生的波澜壮阔的革命斗争,以及在这个过程中东北人民的生活与精神面貌。

东北解放区的文艺发展也不是一帆风顺的,它也走了一些弯路。但是,在毛泽东《在延安文艺座谈会上的讲话》的指引下,文艺工作者不仅投身到创作之中,也开展了广泛的文艺批评,营造了一个宽松的舆论环境,作家们畅所欲言,在批评他人的同时也开展自我批评。这为创作的繁荣奠定了理论基础,也为新中国的文艺创作和文艺批评积累了资源和经验。

<h2 style="text-align:center">七</h2>

史料卷是大系的综合卷,其编撰初衷是反映东北解放区文学创作的初始背景,呈现当时的政策和文学创作的大环境,通过对资料的梳理,为弘扬东北解放区文学创作的优良传统提供第一手的基础资料。史料卷共分为七大部分。

一是文艺工作政策方针。文艺工作的政策方针是党根据一定历史时期的总路线和总任务确立的文艺指导原则,反映了一定时期文艺创作的总体规划、部署和要求。史料卷旨在呈现东北解放区创作繁荣的大背景下中国共产党对文艺工作的总体规划和实施情况。史料卷主要收录了与东北解放区相关的宣传文件,以及部分会议发言和讲话等内容,其中有出版、通讯、写作的相关规定,也有重要领导对文艺工作的指示要求,同时还收录了部分重要会议成果。

二是重要报纸、期刊。报纸、期刊大量创办是文艺繁荣的重要标志之一。报纸、期刊直接促进了文学事业整体的发展和繁荣,使优秀作品产生了广泛的社会影响。1945 年 11 月《东北日报》创办后,东北解放区先后创办、发行的报纸近百种。此外,在东北局宣传部的统一领导下,地方与军队也创办了数十种文学与文化类刊物。从成人刊物到儿童刊物,从高雅刊物到面向大众的通俗刊物,从文学到艺术,靡不具备。诸多的文艺报刊为文学作品的生产提供了园地,成为东北解放区文学创作的先锋阵地。

三是文艺团体、机构。在东北解放区,多个文艺团体和机构活跃在文艺创作和宣传的第一线,对东北解放区文艺事业的发展发挥了重要作用。东北局先后出资创办了东北书店等众多的图书出版机构,使得东北解放区报刊出版和传媒得到快速发展。1946年,东北局在佳木斯成立了东北文化工作委员会,此后,中苏文化协会、鲁迅文艺研究会等文艺社团也相继成立。东北文艺工作团等文艺团体也迅速发展。在组建大量的文艺团体和文工团之际,军队与地方政府和宣传部门还非常重视文艺人才的培养和文学教育体系的建立,在演出之余,也招收和培养文艺人才。在短短的四年间,东北解放区建立了众多的文艺工作团体与人才培养学校。这体现了我党对教育人民、教育部队和动员人民参与革命的重视。

四是作家及创作书目。从延安来到东北的革命文艺工作者数以百计,此外,20世纪30年代从哈尔滨流亡到关内各地的东北作家群成员也陆续返回东北。这些文化工作者云集黑龙江,办报纸,办杂志,从事广泛的文化艺术活动,使得东北解放区文学艺术以全新的姿态向共和国迈进。史料卷收录了活跃在东北解放区的多位作家的生平和创作情况,当然,由于这一历史时期具有特殊性,作家区域性流动较为频繁,对作家的遴选和掌握主要以创作活动的轨迹和作品发表的区域为依据。

五是东北解放区文学回忆与纪念。为了弥补现有资料不足的缺憾,史料卷特别收录了部分文学界前辈及其家人的回忆与纪念文章,其中既有参加文艺团体的亲历感受,也有对文艺创作细节的点滴回忆。由于年代久远,这些资料的某些细节无法准确、翔实地

体现出来,但这些资料记录了东北解放区文艺工作者的亲历感受,对补充和完善史料卷的内容大有裨益。

六是大事记。为了对解放区文学创作资料进行细致整理,进而为读者提供一个简明的、提纲挈领式的线索,史料卷呈现了大事记。大事记旨在将反映文学活动和文艺创作的各种资料予以浓缩,按照时间线索对史料进行编排。大事记简明扼要地记述了1945年9月至1949年9月东北解放区文学方面的大事、要事,涵盖了部分文艺作品创作、文艺团体成立的时间节点,有助于读者了解东北解放区文学的发展脉络。

七是索引。鉴于东北解放区文学总体呈现出体裁广泛、内容丰富等特点,史料卷以作者为线索,将分散在小说卷、散文卷、诗歌卷、戏剧卷、评论卷、翻译文学卷中的作品整理出来,形成丛书索引。索引以作者为基点,将作者在各卷中的作品情况(作品名称、所在卷册、页数)逐一列出,可以在一定程度上呈现出东北解放区文学的整体情况,亦可以体现出作者的创作风格和特点,进而从不同角度展示出东北解放区文学发展的脉络和趋势。

随着军事上的胜利和东北解放区的形成,东北的政治面貌、经济面貌发生了根本性的变化,特别是文化呈现出前所未有的发展和繁荣的局面。东北解放区在政策制定、政策实施、新闻出版、文艺社团、文艺教育体制、作家培养等涉及文艺发展与繁荣的各个方面,继承、发展和完善了延安文艺体制,对当代文学和文艺制度产生了重要和深远的影响。

尽管东北解放区文学得到前所未有的发展和繁荣,但这份珍贵的文化资料始终没有得到系统整理,有关资料分散在哈尔滨、齐齐哈尔、牡丹江、佳木斯、长春、沈阳、大连等地,加上年代久远,这给编选工作带来了很大的困难。一方面,区域性的文学史料不易引起一般研究者的重视,文学史料的保留和整理工作在通常情况下很不理想,尽管编选者在前期已有一定的资料积累,但是很多工作还需要从头开始。另一方面,由于年代久远,加之当时的出版印刷技术有限,许多资料的保存和整理已经成为一大难题。许多珍贵的文学资料甚至已经出现严重的、不可恢复的缺损,因此,整理和出版东北解放区的文学史料,对东北解放区文学和中国现代文学的研究具有重要意义,同时,对人们了解和认识东北解放区这段历史也具有重要意义。

东北解放区文学创作距今已有七十年的历史,从 20 世纪 80 年代开始,东北解放区文学作为中国现代文学的一部分开始进入研究者的视野,搜集、整理与研究工作逐渐深入,一大批有分量的成果随之产生。其中,具有代表性的成果有两项,一项是林默涵主编的《中国解放区文学书系》(重庆出版社,1992 年出版),另一项是张毓茂主编的《东北现代文学大系》(沈阳出版社,1996 年出版)。这两部著作以文学价值作为侧重点,对东北解放区文学进行了很好的梳理。此外,黑龙江、辽宁与吉林三省的社会科学院文学研究所通力编辑出版的《东北现代文学史料》(共九辑),其价值亦不可低估,当时资料的提供者或为亲历者,或为亲历者之亲友,这从文献抢救的角度来看可谓及时。尽管《中国解放区文学书系》和《东北现代文学大系》对东北解放区文学进行了较大规模的搜集与整理,但由于编辑侧重点不同,这两部著作对东北解放区文学作品只是有选择性地收录,东北解放区文学作品分散在各地图书馆与散落在民间的态势并未改变。进入 21 世纪后,随着时间的流逝,承载东北解放区文学作品的旧报、旧刊、旧图书流失和损毁的情况日益严重，对东北解放区文学进行进一步搜集与整理的必要性在中国现代文学界达成共识。2008年，东北现代文学研究者、黑龙江省社会科学院文学研究所研究员彭放在主编完成《黑龙江文学通史》（北方文艺出版社，2002年出版）之后，提出了编辑出版《东北解放区文学大系》的建议，这一建议得到了认可。事隔十年，2018年，由黑龙江省社会科学院文学研究所与黑龙江大学出版社联合策划的《1945—1949年东北解放区文学大系》荣获国家出版基金资助出版，这完成了老一代东北现代文学研究者的夙愿。

《1945—1949年东北解放区文学大系》的编者，力求完整地体现东北解放区文学的整体风貌，在文学价值之外，亦注重作品的文献价值，以文学性与文献性并重作为搜集、整理工作的出发点。

《1945—1949年东北解放区文学大系》的篇目编选工作，由黑龙江省社会科学院发起，联合黑龙江大学、哈尔滨师范大学、哈尔滨学院等黑龙江省多所高校共同开展。为了保证学术性，本丛书特聘请多位东北现代文学领域的专家组成编委会，各卷主编均为中国现代文学方面学养深厚的研究者。本丛书的篇目编选工作得到了北京、吉林、辽宁等地多家相关单位的支持。东北现代文学界德高望重的老一代学者亦给予大力支持，刘中树、张毓茂与冯毓云三位先生欣然允诺担任本丛书的学术顾问，本丛书的姊妹著作《1931—1945年东北抗日文学大系》的总主编张中良先生亦为学术顾问。特别应提及的是，张毓茂先生在允诺担任本丛书学术顾问不久后就溘然离世，完成这部著作就是对先生最好的悼念。

本丛书的资料搜集工作，除得到东北三省各家图书馆的支持外，还得到了中国现代文学馆、黑龙江省浩源地方文献博物馆的大力支持。东北红色文献收藏人胡继东、华东师范大学历史系博士崔龙浩,以及华东师范大学历史系高铭阳、雷宇飞等人为本丛书的集成提供了大量珍贵而稀缺的第一手资料。对于他们的无私奉献,在此表示诚挚的感谢!此外,黑龙江大学文学院、哈尔滨师范大学文学院许多在读的博士生、硕士生和本科生也参与了资料搜集工作,在此,请恕不一一列名。

《1945—1949 年东北解放区文学大系》除入选 2019 年度国家出版基金资助项目之外,还被列入黑龙江历史文化研究工程项目,在此谨致谢忱。

戏剧卷导言

东北解放区戏剧创作导论

宋喜坤

　　东北解放区文学是东北解放战争时期的文学，"抗战胜利后的东北解放区文学，则是延安文艺的延伸与发展"①。随着哈尔滨的解放，已完成伟大历史使命的东北抗日文学在延安文学的指导和改造下，带着余热迅速转型为东北解放区文学。1945 年至 1949 年，来自延安和各沦陷区的知识分子，以及东北地区的革命群众在中国共产党的领导下，创作了大量的东北抗战文学作品。② 戏剧具有内容丰富、种类繁多、通俗易懂、利于传播等特点，获得了创作上的巨大丰收，这成为东北解放区文学大繁荣的重要标志之一。东

---

　　① 张毓茂、阎志宏：《东北现代文学史论》，载《社会科学辑刊》1994 年第 2 期。

　　② 东北解放区的戏剧创作数量颇丰，据统计，各类剧目约有 332 种，已查找到剧目 234 个。

北解放区戏剧是中国共产党领导下的群众性戏剧,具有启蒙性、宣传性和战斗性等特点。在中国共产党领导下的东北解放区,戏剧对生产建设、围剿土匪、土改运动和解放战争发挥着不可替代的宣传作用。

一

　　1946 年春天,延安的革命文化机构和文艺团体集中转移到佳木斯,佳木斯成为指导东北文化的中心,被称为东北"小延安"①。在中国共产党的领导下,哈尔滨、佳木斯、齐齐哈尔、大连、沈阳等地的文化运动蓬勃开展起来。东北解放区戏剧种类繁多,内容和题材丰富,创作群体庞大,因此东北解放区开展了大规模的群众戏剧运动,这促进了东北解放区文学的繁荣。

　　东北解放区戏剧的生成是政治文化和民间文化糅合的结果,这主要表现为党的组织领导得力、多元文化交融、作家阵容强大。组织领导得力是指在党的领导下建立了各级"文艺协会"来领导和指导东北文艺工作。1945 年 9 月 15 日,中共中央东北局成立,在宣传部部长凯丰(何克全)的领导下,东北解放区的文化工作如火如荼地开展起来。1946 年 10 月 19 日,"中华全国文艺协会东北总分会"筹备会在哈尔滨召开。1946 年 11 月 24 日,"中华全国文艺协会佳木斯分会"成立。1947 年 6 月 15 日,"关东文化协会"成立。随着革命文化工作的迅速开展,哈尔滨、佳木斯、齐齐哈尔、长春、沈阳、大连等城市都成立了"文艺协会"等文化组织。这些"文

---

　　① 王建中、任惜时、李春林等:《东北解放区文学史》,辽宁大学出版社 1995 年版,第 63 页。

艺协会"的成立符合当时东北文化的发展状况,这些"文艺协会"所提出的开展"民主的科学的文化运动"与新启蒙思想相吻合。"文艺协会"作为东北文艺的领导组织对东北解放区戏剧的发展做出了不可磨灭的贡献。

东北地域文化的成分复杂,悠久的关外本土文化融合了中原儒家文化,形成了既粗犷又细腻、既豪放又婉约的关东文化。随着中国革命文化大军战略目标的转移,东北文化又融入了先进的延安文化,经延安文化改造后,发展为融政治话语和民间话语为一体的东北解放区文化。东北解放区戏剧文化是党的主流政治文化,兼容了东北民间文化。东北解放区戏剧在内容上以政治话语为核心,在艺术形式上以民间话语为依托,以改造后的东北民间舞蹈、东北大秧歌、北方萨满神舞、民间莲花落子、鼓书等为载体,以东北方言为基础。东北解放区戏剧实现了"旧瓶装新酒"。

东北解放区拥有一支经验丰富的戏剧创作队伍。1946年,有着光荣的革命传统和文化传统的哈尔滨汇集了从延安来的各路文艺工作者。知名的戏剧作家丁玲、萧军、端木蕻良、塞克、宋之的、刘白羽、阿英、草明、骆宾基、严文井、颜一烟、王大化、张庚等,加之陈隄等原东北作家,以及青年学生、部队文艺工作者、工人作者群、农民作者群,形成了一支文化经验丰富、创作热情高涨的规模宏大的创作队伍。这为东北解放区戏剧的发展和繁荣做好了准备。在革命文化指导下生成的革命戏剧,必然要反映时代生活,并为革命政治服务。民间话语和政治话语的融合,以及民间文化和政治文化的糅合,共同促进了东北解放区戏剧的发展和繁荣。

专业剧作者和工农兵群众创作的戏剧由报刊刊载和书店发行后,经专业戏剧团体演出后与观众见面,发挥着宣传、教育和启蒙的作用,促进了东北解放区戏剧的快速传播。

1945年11月1日,中共中央东北局的机关报《东北日报》创刊,其宗旨是"通过宣传报道,打破当时在部分人中存在的和平幻想,揭露美蒋制造中国内战的阴谋"①。《东北日报》刊载的文学作品中不乏戏剧作品。据不完全统计,该报副刊从1946年7月9日至1949年10月13日共刊载话剧、广场剧、秧歌戏、快板、鼓词、二人转、小演唱等各类剧作38个。这些剧作涉及歌唱新生活、感恩共产党、批判美蒋、拥军劳军、参军保家、歌颂英雄模范等内容,如《支援前线》《唱"劳保"》《军民拜年》《十二个月秧歌调》等群众性作品。1947年5月4日,由萧军任主编的《文化报》在哈尔滨创刊,该报是东北解放区第一份纯文艺性质的报纸,刊载一些文化常识、短文、小诗、书评、剧报等。其中有评剧(如《武王伐纣》)、说唱(如《李桂花的故事》),以及一些喜剧评论。除《东北日报》和《文化报》外,《前进报》《合江日报》《牡丹江日报》《关东日报》《大连日报》《西满日报》《哈尔滨日报》《辽南日报》《安东日报》等都刊载了大量的戏剧作品。这些报纸有力地配合《东北日报》宣传马列主义和党的政策方针,对东北解放区的文化启蒙做出了应有的贡献,产生了广泛的影响。

虽然东北解放区的期刊数量没有报纸多,但是其戏剧的刊载量却比较大。在众多的文艺期刊中,对戏剧传播产生较大影响的是《东北文学》《东北文化》《东北文艺》《文学战线》《知识》《人民戏剧》《生活知识》等。1945年12月创刊的《东北文学》以刊载小

① 哈尔滨市地方志编纂委员会:《哈尔滨市志·报业广播电视》,黑龙江人民出版社1994年版,第88页。

说、诗歌、散文为主，偶尔也刊载戏剧作品，如由言的《各怀心腹事》等。1946 年 5 月，《知识》在长春创刊，王大化、颜一烟等都在《知识》上发表过作品，其中较有影响的作品有颜一烟的《徐老三转变》、雪立的《揭底》、李熏风的《把红旗插遍全中国》、田川的《一个解放战士》等。1946 年 10 月创刊的《东北文化》的主要任务就是"协同整个东北文化界，从政治上思想上启发广大的东北知识青年、知识分子以及文化工作者，提高他们的自觉性，鼓舞他们的革命热情，与为人民服务而斗争的积极性、创造性，使之在东北人民解放的光荣伟大事业中发挥应有的作用"[①]。《东北文化》刊载的戏剧作品不多，较有影响的是塞克的《翻身的孩子》。1946 年 12 月创刊的《东北文艺》是纯文艺性刊物，刊载小说、戏剧、散文、诗歌、翻译作品、漫画、速写、报告文学、杂文、书刊评价作品等。《东北文艺》与"东北文协"同时诞生，它的作家阵容强大，其刊载的戏剧作品有冯金方等人的《透亮了》、张绍杰等人的《人民的英雄》、鲁亚农的《买不动》、莎蕻的《拥军碗》、李熏风的《农会为人民》等。这些剧作具有多样化的形式和多元化的题材，具有宣传性和战斗性，充分发挥了东北解放区文学的"武器"作用。1946 年 12 月，《人民戏剧》在佳木斯创刊，其宗旨是帮助解决一部分剧本的问题，提供一些理论和技术材料。在两年多的时间里，鲁艺文工团的创作组和群众作者在《人民戏剧》上发表秧歌剧、独幕剧、儿童剧、歌剧、历史剧等多种形式的剧作 20 多篇，如《参军》《缴公粮》《打黄狼》等。另外，《人民戏剧》还翻译、刊载了《白衣天使》（苏联）、《弗劳伦丝》（美国）等国外戏剧，促进了中外戏剧的交流，显

---

① 《发刊词》，载《东北文化》（创刊号），1946 年第 1 卷第 1 期。

示出了编者们的国际视野。周立波主编的《文学战线》主要刊载文艺论文、小说、戏剧、诗歌、报告文学、人物传记、散文、速写、日记、民间故事、翻译作品和书报评介等。《文学战线》刊载了不少优秀剧作,如田川的《一个解放战士》、李熏风的《把红旗插遍全中国》等。《文学战线》刊载的剧作主要反映人民群众的斗争和生活。

东北解放区在1945年底开始以各级出版社为依托陆续出版戏剧作品,这是东北解放区戏剧传播的重要途径。戏剧作品的出版单位主要是各类书店,较有名气的书店有东北书店、人民戏剧社、哈尔滨光华书店、新华书店、大连新中国书局、大连大众书店、辽东建国书店等。在诸多书店中,东北书店是东北解放区影响最大、规模最大、出版贡献最大的书店。东北书店在东北全境有201个分店,《知识》《东北文学》《东北画报》《东北教育》等都是东北书店发行的刊物。在解放战争期间,东北书店出版各类戏剧作品和理论书籍,发行数十万册。戏剧形式包括话剧(独幕话剧、多幕话剧)、京剧、评剧、二人转、歌舞剧(广场歌舞剧、儿童歌舞剧)、歌剧、新歌剧、小歌剧、道情剧、活报剧、秧歌剧、小喜剧、小调剧、皮影戏等。其中,秧歌剧超过一半。东北书店不仅出版了戏剧作品,还出版了不少有关戏剧理论和戏剧经验的著作,如贾霁的《编剧知识》等。

文艺团体的迅猛发展是东北解放区戏剧传播的最终体现。1945年11月2日,东北文工团在东北局宣传部的领导下成立。后来,东北三省相继成立了数十个文艺工作团体,其中较有影响的有东北文工一团、东北文工二团、总政文工团、东北鲁艺文工团、东北文协文工团、东北炮兵文工团、东北军政治部文工团、东北军政大学文工团、兆麟文工团、黑龙江省文工团、齐齐哈尔文工团、旅大文工团等。这些文艺团体以《在延安文艺座谈会上的讲话》为指导，坚持走文艺大众化的道路，坚持文艺为工农兵服务的原则，活跃在东北城乡，战斗在前线和后方，开展各种文艺活动，宣传革命文艺思想，教育和争取人民群众。这些文艺团体表演了《我们的乡村》《军民一家》《东北人民大翻身》《血泪仇》《二流子转变》等剧作。这些作品以支援前线、土地改革、翻身当家为主题，具有积极的教育意义，在组织群众、支援前线、开展土改运动、发展生产等方面起到了巨大的作用，取得了良好的启蒙效果，受到了人民群众的好评。

二

时代呼唤着文学，文学紧跟着时代，文学是时代的映像。毛泽东在 1942 年的《在延安文艺座谈会上的讲话》中指出："所以我们的文艺，第一是为工人的，这是领导革命的阶级。第二是为农民的，他们是革命中最广大最坚决的同盟军。第三是为武装起来了的工人农民即八路军、新四军和其他人民武装队伍的，这是革命战争的主力。第四是为城市小资产阶级劳动群众和知识分子的，他们也是革命的同盟者，他们是能够长期地和我们合作的。"①有关戏剧的文艺批评是政治和艺术的统一、内容和形式的统一，要符合政治标准。受到《在延安文艺座谈会上的讲话》的影响，加之作者主要来自延安解放区，东北解放区的戏剧创作从一开始就是为主流政治服务的，东北解放区戏剧成为革命宣传的"武器"。东北解

---

① 毛泽东：《在延安文艺座谈会上的讲话》，见《毛泽东选集》第 3 卷，人民出版社 1991 年版，第 855 页。

放区戏剧的服务对象以工农兵和城市市民为主,剧作内容集中体现了人民群众在东北光复后的喜悦心情和对党的歌颂,展现了工人积极参加生产斗争、农民积极参加土改斗争、军人奋勇参加解放战争等一系列革命政治生活面貌。

歌颂工人阶级是解放区戏剧的一个重要内容。东北光复后,作为老工业基地的哈尔滨、沈阳等工业城市的作用得以凸显,工人阶级成为时代的主角。获得新生的工人阶级当家做主,以百倍、千倍的热情投入到新中国的建设中,谱写了一曲曲拥军爱民、积极生产、支援前线的动人乐章。

从剧作内容来看,第一种是反映工人生活的剧作。例如,王大化、颜一烟创作的《东北人民大翻身》生动地再现了东北工人阶级翻身后的喜悦,反映了东北人民的生活和历史变迁。《二毛立功》是大连锻造工厂工人王水亭以自己为原型自编、自导、自演的一部秧歌剧,集中展现了工友二毛"后进变先进"的思想转变过程,展现了工人自己的新生活。正如罗烽所说:"但它所走的是生活结合艺术、艺术结合生产、工人结合知识分子的道路,它就一定能逐渐完美起来。"①这类描写工人思想转变或描写劳动英雄的戏剧还有《立功》《不泄气》《红花还得绿叶扶》《取长补短》《师徒关系》等。

第二种是歌颂先进个人无私支援解放区建设、帮助工厂恢复生产的剧作。其中,较有影响的有《献器材》《十个滚珠》《一条皮带》和《刘桂兰捉奸》。《献器材》《十个滚珠》《一条皮带》反映的是东北解放后,为了实现早日开工的目标,工厂组织工人捐献生产器材,使得人们明白"献器材,争模范"的道理。独幕话剧《刘桂兰

---

① 王水亭:《二毛立功》,东北书店1949年版,第2页。

捉奸》描写的是在刘老汉将两箱机器皮带献给工厂的过程中,女儿刘桂兰和李大嫂发觉工厂里有潜伏的特务,最终机智地将特务李德福抓获。这些剧作均是以工人无私捐献物品为主线,展现了家人从反对、不理解到支持捐献的思想转变过程。这些剧作虽然有些程式化,但是贴近生活,比较真实。

第三种是歌颂党的劳保政策的剧作。代表作品有《比有儿子还强》和《唱"劳保"》。独幕话剧《比有儿子还强》写的是铁路机务段工人高大爷在新社会有了"劳保",这被大家比喻成多个"儿子"。《唱"劳保"》则是通过写老纪老婆"猫下了"(生孩子)和张大哥工伤这两件事来体现新旧劳保制度的不同。这两部剧作通过比较新旧社会,歌颂了共产党和毛主席,指出了解放区政府和工会是工人真正的靠山,从而激发了工人努力生产、争当劳动模范的热情。在延安解放区戏剧中,工业题材戏剧的数量较少。工业题材戏剧的大量创作,极大地拓宽了东北解放区戏剧的创作领域,为新中国工业题材戏剧的发展奠定了坚实的基础。

在东北解放区戏剧中,描写农民翻身解放、分得土地的农村题材的戏剧所占的比重最大。1946 年 5 月 4 日,中共中央发出了《五四指示》①,开展土地改革运动,调动农民的积极性,加快东北解放战争的进程。为了配合土地改革运动和加强对农民的思想改造,文艺工作者创作了大量的反映农民翻身的戏剧。这主要表现在以下四个方面。

① 即《中共中央关于土地问题的指示》,通称《五四指示》。日本投降以后,中共中央根据农民对土地的迫切需求,决定改变党在抗日战争时期的土地政策,由减租减息改为没收地主土地分配给农民。《五四指示》的制定就体现了这种转变。

第一方面是反映东北农民翻身解放,通过新旧对比来歌颂新农村、新生活的剧作。在这类剧作中,秧歌剧《血泪仇》是最具代表性的一部作品。《血泪仇》讲述了国统区农民王东才被保长迫害,最终逃到解放区获得解放的故事。在剧作中,这种父子相残、妻离子散的故事真实地再现了旧社会农民的苦难生活,通过对比解放区的幸福生活,鲜明地表达了广大农民对翻身解放的渴望。通过描述地主对农民的剥削事件来突出地主阶级的罪恶,借以引起农民对地主阶级的仇恨,从而引发农民对新生活的向往。秧歌剧《土地还家》描写了群众在土改运动中存在的各种问题,农民最终彻底觉悟。剧作告诉人们,共产党、八路军才是农民的救星,封建压迫必须要肃清。除上述作品外,这类剧作还有《老姜头翻身》《永安屯翻身》等。

第二方面是粉碎各类阴谋、同复辟分子做斗争的剧作。《反"翻把"斗争》以东北解放区为背景,讲述了农民群众面对地主阶级的翻把挖掉坏根的故事,凸显了广大农民谋求翻身和解放的迫切心情。《一张地照》围绕土地的"身份证"——"地照"展开叙述,通过对比"中央军"与共产党对土地截然不同的态度,指出只有共产党才能帮助农民实现"土地还家"的愿望。《捉鬼》是一部批判封建迷信的优秀剧作,旨在告诉人们封建迷信是不可信的,要相信共产党,只有共产党才能真正救穷人。值得注意的是,在这些同地主、坏分子做斗争的剧作中,很多作品都设置了这样的情节:地主利用子女与贫苦农民联姻或用金钱收买农民,企图逃避制裁和划分成分。在主题思想方面,这方面的剧作既写出了农民在土地改革后的团结,又写出了被推翻的地主阶级的翻把;既写出了劳动人民的思想觉悟,又写出了反动阶级的阴险和毒辣。这方面的剧作塑造了许多真实的、有血有肉的人物形象。在解放区的戏剧中,地主阶级的伎俩从未得逞。

第三方面是反映改造后进、互助合作、积极进行大生产的剧作。解放区农村题材的戏剧在改造后进、互助合作、积极进行大生产方面起到了抓典型和介绍经验的作用,加速了土地改革的进程,为土地改革提供了政策保障和经验保障。在东北解放后,农村在土地改革的过程中经历了"开拓地""煮夹生饭""砍挖运动""平分土地"这四个阶段。农民当家做主,分得土地,真正成为土地的主人。但在土地改革初期,个别农民思想落后,仍然存在不少问题。《二流子转变》讲述的是"二流子"李万金在生产小组长于大哥等人的帮助和教育下幡然悔悟,最终改掉恶习、投入到"安家底"的生产建设中的故事。《焕然一新》讲述的是耍钱鬼、懒汉子方新生由消极变积极,最后当上区劳动模范的故事。同样成为模范的还有李万生①,李万生说服父亲和家人参与生产劳动,为前线作战的战士提供优质的物资,他最终成为解放区的生产模范。互助组具有重要作用,参加互助组的组员之间的合作态度直接影响春耕的速度和质量。《换工插犋》《互助》《大家办合作》等剧作指出,互助组组员之间的积极合作能调动农民的生产积极性,有利于促进农业生产,有利于提高生产效率和农民的生活质量。

第四方面是劳动妇女反抗封建婚姻、争取民主权利、积极参加生产劳动的剧作。东北解放区妇女解放主要体现在妇女翻身、婚姻自由和男女平等上。《邹大姐翻身》通过讲述邹大姐翻身上学的经历,突出了解放时期劳动妇女打倒地主、反对剥削、翻身解放、追

①　刘林:《生产小组长》,东北书店 1948 年版。

求平等的观念。在《新编杨桂香鼓词》中，杨桂香的父母被媒婆欺骗，迫于压力将女儿许配给老地主，杨桂香依靠民主政府成功退婚，成为识字队长，后来与劳动模范订婚，并鼓励爱人积极参军。韩起祥编写的《刘巧团圆》后来被改编成评剧《刘巧儿》。巧儿的父亲刘彦贵为了卖女儿撕毁了与赵家柱儿的婚约，后来巧儿和柱儿自由恋爱，经政府审判，一对劳动模范终于走到一起。这些剧作主题鲜明，虽然情节简单，但却将反抗封建婚姻、追求恋爱自由的民主观念根植到解放区人民群众的心中。在东北解放区戏剧中，批判重男轻女、提倡男女平等的作品也颇受欢迎。例如，《儿女英雄》表达了转变落后思想、争取劳动权利、倡导男女平等的观念；《干活好》讲述了妇女分得田地，受到平等对待，在提升地位后成为生产活动的参与者；《夫妻比赛》和《赶上他》通过讲述夫妻进行劳动比赛来表达男女平等、同工同酬的愿望；《一朵红花》《姐妹比赛》讲述了妇女积极参加生产劳动。在这些剧作中，妇女成为生产活动的主要参与者，不再受到歧视，甚至当上了劳动模范，成为美好家园的缔造者和新社会的主人。

在东北光复后，人民群众的思想还比较落后和保守，部分青年人甚至在光复前都不知道自己是中国人。这表明，"在东北青年学生中还有很大一部分没有摆脱敌伪的奴化教育和蒋党的愚民教育的影响，依然还是盲目正统观念，反人民思想在他们头脑中占统治地位"[1]。因此，对东北解放区人民进行革命启蒙就显得尤为重要。在启蒙的过程中，最重要的就是帮助东北人民认同和接受中国共产党及其领导的人民军队。在东北解放区戏剧中，描写军队

---

[1] 《尽量办好中学》，载《东北日报》1947 年 9 月 4 日。

的戏剧既有英勇作战的壮烈场面，又有拥军优属的动人场景，完整地再现了东北人民从最初误解民主联军到后来积极送子参军、送夫参军和拥军支前的全过程。

第一类是表现人民军队英勇斗争、不怕牺牲、为解放中国勇于献身的剧作。《阵地》通过描写连长分配战斗任务和战士们争当爆破队员的场面，歌颂了解放军战士为了争取革命胜利不畏牺牲的精神。除了描写战斗场面以外，部分剧作还注重描写部队生活，表现战士们在艰苦的斗争生活中团结互助的精神，如《老耿赶队》《鞋》《两个战士》等。值得一提的是，在以战斗生活为主的军队题材的剧作中，出现了以后方医院的女护士照顾伤兵为情节的作品，小型歌舞剧《我们的医院》为充满硝烟的军队题材的剧作增添了色彩。这些剧作主题鲜明，塑造了各类英雄形象：既有孤胆英雄老丁，又有不怕误解、为伤员献血的护士和医生；既有"后进变先进"的杨勇[1]，又有教导新兵立大功的马德全[2]。自萧军的"中国现代文坛上第一部正面描写满洲抗日革命战争的小说"[3]《八月的乡村》后，经抗日战争阶段的完善和发展，战争题材的戏剧作品在东北解放区得到丰富和补充。这为后来新中国同类题材的戏剧创作积累了不可或缺的宝贵经验。

第二类是以军民互助、拥军支前为主要内容的剧作。在东北解放初期，部分群众对共产党、八路军不了解，甚至有误解。因此，

---

① 一鸣等：《杨勇立功》，东北书店 1948 年版。
② 黎蒙：《马德全立功》，东北书店 1949 年版。
③ 乔木在《八月的乡村》这篇文章中写道："中国文坛上也有许多作品写过革命的战争，却不曾有一部从正面写，像这本书的样子。这本书使我们看到了在满洲的革命战争的真实图画：人民革命军是和平的美丽的幻想，进一步认识出自由的必需的代价，认识出为自由而战的战士们的英雄精神。"

拥军题材的剧作在情节上也表现了从误解到拥护再到踊跃参军、奋勇支前的过程。《透亮了》将"天亮了"和"透亮了"呼应起来,预示劳苦大众迎来了解放,同时预示这种"透亮了"是老百姓精神和肉体的双重解放。《三担水》讲述的是刘大娘对民主联军从最初有戒心到最后拥护的过程,通过比较"中央军"和民主联军,老百姓终于认可了民主联军。《军民一家》描写了人民群众由猜疑、误会解放军到后来拥戴解放军的情景。在误解消除后,人民群众开展了轰轰烈烈的拥军活动。老百姓为部队送军鞋、送公粮,慰问部队。这表现出老百姓对解放军解放东北的渴望与感激。在拥军题材的剧作中,较有影响的是莎蕻的《拥军碗》,作品从战士和群众两个方面表现了军民鱼水情,体现了军民一家亲。《女运粮》则是从妇女能顶半边天这个视角出发,表现妇女在支援前线工作中的重要性。除上述剧作外,拥军题材的剧作还有《劳军鞋》《缴公粮》等。老百姓不仅拥军,而且积极送亲人参军。于是,剧作中出现了"老姜头送子参军"①和"四妯娌争相送丈夫参军"②等感人场景。这些剧作表现了老百姓的参军热情,表现了老百姓对前线解放军的积极支持,突出了人民要将革命进行到底的决心。东北解放区戏剧中也有军爱民、民拥军的戏剧。《军爱民、民拥军》讲述了王二一家代表村民们慰问八路军,为八路军送年货,表达对八路军的感激之情和拥护之心。《收割》讲述了战士帮助农户收割,却不接受农户给予的物品和福利,体现了人民解放军铁一般的纪律和为人民服务的优良传统。《支援前线》表现了老百姓听闻长春、沈阳

---

① 朱漪:《送子入关》,东北书店1949年版。
② 力鸣、兴中:《妯娌争光》,光华书店1948年版。

解放时的激动心情,在歌颂解放军的同时也体现了军民之间的团结。此外,《骨肉相联》《都是一家人》等作品也都表现了军民鱼水情,表现了人民与解放军一条心,表现了解放军一心一意为人民服务。

东北解放区戏剧以反映工农兵生活为主,很少以知识分子为主题。在现已收集到的剧作中,只有独幕剧《晚春》描写了城市知识女性与旧家庭的斗争。此外,儿童歌舞剧《老虎妈子的故事》采用童话的形式,批判了"老虎"象征的"中央军"反动势力。该剧作与童话《小红帽》相似,既有模仿,又有独创,显示出当时东北解放区文学与世界文学的紧密联系。

三

虽然东北解放区戏剧的整体艺术水平不是很高,但是其庞大的作者群体、巨大的创作数量、伟大的历史功绩,使得东北解放区戏剧创作达到了巅峰状态。中国现代戏剧诞生于新文化运动之中,到延安时期已经比较成熟。东北解放区戏剧继承延安戏剧传统,自然而然地完成了自身的现代化转变。东北解放区戏剧的现代性源于中国传统戏剧和西方戏剧的融合。在这种融合的过程中,东北解放区戏剧实现了本土化,形成了民族化、大众化、乡土化的特征。

东北解放区戏剧具有民族化特征,这种民族化源于延安时期戏剧的"中国化"。毛泽东曾谈道:"使马克思主义在中国具体化,使之在其每一表现中带着必须有的中国的特性……教条主义必须休息,而代之以新鲜活泼的、为中国老百姓所喜闻乐见的中国作风和中国气派。"①这段讲话既点明了马克思主义要实现中国化,又指出了文化和文学也要实现中国化,这在文学领域引发了解放区和国统区关于"民族形式"的讨论。对于民族形式问题,周扬也表明了自己对民族形式的看法,认为民族形式就是民间形式,指出必须对民间形式进行改造。在周扬看来,中国文艺理论没有得到建构的原因就是文艺工作者盲目地追逐西方文艺潮流。文艺的民族化实际上就是文艺的中国化。毛泽东和周扬的观点概括起来就是:文艺要实现中国化,中国化的表现形式就是民族形式,民族形式就是民间形式,旧的民间形式要进行改造。

东北解放区戏剧形式多样,种类繁多。其中既有由西方传入的"文明戏"(话剧),又有传统国粹京剧和评剧;既传承了本土固有的莲花落、大鼓、蹦蹦戏(二人转),又改造了歌剧和秧歌戏。话剧作为一种舶来的戏剧形式,是不同于中国传统戏曲的剧种。话剧在实现本土化的过程中,尤其是在毛泽东《在延安文艺座谈会上的讲话》发表后率先实现了民族化。这种民族化表现在以下几个方面。首先是对戏曲进行改编。如崔牧将传统戏曲与话剧融合在一起,将梆子戏《九件衣》改编成话剧。"虽然多少受了那出老戏的启发,但所表现的人和事,却完全是重起炉灶新创作的。"②虽然《九件衣》是由旧剧改编成的,但是它着眼于地主和农民的剥削关系,因此在进行农村阶级教育方面是有一定意义的。其次是继承传统戏剧的优秀遗产。《老虎妈子的故事》是将三姐妹、老虎和猎人的唱词连接在一起的儿童歌舞剧。整部歌舞剧具有较强的象征

---

① 人民教育出版社编:《毛泽东同志论教育工作》,人民教育出版社 1992 年版,第 46 页。

② 崔牧:《九件衣》,东北书店 1948 年版。

意义:三姐妹象征着底层百姓,是"待宰的羔羊";老虎象征着"中央军",是"吃人的魔王";猎人象征着人民子弟兵,以消灭"吃人的野兽"为己任。三个象征使整个戏剧具有超出戏剧本身的意味:解放军为人民伸张正义,消灭"中央军",解放东北。《老虎妈子的故事》将"大灰狼和小白兔""老虎和小女孩""小红帽"等中国民间故事糅合在一起,以歌舞剧的形式表现出来,凸显出民族化的特征。除话剧、歌剧外,京剧、评剧、秧歌戏、大鼓、落子、二人转、快板、活报剧等本身就是民族戏剧(戏曲),其民族化、中国化主要表现在对旧戏的改造和"旧瓶装新酒"上。这类剧作有很多,如鲁艺根据评剧曲调改编的歌剧《两个胡子》。经过内容和形式的改造,东北解放区戏剧实现了民族化。

东北解放区戏剧具有大众化的特征,这种大众化指的是戏剧具有广泛的群众性。东北解放区戏剧涵盖的剧种较多,不同的剧种所面对的观众群体不同。话剧和歌剧的观众以青年学生、城镇市民、知识分子为主,改造后的京剧、评剧的观众以城乡老派民众为主,地方戏曲为普通工农大众所喜爱,而秧歌剧和新歌剧则受到新派市民的喜爱。在毛泽东《在延安文艺座谈会上的讲话》精神的指引下,东北解放区戏剧创作呈现出全面为工农兵服务的态势,剧作内容主要反映东北土地改革、剿灭土匪、解放战争等一系列革命政治事件。受到当时政治文化语境的影响,东北解放区戏剧创作者的主体意识减弱,非主体意识增强,因此各个剧种的主题和内容自觉地统一了。统一为工农兵题材的东北解放区戏剧得到了各个剧种观众的认可,从而实现了大众化。翻身后的东北解放区人民不只做戏剧的观众,还踊跃参演他们喜爱的戏剧。秧歌剧早在陕甘宁边区时期就已经发展成熟。有着丰富的创作经验的鲁艺文艺工作者到达东北后,将东北旧秧歌中的色情成分剔除,在剧作中加入了反映社会生产、生活的新内容。源于对东北地方舞蹈——大秧歌的喜爱,东北人民非常喜欢这种融民间音乐、民间舞蹈和狂野表演于一体的秧歌剧。在秧歌剧的演出过程中,东北人民被剧作感染,踊跃参加演出活动,"这些节目的演出,增强了东北人民当家作主的自觉性"①。东北秧歌剧具有贴近大众、对演出场地要求不高、适合露天表演等特点,因此这种大众参与、自娱自乐的形式很快就成为东北解放区的重要剧种。在东北解放区,秧歌剧种类繁多:有翻身秧歌剧,如《欢天喜地》《农家乐》等;有生产秧歌剧,如《二流子转变》《十个滚珠》《献器材》等;有锄奸惩恶秧歌剧,如《挖坏根》《买不动》《揭底》等;有拥军秧歌剧,如《拥军碗》《妯娌争光》等;有部队秧歌剧,如《荣誉》《斗争》《谁养活谁》等②。除秧歌剧外,快板、落子等剧种的大众化程度也很高。

东北解放区戏剧的大众化还表现为创作上的大众化,即作者的大众化。东北解放区戏剧的作者阵容庞大:既有来自陕甘宁边区的戏剧作者,又有东北本土的戏剧爱好者;既有文工团的文艺工作者,又有各行各业的普通劳动者;既有成熟的老作家,又有初出茅庐的学生。而各行各业的劳动者创作的戏剧,成为东北解放区戏剧的亮点。工人很爱话剧(包括秧歌剧),很爱从事戏剧活动,工人还善于迅速地把自己的新生活、新问题反映到戏剧创作里

---

① 弘弢:《生气勃勃 丰富多彩——解放战争时期东北解放区的文艺工作》,载《党史纵横》1997 年第 8 期。

② 任惜时:《东北解放区的新秧歌剧创作》,载《辽宁大学学报》1995 年第 1 期。

去。① 群众创作的戏剧有很多,如《二毛立功》就是大连锻造工厂工人王水亭根据自己的经历创作的。除了工人参与戏剧创作以外,东北解放区还出现了农民创作的戏剧。这类工农群众直接参与创作的作品反映的是工厂、农村、部队的真实生活,塑造的形象是他们身边熟悉的人物,戏剧的语言是大众化的群众语言。东北解放区戏剧真正实现了文艺为工农兵服务的目标,成为《在延安文艺座谈会上的讲话》精神在东北解放区得以全面贯彻的典范。

东北解放区戏剧的乡土化特征主要表现在地域文化特色上。1946 年,延安的革命文艺团体集中转移到东北,延安文学和东北地域文学在哈尔滨交汇。以《在延安文艺座谈会上的讲话》作为指导的延安文学比东北地域文学更具革命性,这就使得延安文学具有无可争议的合理性和正统地位。根据东北革命文化的发展需要,文艺工作者对东北地方曲艺的各剧种进行了整合和改造,并将其纳入新的革命文艺体系中。在对民间艺术进行改造的过程中,东北大秧歌和二人转是最早被改造的。改造前的东北大秧歌以娱乐为目的,舞蹈多,说唱少,色情成分多,教育意义小,舞蹈多为东北民间舞蹈,音乐多为东北民歌和二人转小调。改造后的秧歌剧加大了情节和台词的比重,内容以劳动生产、拥军优属、参军保家、肃清敌特为主,如《三担水》《参军保家》等。二人转在东北地区拥有大量的观众,民间有"宁舍一顿饭,不舍二人转"的说法。正因如此,二人转的宣传作用非常大。"蹦蹦又名二人转,亦称双玩意儿,流行于东北农村中(俗称蹦蹦戏,其实戏剧的意味较少),流行的戏有《蓝桥》《红娘下书》《卖钱》《华容道》《古城》《王员外休

---

① 草明:《翻身工人的创作》,载《东北文艺》1947 年第 2 卷第 3 期。

妻》等。演唱时一人饰包头(即花旦),手中拿一块红手帕,一人饰丑,用板胡和呱啦板伴奏,演员一面轮流歌唱,一面扭各种秧歌舞。舞蹈内容,主要是以逗情逗笑热闹为目的,与唱词往往无关。"①对二人转、拉场戏的改造与对秧歌的改造相同,主要是内容上的改造。二人转歌唱的内容大多源自民间故事或历史传说,如《干活好》就用了两个秧歌调子和一段评戏,其他都是蹦蹦戏。改造后的二人转减少了封建迷信内容和黄色故事情节,净化了语言,增加了拥军、生产等新内容,如《支援前线》《陈德山摸底》等。对东北大秧歌、二人转和拉场戏的改造集中表现在内容方面,而艺术上的改革力度并不大。秧歌继续"扭"和"浪",演员仍然"逗"和"唱",角色还是分为"旦"和"丑",样式还是耍龙灯、跑旱船、踩高跷,步法始终离不了"编蒜辫""十字花""九道湾"。秧歌道具有所改变,红绸子、手绢、大红花、红灯笼的使用多了起来。在音乐方面,二人转的改变不大,音乐仍然是文武咳咳、胡胡腔、快流水、四平调等传统曲牌。秧歌剧的音乐还是以东北民歌和二人转曲牌为主。例如,《自卫队捉胡子》采用了东北民歌曲调"寒江调""锔大缸调""绣荷包调";《光荣夫妻》采用了"花棍调";《姑嫂劳军》《一朵红花》等秧歌剧还采用了二人转的文武咳咳、那咳等曲牌。东北有秧歌剧和二人转等表演形式,它们被东北人民认同,已经打上了乡土文化的烙印,其乡土化特征极其显著。

此外,东北解放区戏剧的乡土化特征,还离不开原汁原味的东北方言的运用。东北解放区戏剧"语言的运用都达到了当时话剧

---

① 肖龙等:《干活好》,东北书店 1948 年版。

创作的高水平"①,尤其是东北方言的运用。受到东北戏剧大众化的影响,原汁原味的东北方言的运用是戏剧被观众接纳和喜爱的重要因素,如嗯哪、老鼻子、下晚儿、眼巴巴、磨不开、个色、胡嘞嘞、膈应、猫下、不大离儿、拾掇、整、自个儿、消停、不着调、疙瘩、硌叽、重茬、唠扯、差不离儿、麻溜、急歪、昨儿个。此外,东北民间谚语和歇后语的运用也不容忽视。在这些剧作中,东北方言土语、民间谚语随处可见,使东北人民感到亲切和乐于接受,拉近了剧作和观众的距离,加强了宣传的效果。

四

东北解放区戏剧是中国现代戏剧的重要组成部分,具有承前启后的作用。它忠实而客观地记录了东北解放战争时期的历史风云,在戏剧史、革命史和社会史方面都具有重要的参考价值。东北解放区戏剧在民族化、大众化、乡土化和革命化的进程中,积累了丰富的经验,形成了鲜明的艺术特色,实现了从现代戏剧到当代戏剧的过渡。

在创作方法上,东北解放区戏剧继承了延安戏剧的传统,除《老虎妈子的故事》运用了象征手法外,其余剧作皆采用现实主义创作方法。剧作家们运用现实主义的方法,通过戏剧的形式把刚发生或正在发生的事情真实地反映出来。这些剧作集中描写了工农兵的日常生活,起到了鼓舞斗志、颂扬先进、宣传政策、支援前线的作用。在戏剧结构上,戏剧冲突尖锐而集中,叙事模式多元:劝诫模式的剧作有《二流子转变》,成长模式的剧作有《杨勇立功》

① 柏彬:《中国话剧史稿》,上海翻译出版公司1991年版,第307页。

《刘巧团圆》,误会模式的剧作有《三担水》《比有儿子还强》等。东北解放区戏剧具有多种表现方式,既有多幕剧,又有独幕剧。在人物塑造上,东北解放区戏剧作品塑造了一个个爱憎分明、个性突出、敢作敢为的人物形象,如《好班长》中的刘振标、《二毛立功》中的二毛、《买不动》中的王广生等。这些人物形象生动丰满,有血有肉,观众熟悉并易于接受。

东北解放区戏剧在取得较高的艺术成就和起到重大宣传作用的同时,也存在着不足。第一,东北解放区文学是典型的"革命文学",东北解放区戏剧是典型的"革命戏剧"。导致这种状况出现的原因有两个:一方面,文学具有反映时代的使命,这是文艺的功用;另一方面,受到政治的影响,剧作家创作的自主意识弱化了,而政治意识强化了。《在延安文艺座谈会上的讲话》要求文艺为政治服务,这就使得戏剧创作出现了公式化、概念化的倾向。第二,不少剧作都是因宣传需要而创作的,是应时应事之作,因此创作时间短,艺术水准不高。此外,工人、农民、学生也参与创作,因此一些作品粗糙,质量不高。从整体上来看,专业作者要好于业余作者,鼓词、话剧等剧种要强于秧歌剧,多幕剧要优于独幕剧。第三,反动人物被类型化和丑化,语言也存在粗鄙、不干净的问题,脏话较多。不少剧作对"中央军"、地主阶级、特务等反动对象较多地使用脏话。这类语言的使用者多为革命的工农兵人物,针对的多为反动军队或地主阶级等对立的角色,因此这些粗鄙的语言被作者美化、合理化和合法化,这降低了戏剧语言的纯净度。

虽然东北解放区戏剧有以上不足之处,然而瑕不掩瑜,其民族化、大众化、乡土化的特征,使得戏剧的启蒙性、宣传性、教育性、战斗性的作用得以充分发挥。东北解放区戏剧对光复后东北人民进行的文化启蒙、拥军优属、动员参军、生产建设等具有重要意义,对解放区的土地改革和解放战争做出了不可磨灭的贡献。

（作者系哈尔滨师范大学教授）

◇ 白晓虹

都是为了大生产

时间：一九四八年一月。

地点：某村。

人物：王立山，十九岁的农民。

朱贵，十七岁的一个小伙子。

李老汉，五十八岁。

布景：广场上或二道幕前。

开场：前奏曲奏过后，听得有鸡叫，狗咬，给人一个早晨的感觉。王
立山背着粪担子上。

王：（唱）

（一）（鸡叫）公鸡叫，（狗咬）小狗咬。月亮星星还没落呀，离着
亮天还很早，还很早。

（二）棒棒的小伙子王立山，一心为了多生产，天还不亮别人没起
呀，挑起粪担走出家园，走出家园。

（三）粪就是地中宝，多上粪来庄稼好，贪睡一天捡不一担呀，要

1

想多捡得起早,得起早。

（四）一叉一叉把粪捡,一点一点担子装满。不觉热乎乎身上暖

　　　呀,坐下歇歇抽袋烟,抽袋烟。

（慢慢放下担子,掏出烟袋,猛地）

（白）哎! 那边还有一疙瘩粪呢!（又一想）等会儿再捡吧,离着

天亮还很早呢!

朱:（扛着镢头上）（唱）

（一）朱贵我青年力又壮,

　　　起早上山去开荒,

　　　不怕腰酸筋骨懒,

　　　决心今年多打粮。

（二）虽说樱桃好吃树难栽,

　　　苞米好吃荒难开,

　　　哪管它比钢铁硬,

　　　架不住我锹镐一起来。

朱:（白）王大哥,真下力呀,这么早就起来捡粪吗?

王:噢! 朱贵,你去开荒吗?

朱:可不! 开了十啦天啦,剩不多啦,我寻思瞅工夫把它开出来,家

　　里粪也不多,赶紧开完好捡粪哪,（踩在粪上）哎哟! 这还有一疙

　　瘩,也没拿叉子……用手抓起来吧,反正捡一点是一点。

王:（慌忙爬起）朱贵,别红眼哪!

朱:什么?

王:我说你别抢,伙计! 这粪是我老早就在这看的呀。

朱:王大哥,你怎么望风扑影瞎胡说呢? 我哪抢你的粪啦?

王:你怎么不是抢我的粪? 我告诉你吧! 这疙瘩粪我早就看见啦,

　　我没捡,我寻思抽袋烟再捡。

朱:(不语)

王:你不信? 你看我粪筐还扔在那边哪!

朱:咦,你这个话倒怪,粪还有主吗? 不是谁捡就该是谁的吗!

王:得啦,还有个先来后到不? 趁早别打麻烦啦,赶紧给我吧!

朱:给你? 为什么给你? 粪也没贴帖,怎么叫你的?

王:没贴帖? (抢朱的帽子)那么你的帽子也没贴帖,衣裳也没贴帖,
　　剥下来是我的。

朱:(气得不语)

王:怎么样? 熊了罢?

朱:王大哥,我说句实在的,我今年攒的粪不大够,我看给我吧。

王:你就知道你粪不够啊? 人家就够啦? 我要够我还不起早捡
　　它呢!

朱:王大哥,给我吧。

王:你净想好事儿,人家看见的粪为什么给你啊?

朱:是我踩的啊!

王:我先看见的啊!

朱:我踩的啊!

王:(喘了口气)你别打麻烦啦。

朱:不行。

王:真不行?

朱:真不行。

王:不行? 走! 咱找个人评评理去。

朱:(不语)

王:怎么? 不敢去啦,走,走!

朱：怎么不敢去？

王：敢去就走啊！

朱：有理走遍天下，无理寸步难行，上哪儿我也敢去。

王：走！（拖朱）

朱：好，走就走。

（二人拖拖拉拉下，因为走急啦，把粪担子镢头都扔在台上）

（李老汉上）

李：（快板）我李老汉，今年五十八，一辈子没有儿子，只有一个女娃
　　娃。去年老汉五十七，俺的姑娘整十八，里里外外花了好几千，
　　陪送姑娘上婆家。小两口的感情真不错，前天生了个胖小子啊，
　　老汉一听心欢喜，五十个鸡蛋送给她。整整住了两天半，又是
　　酒，又是肉，大吃二喝我不想家。本想再住两三天，怎奈家中有
　　活扔不下。天还不亮忙爬起，深一步，浅一步，一步一步转回家。

（正说着被粪担子绊倒。低头一看）

（白）呸！这是哪个荒料做官丢了印，捡粪把粪筐都扔啦，哎哟！
还满满一担粪哪，还有一把镢头，这回活该我发大财，正好我粪
也不大够用的，送上门来啦，好买卖，挑着走罢。

（老头挑起就走，朱王拖拖扯扯上。嘴里嘟念着："打官司可是
打官司，别丢了粪筐。"抬头一望）

朱：哎哟！镢头没啦。

王：害啦！我的粪筐也没有啦。

朱：你看前面是不是有个人挑着粪担子？

（王、朱忙撒开手，跑过来齐把老头把住）

王：老头，干么偷东西？

朱：老头，干么偷俺的镢头？

李：唉！俗语说"有掉的有拾的"，怎么说我是偷你呢？看你们这一对荒唐鬼，把粪筐都扔了。

王：你不知道哇老头。

朱：老头，你不知道，俺俩刚才打了一仗，急急忙忙就走啦，把粪担子忘了。

李：给，一定给，我倒要问问你们为什么打起来啦？

王：（唱）唉！老大爷你不知，这个朱贵不讲理。本来是我看见一疙瘩粪，他硬胡闹说是他的。

朱：（唱）王大哥你才是不讲理，这粪本是我踩的，车道中央粪尿多，谁捡就该是谁的。

李：闹了半天倒是为了一疙瘩粪打起来啦。

王：可不是吗！我看见一疙瘩粪，抽袋烟的工夫就让他抢去了。

朱：老头，你说道上的粪是不是谁捡就该是谁的？

李：（唱）你们俩真好笑，竟在这里瞎胡闹，何必生这么大的气，我给你们分开好不好？

王、李：（不语）

李：（唱）你们一对糊涂蛋，事不想开就瞪眼，应该你我两让步，何必吵吵耽误时间。

（白）你们竟瞎胡闹，有打仗的工夫能捡多少？何必闹得脸红脖子粗，还耽误工夫。你们想想。

王、朱：（半天，互相看了一眼）

（唱）咱俩何必小孩一般，同样为的大生产，你我谁要不一样，不该闹得翻了脸。

王：不用分了，朱贵你留着吧，唉！何必闹得不和气！

朱：大爷的话对呀，咱们都是为了生产，王大哥给你吧。

李:你们真像小孩子,刚才差不点打破了脑袋,现在倒穿上一条裤子啦,哎哟哟。(笑起来)

朱:王大哥你就留着吧,我也没拿家把什来,拿什么拿啊,我还赶紧要开荒去,我走啦!

李:(指王)你留下吧,你们这个生产劲儿真行,干吧,小伙子! 只有干活才能吃得饱穿得暖哪!(指王)你给粪捡起来,(指朱)小家伙等会一起走。

王:好啦! 咱们走吧!

齐:(唱)多生产,多生产,政府号召大生产。

王:(唱)有男有女。

李:(唱)有老有少。

齐:齐动员呀啊齐动员。

朱:我开荒多生产。

王:我攒粪多种田。

齐:哪怕苦和难。嗨,嗨,嗨。

李:团结好。

王:变工队。

朱:插犋组。

齐:力量大如山,多打粮食十八万石。

咱们生活要改善,要改善。

(注:其中唱曲略,演出时可临时配上当地群众所熟悉的曲调,其中词亦可酌量增减。)

选自《大连日报》,1948 年 4 月 27 日

◇ 白　慧

两个战士

时：一九四八年春末夏初间。

地：东北。

人：李奇良——五班新战士，二十二岁，翻身农民，参军才几个月，松江人，老实谨慎，不大会说话，练兵很积极。

刘刚——五班特等射手，二十五岁，山东人，打仗勇敢，就是好摆"老资格"，不愿练兵。

陈英——五班班长，二十六岁，能干，他领导的五班，是个"战斗模范班"。

王贵春——五班解放战士，二十七岁，四川人，说话慢吞吞的。

小何——五班小战士，十八岁，平时好逗人玩笑，爱说个"顺口溜"。

指导员——解放军某部二连指导员。

长——解放军某部二连连长。

卫生员——解放军某部二连卫生员。

人民解放军战士甲、乙、丙等若干人。

第一场

（屋内正面有炕,旁边有枪架、碗、盆等物。下课号声中五班全体上,进屋后把枪架好,有的卸下子弹袋,有的紧紧绑腿,各自做着不同的动作）

班:(边说边进屋)喂,同志们! 吃过饭还上课啊。

刘:(第一个进屋,卸下子弹袋正要上炕)又上课?! 上啥课?

班:土工作业军事课呗。

刘:(闷闷不乐地)对,上吧。(躺下)

李:(拿了几个木制手榴弹)班长,开饭还早着呢,咱们抓紧时间练练投弹去。

王:(第一个响应)干! (招呼大家)走走!

何:咳,刚下了课,待一会儿嘛。

王:(指门外)你看看,人家四班六班都在加油,我们刚刚受了指导员的表扬,可不要泄气噢。

众:对对! 走! (将取枪下)

班:哎,同志们! 先歇一会儿吧,我打水去,咱们喝点水再好好练练对不对?

众:对对!

班:(端盆出门下)

何:(一边擦枪,一边哼着练兵歌)雄鸡叫天刚明,热火朝天大练兵……

甲:哎,今天教的新歌子怎么唱得? 小何,你唱我们听听。

何:(唱)说打就打,说干就干,练一练大盖枪……上起了刺刀……

8

（唱走调了）

王：你唱得不对，不是那个调子。

乙：对，王贵春，你唱咱们听听。

王：（一边唱一边还打着拍子）说打就打……上起了刺刀……（也唱走调了）

众：（大笑）

丙：你说小何唱得不对，闹了个归其，你照他还差呢。

王：（不好意思地）这个调子真不好拿。

李：今天宣传队那个同志唱得可好，拍子也打得挺带劲！

刘：（坐起）我说，回回集合唱歌，就数咱二排操蛋，一排三排机枪排都比咱们唱得漂亮。

王：（不服地）别那么说，我们唱歌子不如他们，练兵可不比他们差，今天指导员上课，还表扬我们呢。

何：可不咋的，咱们五班不简个单，李奇良还上了报纸呢。老资格，你说是不？

刘：（生气地不答理）

甲：李奇良，咱们大伙要好好向你学习呢。

李：我这算啥，咱们练兵还不是为了打仗吗？

刘：（冷冷地）我说，讲打仗可轮不到你，上报纸不上报纸，咱不稀罕这个，反正积极不积极，谁都会装一套。

李：照你那么说，谁又是装积极了？

刘：装不装哑巴吃饺子你自个肚里有数。谁算英雄谁是坏种到战场上看吧！

李：（气得说不出话来）

何：（调皮地）老资格，你是英雄咋不给你挂个大奖牌呢？

刘:(恼羞成怒)你他妈小猴子！谁跟你说？

何:(让步)嗨！又上火啦。对对,咱不说。

（班长端水上打破僵局）

班:(吆喝着进门)大家喝水！喝水！喝了水就练,四班要跟咱们比
赛呢。

乙:比就比呗,喝了水就干。今天胳膊也不觉着怎么疼了,非投他个
四十公尺不价!

甲:别吹了,快喝水吧。

（众舀水喝,喝完班长、王贵春、小何、甲、乙等持枪出门下）

李:(催丙)走吧,大伙都走啦。

丙:(还在喝水)再喝一碗,要不待会儿一出汗就没了,你不喝一碗?

李:不喝了,走吧。

刘:(讽刺地)不喝水那有什么,有本事就不吃饭!

丙:哎,刘刚,你没事坐在那里干啥?走吧。

刘:课外活动时间,我愿意干啥就干啥,咱又不想当模范!

丙:看你,人家热热乎乎地招呼你,你他妈来瓢凉水,多不带劲。

李:(忍不住)人家乐意坐着,你管那干啥?走吧走吧。

（李奇良、甲持枪出门下）

刘:操!吃了两天八路军的饭,也不称称自己有多少分量。哼!受
表扬?你他妈的去抓紧吧,老子才不稀罕这个呢!(躺下)

（台后传来投弹声,人声:"四十公尺!中目标!"众叫好声,鼓
掌声）

刘:(翻身下炕)唉,真讨厌!政治练兵刚练完,又来个军事练兵,打
仗就打仗嘛,还练他干屌!一天到晚上课啊、出操啊、干这干那
的,整得人头直发昏,浑身不得劲!

（唱一曲）自那天开始了军事练兵，

我刘刚心里头一直烦闷，

又上课又出操整天不闲，

练刺杀练投弹实在累人。

战场上杀敌人全凭勇敢，

捉俘虏缴武器我有经验，

不练兵也一样能打胜仗，

又何必白费劲天天苦干。

（白）偏偏班上又来了个李奇良，这小子我一看就是不顺眼，一开头就他妈装得很积极，白天黑夜地干，也不怕累断他的脑袋！练吧，看你练出个啥名堂来？我可不下这份死功夫。

（唱一曲）提起了李奇良我心火上升，

可恨他装进步积极练兵，

咱班长还说他是个模范，

同志们一个个跟他胡整。

（白）唉，真他妈窝火！（坐下）

何：（上，进屋拿瞄三角用的靶）噫！老资格，你一个人坐在那儿不怕屁股坐疼？走！一起去瞄瞄三角。

刘：我不瞄。

何：你是个特等射手啊，给咱们校正校正不行？

刘：（讨厌地）不行！

何：吓！你真摆老资格啦，你瞅瞅，人家新同志练兵多积极啊，你别拉下了。

刘：他积极他的，跟我有屁相干。

何:(故意逗他)哎,咱们就应该学习嘛!

刘:我就是不学习他的!(厌烦)去吧去吧,课外活动,你管不着!

何:课外活动就不兴练了,你没听指导员说吗?"平时多下苦,战场少伤亡。"大伙都在加油,就你够了?

刘:我就不信那一套,打从参加那天起,哪一回战斗也没少过我刘刚吧,可我连一根汗毛也没碰掉啊。

何:好好,好心当作驴肝肺,你不练就算了。

(台后李奇良声:"小何! 快来啊!")

李:(上)小何,你咋搞的? 救了半天还不出来,大伙都等着你呢。

何:来了来了,我跟刘刚说话呢。

李:快吧,一会儿就开饭啦。

刘:(讽刺地)快去吧,明儿等着上报纸呢!

李:(欲说无话,返身就下)

何:吓! 老资格,你自个不练,还兴倒打一耙,说人家呢。

刘:老子不练一样打仗。

何:(俏皮)噢,对! 你够啦,明儿个一定给你挂个大奖牌。

刘:去你妈的!

何:噫,你怎么兴骂人呢?(顺口溜)老资格,资格老,一开口就放大炮,大伙练兵他不干,一天到晚发牢骚……

刘:他妈老子揍你!(追打着同下)

第二场

(鸡鸣,音乐过门中李奇良提枪轻步上)

李:(唱二曲)雄鸡叫天色快要亮,

独自悄悄起了床,

12

学一学瞄准,练一练刺枪,

练得子弹上膛不空放,

刺刀刺进敌胸膛!

(练刺枪)

李奇良本是庄稼人,

翻身保家来参军,

为大家报仇,为自己雪恨,

不怕劳累加紧学本领,

上了战场杀敌人。

(白)前些日子同志们都诉了苦,我李奇良从小就给人支使,放猪、放马、扛活,受尽地主的剥削,吃尽了千辛万苦,这回参加了共产党解放军,我下定决心要报仇。自从练兵开始,我下劲儿天天苦练,同志们都鼓励我,哪知道刘刚他自个不愿意练不说,还摆老资格,看不起人,说话老带个刺儿,叫人听了真难受,唉!

(唱二曲)思想起这事真为难,

刘刚自大把人小看,

骂我装进步,练兵他又不干,

恨只恨我自己不会说话,

没法跟他来提意见。

(白)我让了他好几回,他还是一个劲儿闹别扭,我寻思跟他讲道理吧,可又话到口边说不上来。唉,别管他,我还是练我的。

(刺枪)

(鸡鸣,台后吹起起床号,一会,班长上)

班:(刚穿好衣服,揉眼)咳,李奇良,你什么时候起床的?

李:班长,天还没亮我就爬起来了,睡不着,练练刺枪。

13

班:白天已经够累了,下晚还不好好睡,小心不要累病了。

李:(自信地)班长,我这身体没有问题。

班:(向后台招呼)集合了,快出来!

　　(王贵春、小何、甲、乙、丙等上)

班:(喊口令)立正! 向右看——齐! 向前看! 稍息。(发现少一个人)还有谁没来? 刘刚!

刘:(边穿衣服边上,帽子也没戴正)报告!

班:动作这样慢? 排好了。(对众)今天的科目是各小组练习三三制动作,解散后各小组分别练习,一点钟后回来集合。(口令)立正! 解散!

众:杀——

　　(分两边跑步齐下)

第三场

　　(乐声起,奏练兵曲,台后班长大声喊口令:"目标! 正前方! 发现敌人! 成前三角——冲!")

王:(提枪猫腰跑上,动作迅速,卧倒作射击状)

李:(第二个猫腰跑上,在中间卧倒作射击状)

刘:(动作较熟练,但直着身子提枪跑上,靠李左后边卧下,一仰头,见是李,就生气地爬起又往前跑得远远地卧下作射击状)

班:(上,检查队形)刘刚,你的地位错啦,前三角队形你应该在左后边。起立! 重来。

　　(三人起立将回)

班:哎,刘刚,刚才你冲锋的姿态也不对劲,冲的时候一定要有敌情观念,注意找地形,三三制动作练熟了,在战场上灵活运用起来,就能减少伤亡,重来一次吧。

（班长、王贵春、李奇良同下）

刘:（不高兴地）嗨! 哪来这么多的新词儿?（随下）

王:（上,动作地位如上）

李:（上,动作地位如上）

刘:（上,这次稍猫着腰,在李后边正要卧下,一见是李又忍不住生气地跑向前卧在原来的地方）

班:（上,见刘状,颇生气地）刘刚,你的地位又错啦! 看你跑到哪去了?

刘:（嘀咕）打冲锋不冲在前面,倒在后边充坏种?

班:这是练习战术动作嘛,你还是个老战士,连这一点都不知道? 起立重来!

（三人起立）

刘:（拍身上土,低头一看,膝盖处裤子破了一大块,嘟哝）摆来摆去胡弄了一早晨,裤子也磨破了。班长,我做不好,再来也就是那样了。

班:做不好就要再来嘛,你看看李奇良,天不亮就起床练刺枪,你才来了两遍,就不愿意练了?

刘:（一下火起,旁白）操! 又是他的好? 什么玩意儿! 我偏不服气。（故意）班长,我请个假,肚子疼,回去了。（愤愤下）

班:哎,刘刚! 刘刚! ……（叫不住）

王:（看不惯）班长,我提个意见行不行?

班:你说吧。

王:刘刚他从练兵到现在,老闹情绪,看他刚才那个态度,就成问题,脾气越来越大了,我们五班有了他,练兵就别想搞好。班长,你跟连部提个意见,把他调到别的班去。

班:咳,调班还不是一样,我跟你们说。

(唱三曲)刘刚他打仗很勇敢,

就是练兵不愿练,

咱们应该多帮助,

好好跟他提意见。

李:班长,你说跟他提意见,这我不行。

(唱二曲)老资格全连都有名,

找他谈话我不行,

我又不会说话,他也听不进,

要是把他惹上火,

弄得大家不太平。

(白)我不去找他。

班:咳,他摆老资格那是他的缺点,你何必跟他生什么气呢?

王:老李,班长说的没有错,他那个自高自大是他一贯的老毛病了,我刚到五班来,他看我是个解放过来的,一说话就带个讽刺性,什么欢迎过来的啦,怎么的啦,班上讨论题目的时候,一说到国民党他那个眼睛就老盯着我,好像我就是个反动派,真他妈气人!要跟他闹吧,也觉着没意思,后来也是班长跟我解释了,我仔细想想,对,他看不起我是他的毛病,我抱我的正确态度,有意见就提,他爱听不听,可也比较好些。

班:对嘛,他越看不起人,咱们就越要帮助他。

李:(勉强)对。

班:咱们回去吧,马上就集合了。

(三人同下)

第四场

（连长拿着红、白两面小旗上）

连：（唱四曲）白云朵朵飘满天，

遮住阳光一大片，

野外打靶好天气，

远近目标看得显。

整训还有十多天，

同志们加油把兵练，

五班今天来打靶，

射击技术要测验。

（白）整训快一个月了，同志们练兵很积极，大家进步很快，这几

天打靶，各班的成绩都不错，今天轮到五班，可不知道怎么样？

李：（持铁锹上）连长！（敬礼）

连：今天你们五班打靶，李奇良，你得好好打啊。

李：连长，我可不行，实弹打靶我还是第一回呢。

连：没什么，大胆沉着就行，你的瞄准不是进步很快吗？你来，咱们

去把那边场子修一修。（同下）

（班长拿着布环，刘刚手持铁锹，小何三人上）

班：昨天他们四班特等射手陈国雄一枪就打了个十环，今天轮到咱

们五班，大家好好打，咱们是个战斗模范班呢。

何：（俏皮地）没问题！咱们刘刚打靶是"花子房睡觉没有盖的"！保

险一枪就揍他个十一环半，人家陈国雄有啥了不起。

刘：扯你的鸡巴淡！

何:咳,这话不对吗?(顺口溜)老资格你别骂人,你要骂人可不行,
　待会报告指导员,管保叫你吃批评。

刘:(瞪眼欲发作)

班:(严肃地)小何,别胡闹! 刘刚,你把这靶台搞一下。(对何)走,
　咱们去把这环挂上了。(二人同下)

刘:(气呼呼地一边挖土一边嘀咕)操! 报告指导员又怎么样?

李:(持锹上,见刘一个人在修靶台,热情地招呼)喂,刘刚!
　我来……

刘:(低着头没见李,余怒未息地)没有两下敢穿缎靴? 用你来说,什
　么玩意儿!

李:(误会了,旁白)这叫我咋跟他说话呢? 这人真没有办法,唉!

　　(默不作声地上前挖土,刘抬头见李,生气地背过身来挖,李见
状大怒,将发作,又忍住了,也背身不理,两人默默地挖了一阵)

　　(连长、王贵春、甲、乙、丙等上,班长、小何挂环回来,从另一
边上)

连:(问班长)搞好没有?

班:好了。

连:(将红白旗交给甲)你到那边去报环。

　　(甲跑步下)

班:连长,开始吧?

连:开始,每个人一发子弹。

班:王贵春!

王:有!

班:你第一个打,打完了你记录。

王:对。

18

（唱五曲）王贵春，来打靶，

第一个，别拉下，

沉着射击不要慌，

精确瞄准不虚发。

　　（边唱边卧下，唱完拉栓）

连：（吹哨）

王：（瞄准，扣枪机射击）

连：（枪声一响即吹哨）

众：（紧张地望着前面，一边随便估计着）

班：（站在最前面看环）七环！

王：（站起，拿出小本记录）第二个谁打？

班：小何你打。

何：我！

　　（唱五曲）我小何，来打靶，

年纪虽小本领大，

看准目标心不慌，

一定中环没有差。

　　（卧下拉栓）

连：（吹哨）小鬼，沉着点！

何：对。（瞄准射击）

连：（吹哨）

班：五环！

连：小鬼还不坏啊。

班：李奇良，现在你打。

李：（唱五曲）李奇良，来打靶，

心要定,胆要大,

三点一线瞄得准,

屏住呼吸扣一下。

（卧下拉栓）

连:（吹哨）胆大些,沉住气。

李:（瞄准射击）

连:（吹哨）

众:（望前面,参差不齐地估计着）

班:（高兴地）九环! 九环!

众:（意外地叫好）

连:好! 李奇良这一枪打得好!

班:现在是刘刚打,刘刚!

刘:（人堆中钻出）有!

班:现在你打。

何:特等射手,瞅你的。

刘:（颇自信地）你说。

（唱五曲）我刘刚,来打靶,

不费难,有办法,

枪声一响中红心,

管叫大家笑哈哈。

（卧下拉栓）

连:（吹哨）老兵啦,好好打,打个十环。

刘:（一瞄就射击）

连:（吹哨）

众:（更紧张地望前面,不齐声地）打上了……冒土啦!

20

何:(抢到前面去,看环,意外地)啊!吃烧饼!

班:(看前面,失望地)啊?!没有中靶!

何:(悄声地)哈!老资格。(顺口溜)特等射手说大话,打起靶来就抓瞎……

众:(哄笑)

刘:(恼火,蹲在一边)

班:现在谁打?

　　(台后哨音起)

王:开饭了。

连:开饭了?这样吧,没有打的人吃过饭再打,大家回去吧。

　　(众下,剩下班长和刘刚)

班:刘刚,不要生气啦,应该记住!自己平时不好好练,这能怪谁呢?

刘:(站起)怪谁?我一听咱连长表扬李奇良,就一肚子不高兴。

班:哎,李奇良练兵很积极啊,连长为什么不能表扬他呢?

刘:练兵积极又能怎么样?我说啊,谁是坏种谁算英雄咱们战场上看吧。

班:咱们练兵还不为了打仗?你看,你平时不好好练,一到打靶就吃了个大烧饼,我不信到打仗的时候,你就能有办法?人家练兵为的啥?

刘:(无语,强词夺理)……我就是不服他!

班:同志,这不对,别人有优点你就该虚心学习嘛。你打仗打了不少,有战斗经验同样也应该帮助别人,革命同志嘛。再说李奇良这样天天苦练为了啥?还不跟你跟我一样,为了穷人翻身,为了消灭蒋介石,俗话说得好:"土帮土成墙,穷帮穷成王",咱们都是阶级弟兄,为啥要闹个不团结呢?你啊,为后就不要再跟他闹别

21

扭,好好练兵吧。

刘:(勉强)嗯。

班:回去吃饭吧,路上咱们唠唠。

刘:对。

(二人同下)

第五场

(班长上)

班:(唱三曲)大练兵已经两星期,

　　个个同志都努力,

　　只有刘刚闹情绪,

　　叫我班长好着急。

　　李奇良练兵受表扬,

　　刘刚他不服闹意见,

　　他们两人不团结,

　　全班工作难开展。

(白)一个班好好儿地练兵情绪挺高,就是刘刚不愿练兵还自高自大瞧不起人,跟李奇良闹不团结,那天打靶回来跟刘刚谈了一回,总算好一些,谁知道今天早晨刘刚说了一句话,李奇良又着脑了,两个人一见面就像冤家对头,平时他不理他,他也不理他,这叫我怎么办呢?还是去找指导员汇报一下,看看怎样解决。

李:(抱着炸药上)班长! 班长! 我到处找你,来! 咱们来练练爆破。

班:练了一天不累吗?游戏时间嘛,歇一会儿吧。

李:累啥? 我不累,班长,那天上课学连续爆破,咱们还没好好实习

22

一回呢。

班:好,你们组上人呢?

李:王贵春在练刺枪。

班:刘刚呢?

李:(不满地)刘刚? 一吃过饭就往炕头上一躺,啥也不干,这个人真没治,班长,我提个意见,我不跟他在一个班。

班:咳,你听我说。

(唱三曲)李奇良不要这样讲,

革命同志都一样,

刘刚虽然有缺点,

帮助改正理应当。

李:(唱二曲)革命同志都一样,

为啥他不这样想?

常摆老资格,自夸本领强,

冷言冷语讽刺人,

看不起我李奇良。

班:(唱三曲)旧社会欺压咱穷人,

为了翻身来参军,

大家的目标都一样,

阶级弟兄要团结紧。

(白)你参军为了啥?

李:为了打倒蒋介石,穷人翻身呗。

班:对啊,刘刚缺点虽多,可他也是个受苦人,他过去给人家做工,也是受人剥削受人压迫,这同志打起仗来倒是挺勇敢的,有缺点咱们就应该多帮助他嘛,调到别的班还不是一样嘛?

23

李：（有些感动）嗯，帮助他就怕他不爱听。

班：（抓住时机来打通思想，指李手中炸药）我问你，你说这炸药厉害
　　不厉害？

李：（莫明其妙）咋不厉害？碰上了就得飞上天哪。

班：你说这炸药咱们给谁预备的？

李：（笑）那还用说嘛，不给敌人反动派预备的吗？

班：（正经地）咱们要炸的是敌人，还是炸自个同志呢？

李：（笑）班长，你问那干啥？还能用来炸自个同志吗？

班：好，我跟你打个比方说，现在把这包炸药点着了，咱们两个人都
　　走开，嗨！偏偏有一个同志他不知道，稀里糊涂地朝着这炸药走
　　过来，那炸药就快炸了，你瞅见这情形该怎么办？

李：止住他呗。

班：他倒不听你的话，还一个劲儿往前走，你又怎么办？

李：那上去拦住不让他走呗。

班：他倒没有搞清楚咋回事，你拦住他他还不乐意呢？

李：那还能管他乐意不乐意，总不能瞅着他往死道上走啊，拖也得把
　　他拖回来。

班：（笑）那就是了，刘刚的不愿练兵自高自大就像这包炸药，他要不
　　纠正一天天发展下去那就像一步步往死道上走一样，这包炸药
　　就会把他毁了，咱们知道他的毛病，也就像知道这包炸药会炸人
　　一样，你说咱们能不告诉他？不救他？来计较他乐意不乐意，爱
　　听不爱听？

李：（恍然）班长，你这么个一解释，我心里就像两扇窗户似的，亮堂
　　堂的，你说的对，他有缺点，咱们不应该对他抱成见。

班：对了，咱们应该发扬阶级友爱，积极地帮助他。

李:(天真地)班长,我马上找他谈去。

班:那倒不慌,主要还是大家拿行动来看。(转话题)咳,你刚才不说
　　要练练连续爆破吗?

李:(看看手中炸药笑了)这事儿我倒忘了。

班:那咱们到那边土墙底下去演习一下,我去叫班上同志们都来。

　　(下)

　　(李抱炸药将下,卫生员上)

卫:哎,李奇良! 往哪去啊?

李:练习爆破呗。

卫:练习爆破你一个人?

李:班长叫他们去了。

卫:(颇有兴趣地)咱也参加行不行?

李:你卫生员练这干啥?

卫:卫生员不一样上火线,说不定就能用着,咱也学学不行?

李:咋不行,走吧,到那边土墙底下去。

　　(二人将下,小何上)

何:卫生员! 卫生员!

卫:(止步)啥事儿?

何:嗨,我哪里没找到你。咱们班的刘刚脑袋疼,请你去看一看。

卫:行行,我一会就来。

李:你去看看他吧。

何:去吧,老资格脾气挺暴的,你不去他又炸了。

卫:待一会儿嘛,我去看看爆破就来。

刘:(刘刚怒气冲冲地上)卫生员! 我脑袋疼你看不看?

卫:咋不看? 一会儿就来嘛。

刘：还要一会儿？我等你老半天了，连个鬼影子也不见，你瞧不起人？

卫：谁瞧不起人了？我又没说不给你看，小何才来叫嘛。

李：（想插进去跟刘谈）咳，刘刚……

　　（指导员上）

刘：（不理李）好，你说不给我看……

指：什么事？又闹起来了。

　　（李始终想插话苦于没有机会）

卫：指导员，刘刚他说脑袋疼，小何才来叫我，我说一会儿就来，他脑袋疼自个还能跑来跟我闹？

刘：指导员，我有病是不是不给看？

指：谁说了？

刘：他刚才说了！（对卫）你干什么吃的？卫生员不给人看病？

卫：谁说不给你看了？

刘：你说了就别赖！

指：（严肃地）别吵了！刘刚同志，你有病在家好好休养，出来跟人吵架这对你的病有什么好处？回去吧，一会卫生员就来给你看。

　　（连长急急地上）

连：指导员！营部刚接到团里通知，准备行动，叫大家回去休息吧。你来……（轻声）明天一早出发，执行任务，准备战斗。

刘：（旁白）准备行动？好！咱们战场上见吧！（下）

　　（班长、王贵春、甲、乙、丙等上）

指：五班长！你们都回去休息吧，明天一早就有行动。卫生员，你去通知下值星排长，叫部队都回去休息。

卫：是。（下）

26

连：指导员，咱们回去再谈吧。（连长、指导员同下）

班：明天一早有行动，咱们不演习了，回去准备准备吧。

李：班长，这炸药已经安上雷管了，不试验一下？

班：来不及了，这样吧，好好保存起来留给敌人吧。

众：（笑）

甲：这回打仗可不要落空了，光看人家抓俘虏缴枪炮。

王：这次练兵练了那么多天，我们本钱大了，战斗模范班一定要露他一手！

众：对……

班：同志们，集合了！

班：立正！向右看——齐！向前看！向右转！枪上肩！跑步——走！

（跑步齐下）

第六场

（一阵隆隆炮声和哒哒机枪声后，乐声起，连长手持盒枪隐蔽着上）

连：（察看地形）陈英！陈英！五班长！

班：（隐蔽着上）有！

连：（压住声）你看，敌人的工事都在街里，咱们要突进去先得把前沿那个地堡拿下来，你看那地堡前面有一道水沟，沟后面是鹿寨，你们顺着那条沟上去，炸开一个突破口，这任务很重要，能拿下不能拿下就看这一着。

班：连长，你放心，没问题！

连：那边有机枪组掩护你们。（看表）还有十五分钟，机枪一响，就快上，天亮了就不好办。

班：是。

（两人同下，远处炮声隆隆，班长、李奇良抱炸药上，突击组随后跟上）

班：捆紧了？

李：捆紧了。

班：检查了没有？

李：检查了，行！

班：那边机枪一响，你就跟着我上！

李：对。

班：这任务很重要，咱们一定要完成，那个地堡不好接近，你要小心了。

李：班长，我保证：只要有人在，管保把那地堡毁了。

（唱六曲）李奇良杀敌有决心，

保证任务能完成，

要把那地堡炸粉碎，

报仇雪恨立大功！

（一阵激烈的机枪声起）

班：（大声）上！（抱着炸药迅速跑下）

李：（抱着炸药紧跟班长，班长刚下，就卧倒）

（第一包炸药响了，冒起一阵烟雾，趁着烟雾李急冲下，一会，第二包响了，冲锋号响，刘刚当先，突击组跟着继续冲下，台后一片杀声）

第七场

（乐声起，刘刚端枪摸索着上）

刘:(摸到半道,突然机枪声响,头部负伤倒地,挣扎起又倒下)

李:(背着步枪,端着一挺机枪上)班长！ 陈英！

  (敌机枪猛扫,李见火网下有一人伏在那里)

李:(大声)谁呀？

刘:我。

李:啊?! 刘刚!(枪声更紧,李奋勇突上,匍匐前进至刘旁)

李:刘刚,你挂花了？

刘:……

李:(扶着刘爬到掩蔽处)刘刚,怎么样？ 伤在哪里？

刘:不要紧!(挣扎坐起)

李:(急解下绑腿给刘包扎)

刘:(指机枪)这从哪儿得来的？

李:我在后边拉地堡里得的。怎么就你一个人？

刘:刚才我闷着头一个劲儿往上冲,冲到这儿,同志们一个也不见
  了,四面黑糊糊的看不清楚,才摸到这里,那边敌人有个暗堡,里
  边有挺机枪打得挺厉害,一下子我就挂花了。

李:他妈的! 我非缴他下来不价! 刘刚,机枪你看着,我上去!

  (李拿着手榴弹隐蔽着冲上,一阵激烈的机枪声,把他封锁在半
道,上不能上,下不能下,正危急间)

刘:(挣扎起)

(唱七曲)刘刚心中火样烧,

咬牙忍痛往前熬,

架好机枪上好子弹,

掩护李奇良打地堡。

(端起机枪,对准地堡眼点射,逐渐地敌人火力弱了)

刘:(大声叫)李奇良! 快上!

（李连打两个手榴弹,持枪冲下）

（班长带着突击组上,冲下,刘刚端枪随后冲下,枪炮声大作,渐趋沉寂）

第八场

（乐声起,战斗间隙,班长背着好几支步枪兴奋地上）

班:集合啦! 集合啦!

（战士们三三两两地上,一边谈论着战斗的胜利）

一:哈! 狗操的没有一个跑得了。

一:(背着三支步枪)瞧! 好买卖。

（李奇良端着一挺机枪,刘刚背着支冲锋式边说边笑上）

李:我瞅准那个小子钻在乌龟壳里直打,我上去一个手榴弹就把他劈死了,得了这一挺捷克式!

刘:那家伙看样子准是个班长,我端着机枪冲到他面前,他吓呆了,端着这家伙一动不动,我一下子就夺过来了。（众笑）

卫:李奇良,才刚我瞅你送炸药的动作,就像演习的时候一模一样。

（众议论纷纷中指导员上）

指:(兴奋地)同志们! 敌人一个师已经歼灭了。（众欢呼）俘虏总有三四千,光我们二连就抓了八十多个。这次五班打得很好,第一个突击上去,我代表评功委员会给五班全体记小功两次,李奇良同志完成爆炸任务后勇猛突击,一个人解决了敌人一个班,得了两挺机枪记特功一次!（众鼓掌）刘刚同志负伤不下火线,自动掩护突击组上去,还得了一支冲锋式,记大功一次!（众鼓掌）

刘:(急声)指导员! 我有个意见。

指：你说吧。

刘：我……我不配记功，我平时不好好练兵，这次战斗就我一人挂花，今天要不是李奇良冒险救下火线，我哪里能完成任务，我平时还老跟他闹别扭，这都是我不对。（走到李面前）老李，我实在太不对了，请你原谅，我向你道歉！（敬礼）

李：（急握手诚恳地）刘刚，别说那些了，我也不对，对你抱成见，我还跟班长提意见说不跟你在一个班呢！（众笑）

指：刘刚同志这样检讨很好，我们都是一个阶级的弟兄，应该互相帮助，互助团结，才能战胜敌人！

刘：指导员！班长！同志们！我刘刚保证以后好好练兵，不再自高自大看不起人。同志们，看吧！这回不算，刘刚今后一定要在战斗中为人民立功！

众：（鼓掌欢迎）

连：（上）同志们！报告大家一个好消息，团里来了通知，说我们二连打得最好，已经通令表扬了。（众欢呼）现在马上就有战斗任务，我们继续前进！

（胜利号声中齐下）

光华书店 1948 年 10 月初版

◇ 西　虹

军爱民　民拥军

人物：王二，王二嫂，王班长。

开场：起阳春曲，王二嫂端瓦盆上，开门，沥水置盆户外，复入。

妻：（唱戏秋千调）

　　丰衣足食样样全，红红火火过新年，

　　咿儿呀，过新年，村里的锣鼓闹得欢，

　　哎嗨呦，家家户户喜冲天。

　　共产党救了咱庄稼汉，没有那八路军哪有今天！

　　咿儿呀，过新年，饱暖不要忘饥寒！

　　哎嗨呦，保卫边区要争先！

（白）我，王二嫂，是咱们村上的一个好劳动，能织布纺线，针线活
也挺不赖，跟我掌柜的一块过生活，不缺吃，不缺穿，挺不错的；
可是咱家住在边区的边边上，去年五六月间，顽固军队三天两头
儿地过来抢东西，可把老百姓的家当给糟蹋坏了！我掌柜的还
给绑走了一回，亏得八路军扎到这里来，顽固军队才不敢再来

32

了,又把我掌柜的救了回来,咱家里才又团聚在一起,过着安安稳稳的日子,我一端起碗来,就想起咱八路军的好处来了!

(唱剪剪花调)

反动派,抢我村,八路军救了咱一家人。

到今天,咱村上,家家户户好吃好穿,光景好呀好太平!

咱人民,好光景,全靠八路军给呀给恩情。

送上那猪羊肉,给咱队伍过节过年,礼呀礼轻人意重。

八路军,八路军,一个个年轻真呀真英雄!

有文来又有武,打仗生产保卫边区,爱国哪呀又爱民!

(白)现在离年关不远,我掌柜的当劳军主任,上乡政府开会去了,留我各个儿在家里包饺子,好请咱队伍上的同志来我家里过年,等一会儿我掌柜的回来,我还要跟他合计合计看慰劳什么东西好。——呀!都快晌午了!我得赶快把年货收拾好,(端着年货上,起阳春曲)枣子,花生,麻糖,年糕,点心……也没啥好东西,都是咱们自己过年用的,送给咱们队伍上,表示咱们的一点心意就是啦。(下)

夫:(上唱岗调)走哇!

乡政府,开大会,讨论劳军;都说是,慰劳品,自动欢迎。咱村上,老百姓,真是热心;一个个,脸上,笑盈盈。又送旗,又送匾,又送鞋袜,又送猪,又送羊,又送美酒。我家里,缺柴火,没啥关系,为革命,自家事,放在后边!我这里,急忙忙,往前赶!赶回去,给家里商量一番。

(白)我,王二,是咱们村上的劳军主任,刚才去乡政府开会,讨论慰劳八路军,大伙儿议定,这慰劳品不拘样式,也不拘多少,讲究自动欢迎哩。当场大伙儿就抢着你送这,我送那的,好不热闹的呵！常言说得好，千里送鹅毛，礼轻人意重，咱们也没啥好东西能以慰劳，只不过表示表示咱边区的老百姓，对咱八路军的一片拥护的心思就对啦！——要按我各个儿说起来，可就不同了：一来，我是劳军主任，二来，八路军救过我的命，就是我的恩人。嘿，这一回工作，可不能落后啦！我得赶快回去，跟家里头合计合计，看送点子什么东西好，一定要做个拥军模范才行哩！哎？门咋关着？顺儿他妈，开门！

妻：来了！（上，唱山茶花调）

羊肉饺子都包好，忽听掌柜的门外叫，开会的人儿他回来了，喜得我急急忙忙往外跑。

妻：你回来啦？

夫：回来啦。

妻：我的饺子也包好啦。

夫：包好了？包了多少？

妻：五斤面，三斤羊肉，可好啦！你看是回头请到家里来吃好，还是现在送去好？

夫：咳，你还不知道？自打咱们毛主席的拥政爱民政策发表以来，咱八路军上的同志们，就是个彻底实行，快一年啦：他就明明在你家里还不吃呢！你这会儿请他他能来吗？我看，待会儿我亲自去找连长说说，再请不来的话，就送到连上去哪！

妻：对，我也打这个主意哩！——哎，乡上怎么个讨论劳军法儿？你说给我听听。

夫：今儿个这会，可是开好了！酒，肉，鞋子，袜子，奖旗，多的呵！要啥有啥！现在呀，大伙儿都自动欢迎哪！

妻：那你呢？

夫：咳，你看！人家都抢着欢迎啦，我各个儿是劳军主任，又受过八路军的好处，那更不能落后哪！

妻：是呀！那你送些什么？

夫：我送的东西？你听着啊。（唱采花调）

八路军帮助老百姓，老百姓拥护八路军。

军和民是一家人，和和气气分外亲。

我送上一只大肥羊，羊肉肥来羊肉香。

我送上一只羊，八路军吃了打胜仗。

（白）我把咱家那只大肥羊，送给八路军同志会餐了，你说好不？

妻：你才送一只羊，那不算多，你猜我送的什么？

夫：你送的什么？

妻：我送一匹白布，线是我各个儿纺的，布是我各个儿织的，比你那一只羊也不差啥。（唱采花调）

八路军保边区努力生产，老百姓多开荒帮助抗战，军和民紧紧相联，同心合力像兄弟一般。

我送上一匹细白布，送给咱队伍缝衣服，给队伍缝衣服，八路军抗战多辛苦！

（齐唱）咱家对劳军真热心，肥羊和白布自动欢迎，军和民团结紧，就像那鱼水不离分。

夫：对！我看咱们送的东西虽说不多，想得倒还周到，现在讨论劳军完啦，我看你把饺子包得怎么样啦。

妻：包好了嘛，你还看个啥？

夫：咦？我要检查检查嘛！要是你包得不好，回头请人家王班长来吃了，人家要笑话哩！

妻：错不了！皮儿薄薄的，馅儿大大的，可好啦！——年货我也收拾

好啦——呃！我还要斗争你哩！

夫：你斗争我个什么呢？

妻：眼看就过年啦，你也不背柴，回头不够烧，我看你咋办？

夫：嗨！你看你，柴火还不好办吗？等我把慰劳八路军这工作办完啦，再上他几趟山，不就结了吗，走走，去看饺子去！

（二人下，王班长挑柴上，唱岗调）

王：腊月寒，天天气冷，眼看新年到来临。

连长派我把东西买，还给王二哥送担柴。

担着柴火汗流满面，不觉得来到了王家门前。

（白）哦！到了。（放下担，擦汗）

我，王班长。现在快过年了，咱们连上要开拥政爱民会，连长派我出来买些东西捎带给老王送担柴火，还请他两口子到咱们连上吃饭去。我路过梢林，就顺便给他砍了一担送来。——呃，门开着哩！老王一定能在家，让我喊叫他一下，（向门）老王，老王！我来啦。

夫：（与妻上场）你听，像王班长在叫门哩。

妻：我听也像哩，我去拿凳子呵。

夫：对，快些！（出门）哎呀！王班长！我一听就是你嘛！来，来，快请进屋暖和暖和。

王：（转身担柴欲进）

夫：呃！你这是干什么！

王：你公事忙，柴火不够烧，顺便给你送一担来。

妻：哎呀，你看，队伍上又给咱们帮助下来啦，王班长这不能……

夫：是呀！王班长这还行！我还得给连长提个意见哪。

王：哎，你客气个啥，你成天给乡政府里办事，柴火没砍下，赶一开了春,化了冻,你又要忙着开荒了,还顾得上柴火,我帮你个忙也算不了什么,你别嫌弃,收下吧!

夫:好说,既是这么说,恭敬不如从命,那我就算劳动你了!

妻:谢谢你啦,王班长,这么大冷的天。

王:谢个啥?砍一担柴也累不了我,往后咱们队伍上靠大伙儿帮忙的地方可多哩。

妻:没说的,坐下歇会吧。

王:不啦,我得去买东西哪。(欲走)

夫:(忙拖住)呃,你忙什么?——你是又怕吃我家的饭,对不对?

王:哪里话——好好,我坐下。

(王将布袋摘下打身上灰尘,后将其铺在凳子上入座)

妻:王班长,你还带着个口袋做啥?

王:连长派我捎买些东西回去。

夫:对,你快去给王班长沏壶茶!

王:不用麻烦了,我不渴。

妻:不麻烦,都现成。

夫:(示意)快些!

妻:嗯。(下)

王:你今年可是过好了!

夫:嗨,过好啦!靠咱队伍上的帮助,我各个儿也加了点油,今年我打下的粮食,够两年吃用啦,你瞧,棉袄、棉裤、棉被,一式儿都换成新的啦!——哎!囤完堆,箱儿满;鸡鸭成群,牛羊满圈,可是过好啦!——哎!王班长,我看今年咱队伍上的生产也整得挺带劲嘛,我听连长说,今年你们不但没向上级要过一个钱,还给政府交了公粮哪!哎呀!亏得同志们这么能干,真是了不得!

37

王:那也没什么,咱们队伍上人手多,一个养活一个,比起你来,一个
　　人要养活一家要容易些。

夫:可不呗——对了,王班长,我倒想起来了,(掏出计划)这是前些
　　日子,我跟乡长合计的生产计划,赶明年一开春,我一家人都要
　　参加换工队了。

王:好哇! 待会儿见,我回去给连长提个意见,明年咱们连上跟你们
　　换工队比赛。

夫:那能行!

王:哎! 老王,咱们队伍驻在村上快一年啦,有些什么对不起的地
　　方,你给咱们提个意见。

夫:没有没有,要按我说,同志们就没说的。

王:呃! 你客气个啥? 不管大事小事,不对的地方,我们要纠正的。

夫:没有,要有的话,我早就给你提啦。

王:有没有借了家具没还,打破了盆啦碗啦什么的?

夫:没有! ——哦,想起来了,今年八月的时候,连上借咱们家的一
　　个小瓦盆给丢啦,我说,嗨,我的家都是队伍给保住的嘛,一个小
　　瓦盆儿,丢了就算啦嘛,可是咱们连长说是非赔不可,赔了咱家
　　这么大一个大盆儿(用手比划),现在还搁在外头哩。

王:呃,你说到哪儿去了,你想一想。

夫:好,我想一想,(乘间往室内看了一眼见妻仍未出,机智地)哦,我
　　倒想起一个意见来啦!

王:什么意见?

夫:这个意见,我可是闷在心里大半年啦!

王:啊! 那就别客气,快说吧!

夫:呃,我来问你,今年秋收的时候,你为什么不吃我家的饭?

王:哎,老王,你这就说远了嘛!

夫:不远嘛,你为啥不吃我家的饭哩?

王:(唱勾调)

　　咱连部,离你家,路不太远,王二哥,你不要,多多麻烦。

夫:王班长,你帮我快到一年。吃几顿,家常饭,我心甘情愿!

王:队伍上,今年个,闹好生产。为的是,老百姓,少些负担。

夫:为百姓,少负担,我早已明白。这一点,小意思,并不费钱。

　　(白)王班长,你给我算算,你帮我一年的忙,要我雇一个劳金,得
　　多少钱。你就吃上个一顿半顿的也吃不穷我呀!

王:哎,老王,别扯这个啦!我还忘了告诉你,今天后响四点钟,咱们
　　连上开拥政爱民会,连长说,请你和二嫂到咱们连上吃饭去。

夫:那还行?你们帮咱一年的忙,咱心里就过意不去啦!这会儿过
　　年了,咱们还没慰劳军队哩,军队倒先请起咱们来啦,那不行!

王:呃,你别客气了!这是咱连长叫我亲自来请的。

夫:那怎么也不能呀!——王班长,我看今儿后响你就别回去啦,就
　　在我家吃顿饺子吧。

王:呃,到我们连上去吃饭嘛。

夫:不不,就在我家吃饺子。(争让一阵)

王:不,我要走了,我还得去买东西哪。

夫:你忙个啥?你就不吃我家的饺子,咱哥儿俩坐下,"唠唠嗑
　　儿"嘛。

王:不不,我是得走了。

夫:坐下,坐下,(推王坐)顺儿他妈你饺子好了没有?

妻:好啦!(端饺子上,唱五炷香调)

　　羊肉饺子香又香,煮好送给王班长;

白面皮儿羊肉馅,先给班长过个年;

羊肉馅儿白面皮,王班长你别客气!

(白)王班长,羊肉饺子,葱蒜调料不少,你尝上几个。

夫:(接碗奉王)来来来,尝上几个儿。

王:你看,我刚吃过饭,吃不下!

夫:过年了,尝上几个,吃着玩儿,怕啥!

王:(窘急)这这,我实在吃不下嘛!

(唱紧符调)王二哥,谢谢你,我肚子不饿。

夫:(唱)王班长,你不吃,我心里生气!

(白)王班长,你不吃我可要生气啦!

王:(白)你生啥气嘛,我要能吃还不吃?

(唱)王二哥,谢谢你,我不是客气。

夫:(唱)我好心,给你吃,你真好意思!

(白)王班长,你这就不对了,这平常你不吃我就不说啦,今儿个

过年啦,你再不吃,就是瞧不起我!

王:呃,老王,你这么说,就见外啦!

(唱)你这样,我就要,马上回去!

夫:(急挡住)把大门,关起来,看你哪里去?

王:哎,你莫要关门嘛! 我还没请假哩!

夫:没请假不要紧,待会儿我亲自送你到连上给咱们指导员说一声

就对啦!

妻:就叫咱们去跟毛主席说也行呀!

(唱)王班长,你要是,再不吃饭;下次来,不要你,帮咱生产。(将

碗放在手中)

夫:对,你要不吃饺子,下次就再不要你来帮咱家生产啦!

（将筷摆碗上，与妻一同走开，起插曲）

王：这可怎么办，——（自言自语）帮助老乡生产，是咱们革命军人的责任，光我吃一顿还不要紧，要是人人都这样，岂不把老乡的负担给加重了，再说，今儿个本来是连长派我来请他们上咱们连上去吃饭，这客人没请到，倒反被客人给留下啦，这怎么行，——要不吃吧，把老王给得罪了也不好，唉！（突然）对啦，我说我肚子疼，吃不下，他就不会怪我啦！

（将一个饺子夹上，作欲吃状，偷视王二与二嫂）（之后徐徐蹲下）

哎哟，哎哟……

夫妻：（瞠目相视，急同趋至王前）怎么啦？刚才还好好的嘛。

王：哎呀！疼得不行哪！

夫：快，先坐下歇歇！

妻：哎，这可怎么办？

（唱岗调）刚才他，在我家，有说有笑，莫非是，半路上，受了风寒。

（白）王班长，是不是路上受风了？

王：哎，哟……

夫：王班长，你倒是哪儿痛啊？（伸手去摸）

王：（急止住）可不敢摸，痛得可厉害哩！

夫：咳，这怎么办？

（唱岗调）我这里，正打算，留他吃饭，忽然间，他肚子痛，这事怎办？

（白）唉！你看这——

王：老王，你别着急，让我回去就好啦！

妻：王班长，我给你冲碗辣胡汤去！

王：别别！我喝不下。咱们连上有医务所，待会儿回去弄上一点药吃就好啦！哎哟……

（唱岗调）只因为,我受了风,肚子好痛,哎哟……

……改日里,我再来,吃喝一顿。

（白）老王,我实在痛得不行了,我先回去,改日再来吃你这饺子。

哎哟……

夫：你先别忙,天还早哩,坐上歇会儿,等好一点再走。

王：不,我实在疼得坐不住啦,还是先回去。

夫：那我就送你回去。

王：不用了,你们在,我慢慢走。

夫：那,那我就不强留了,你好好走,可别走快啦!

王：对,你们在,我走了。

　　（夫妻目送片刻,返身回）

妻：你看他是怎么啦?

夫：谁知道是怎么的啦?（关门入内下）

王：（笑）嗨,他俩倒真相信啦!

　　（唱岗调）八路军,有纪律,人人服从,改日里,给老王,把道理讲
　　清。（下）

妻：你看,饺子煮了一大锅;他一来就肚子痛起来啦!

夫：哎,你看刚才他是真肚子疼哩,还是假肚子疼?

妻：嗯,我看就不大像!

夫：咳,你不知道,现在咱队伍上那些个同志们又能写,又会算,心眼
　　儿可是鬼的"邪乎"。

妻：呀,刚才王班长把咱们给"糊弄"啦!

夫：哎,你懂个什么!这是咱们队伍的规矩好呵,你想想,人家规矩,
　　一年到头帮咱的忙,连一针一线都不许要哩,大伙儿都是这么实

行,他一个人能破了这规矩吗?(扛柴入内)

妻:过年了,连一碗饺子都不肯吃,真是——呀,王班长把口袋给撩下了!

夫:怎么,把口袋撩下啦?

妻:你快给王班长送去!

夫:呃!看你这人!怎么给他送去呢?这好极了嘛!

妻:怎么啦?

夫:连长派他出来买东西,回头他买了东西拿啥装?保准还得回来取哩!咱就把咱家的年货悄悄给他装上,叫他带回去了嘛。

妻:对,快些儿。(入内搬年货出,往袋里装)

王:(急上唱岗调)

假装着,肚子痛,我走得慌。

把白布口袋我忘了带上!

没办法,我只得,转回来取!

又怕他,看出来,说我假装。

(白)这可扯淡啦,我把口袋撩下啦,待会儿买了东西搁啥装?没办法还得回去取——呃,老王,老王!(起插曲)

夫:(向妻)快捆好!我去挡门去。(悄悄走至门边)哎,你又来干什么?

王:我把口袋给撩下啦,你给我吧!

夫:口袋?先不忙给你。我来问你,刚才你是真肚子疼哩?还是假肚子疼哩?呵。

王:真肚子痛嘛!这还能假吗?!

妻:我看你是"糊弄"人吧!

王:(向观众)这这,不相信啦!(推门)王二哥,王二哥!

夫：呃，你别推门啦！你要不说实话我就不给你啦！

王：哎呀，好我的王二哥，别开玩笑啦，快给我吧！

夫：嗯，你简直是诓人嘛！一碗饺子都不能吃啦！

王：（笑）得了得了，快给我吧！

夫：（将妻悄悄拉到后面，作手势）

　　（妻会意，然后两人复悄悄回到门边，夫轻轻将门闩抽去，猛然开门，妻顺势将口袋抛出）

妻：给你！（夫迅速将门掩上，夫妻相视而笑，同下）

王：（接袋在手，欲送回去，恰碰在门上）啥呀！怎么装满啦？（开视之）花生、麻糖、年糕、点心……这这，我不能带回去嘛，怎么办？……（沉思，四面寻找，突然发现瓦盆）哈哈，给留在这瓦盆儿里吧，（将年货倾入，置于门旁）老王，东西我带走啦，谢谢你呵！（去不远又复返）呃，老王，后晌四点钟可一定上我们连上吃饭去呵！别让我再来跑一趟！（下）

　　（夫妻复悄悄上！走至门边，侧耳细听）

夫：王班长！

妻：王班长！

夫：王班长！

妻：王班长！

夫：走远啦。

妻：走远啦，东西也一定给带走啦。

夫：保准给带走啦！（边说边出门，注视远处）

妻：（见盆内东西）哎呀！他给留在这盆儿里啦！

夫：咦！！（追喊）王班长，你回来，看你这人，你回来嘛！……唉呀，王班长这人，心眼可鬼啦！咱们想了半天，想了个办法，还是不顶事儿!

妻:他走远了,咱们给送到连上去!

夫:对! 给送到连上去!(阳春曲伴奏起)

　　唉! 你看,队伍上一年到头帮咱的忙,到过年啦,连一顿饺子都不肯吃,可真是好队伍哇!

妻:人家队伍上好,咱们老百姓也要好哩,一家人,你照顾我,我照顾你,咱们边区就越来越有办法啦!

　　(唱银纽丝调)如今这世事翻了天,队伍把百姓来照管,不分夏和秋,哪怕腊月天! 爱百姓帮助咱们来生产,今日里又帮咱把柴来砍!

夫:(唱同调)自古道百姓养活军队,如今咱队伍自己种地,百姓负担少,队伍的生活好,这才是,民养兵来兵养民!

夫妻:(齐唱)咱边区能过好光景,吃水就想起挖井的人,

　　　腊月天气短,援军的日子长,

　　　过大年,我劳军要比别人强,

　　　过大年,我劳军要比别人强!!

　　(秧歌锣鼓声中,夫妻二人舞蹈下)

（完）

（附录）关于演奏上的几个说明

　　一、本剧采用各曲调,都是陕西、山西各地民间流行的戏曲形式,名叫"郿鄠调"。据说曲调共有七十二种之多,因地域语言等关系,各地同名的曲调,在音的进行上又略有不同。戏中所选的是陕西郿鄠中的一小部分。

　　二、本来一个曲调,是代表一种固定的情感的,正如皮簧中的倒

45

板、慢板、流水等一样。在郿鄠旧有的用法上，哪一种人该唱什么调，或从这一种情绪转到另一种情绪（即从这个调转为另一个调），都是有比较严格的规定的；但我们在新的秧歌剧中，往往打破这种死板的限制，可以根据剧词和戏中所要求的感情通过生活的合理化表现出来。

三、郿鄠调，不但因地而异，而且也因人而异。这一特点，大概是一切中国民族的戏剧形式，在演唱上的共通点，因为各种不同内容和情感的剧词，填入一个固定的情感和旋律的曲调中去，是很难恰恰吻合的。所以许多名家往往根据不同的剧词与剧中人当时的情感，在演唱上加以各种变化；我们在记录许多农民所唱的小调中，也发现同样的情形。在旧形式中，这类的大同小异的变化，几乎是各人都不一样的。所以我们在演唱时，大可以不必过于拘板；主要根据词和剧中人当时应有的情感，加以充分的表现；同时注意曲调唱出时要使观众觉得好听；特别剧词要让别人听得很清楚；否则，你唱得再好听，但观众却不知道你在喊些什么岂不太糟糕吗？有些地方，如曲调对剧词和当时情感限制颇大时，则简直可以干唱！只须用板头和过门就够啦。如本剧中王班长回来取口袋时的那几段岗调的唱法就不妨这样处理。

四、板头是曲调前面的过门。一般说来，悲哀的曲调用慢板；表示正常感情的用中板；表示愉快、活泼、紧张、着急、匆忙等的曲调则用快板；但它们也必须根据具体情况，灵活运用较妥，通常是在起唱以前，先起板头（即过门）；唱完时需要落板，表示结束，落方法有二：一种是将该曲唱到最后时速度逐渐慢下来，与器乐伴奏齐落；一种是在落板时，将最后一句的唱法加以变更。若一个曲调仅只一段词时，唱到最后一句就得落板；要有很多段词，则唱到最后一段的最后一句时才落板。每段之间，或加过门，或省略过门，导演可根据需要具体规定。必要时导演和演员还可以根据具体需要，在某些地方加以停顿、延长或重复。

止怡附识

东北书店 1948 年 10 月

◇朱　漪

送子入关

人物:姜玉国——解放军战士,功臣。

　　老姜头——五十来岁,生产模范。

　　班长——战斗英雄。

　　指导员——山东人,和蔼待人。

　　王明胜——战士。

　　陈同志——摄影记者。

　　通信员。

开幕:天下大雪,道很不好走。

　　(老姜头穿一身新棉衣,提一筐鸡蛋急忙忙上)

老:(唱一曲)大雪纷纷落满身,

　　北风呜呜吹得紧,

　　送我儿子进关去,

　　不怕道远不怕冷。

　　(走近一山岗)

48

哎哟！好陡的岗子,不拄根棍儿是上不去啊。(找)这大雪地里上哪找棍去,这咋整?(无法)得! 活人还能叫尿憋死了?! 慢慢地爬上去,加点小心,哪能那么好就磕倒了。(爬岗)

(唱一曲)愈走愈滑好困难,

累得满头都是汗。

哎! 下岗更难走啊!

磕倒还能爬起来,

怕只怕鸡蛋要打烂。

(一不留神,还是滑倒了)

哎! 掉在大雪窝子里了,(挣扎)哎哟! 爬不起来了,这可把我"踢登"了。(找人帮助)喂! 同志,行行好,快来扶我一把。

(班长抱一包花衣服奔上)

班:(扶老)老大爷,咋掉在雪窝子里啦?

老:(未注意班长的话,只管自己看鸡蛋)鸡蛋一个也没打烂,这可挺好。同志,多亏你们拉我这一把啊。(拍身上的雪)

班:老大爷! 这大冷天,你出来干啥?

老:(急忙地)我给我儿子饯行去。他给家来信,说一两天就开进关里去了。我怕他想家,忙着来告诉他,家里日子挺好,要他进关去好好干。我就怕不赶趟,我得紧忙走啦。同志,谢谢你。

(两人分路走开,老走两步又回头)

老:喂,同志,李家窝棚往哪么走?

班:这屯就是。(开心地)老大爷,你儿子在哪部分?

老:同志! 你就在这屯里住?

班:嗯。

老:这可问对了。同志,我儿子在一营二连。

班：这屯有一营二连，在哪排哪班呢？

老：在四……哎！不对。在五排，也不对。（掏信）他来信说得挺明白。（信掏不着了）哎哟，慌慌忙忙的，信忘在家里了。嘿，反正不是四排就是五排呗。

班：（笑）老大爷，一个连只有三个排，没有四排五排。

老：那怎办呢？

班：不要紧，你说说他叫什么名字？我帮你打听去。

老：那敢情好。他大号叫姜玉国，小名叫石头。

班：（惊）我班上有个姜玉国，是不是中等个子，大大的眼睛？

老：那就是了。

班：脖根还有个大疤拉？

老：就是我那小子，那是他小时候淘气，我打了他，落下的疤拉。

班：你老人家打鞍山县刘家屯来吧？

老：说得正对。

班：那你可找着他了，他就在我这班上，我们一两天就走。

老：（乐得无法）哎呀，可把他找着了。

（唱二曲 A）我怕道远不赶趟，

谁知走到正赶上。

求你快快领我去，

如今他在啥地场。

求你快领我去，我那小子在哪旯儿住？

班：老大爷，你来得真巧，今天你老是喜上加喜啊。

老：啥？喜上加喜？

班：（唱二曲 B）喜的是父子来相逢，

喜的是儿子立大功。

姜玉国当了大功臣，

　又是戴花又披红。

老：石头立大功啦？

班：立了一大功。现在连上正开庆功会，你看（把手上拿的花衣服给老看），还扮秧歌呢。老大爷，快走，我陪你参加庆功大会去。

老：你先说说，他咋立的功。

班：咱走着说着。

　　（一起走）

老：（谦虚地）我那小子是付丫头性子，成天不哼不哈的，他能干出啥大事来？

班：你别看他丫头性子，他干的事可露了脸了。这回在大战中，我们追击王家屯的敌人，姜玉国三枪打死了三个敌人的机枪手，得了神枪手的光荣称号。

老：神枪手？！

班：（唱三曲）王家屯的敌人想逃命，

　咱们在后面追得紧，

　忽然间，哒哒哒哒响连声。

　原来是敌人三挺轻机枪。

　封锁道路火力猛，

　气得同志们眼发红，

　气得姜玉国大吼一声。

　他说：别看三挺机枪挺威风，我要把他都打哑巴了。

　姜玉国忙把地形找，

　隐蔽妥当就瞄准敌人，

　只听啪，啪，啪，响三声，

三个机枪射击手，

两腿一伸命归阴，

前后不到十秒钟，

三挺机枪全都哑巴不吱声。

平时练兵下苦功，

战场立功逞威风，

全连都称他神枪手，

老大爷脸上也光荣。

老：（乐）我那小子在家黏头糊脑的，这要不是参加了咱队伍，他一辈子也不能有这机灵劲儿。

班：刚来的时候，才逗乐子呢。听见枪声，脑袋都缩到脖子里去了。可打诉苦教育以后，不论战时平时，工作学习，干啥都不拉后。

老：诉苦？（懂事地）是诉地主给咱们的苦吧?!

班：对了。（想起）那回诉苦，姜玉国哭了一天，说你们家腊月天五口人只有一条破棉裤，谁出门，谁才能穿……

老：谁说不是呢？那棉裤破得都露屁股啦。可是，同志，你瞅瞅，我这阵穿的棉袄棉裤，都是里面三新的。不光我个人，咱全家都换上新的了。

（班长笑。后台传出呼口号声）

班：老大爷，就在这大院里开会。（欢叫）你快看，姜玉国正在讲话呢。（老不自觉地，贪心地想看，走前一步）老大爷，咱快走吧。

老：（不好意思）哎！黑乎乎这么多人，我不去。

班：老大爷！快走，大伙儿还要请你讲话呢！（推老走）

老：那我更不去了，庄稼院的人会说啥？我不去。

（两人拉扯一阵，老坚持不去）

班:好,那就到连部先休息一下去。

老:那好。

（开二道幕。连部。桌子,两个凳子,墙上有"尖刀连"大红绸旗挂在正中）

班:老大爷,连首长都在开会,你先坐下歇歇,我把衣裳送去了,给你把姜玉国找来。（下）

老:(追上)同志,不用忙,等他演完了说再来吧。

(巡视一下屋子,把筐子放下,拍拍身上的雪)

每回往咱屯里来送喜报啊,我心总"呼哧""呼哧"直蹦,老寻思许是咱石头的立功喜报送到家来了吧?可等我出门一瞅,敲锣打鼓打咱门口过去了,叫我心里好不自在。我常跟石头他妈叨咕,这阵咱家啥也不缺了,就缺石头的立功喜报挂在屋子里。哈!这回可得着了。县政府可该给我送喜报来了。

(唱四曲)喇叭响,锣鼓敲,

秧歌队连扭带唱更热闹。

刘大爷,王大嫂,

左邻右舍亲朋好友都来到。

这个说:石头真是出息了,

那个说:儿子立功爹也有功劳。

乐得我,不知该说啥话好,

乐得我,只顾咧嘴只顾笑。

(禁不住地哈哈大笑,但突然笑声中止)

我想得太干啥了,叫别人听了该笑话咱没出息了。

(周围看看,没有人,他才放下心)

咋还不来呢?一年多不见了,不知长成个啥样子了。

53

（唱二曲A）不知长高没长高，

不知瘦来还是胖，

吃饭睡觉好不好，

身板到底壮不壮。

（有些着急）还不来？这半天了，还没演说完？我瞅瞅去。

（正要出门，指导员进来了）

指：老大爷！等得不耐烦了吧！姜玉国马上就来，我忙着开会，也没顾上来陪你。快坐下。

老：（有些窘）连长！

指：我不是连长，我是指导员。老大爷，抽烟。东北全部解放了，后方一定很热闹吧。

老：把大伙乐得没法没法的，秧歌队白天黑夜连着闹了三天三宿，我活这么大岁数，真是头回见这热闹劲。（抽烟）指导员！这就要进关了吧？！

指：（误会老的意思）快了。老大爷！这回姜玉国跟队伍一块儿进关去，你不用操心，一定叫他常给你来信，（少停）要是家里有困难，我们可以帮助你。

老：（不快）指导员！你说这话干啥？

指：（解释地）老人们听说儿子要离远了，总有些舍不得，其实，也不远，将来从这里到北平，坐两天的火车就到了。

老：指导员！你真会说笑话，我要是贪妻恋子的那号人，我也不来给我儿子饯行了，你是不知道啊！老百姓一提起那蒋该死，都恨不得一口咬他个十八瓣，都盼着自个孩子快进关去……

指：（愉快地）那老大爷准是给姜玉国饯行来了？！

老：嗨！这你算说对了。（神气地）我来看看他，干得好，那就对，干

54

得不好,我得教训教训他。

指:干得挺带劲,今天在会上说,要争取挂毛泽东奖章。

老:(关切地)他想家没有?

指:刚来时候倒常想,现在早不想了。

老:(警觉地)刚来就想家,这回进关去,离家更远了,又该想家了!

指:现在没有问题,班上有同志想家了他还常教育他们呢。

老:指导员,我那小子有事搁在心里不好往外说,他想家你也看不出来,我看这么的,一会儿我见着他啦,得考查考查他……

指:根据我的了解,姜玉国已经打消家庭观念了。

老:(未理会)我就说他妈想他,要他回家去,(掏出信)这是农会给他的慰问信,我就说这是农会让他回家生产的证明信,如说他真的想跟我回家了,那我就告诉指导员,咱好好训他一顿。

指:老大爷!你的意思是挺好,不过我看不用考验了。他才立了功,你鼓励鼓励他就对了。(想起)老大爷!肚子饿了吧?

老:说实在话,今儿个忙着往这儿来,走得可真饿了。

指:我赶快找人给你做饭去,通信员!通信员!(叫着进里屋去了)

　　(姜玉国披红戴花,拿着肥皂手巾喜冲冲上)

姜:(唱五曲)庆功会上宣了誓,

　　打倒老蒋才回乡。

　　坚决革命干到底,

　　一定要参加共产党。

　　(班长提一壶水上)

班:姜玉国!还不快走!

姜:(唱五曲)我要跟爹详细唠,

　　说我在这学了好,

自打诉苦教育后，

家庭观念全打消。

班：你爹一定说，这才是他的好儿子呢！你先进去。

（姜要进门又出去）

姜：班长！我……我没脸见我爹。

班：(奇怪地)这是啥话！当了功臣还没脸见爹！

姜：班长！你还记得那回陈德生他爹来看他，考问了他三个问题，他
爹还说，这阵家属见了儿子，都要考个三问，要是我爹考问我，我
咋答呢！

班：啥三问，我倒忘了。

姜：头一个是问负啥责任？

班：你不是小组长吗？

姜：第二个问立功没有？

班：(紧接)眼面前就立了一大功。

姜：糟的是第三个问题。问参加共产党没有？你说我咋答？

班：你不是填了入党志愿书了吗？

姜：可我现在还是个群众啊！我爹一定会怪我，说我参军一年多了，
还没参加党。

班：你各方面表现都够条件，就是没经过战斗考验，这回经过了考
验，立了大功，我看党委会一定会批准的。你把这实在情形跟你
爹一说，他就不会怪你了，快走吧！

姜：那我爹信不着我，你要给我做证明。

班：行！快走。

（进门）

老大爷！姜玉国来了！

姜:爹!

老:(愣了一下。不知从何说起)石头!爹可把你找着了。哎!长高了,也胖了,同志,在家他还瘦瘠各拉的,到了咱队伍上,倒把他养胖了。

班:在这儿,成天乐乐哈哈的,哪能不胖呢!

指:(在老说话时上)老大爷!姜玉国长漂亮了吧!姜玉国!好好跟你爹谈谈,说说你刚来时候想家,现在为什么不想了,而且还能帮助别人了。

班:指导员!连长在会场上等你,要你赶快去。

指:老大爷!饭已经做去了。你们先唠着,我一会儿再来陪你。(下)

老:指导员!你忙去吧!

班:老大爷!抽烟。姜玉国!怎么见了爹还抹不开开口了呢?是不是我在这儿碍事?我走了,你们好好唠唠知心嗑。(下)

姜:(拉班长,未拉住)班长!你不要走嘛!(见班长已走)我爹一定要考我三问了,班长也不在,我心直蹦跶。

老:来!叫爹好好看看。这么老大的大红花,比你参军时候戴的那朵大多了。这胰子手巾都是给你的奖品?

姜:(等爹问话)嗯!

老:你怎不吱声,不认识爹啦?

姜:(不好意思)爹!你坐吧。(搬凳子)

老:(自语)他怎不吱声。是不是见着我就想起他妈,心里不自在了?!八成是这么回事,那我得使刚才跟指导员合计的办法,考查考查他。

姜:(搬来凳子)你咋知道我在这儿?

老：你是咋的了。是你自己写信给我说，你在这儿啊。

姜：我……我忘了。爹！咱家分的地好不好？

老：分到两垧头等地，今年打了八石粮，还领了地照，这阵咱住在刘
　　大马棒的正房里，大玻璃窗户，日头一出来，照得满屋子通亮。
　　瞅！这都换上新棉袄棉裤。每到过年过节，屯里还给咱送礼，猪
　　肉、白面、粉条子，真是待咱太好了。石头！家里日子这么消停，
　　你想回家不想？你妈可想你呢。

姜：(自语)我爹不正面来问我进步不进步，他从侧面来考查我还有
　　没有家庭观念，我爹也进步啦。(非常热情地)爹！你告诉妈，叫
　　她不用挂念我，等打倒了蒋介石，解放了全中国，我当了英雄挂
　　上奖章就回家看她老人家去。

　　(唱六曲)蓝天上挂太阳万道金光，

　　姜玉国我当英雄光荣回乡，

　　金奖章银奖章挂在胸膛，

　　骑的是大洋马又快又稳当。

　　乡亲们欢迎我杀猪宰羊，

　　喝一杯胜利酒满面红光，

　　前屯子后屯子都请我演讲，

　　讲一讲为什么我得金奖章。

　　爹！那时候大伙儿要问我是啥英雄，我妈一定要抢着说"咱玉国
　　是打南京抓老蒋的特等英雄"。爹！咱班长挂的就是毛泽东奖
　　章，那时候我也挂上了。

老：(兴奋地)那锃亮锃亮的牌子是毛主席奖章啊！(马上又变成冷
　　淡的态度)好倒是好，你妈可等不到那时候，她要你今天就跟我
　　回家去。

姜：爹！自打诉苦以后，知道不挖掉穷根，咱的好日子过不长，我就下了决心好好干，也不想家了，刚才你又说家里日子挺好，那我更该加劲干了。

老：你真的不跟我回家？

姜：（着急地）爹！我真的早打消了家庭观念。真糟，班长也不在，也没人给我做证明，爹！我给你把班长找来，你问问他就知道了。（要下）

老：（拉他回来）你是咋的了？找个班长来干啥？我是说要你跟我回家去。

姜：爹！你别跟我闹笑话。

老：石头！你看看我，我是你爹不是？

姜：你这是干啥？

老：你说啊！我是不是你爹？

姜：咋不是呢。

老：这就得了，我跟你说，你妈要你今天跟我一起回去。再说这阵东北都解放了，在队伍上也没啥事干了，该是咱回家的时候。

姜：（还不信）爹！你还……说笑话?!

老：你在我跟前二十来年，我啥时候跟你说过笑话？

姜：（觉得问题严重）真的要我回家？

老：（拿出农会的信）瞅瞅！这是农会给我写的证明信，赞成你退伍回家，农会都写了信了，你还不回家？

姜：（接信）姜玉国同志收，刘家屯农会。（非常生气）他妈的，咱屯的农会也忘本了。（要撕信）

老：（忙拦住）你敢撕了？

姜：（丢在地上）我当你刚才是考验我，谁知道你真的要我回家。

老：（自得地）怎的？

姜：爹！我跟你说，革命队伍就是我的家，我不能回去。

（唱七曲）自从我参加了人民解放军，

好比那瞎子睁眼看见光明，

首长们关心咱赛过爹妈，

同志们帮助咱更比骨肉亲。

解放军培养我文武双全，

打仗生产能写会算样样都能行。

当组长我起模范推动全班，

觉悟到为人民不怕牺牲，

战场上是神枪手留下美名，

进关后我更要努力上进。

爹！我有今天这样的进步，都是首长们同志们把我培养起来，我
离开了人民解放军，我就会落后！（激昂地）爹！我宁死也不当
落后分子。

老：你寡看见解放军能叫人学好，你就不知道这一两年，后方老百姓
自个掌了权，脑筋也都开通了，你回到家里，一样能学好。

姜：哼！我看别人倒都开通了，就是你不开通，一个劲儿要我回家，
过了两天好日子，就忘了好日子打哪儿来的了。

（战士王明胜拿着罐头饼干上，听见老和姜吵嘴，就在门外听）

老：（虽觉儿可爱，但假装生气）哼！你说话没大没小，倒跟我对付起
来了，啊？我说话你不听了？

姜：（理直气壮）我现在是解放军的战士，不服你管了，你说落后话，
我就不听。

老：（装难过）哎！我好命苦！我为了来接他回家，差点把腿都累折

60

了,谁知道他忘了父母生养之恩,他不跟我回家去,唉! 我好命苦啊! 我不该来,这后悔也来不及了。(坐下)

王:啥? 要姜玉国回家? (继续听)

姜:我立了大功,你不乐哈乐哈,还说是命苦? 倒是早先我叫日本子抓去当劳工,家里穷得叮当,那倒是命好了? 亏你说得出来!

老:好! 好! 解放军个个都待我和和气气的,你倒跟我耍开态度了! 你还够得上革命军人? 你好好寻思寻思,你能够得上吗?

姜:(觉得爹说的有理,默然蹲下)

王:哎哟! 这可糟了。

(唱五曲)全班都说老头好,

派我送礼表示慰劳,

谁知他……他来扯后腿,

活活把我气坏了。

这还送个啥? 他都要让他儿子回家去,他就不配受我们的慰劳,才刚大伙还让我请他到班上去讲话,那更糟了,不但不会给咱们打气,反倒把咱们刚打足的气,都给放跑了。哼! 我们白天黑夜忙着准备进关,他……他来破坏情绪来了,他妈的,真是个橡皮脑瓜不开窍,这不行,可指导员也不在,怎么办呢? 对! 我赶快去报告班长,让班长来给这老顽固开开脑筋,东西我也不给他,话也不要他讲了。(跑下)

姜:我寻思了半天,我刚才对爹的态度应该检讨,我是解放军,他是老百姓,他有错误,应该耐心教育他,要是把关系搞坏了,对咱队伍影响可不好,我跟爹赔个不是去。(刚走两步)我不给他赔礼。(蹲下)还是我先向他进行自我批评的对。(走到老面前)爹! 刚才是我态度不好,你抽支烟消消气吧! (给他爹点烟)

老:这才像个解放军,(抽烟)答应跟爹回去了。这才是爹的好儿
　　子,走!

姜:爹! 你怎么还是要我回去呢? 你想想,你要现在领我回去,我这
　　一年多的功劳都完蛋不说,我的脸可往哪搁呢?

　　(唱八曲)同志们一个个杀敌立功,

　　你叫我开小差去当逃兵,

　　对不起共生死各位同志,

　　对不起蒋管区的阶级弟兄。

　　爹,咱更没脸去见乡亲们,他们欢送我参军的时候,我说:"乡亲
　　们! 我不打倒反动派,不回来见大家!"好! 现在回去了,大伙问
　　我"你咋回来了?"你说我拿啥回答大家。

　　(唱八曲)乡亲们一个个把我来问,

　　羞得我低下头不敢见人,

　　纵然我为人民有过功劳,

　　到那时前功尽弃留下臭名。

　　好比那白纸上有了黑印,

　　洗不掉擦不去永不干净,

　　那时节想后悔已经不能,

　　臭名声到处传多么丢人。

　　爹! 到那时候,你想再送我到队伍上来,也已经落下臭名声了。
　　人人都要说你是老落后,自私自利……

老:得! 你别说了,咱回去,到自卫队上工作去,那也一样为大伙儿
　　办事。

姜:(耐心地)爹啊! 这回咱们连上补充来的新同志,差不多都是从
　　自卫队上提升来的,他们都说在东北干不出啥节骨眼,都争着进

关里立功去,爹! 现在是个节骨眼! 当英雄当狗熊就看这一回。

老:这话说得对,你爹倒乐意听。

姜:(喜)爹! 我说的道理对吧! 那我就在这儿好好干,你也住一两天再回去。

老:石头! 我是说他们都乐意进关去,那让他们进关去,就留下你一个不去也没啥要紧,你知道你妈舍不得你。

姜:(气极)爹! 你!

老:我怎的?

姜:(把气捺住)哎! 爹! 咱们首长说还有一年就把反动派全部消灭干净了。可现在关里蒋管区的老百姓天天还有饿死的冻死的,咱能忍心让这些穷哥们儿死在蒋介石手里吗? 爹! 你再看看! 人家关里来的同志,抗战了八年,又到东北来打了三年反动派,人家都没说要回家享福去,咱才参加一年多,没做下啥工作,咱有脸回家吗?

老:他们不回家,那是他们的事,你不用跟他们学,再说你这回立了一大功,这不已经给老百姓办事了! 咱还不该回家?!

姜:爹! 你真是……

老:(紧接)你别说了,今个你就是说得天花乱坠,也得跟我回家去。

姜:爹! 我说了这么多话都算白搭了? 你还是要我回去?

老:你不用跟我耍花舌子了。去! 跟你指导员说一声,再把东西拾掇拾掇。就走!(拉姜走)

姜:(推开老)(唱九曲)除非公鸡会下蛋,
我才跟你回家转。

老:你要胆敢不回家,
一刀两断不见面。

姜:只要革命能胜利,

　　不要家庭也可以。

老:(拿起棒子)从今父子两分离,

　　我先要打你出出气。

姜:(激动地)爹! 我生死都是解放军的人了,你打吧! 你打死我,我

　　也不回家。(让老打)

　　(王和班长奔上)

老:(一下丢开棒子,抱住姜,哈哈大笑)哈! 哈! 哈! 石头! 石头!

　　爹的好孩子! 你真给爹露脸了……哈……

　　(众惊住了)

姜:(莫明其妙)爹! 你……怎么了?

班、王:这是怎么回事?

老:(十分得意)我是考查考查你。哎! 真是好样的。哈……

班:(奇怪问王)考查?

姜:(喜又不敢信)爹! 是真的?

班:老大爷! 真的?

王:啥? 考查? (对老)你可骗不过我,刚才我在门外头听得清清楚

　　楚,你死乞百赖地非要姜玉国回家不价,班长,你别信他的话,你

　　好好给他开开脑筋。

　　(老看看三人,稍停)

老:哎哟! 捅乱子了! 捅乱子了,他们都信不着我? 都当我是真的

　　来扯后腿的。(着急而又不知如何解释才好)同志! 你想……你

　　看! 我……我是扯后腿的人吗?

王:哼! 那谁敢保险。有些人嘴上说得挺好,心里可有鬼。

老:坏了! 坏了! 倒叫他考查起我来了! 同志! 别看我胡子一大

64

把,脑筋可透亮啊!那回屯里开庆祝大会王政委早给咱们开脑筋了。

(姜想说话,老拦住他)

石头!你不信?我把他说的话都背给你们听听,你就该信了。他说:这阵蒋该死就跟掉在缸里的老王八,这一辈子他也爬不出来了,只要咱大伙儿把缸盖这么一盖上,就活活把他闷死在缸里了。到那时候,全中国都跟咱东北一样,人人有饭吃有衣裳穿有地种。火车也全国都通行,爱上哪儿就上哪儿。我寻思这好事多咱能办到,他说只要一年,嗨!这一年算个啥!三年都熬过去了,再一年还能熬不过去,背不住咱加把劲,不用一年就把蒋该死那老贼逮住了呢!

姜:(紧接)爹!你说得倒对,可我刚才把心都要掏出来给你看了,你咋还是要我回家呢?

班:对!老大爷,你就是要姜玉国回家也好好地说,怎么还动手打呢?

王:一定是老大爷,看见我们进来,抹不开说是要姜玉国回家,就说些漂亮话来糊弄咱。

老:哟!同志!你这说的啥话?(自语)这咋整?驴唇不对马嘴,愈说愈说不在一块堆了,我要当面问他就啥事也没有。这是我自个儿给自个儿找的麻烦,(对众)同志!我就担心他想家不好好地干,我哪能叫他回家去呢,我都还这么寻思着,等全国解放了,石头在关里公事忙了,不能来看我,我就坐上火车进关去看他去。顺便到天津北平这些大地方溜达溜达,开开眼,见见大世面,我正巴不得你们快点进关去,我能叫他回家去吗?

姜:爹!你说的要是真心话,那我该蹦高乐了。

班:那咱们全班都要谢谢你的关心呢!

王:我还是信不着,现在你说要你儿子回家是考查他,背不住再过一会你又说要他回家是真的啦。

老:(急坏了)我口对心,心对口地说,我说的句句都是心里话。你们说,我要把石头接回家去了,我这良心何在呢? 人家关里老八路,来帮助咱们翻了身,咱过上好日子,就把恩人忘了,这还能算是人吗? 咱怎能知恩不报呢?

(唱十曲)还记得三年前腊月寒天,

关里的老八路前来帮助咱。

千重山万道水鞋袜磨烂,

吃冷饭喝盐水没有怨言,

窜枪林冒弹雨不怕危险,

挂了花负了伤还一个劲地干,

你们说为了谁他离开家园?

你们说为了谁他流血流汗?

为了东北老百姓,

千辛万苦离家园。

为了东北老百姓,

流血流汗拼命干。

老东北的老百姓知恩报恩,

送队伍进关去个个热心。

祝你们一路上身体都好,

祝你们旗开得胜马到成功。

你们在前方好好干,咱们在后方也不拉后。一定叫你们吃得饱饱,穿得暖暖,我说的这老些话,能表明我对军队拥护的一片心了吧!

班:(拉姜和王在一旁)姜玉国!我看你爹是真的考验你,你看,因为咱们信不着他,气得他胡子都撅得三尺高。

王:照我说,他是真的要姜玉国回家。

老:(在一旁)这帮小伙子,还是信不着我,嘻!指导员也不来了,真把我急得像热锅上蚂蚁,不知怎的好了。(突然)哎!有了!有了!(到桌上拿信)把这封信拆开一看,就啥事都明白了。石头!你看看这信,尽说些啥?

姜:那是农会要我回家的信,我看他干啥?

(指导员上)

王:(拉住指导员)指导员!出事了,姜玉国他爹要姜玉国回家……

姜:报告指导员!我坚决不回家……

(指导员会意地笑)

老:(得意而又着急地)指导员!你来得正好,他们愣说我是来扯后腿的,我咋说咋不是,唾沫都说干了,他们还是个不信。

班:指导员!你早知道了?

指:(点头,笑)

姜、王:指导员!你说!是怎么回事?

老:(卖关子似的)指导员!你先把这封信给他们念念,就叫他们知道我老姜头是好是赖了。

姜、王:不!不!指导员!你先说说,是怎么回事?

指:(笑)先念信也一样!刚才你们把老大爷逼得够呛吧!现在也该轮着你们憋憋气。(念信)"姜玉国同志,放心进关去,你家里完全由我们照顾,一定让他们吃好穿暖。你一点也不用挂念。再报告你个好消息,你爹今年生产成绩很好,大家选他当生产

67

模范……"

众:(看老,高呼)生产模范!! 快念下面的。

　　(老得意之至)

指:(继续念)"他虽然是军属,但干啥都自己动手,建国公粮他出得
　　最多最好,对劳军工作特别热心……"

众:指导员! 那刚才老大爷是真的考验他儿子?

指:当然是考验! 我说没有问题,不用考验,他总不放心,怕姜玉国
　　进关以后还想家,而影响情绪……

姜:(乐极)爹! 你待我太好了。

王:老大爷! 刚才对不起你,你老不要见怪。

老:(笑)哎! 没啥! 没啥!

班:老大爷不但是生产模范,还应该是模范军属才对。

王:哎! 老大爷! 你等着,我把我们班上送你的东西,给你拿来。
　　(跑下)

老:哎! 我也忙忘了,(拿鸡蛋筐)指导员! 这是我攒下的几个鸡蛋,
　　送给你们进关的时候,带在道上。饿了当饭吃,渴了当水喝。东
　　西不多,千里送鹅毛一片心,快收下。(指导员接过来)石头! 爹
　　给你带来一件好东西。

姜:爹! 啥好东西?

老:(掏出一瓶擦枪油)这是斗争刘大马棒时候,分来的一瓶擦枪油,
　　拿着,(姜接住)把枪擦得亮亮的,多打反动派,叫关里的穷哥们
　　早日享太平。

姜:(非常感动)爹! 我刚才误会了你的好意,我向你道歉敬礼!(敬
　　礼)以后我看见这瓶擦枪油,就记着爹说的话,我宣誓,不挂毛泽
　　东奖章不回来见爹。

指:老大爷,你回去告诉老乡们,我们一定执行大家的意志,早日解
　　放全中国。

　　（摄影记者陈同志跑上）

陈:姜玉国同志,功臣都照完相了,就剩下你了,快出去照一张。

　　（拉姜）

指:陈同志！（指老）这是姜玉国的父亲,你就在这里给他父子俩一
　　起照一张吧！

陈:哦！功臣家属来了,行！就在这里照。

老:我一辈子没照过相,我不照。

班:老大爷是生产模范,儿子是功臣,照在一起留个纪念。（把姜老
　　拉在一起）

　　（王拿饼干罐头等上）

王:老大爷！这是我们全班送你的,都是胜利品,你收下吧！

班:王明胜！快走开！现在要照相了。（拉开他）

王:那就抱着胜利品一起照。（把胜利品交给老）

　　（陈同志对镜头）

指:（领唱）儿是英雄父模范,

　　照张相片留纪念。

众:（合唱）前方个个是英雄,

　　后方人人是模范,

　　前方后方一条心,

　　全国胜利在眼前。

　　（如在舞台上演出,此处即可闭幕）

　　（通信员跑上）

通:报告！指导员！营首长请老大爷吃饭去。

指：我忘了！老大爷！营首长听说你来了，请你吃饭去。

老：我可担当不起，我在这里吃就行了。

众：这跟在自己家里一样，不要客气了，快走，快走。

（众拥老下）

东北书店 1949 年 3 月初版

土地还家

人物：老张头——五十多岁老庄农。

　　　张永生——其子，三十多岁，自卫队长。

　　　其妻——三十来岁。

　　　小锁——十四岁，永生之子。

　　　小丫——十二岁，永生之女。

　　（一阵秧歌锣鼓过后，妻兴致勃勃地上，身上手上都有面迹）

妻：（唱）小鸡不叫就起身，把我忙得汗淋淋，一桩喜事要来临。……

（曲一）

心中喜的什么事？打倒王剥皮挖穷根，咱们穷人翻了身。……

（曲一）

爹爹起早去开会，去取那地照喜在心，不知多咱转回门。……

（曲一）

（白）头几天哪，大伙儿就说，要发地照了，要发地照了，我爹乐得几宿没合眼，果然，昨儿下晚，农会会长告给说，叫大伙儿今天到区上拿去，天不亮我爹饭也没顾得吃就走了。他说今儿个是大喜，要吃顿好的，吃顿饺子。饺子都包得不大离了，大概我爹快回来了，让我赶快忙起来。

（唱）右手舀起一瓢水，左手又把锅盖揭，急急忙忙把水添。

（曲一）

（出门）

出门抱进柴一捆，引火的毛柴填进灶里边，乘着底火拿笤帚煽。

（曲一）

　　（小锁拿把镰刀，背捆柴，小丫手里拿着几根柴跟在后面）

小锁、小丫：（唱）今天拿地照，吃顿白面饺。

　　柴火割得不老少，跳跳蹦蹦往家跑。……（曲二）

小丫：（以下简称丫）（白）哥，咱走快点，晚了饺子都叫爷爷吃没啦。

小锁：（下简称锁）（白）忙啥？妈说了，保准等咱回去一块儿吃，她说今儿个是吃团圆饭，团圆就有咱俩的份儿，咱不回去，他们就吃不成。

丫：哥，我肚里咕噜噜咕噜噜直叫唤，咱还是走快些。

锁：我肚里也叫得慌，对，咱走快点。

　　（唱）小锁跑得快。

　　（唱）小丫随后撵。

锁、丫：（唱）咱俩肚子饿得慌，要吃饺子跑得欢。……（曲二）

　　（进门把柴放下）

锁、丫：妈，咱们回来了。

妻：好孩子，你们回来啦。

锁：（领妻看柴）（唱）妈妈你看看，今天割的柴，要比往常多一半，够你煮饺又熬菜。……（曲二）

（白）（骄傲地）妈，今儿个吃饺子，叫我多吃上一碗。

丫：（着慌）妈，饺子吃过了没有？

妻：你爷爷你爹都还没回来呢。

丫：妈，你听听，我肚子里咕噜噜咕噜噜直响，它说要吃饺子了，要吃

饺子了，（撒娇地）妈，咱先煮上两个尝尝不好吗？

妻：小丫，你说，今儿个又不是过年，咱为啥要吃饺子？

锁：（抢着说）妈，我知道，我知道。

（唱）打倒了王剥皮，咱们出了气，

农会给咱分好地，分到好地多欢喜。……（曲二）

今天清早起，爷爷更欢喜，

他到区上拿地照，拿回地照保住地。……（曲二）

咱们打倒了王剥皮，分到五垧好地，今天叫到区上去拿地照，爷

爷心里乐了，就叫咱们吃饺子也乐一乐，妈，是不是？

丫：妈，咱爹也不给王剥皮家扛活了。

锁：咱也不给他家当猪倌了。

妻：是啊，吃饺子是为了咱分到了地，今儿个又去拿地照，一家都欢

喜，看，这阵你爷爷还没把地照拿回来，咱就能吃饺子啦？

锁：妈，我等爷爷回来一块儿吃，饿一会怕啥，过一会吃得饱饱的。

丫：妈，我也等爷爷回来再吃。

妻：对，好孩子，过一会叫你们多吃几个。小锁，给妈把柴火抱进屋

里来。

（小锁抱柴火进屋）

丫：（乐得像过年似的）今儿个吃饺子了，我要吃这么大的一大碗，把

肚子吃得这么大。（说着比划着）昨儿妈还说给我做新衣裳。

（突然进门去，很快拿出一块四五尺长的新布来，在身上比着）多

好看啊。

（唱）新布真漂亮，做件新衣裳。

小丫穿上新衣裳，过年上街逛一逛，……（曲二）

锁：小丫，你把那新布拿出来干啥？

丫：（唱）妈妈早说过，新布给我做，

（小锁要抢）

我是妹妹你是哥，新布应该让给我。……（曲二）

锁：（唱）我是你哥哥，干活干得多，

又会割柴又放猪，新布应该给我做。……（曲二）

（白）看你这熊大包，除了会吃饭，啥也不能干。配穿新衣裳？

（抢布）

丫：（大喊）妈，哥哥抢我的布，妈呀！

妻：干啥？你俩赶上冤家了，一见面就打仗，快给我进屋去。

锁：妈，那回从王剥皮家里，把他早先克扣咱们的"配给布"分回来的
时候，你不是说过了，小锁，你在老王家放猪，一年价挨打挨骂，
罪受老了鼻子啦，这块布拿回来给你做件新衣裳穿。妈，是不
是？小丫就非说给她做的不价。

丫：妈，你昨儿不是说，（学她妈说话的样子）小丫，咱今年过个好年，
妈给你做新衣裳。妈，你不是这么说来着。（两人来回扯妻，嘴
里嚷着，"给我做"，"给我做"）

妻：别吵吵，把妈推倒了。把布给我。

（小丫不愿）

锁：（装大人样）小丫，还不快给妈，看，都叫你弄埋汰了。

妻：快拿来。（小丫把布给妻）看，日头都快落了，你爷爷拿地照还没
回来，小锁，去村头瞅瞅你爷爷去。小丫也把你爹找回来。

丫:我不去。

锁:我也不去。

妻:你们还想不想吃饺子啦?

锁:(机灵地)小丫不去我去,咱看看爷爷拿地照是个啥样的。

　　(要下)

丫:我也寻我爹去。

　　(小丫正要下,小锁又转回来)

锁:妈,这块布非给我做不价。

丫:(回)妈,给我做,一年小二年大,我也不能老过这么一点,过年我

　　大了也能干活了。

锁:你能干啥?

丫:我帮妈烧火。

妻:给你们俩一人做一件,这块布先给小锁做。

锁:(胜利地)嗨,这可算我的啰。

妻:(对小丫)妈编的草鞋拿去卖了,挣回钱来给你做件花衣裳。

丫:(高兴地)啊呀,我穿花衣裳了!(对小锁做鬼脸)我的花衣裳比

　　你的强。

妻:还不快去找你爷爷跟你爹去。

丫、锁:我去,我去。

　　(两人飞奔下)

妻:啥都闹周全了,就是少几头大蒜,多少年赶不上这么一回事,今

　　儿个咱吃顿欢乐饺,我上老刘家借几头蒜去。(出门)

妻:(叫)王大婶子,给咱照看点门,我一下就回。

声:你去吧。

　　(妻下)

（老张头压制不住内心的喜悦，笑着上）

老：（老张头简称）（唱）千年古树开了花，穷人起来坐了天下，打倒了地主大恶霸，老百姓一齐笑哈哈。……（曲三）

翻身大会刚开罢，拿着地照回到了家，今天吃顿团圆饭，开春好好侍候庄稼。……（曲三）

（喊）小丫他娘，小丫他娘，都不在家，我先把地照搁个好地场。

（看见灶台上供的灶神）

（唱）灶王爷，没神灵，辈辈供你辈辈受穷，烧香没烧来房一间，上供没供来地一垄。……（曲三）

不靠天来不靠神，就靠穷人一条心，大家动手大家干，从今后永远不受贫。……（曲三）

（白）灶王爷，我供了你几十年，还是房无一间，地无一垄，连放柴火棍的地场都没有，现在共产党领导咱们穷人翻身，分着了房子地，这张地照就叫"穷人一条心"，我供你还不如供它了。（正欲供上）啊呀，不行，供在这旮旯，供不了几天就熏得黑不溜丢的啦，不行，不行，（想）哦，有了。

（唱）搁在咱的柜里边，外人谁也找不见。

（白）也不行，咱柜子底上有窟窿，备不住耗子进柜就把它扎坏啦，再者热天虫子多得邪乎，备不住又给虫子打啦。

（左思右想，想起个好地场）

（接唱）一下想起个好地场，我把地照拿去藏。……（曲三）

（入内。少停，妻拿几头大蒜上，老头自里屋上来）

妻：爹，多咱回来的，地照拿回来了吗？

老：你干啥去啦，饺子包好没有？

妻：猪肉白菜馅儿，饺子皮是咱个人家拉下的好面，这么大的个儿

（比划），包了二百多，水也烧开啦，青酱醋都有啦，就是缺几头大蒜，我看爹您还没回来，就去老刘家借了几头。

（正说着，小锁嚷着回来）

锁：妈，爷爷还没回来。（抬头见爷）咦，爷爷，我在村头等你，你打哪头走的，我怎没瞅着你？

老：我抄西头那毛道回来的，你不去好好割柴，找我干啥？我又不是三岁两岁，个人不认得道！

锁：谁说我没好好割柴？今儿个割得比往常多一半，你不信，你看去。（要拉老去看）

妻：割了就割了，还看个啥，早叫我烧了一多半啦。

锁：爷爷他说我没割吗。

（小丫领着张永生上，张拿着红缨枪）

丫：妈，我把爹找回来了。（见爷）爷爷！地照领回来了，那咱就吃饺子吧，妈。

张：（张永生简称）爹！才回来。在大会上区长讲了些啥？你学说学说。我要不是自卫队的事忙，我也去了。

妻：爹！地照拿回来，给咱们看看！咱打小也没见过地照呢。

锁：爷爷，快拿出来叫咱看看，看完地照，咱就吃饺子。

老：（泼着）地照没拿回来。

众：（泼了一勺冷水）啥？

老：啥？没拿回来就没拿回来呗。

张：爹爹是你去晚了？还是不给咱们了？

老：为啥不给？只要分到地的都给。去晚了？拿地照就数我去得早。

张：那是怎回事？

老:怎回事？地我都不打算要了,还要地照干啥?

张:爹!你对穷人变心了是怎的?咱全屯大家伙儿斗倒了王剥皮,从他手里收回了咱们大家伙儿侍候出来的地,牌子都插上了,你怎又说不要了呢?

老:话不说不透,沙锅不打不漏,你们听我说来——

(唱)一年到头在地里,都是侍候人家的地,累死累活卖力气,到头地主收大利。头顶着大户的天,脚踩着大户的地,自个要想有块地,那比登天还不易。

(白)咱种王剥皮家的地,说是两垧,刨掉荒边草沿,就够个一垧半,可是租子就得按两垧给他拿。咱落到的好处就是吃碗糠皮糊糊,你要想不还他的地,搬到外围子去,他就不发民籍,再叼空给你个小憋气,那还有治?他吐口吐沫就能把你淹死啊!

(老张头沉痛地说着,大家想起往事,也不免有些心酸)

(老张头由痛转喜)

哈,可是王八万年,也有到头的日子,这一回啊,大家伙把王剥皮整倒啦。

(唱)压身石头推一边,扑落一下站平川,大片好地由咱选。咱把屯长来清算,……(曲三)

(白)地这玩意儿,本是荒草一片,谁去侍候它就长粮食,早先咱拿汗珠子把它侍候得打出粮食,按理说啊,咱滴的汗珠子,打的粮食就该归咱,可是早先黑手挣钱白手花,打了粮,都堆到地主的粮食囤里去了。嗨,这回共产党工作团来帮咱跟地主算倒账,这不就算物归原主啦,各个种上各个的地,打下粮食归各个吃用,种上啥就吃啥,爱种啥就吃啥。

锁、丫:爷爷,咱明年种点大西瓜。再有种半亩地葵花子。

老:(唱)各个有地喜在心,又怕你们不会经营,左思右想主意不定,回到家仔细问你们。……(曲三)

(白)今儿我在区上时,前思后想,就怕你们不能好好侍候,把地白瞎了,我寻想还是回来跟你们合计合计,看你们到底要不要地合计好了再说。

张:嘿,爹,咱们好容易斗倒了王剥皮,分到地,还能不好好侍候? 地还能不要?

(唱)从小我把活来扛,庄稼地里我不外行,开春咱们把地来耕种,夏天铲地不撩荒,哎嘿哟,哎嘿哟,一定多打粮。……(曲四)秋天割地能起早,忙把庄稼上了场,起早贪黑多负苦,勤劳侍候多打粮,粮食堆满仓。……(曲四)

老:(问媳妇)你说说,咱能把地侍候好吗?

妻:(唱)春耕时节爷们忙,屋里屋外有我当,三顿茶饭做得香,鸡鸭猪羊喂得多么壮呀。……(曲四)

(白)早先王剥皮家里给劳金家做饭,都说他家:"小白菜不洗泥,黄豆芽尽是皮,臭大酱不打爬,小米水饭大疙瘩。"咱这回给人家换工,一定叫人家吃的菜饭两香,光这还不算。

(唱)咱的草鞋编得强,两天就能编一双,这回编好拿出去卖,卖掉草鞋换大洋,买铧买犁杖。……(曲四)

(白)今年冬里我能编几十双草鞋,挣下的钱到明年耕地时,买个铧子犁杖啥的都行。

老:好!"家里有好饭,外边活儿不用看。"定规干得好,你还拿编草鞋的钱买犁杖,明年咱们的地管保侍候得好。(接着,问小锁)小锁! 你说说,你能干啥?

小锁:我能干啥?(说着他就跑出去了)

老：这小疙瘩，干啥去了？

（小锁抱着一个"小克郎"上）

小锁：（唱）问我能干啥？我能放猪娃。"克郎"长大变母猪，一滚二
　　　　来三滚八。（曲二）

（白）早先咱是王剥皮的猪倌，这阵给自个放猪啦。

（唱）保准大小猪，个个喂得肥，过年杀个大肥猪，爷爷吃得掉
　　　了眉。（曲二）

（白）爷爷！咱过年杀个大肥猪，叫你天天吃，顿顿吃，顿顿吃，
　　　天天吃，吃得把眉毛都吃掉了，爷爷，好不好！

老：哼！小锁这调皮嘴，长大啦非是个花舌子不价！

张、妻：（都笑了）这小疙瘩！

（当小锁说话时小丫溜出去了）

老：小丫！咦！小丫呢？

妻：才刚还在这来！

老：（叫）小丫！小丫！

（小丫抱个小鸡上）

小丫：（唱）爷爷别着急，我可会喂鸡，公鸡母鸡带小鸡，这咱才有二
　　　　十一。……（曲二）

（白）（屈着指头数）两只公鸡，四只老抱子，十一十二十三十
　　　四，十五只鸡，这咱才有二十一只，我呀我要——

（唱）起早喂苞米，下晚喂谷粒，母鸡下蛋抱小鸡，小鸡喂肥变
　　　母鸡。……（曲二）

母鸡又下蛋，蛋又抱小鸡，后语满院都是鸡，走到赶快哄哄
鸡。……（曲二）

（白）母鸡下蛋啦，蛋又抱小鸡，小鸡长大啦，又变母鸡，母鸡再

下蛋,蛋又抱小鸡,到后来我养那么一些鸡,那么那么一些……(赶鸡)

(把大家都逗乐啦,尤其是老张头)

老:哈哈哈哈哈,好孩子,都能干,都有出息,爷爷没有白疼你们。

张:爹! 你看! 咱家哪个不能干活? 准能把地侍候好! 爹! 是不是你再去一趟,把地照拿回来吧!

妻、小锁、小丫:对! 把地照拿回来吧!

小丫:不领来,饺子也吃不成啦,(推老)爷爷,快领去。

老:我给你们拿去,(又转回来)你们可都得记住,共产党领导咱们翻了身,为后咱就要跟着共产党走到底。

张:那还用说,这就跟姓姓一样,咱姓张了就一辈子姓张,还能随便就改成姓李吗?

老:嗯! 说得对! 只要你们能想到地来得不易,肯下辛苦,好好侍候,我就给你们拿地照去。(说完就进里屋去)

(众很奇怪)

小锁:爷爷怎进里屋去拿地照去啦!

张:(豁然大悟)啊呀! 这下我可明白啦!

妻:啥?

张:爹早把地照拿回来啦,恐怕我们不好好侍候地,就先来试探试探咱们。

妻:敢情是这么回子事。

张:准是,没错。

(老抱个小箱子出来,大家都围着他,小丫小锁都拉住他的衣服)

老:小锁! 小丫! 别扯着我的衣裳! 别挡道!(老慢慢地开箱子,拿

出一个麻袋包,大众以为是地照,却是一个竹筒,他把筒口的碎棉花烂纸拿出来,这才小心地抽出地照,慢慢地打开)

众:这就是地照呀!这上头还有大方官印,鲜红鲜红的。

(众人嚷着乐着,音乐起,随着音乐即舞起来)

老:(领唱)土地还家归穷人,挖掉穷根按下富根。

众:(合唱)从今生产要加紧,老少五口一条心,黄土变成金。(曲四)

老:(唱)冬天我要多捡粪,多上粪来地有劲。

张:(唱)蹚地要蹚尺半深,长出苗来真爱人,

(合)实在真爱人。……(曲四)

妻:(唱)三顿茶饭我操心,吃饱干活才有劲。

锁:(唱)铲地我能顶呀顶一个人。

丫:(唱)我把小草薅干净,(合)除净野草根。……(曲四)

众:(唱)等到明春河消冰,咱们齐心把地耕,庄稼上场好收成,吃饱穿暖多消停,合家喜盈盈,合家喜盈盈。……(曲四)

锁、丫:妈,吃饺子了,吃饺子了。

(在愉快紧张的音乐中急舞下场)

(完)

选自《翻身秧歌集》,东北书店 1948 年 6 月

争年画

人物:秀梅——十四岁女孩子

　　　大梁——十三岁男孩子

　　　牛柱——十三岁男孩子

　　　小丫——十二岁女孩子

　　　刘大爷——七十一岁

开场:四个孩子做抓大肚皮游戏。大梁手拿木扎枪逃上,牛柱领着

　　　秀梅、小丫手拿木扎枪追上。

牛柱(简称牛):顶架往前追!(三人追大梁未追上)分三拨追!追。

　　　(追上三面用枪对着大梁,大梁想抵抗已不能)把他的枪卸了!

　　　(小丫卸他的枪)哼!想翻把?这回叫你翻到大江里喂王八去。

秀梅(简称秀):刘八怪!这回你还有啥说的没有?

大梁(简称大):这回我算明白了,我要再翻把,那——那就不是人

　　　养的。

小丫(简称小)、牛、秀:跪下!跪下!

大：饶过我这一回，往后定规好好劳动，再不翻把了。

小：不跪下就揍了！跪下！

牛、秀：不跪？不跪就揍！（真揍）

大：（一下挡住）你们真要揍？

秀、牛：谁跟你闹玩儿？

大：（躲开）不玩了不玩了，我也不是真的大肚皮，你们倒真的要揍我，还要我跪下，我才穿上的新棉裤，我妈嘱咐我好几回，叫我不要弄埋汰了，你们还要我跪在地上，我不玩了，把枪给我！

小：谁说你是真的大肚皮，玩还带生气？玩吧！（大把枪抢去）

秀：咱假戏真做！扮个啥就得像个啥呗！玩吧！

大：不玩了，再装我也不装大肚皮，我要装好人。

牛：不玩啦？不玩拉倒，咱克棍玩吧！

小：对了！咱克棍玩。（就克起了）

秀：（对大）来！咱们两个也来，（对牛）咱们从头来！

牛：你说你不来了，你还来？！

大：你管呢。

小：来吧！

秀：别吵啦，来！咱们来吧！（一起克棍，唱快板）

　　克一克二克金桥，

　　金桥底下裂花瓢。

　　（这时刘大爷手里拿着一卷纸上，看他们玩）

　　裂什么裂，过新年。

　　过什么过，团团坐。

　　团什么团，麻糖甜。

　　麻什么麻，苞米花。

包什么包,白面饺。

白什么白,猪肉菜。

猪什么猪,酱油醋。

酱什么酱,吃得香。

吃什么吃,撑肚子。

白面饺子,都吃光,

外带喝了一锅饺子汤。

饺子汤,也喝光。

他还说吃了这些啥也不当。

刘大爷(简称刘):(哈哈大笑)哎哟,好大个肚子,吃了这老些还说啥
    也不当,这是说的谁呀?

牛、秀、小、大:我们说着玩,刘大爷过年好!

牛:大爷,给你拜年!(行军礼)咱们解放军就讲究这样。

刘:(乐不可当)好孩子! 好孩子!

大:大爷,你手拿的啥? 给咱们看看!

刘:你们猜猜这是啥?

小:我说不是灶王爷就是财神爷。

秀:胡扯,这会儿,谁还供那些玩意?

小:那是啥?

刘:(打开小角)你们看! 是啥?

牛:哎哟,是翻身年画,大爷给我! (都说:给我,给我!)

刘:一个也不给,我拿回去各个儿挂的。

大:你明儿个再去买去,把这给咱们。

刘:嗨! 这小嘎子说得倒容易,不行! (四个孩子就拉他腿和手,要
    拉倒他)别! 别! 别! 别把我拉倒了,我给就对了。(放了他)给

是给啊！可得有个条件！

秀:啥条件?

刘:我要考你们一个问题,你们谁答上了,画就给谁。

小:哎呀? 我就答不上,我说给我就得了!（要去拿画）

牛:（阻止）啥答不上? 大爷你说吧,准能答上。

刘:那先问你们,今儿大年初一你们净吃些啥?

牛:白面饺。

大:白面猪肉饺。

秀:咱家吃的是三鲜饺。

小:我妈包的那饺子呀,一口一个,一咬一个肉蛋蛋,油可多啦,顺着
嘴边儿直淌。

刘:吃的饺子,那今儿个穿的啥衣裳呀?

秀:（唱一曲）

白底子小红花,细布花棉袄。

大:（接秀唱）

蓝缎子大团花,全新的棉长袍。

牛:（接大唱）

青丝布新棉花,三年五年坏不了。

小:（接牛唱）

红绸子小麻花,配上绿裤格外好!

咱穿的是斗争果实。

刘:（接小唱）

吃的白面饺,穿的花棉袄,

今年过年这样好,都是谁的功劳?

都是谁的功劳?

86

齐:(接刘唱)

　　共产党,共产党,全靠共产党来领导!

刘:哦! 说得倒对,不大离,那我就考考你们啥叫共产党吧,你们说
　　共产党是个啥?

众:这谁不知道,不用你考,考个别的吧!

刘:知道也得给我说说呀,共产党是啥?

众:(闹不清)共产党是啥?!

刘:答不上岔了吧! 画不归你们要了吧! (要走)

牛:谁说答不上,我说!

刘:好,你说。

牛:照我说呀,共产党就是穷人,就是咱们。(唱二曲)

　　只要是贫雇农,斗地主不留情,

　　共产党里有你名。

　　连小嘎带老头,你姓张我姓王,

　　人人都是共产党。

　　(白)咱们五个都是共产党,大爷,我答得对吧?

大:啥呀! 你是共产党?

牛:我不是共产党是啥?

秀:我听我爹说,共产党自个儿要抱个团,你有?

牛:怎没有? 儿童团就是呗!

秀:不对! 不对! 大爷听我说,我说共产党是好人堆里举出来的好
　　人,我爹是共产党,就是大伙儿举出来的。(唱二曲)

　　斗地主起浮产,挖坏根劝懒汉,

　　都是我爹领头干。

　　干工作在头前,领果实在后边。

动员我哥把军参,领导那大生产,

大家伙把工换,家家户户顶架干,

咱屯生产数模范。

(白)共产党就像我爹那样,干工作都在头里,领果实了就净别人先领,头年领导生产又是生产模范。他就是好人堆里举出来的好人。

刘:对! 秀梅说的对!

秀:给我画,我说对了。

　　(大爷准备给她画。)

大:大爷办事不公!

刘:我怎不公?

大:我答得比她好怎办?

刘:那就把画给你呗!

大:对了! 那你先别给她,你听我说。我是个猪倌,我打当猪倌那轱辘说起。(唱二曲)

当猪倌把猪放,破靰鞡穿不上,

十冬腊月把脚光,

来了啊共产党,新靰鞡分一双,

乐得我妈拍巴掌。

　　(白)照我说共产党比我妈还强,这会儿穿上新靰鞡一丁点也不冻脚了,大爷! 我说的比秀梅的好吧!

小:刘大爷问的啥叫共产党,你说共产党比你妈还好,真老赶! 大爷听我说,(想不起)我才刚想得好好的,给你一打岔打回去了。

大:别逞能了,答不上就拉倒吧! (羞她)

刘:别! 她年纪小,让她想一想。

小:有了！有了！刘大爷,我说的是你。早先刘大爷可窝囊了。

（唱二曲）

破棉袄露脊梁,破棉裤开了裆,

低头哈腰把活扛。

来了呀共产党,刘大爷脸儿胖,一身新衣裳。

白胡子亮光光,一大把飘嘴上,

说起话来嗓门亮。

（学刘大爷说话）小丫！你来。

刘:（一个劲地点头）对！对！

牛:你说别人是老赶,我看你比老赶还老赶。

秀:你答的是啥呀！啥共产党来了,又刘大爷变了样！

小:我说的一点也不假么,看刘大爷这亮光光的胡子,这身新衣裳就是打共产党来才有的,早先他穿那条破棉裤都看见屁股了。大爷！你说我说的对不对？

刘:对！对！

小:你们看刘大爷一个劲儿点头就说"对!"就是我说得顶好了吧！画给我吧。

众:不对！我说共产党是好人堆里举的好人。

我说共产党比我妈还好。

穷人就是共产党。（吵）

刘:别吵,好孩子,听我说到底谁说的对,该把画给谁。

众:快说！

小:怎么说也得给我！

刘:（唱三曲）

共产党呀本姓穷,

咱们穷人是他的根，

他领导翻身打倒封建，

实心实意为咱们！

牛：还是我说的对，咱们是共产党的根！

刘：(唱三曲)

共产党是北斗星，

穷人里的头行人，

自个儿受苦他不在乎，

就惦念大伙的热和冷。

秀：我爹就是这号人。

刘：(唱三曲)

咱们受苦他心痛，

咱们享福他高兴，

大小事情他都管，

比咱爹娘还要亲。

大：这是我说的，我的对。

刘：(唱第三曲)

小丫说的最动听，

句句打动我的心。

我今年活了七十一，

七十年苦罪说不清；

共产党来了大不同，

我心里亮来眼睛明；

胳膊腿儿也灵便，

我也觉得我年轻。

牛：刘大爷你打起根到发脚，也没说那张画给谁呀！

大：刘大爷调理人！

众：可不是调理人？不行！不行。（要拉倒他）

刘：这是啥话？怎说我调理人，我说的实话，你们四个答的都对！

秀：那画给哪个呀？

刘：每人都有呗。

小：通起才一张，你给谁？

牛：我说刘大爷就是糊弄咱们，不想把画给咱们，他想打个马虎眼，就把咱们糊弄过去。

刘：哎，怎就糊弄你们？听我说呀！你们不是四个人吗？

众：是呀！

刘：我通起买了四张画，正好给你们一人一张，这不每人都有啦？

众：那你不把画早给我们，还调理咱们老半天。快给画，快给画！
（嚷起来）

刘：你们离远点，看我给你们画。（小孩们就离远一点）

刘：（打开一张毛主席的像）这是谁？你们认识不？

大、小、秀：（看了一会）不认识！

牛：哎哟，连毛主席都不认识，（指画上的字）你看这上面不写的：毛主席！

大、小、秀：刘大爷，是毛主席吗？

刘：是呀！

众：（蹦起来）哎哟！是毛主席，咱可见着毛主席了。

刘：毛主席是做啥的？

众：领着咱过好日子的，领导共产党的。

齐：（唱四曲）

（一）咱们全靠毛主席，

他领导穷人抱团体，

大家伙，一条心，抱团体，抱得紧，

打倒大坏蛋，铲除大肚皮！

分到了，房子地；穿上了，新棉衣！

我爹我妈，一家大小，全都笑嘻嘻，呀哎咳哎咳呦！

（二）有了牲口有了地，

换工插犋组织起，

起五更，贪半夜，你帮我，我帮你，

今年是生产年，齐心种庄田。

妇女们，送茶饭；老年人，看家园；

咱们小嘎，放猪放马，更要干得欢，呀哎咳哎咳呦。

（三）咱们翻身翻彻底，

永远不忘毛主席，

你是咱，救命星，咱把你，记在心，

老头年轻了，小嘎哈哈笑！

叫一声，毛主席，咱们谢谢你！

大梁、秀梅、小丫、牛柱，都要那毛主席，呀哎咳哎咳哟。

众：我要毛主席！我要毛主席！

刘：别忙，照我说毛主席该给牛柱，他不告诉你们，你们不是就不认识？

众：行！给他吧，咱今年得好好念书啦，再也不当睁眼瞎啦，给我一张！

（大梁拿一张"大反攻"，小丫拿一张"儿童劳军"，秀梅拿一张"努力生产支援前线"。）

92

大：哎！你看！我这有汽车、飞机，还有坦克车，哎呀多好呀！

小：得啦，你看我这个比你还好，你看还有小猫。哎呀哎呀，这小姑娘就是我，你看还有两根小辫儿。

秀：你这个还没有我这张好。你看，哎呀这些人都种地，哎哟！这老些人！

大、小、牛、秀：哎呀我这个好！

牛：谁也没有我的好，你们看，毛主席最好！

大、小、秀：（到刘跟前）大爷！给我毛主席，给我毛主席！

刘：毛主席就一个！

　　（大梁、秀梅、小丫去抢牛柱的毛主席，牛柱跑下，大、秀、小也追下，后又上，推着刘大爷说："给我毛主席，给我毛主席！"在锣鼓声中下场。）

选自《知识》，1948 年第 6 卷第 6 期

◇ **刘白羽**

无敌三勇士

代　序

反映部队的戏剧,在山东,尤其是战斗的报道是有其成绩的,然而描写战士们日常生活的却为数不多,超武同志这一剧本因此而显得更有意义。这一剧本,以刘白羽同志名作《无敌三勇士》为蓝本,描写了解放军三个战士之间的关系怎样不团结而又在怎样教育之下团结起来而成为无敌的英雄故事;其中心人物事件,保持原作的精神,并且作者以其曾经生活在部队的经验,生动地赋予了这些人物事件以戏剧的形象。

这样的三勇士,在解放军部队里边,原是平常的人。他们来自各个角落,各个带来旧社会加之于他们思想上和生活方式上的某些负担,因此在他们接触交往之中,免不了有些阻隔和纠纷,而这,是不能不削弱战斗力,更难能成为无敌的战士的。共产党要教育这些人英勇无敌。这里就从平常的事件引出来不平常的效果。这就是作品里边所写的三勇士生活底严肃的原则性，他们生为战士，有他们底在共产党领导之下为革命为人民而一致前进去歼灭敌人的思想与行动，他们英雄的性格在这个原则之上得到了统一。这是真实的。而通过他们之对于他们共同的阶级敌人之深沉的阶级仇恨，因而他们诉苦之后的接近起来拥抱起来的情景，又是这样地有着典型性：我们都曾经亲自见过千百万解放军指战员同志在掀起了诉苦运动的热潮之中怎样提高了阶级觉悟，其后，在战场之上又怎样充分表现了战斗力的旺盛，而平常的人遂成为不平常的无敌的英雄。因此，这一剧本对于部队的贡献是有其现实的强烈的教育意义的。

在剧本本身描写方面，我想特别应该指出的，是它底不仅仅为战士所能够欣赏的剧情结构和人物形象，而且它有能够为战士自己运用的演剧性，这就是它底单纯、明朗、通俗、活泼等等优点所表现出来的场面、动作、语言、情节。当然，在我们今天的创作水平来说，超武同志这种宝贵的思想劳作是值得学习的，虽然我们还希望作者给我们更多的或者更好的东西。这就是如果以这一剧本来说，它还存在着一些缺点：比方人物性格之不够突出，写得还过于朴素；结构也还有些松散，似乎是太长了一些；而语言尤其是唱词，选词用字是比较疏忽的。但是，这不失为一个好的创作，它反映了战士底之由过去到将来，始终贯穿我们党底改造人底力量，这正是现实主义方法，因此我极愿将这一创作介绍于我们的部队和一般演出者。

贾霁

一九四九年五月于济南

第一幕

第一场

人物:李占虎——班长。

　　　赵小义——新解放不久的战士。

　　　周发奎——外号老油条。

　　　高少平——战士。

　　　刘青和——战士。

　　　秧歌队八人。

　　　锣鼓胡琴队六人。

　　　群众若干人。

景:是一个大道旁的小菜园,周围篱笆上爬着花藤,正开着牵牛花,
　　透过篱笆看到里边的菜蔬,篱笆前是条大路。

启:锣鼓喧天,人声喊着集合,周发奎背着枪像想着什么问题似的,
　　从左边上来,刚走到篱笆前边正中,后边传来了赵小义的喊声,
　　周发奎并没有停止脚步。

周:(一面走一面唱第一曲)

　　刚才开会来评功,

　　你一言我一语争得怪凶,

　　班长他评个二等我同意,

　　阎成福和他一样我不赞成,

　　我提出理由大家反对,

　　解释来解释去我思想不通。

　　(这时,赵小义在后边喊)

声:周发奎,周发奎!

周:(回头看了看,欲往前走,赵小义背枪上)

赵:老油条,怎么叫你听不见呵?!

周:有事你说吧!(不耐烦地)

赵:开会还停一会,五班在布置会场,(锣鼓响起)你听,锣鼓敲得那么热闹,秧歌队正在集合,走,咱去看看去。

周:有什么看头,扭来扭去还不是老一套。

赵:老油条,真他妈老油条,什么都不感兴趣,什么都老一套,你扭扭我看看。

周:(随便说了一句)等我哪天精神上来的时候,我扭一个山西秧歌给你开开眼。

赵:山西的?

周:(不料引起自己的话来)山东的也会。

赵:咦?会这么多呵?你这不是还不简个单吗?!

周:想当年在家踩高跷,你猜谁在前边领头?

赵:(肯定地)不用说是你周发奎了。

周:你再说就不对了。

赵:这样说来在文娱方面,你不还是把能手吗?

周:(自负得意地)不敢说是能手,马马虎虎。

赵:那俱乐部以后开会,我一定选你当文娱委员。

周:免了吧,你别给我添些麻烦,从来不想当官。

赵:不想当?怕是当不上吧!

周:当不上?小赵,我不是对着你吹大气,别说文娱委员,想当,俱乐部主任,谁也抢不了去,就是有点思想弄不通。

赵:什么?

周:(一字字地)嫌麻烦。

赵:别给自己脸上擦粉了,俱乐部主任可不简单,不但懂得这一套, 还要政治上负责,指导员不是讲过吗?

周:得了,得了,现在不是上课的时候。

赵:指导员讲的不对吗?

周:指导员讲的对……你……

赵:我讲就……

周:你讲的也对,可是你和指导员就不一样,人家指导员是自动入伍 的,……

赵:我又是机关枪欢迎过来的是不是?

周:这是你自己说的。

赵:你不要自高自大,你只能和我比,你干革命三四年,也不还是扛 七斤半。

周:怎么?扛七斤半不光荣吗?哪次打仗姓周的不是跑在前头。

赵:就凭这一点就行啦?

周:就凭这一点,你就要佩服。

赵:那你就一辈子老油条的外号也去不掉。

周:(不闻痛痒地)去不掉你们就叫,我就老油条,我就油条一辈子。

赵:(玩笑地)我叫你三声你敢答应?

周:随你的便,嘴长在你的鼻子下。

赵:老油条!

周:在。(低应)

赵:老油条!

周:有。(较高应)

赵:老油条!

周：在这里，怎么样，回过头来看看，(赵莫明其妙地对准周，周打量赵一下)还是那个样呵！我寻思你漂亮了哪，我老油条不还是我老油条。(唱第二曲，慢悠悠地讽刺地)

　赵小义你不要把人欺，

　老油条可不是你叫的，

　吃小米比起你见的还多，

　不服气战场上咱比一比？

　你哪样都不行还乱挑眼，

　为什么还到处乱吹牛皮，

　我劝你从今后老老实实，

　论革命你还要拜我为师，

　老油条从今后你最好不叫。

赵：(插白)你不进步我还是要叫。

周：(接唱)你叫你的，

　我听我的，

　看看气死那个狗日的。

赵：我说老油条，你这扯不长长，拉不团团，不发火，不生气，实在难办，你为什么不和阎成福比哪?!

周：阎成福？

赵：是呵，人家阎成福评了个二等功，你怎么就评不上呢？

周：那么我先问你。

赵：我要你先说。

周：哎，我问你一句话，你说今天的评功会上有没有不公平的地方？

赵：(不加考虑)有。

周：哪点不公平，你说，我看看你的眼力怎么样。

赵:我说呵,没给你评一个功。(玩笑地)

周:去你妈的,给你谈正事,你也打哈哈。

赵:你看出你说就是了。

周:你说阎成福和班长比能比得上吗?

赵:我……我看不出来。

周:我说你个小子呵,是他妈的头上浇香油,脑袋里灌洋蜡,滑头滑脑。见人说人话,见鬼说鬼话,非驴非马两面三刀。见面哈哈笑,人走了又日他娘,干了几年国民党的兵,你可学习了,会上好好好,背后发牢骚,看风使船,顺水推舟,你是他妈蟹子过河随大流,哪边人多,你往哪边跑,赵小义,你说这段话像你不像你?

赵:老油条,你别胡说八道,我哪次会上好好好,会后发牢骚来?(着急地)

周:咦咦,记性那么坏吗?自己做的最好自己检讨,让别人说出来就不好看了。

赵:(认真地)你说,你说!

周:好,我说了可不要脸红,那天星期六,班里都去参加上党课去了,你一个人在屋里大发牢骚,你说:"什么他妈优待,还不是鬼吹灯,别的非党员都能去,我就不能去?我日他娘的。"

赵:老油条,你别加油加醋的,谁骂日他娘的来?

周:好,好,你不承认,就算我听错了行吧?! 上边那些是不是你说的? 你说?

赵:是我说的;都是非党员,刘青和、高光平都参加,我为什么不能参加呢?

周:人家刘青和、高少平坦白直爽,有啥说啥,打仗在前边,生活起模范,你比得上？说呵！（赵不语）要是你比不上,你说怪谁呢？

赵：我说双方都要检讨。

周：干脆一句话,怪你我不进步,这能怪支部吗？

赵：那我还……

周：你还说："不相信我,叫我回家。"伙计,不相信你的时候你想扛这杆捷克式都扛不上,再说,你回家,回家干什么,蒋介石的队伍抓了你一次还嫌不够呵？老弟,眼光放远点,离开共产党就走不通,一句话,跟着共产党走,就有光明。

赵：(信服地)你到底,比我懂得多。

周：不敢说多,这一点起码认识得比你清楚,伙计！以后别叫我老油条了,你不快点进步,老油条的外号,就要送给你了。

赵：我才不要哪！

周：不要就要好好干,别像我这样吊儿郎当。

赵：你知道劝人家学好,你自己为什么改不了呢？

周：说得那么容易,这也不是喝酒,说不喝就不喝了。我从小就是玩高跷,跑旱船,玩龙灯,拉拉胡琴唱唱戏,吊儿郎当惯了,一下子改不掉。班长、排长、指导员都和我谈过,我也知道我这样不对,可总是改得不快,反正我想跟着共产党革命到底是没有问题,没有这个决心,打仗也不会往头里跑,这一点姓周的不含糊,不过,就是不想当干部,当一辈子兵怪自在。

赵：你真不想当？

周：这不是吹牛皮,今年二月,让我当班副,我怎么也不干,为这个我还受了批评,批评我不愿为人民多做工作。

赵：那为什么评阎成福个二等功你不满意呢？

周：他不够二等,我为什么赞成,我不像你那么滑头滑脑,明明有意

见还举手。

赵：你对这个不满意，对那个有意见，你看咱班长怎么样？

周：那没话说，打仗，爱民，对同志，咱说不出一点孬来，所以阎成福和他一样评，我就有意见。

赵：有意见等到庆功会上提。

周：那当然要提。（锣鼓声起）

赵：走，看秧歌去！

周：不去，说不去就不去。

赵：你看，班长和刘青和、高少平来了！

（班长、高少平、刘青和上）

刘：你两个站在这里干什么？

赵：交换意见。

高：刚才散了会，就交换意见，哪儿来的这些意见？！

赵：老油条，不，周发奎还是坚持他的意见。

班：那不要紧，有意见还可以到大会上提，不对的地方，班里的结论，还可以推翻。

高：还有什么意见，十一个人十个同意了，少数服从多数。

周：什么十一个十个同意了，赵小义是他妈中间分子，一开始不举手，后来看看都举了，他也举起来了。别看他举得怪高，他一点主见也没有。

赵：谁说我没有主见，手是我自己的，我不让它举它就举啦？我是要慎重考虑。

周：什么考虑，你是顾虑。

班：好了，一会在庆功会上，我们报告了老阎的事迹，老周还可以提，让大家评论，不过老周不要因为有意见影响了情绪。

周：不会，二等功也好，一等功也罢，与我没有关系。

（锣鼓响了）

刘：秧歌队来了，班长，人家来参加咱庆功大会，咱要好好招待人家。

班：连部已经布置了。

（秧歌队从左上，锣鼓胡琴都跟在后面，群众、战士若干人）

秧歌队唱：咱们的解放军，

消灭了蒋匪军，

开大会，来庆功，

模范英雄人人爱，

扭着秧歌来庆功。

打仗真英勇。

解放了济南城。

选模范，选英雄。

人民的功臣都尊敬。

（众人在喝彩声中，随秧歌队下）

（幕落）

第二场

时：庆功会后的第二天。

地：班的住处。

人：班长，周发奎，赵小义，阎成福，高少平，刘青和，指导员。

景：一般的空房子，正中有张桌子和几条大、小凳子，左边是寝室门，正中是大门，桌上放饭桶、茶缸等，其他装饰可酌量增加，以不单调和过于麻烦为原则。

启：班长、赵小义、刘青和、高少平都在场，有的站，有的坐，都在看小

赵学昨天识字班扭秧歌,他拿着一块白手巾一面扭一面唱,大家都在笑。(扭停)

刘:小赵真是抓鸡不叫唤有两下子,一看就会了。

班:下次再开庆功会的时候,让小赵也参加秧歌队扭。

赵:还有老油条,昨天他和我说,他会山东的、山西的,还会踩高跷跑旱船。

班:周发奎是有些门道道,吹、拉、打、唱,都能来一套。高兴的时候,弄个小玩意也怪好看,昨天开会扎的那两个大彩灯,就是他的手艺。

赵:那可要看他高兴,下次一定让他扭扭。

班:你们在,我找找他去。(欲走)

赵:急什么,一过午的时间,咱们一个班又分两下开,一会就完了。

(说完又扭起来,周发奎上)

周:胜利品今天又高兴了!(玩笑地)

赵:(扫兴地)你叫谁胜利品?

周:只兴你叫我老油条,你也知道不好听啦?!

赵:我以后不叫。

周:我以后也不喊。

班:咱以后不准叫外号,虽然都是自己同志,这样开惯了玩笑也不好。

周:我明明姓周叫周发奎,你们不叫,偏叫老油条,以后我再听见谁叫,我给他把牙敲去。

赵:哎呀,这么厉害,那我们就不叫。

班:对,我们就座谈吧,上午已经告诉大家准备了,再简单说一下,昨天连部提出创造团结友爱班,条件有两个:一个是战场上生死抱

104

团结,互相帮助。一个是平时要互助,大家一条心。我们现在研究研究,看看有没有补充,假若没有就讨论,我们能不能争取到那面红旗?

众:(除老油条外)能!

班:大家说说,有什么条件能够争取到呢?

刘:我先说。

(唱第三曲)

　　叫声班长听我言,

　　咱们要争取模范有条件。

　　首先是班长领导得好,

　　大家同志都很能干。

班:主要是靠大家同志的努力。

高:我发言:

　　争取模范有条件,

　　咱班里早有基础有骨干,

　　要注意以后少开玩笑,

　　影响团结就不合算。

班:对,以后我们说玩话可以,不要闹得过火,人都要面子,一个翻了脸,就会影响团结,这点不要看小了。小赵,你觉得有信心吧?

赵:有,有班长正确领导,我们跟着走错不了就是了。

班:班里搞得好坏,我当然要负责,可是要想争取模范不是我一个人能决定的,你说说你的看法。

赵:我要讲的他们都替我说了,再说还是重复。

班:重复不要紧,你从来不大发言,一个班要搞好,大家都要出主意,你还是讲讲。

赵：我说得不大好，

　　大家都是老同志，

　　比起我又有文化和政治，

　　我入伍一共六个月，

　　虚心向着你们学习。

周：(半天插了一句)小赵嘴上又抹上蜜了。

赵：真的，以后看，要不我和你挑战？

周：哎，算啦，免了吧，真金不怕火炼，是铜是铁，将来战场上就会知道，敌人的机枪大炮是试金石，用不着来这个形式主义。

班：那怎么是形式主义呢？这是革命竞赛嘛！

周：我来不惯这一套，我是玩现的，到那个节骨眼看就够了。

班：你看我们能不能有把握争取模范呢？

周：我说有，也许没有。大家都好好干就有，不好好干就没有。

班：大家都表示了态度，你说说看。

周：我说说我自己，战场上互助团结，我可以保证。

班：平时哪？

周：平时就不大保险了！

班：为什么？

周：因为他们都叫我老油条呵！

众：我们不叫了。

周：其实你们叫我也不在乎，叫，我也少不了一块，不叫我也多不了一块，你们越叫我越油条，你们叫上三年我还是我，主要是给群众的影响不好，班长你说对吧？

班：对的。

周：另外，大家眼睛往大处看，别一天到晚集合慢一点了也批评，一个扣子没扣也提意见,凭良心说,你们说一次我听着,说两次我听一半,说三次我就一点听不见了。

高:叫你这么一说,你油条还是因为我们给你提意见提多了才油的了?

周:话也不能那么说,就像大前天吧,我肚子饿了,借了老百姓一张煎饼吃了,让高少平看见了,说我不遵守吃饭制度,违犯群众纪律,又是乱吃零食害胃病,同志们这样关心是好的,可我也不是三岁的小孩,身体是革命的资本,这句话我总还记得,再说,我吃了还还她,早吃了开晚饭的时候少吃一点也就顶过来了。

高:你也吃,他也吃,都吃起来怎么办?不但伙房忙不过来,粮食也不够吃的。

班:这些地方,老周以后能自觉注意些就行了,集体生活就要随着大家,再说我们是战斗部队,就是后方也不能什么时候饿什么时候吃呵!老周,你说是吧?

周:(转话题)没有了。

班:我说说:

(唱)团结模范要争取,

全靠着大家同志努把力,

要作到小事互相谅解,

原则事情不能放弃。

(白)平时小的事情作到互相让步,互相谅解,大的事情,一定要开展批评,只有这样才能更快地提高认识,自然而然就会团结了,战时生死抱团结,大家一条心,我想一定能争取模范班。

众:保险错不了。

班:能保证?

众：丢不了班长的脸。

班：那就要看以后了。

众：以后看！

（指导员上）

指：你们讨论得怎么样了？

众：讨论好了。

指：有把握吗？

众：当然有把握。

班：大家都表示了态度，不成问题。

指：你们不要过于自信，以后要仔细检查呵！连部讨论了一下，准备
以七班作为培养对象，不过还没决定。

班：为什么要七班呢？

众：是呵，难道我们四班就不够格吗？

指：还没决定，还可以研究。

班：指导员，只要连部相信我们，我们一定不叫首长失望。

指：那好，祝你们成功，你们班过去有基础，不过今后更要努力。

班：请指导员放心。

指：好，我到五、八班看看。（向班）你过午到我那去再谈谈。

班：好。

众：指导员走啦！

指：你们在。（下场）

高：乖乖，差一点叫七班争了去。

刘：七班一定不服气。

高：光不服气不行，要做个样给他们看看。

班：从今以后大家都要动起来，争取模范到手。

108

周:对!（凑热闹地）争取红旗挂到咱班里。

班:好,老周也使劲了,现在没有事就散会。

（大家欲走,阎成福上）

刘:呵,老阎回来了。（上前拥抱）

高:呵呀老阎,你可把我们想坏了。（拉着阎的手）

赵:老阎!老阎!（靠上去）

班:（像一个老大哥一样）你的伤完全好了吗?

阎:好了,班长。

周:老阎住住医院倒胖了。

阎:哈哈!

班:坐下先休息一会。（提壶欲下）

高:我去,（接壶）吃饭了没有?

阎:吃了,在路上大众饭店吃的。（高下）

班:走了几天?

阎:两天。我回家去看了一趟,要不前天就回来了。

班:家里都好吧!

阎:想不到的那么好。

周:花轿还没坐呵?（玩笑地）

阎:又胡扯了,老蒋不打倒,革命不成功,绝不想那些。

赵:俺不信,看你怪高兴的。（和周作个鬼脸）

阎:高兴不在那上面。

（唱第四曲）

　　住医院两月整把人急煞,

　　整天里躺床上屁股发麻,

　　我跑到院长处请了个假,

坐火车一晚上就到了家。

赵：好嘛，坐火车了，火车什么样？

阎：比汽车大多了，一个厢子一个厢子挂一里多长，上边还载着
汽车。

（高上倒水给阎）

赵：汽车也坐火车了！

班：庄稼收成还好吗？

阎：（唱）

　　土改后老百姓生活改善，

　　又有吃又有穿个个喜欢，

　　听说是去支前都抢着去，

　　男和女老和少都在生产。

赵：你家分到什么？

阎：（唱）

　　槽头上拴红马咴咴地叫，

　　一家人穿上了新裤新袄，

　　一张床，一口锅叉把扫帚，

　　还分了半新的一把铡刀。

高：真是翻身了！

阎：现在都在努力生产，我家买了一张织布机，新衣裳是自己生
产的。

刘：还有什么？地分了多少？

阎：（唱）

　　清晨起我散步到了庄东，

　　南北的三亩地一"卦"四平，

谷穗子像狗尾巴那么粗长，

太阳照高粱穗一片通红。

班：今年真是丰收了。

阎：（唱）

天不亮离了家回到医院，

各病房看战友走了一遍，

院长说还需要再养半月，

我逼他写了信就来前线。

高：我说老阎，你可回来了，你走了以后，我们像少了一个老大哥一样，我们写给你的信收到了吧？

阎：收到了，我给你们的回信呢？

班：收到了。

赵：你来的信，班长还保存得好好的哪！

班：这次我们连里评功，你评了个二等功。

高：和班长一样。

阎：我怎么能和班长比呢？我够不上功。

班：这是大家一致的意见。

高：告诉你老阎，就是那次打黄山，敌人火力打得像雨点一样的时候，你一个人冲上去，一个手榴弹把敌人打乱了，还抓了一个团级干部，你的功就在那一次，要不，那次战斗不会解决得那么快。

阎：（兴奋地）提起那次，可把人气死了，让他缴枪他不缴，不缴老子还给他客气，我一手榴弹正打进炮眼，那些龟孙子可吓坏了，一个肥头大耳的家伙，就是敌人的指挥官，吓得腿颤了，我说："你站住！"他"扑通"一下就跪下了。

周:(低低地冷冷地)隔着那么远就听见"扑通"的响声了。

阎:(看了看周)那次我准备牺牲了。

班:开庆祝大会的时候,团首长在大会上表扬了你,号召向你学习。

高:现在你的故事,不光咱连里,全团都知道了。

阎:(兴奋地)那天我带的手榴弹少了,要再打进去两个保管他们跪地投降。

周:(冷冷地)我看哪! 你那个英雄是碰上的。

阎:(变了脸)你说什么? 碰上的?

周:(慢悠悠地看了阎一眼)大小战斗,我总经过百把次,浑身上下没给枪子打过一个眼,没碰掉一根汗毛,这才是真功夫,你英雄倒英雄,就是战场动作还不大入门。

阎:(气极)老油条,你用不着卖老味,你看着我不够格,你提意见把我这英雄取消。

周:别来这个,不够格的时候,自然会把你身上那毛主席牌牌摘下来。

阎:什么东西!

周:(依然沉着)同志,冷静点,刚才开完了团结会。

班:刚讨论了争取团结模范班,就来这一场,休息,明天谈。

周:(唱京戏)东吴作事不思量,要骗刘备过长江,孔明定下埋伏计,活活气死小周郎……

高:老油条你……

周:我还是我……

    (会场静静的,有的垂头,有的气涨了脸)

                                                    (幕落)

第二幕

第一场

时：两天以后。

地：班的学习室。（同一幕二场）

人：班长，指导员，阎成福，赵小义，周发奎。

启：班长一个人在坐着，像是沉思着什么问题，一会儿起来，来回地
　　踱着。

班：（唱第五曲）

　　（一）那一天团结会刚刚开过，

　　　　　老油条一句话老阎发了火。

　　（二）从此后两个人就不说话，

　　　　　感情上不融洽越发的淡薄。

　　（三）东和他来谈西和他说，

　　　　　为的是一班人和睦都团结。

　　（四）假若他们两个都不合好，

　　　　　模范班恐怕是永远得不着。

　　（白）咳！真把人急死了。

　　（指导员上）

指：四班长，又在想什么？

班：（抬起头来）指导员，我在想着班里的问题。

指：怎么样，阎成福和周发奎好些了吗？

班：没有，叫阎成福去找周发奎谈，阎成福说，杀了头也不去。叫周
　　发奎去找阎成福谈，周发奎说他没有意见。一个是牛脾气，一个
　　是老油条，指导员，你帮我出出主意吧！

指：我看你再和他俩谈谈，也叫别的同志和他俩啦啦，要实在不行的话……

班：怎么样指导员？

指：团结模范班只好把对象转移一下。

班：指导员，团结模范班不能转移，四班还有希望，你限我三天的期限吧。（拉着指导员的手背）

（唱第六曲）

指导员的话似针头，

刺得我心里难过泪珠流，

指导员你限我三天期限，

我想法把这个局面挽救。

（白）指导员，你限我三天的期限吧，四班还有希望。

指：你有什么好办法呢？

班：我想再找他们谈谈，也许会好的。

指：（启发地）找他们一起谈，先让他们自我检讨。

班：（像有了妙计）对！我来个"围剿"战术。

指：四班长，千万不能把这事看得太简单，战士们并不是光打打仗，睡睡觉，我们的同志，在党的领导下团结一致是没有问题的，可是在生活方面往往会闹出大问题。

班：是，指导员，我一定把全班团结得像一个人一样。

指：好，我要去参加二班的会去。（指下）

班：（唱）

送走指导员自思量，

十条心变成一条难事一桩，

我再找他两个个别谈话，

114

帮他俩如兄弟打通思想。

（欲下,阎成福上）

（白）老阎,你出去散步来?

阎:庄头走了走。

班:身体不大好吧?

阎:不,班长,没有什么。

班:（引题地）看你精神不大好似的?

阎:就是那天会上的事我想不开。

班:（趁机深入）你打仗、群众纪律都很好,就是脾气太暴一点,一点
小事都受不了,老是记在心里,这是自找苦吃,我这样说,你不怪
我吧?

阎:不,班长,你批评的我都接受,流血牺牲我都可以,我可就不受人
家的冤枉气,有种没有种战场上见。

班:别这样说,自己同志,谁给谁气受呢? 就是有的同志小的地方做
得不够,也要原谅,大家革命在一起不易呵,山南海北,不是为了
革命,我们凑也凑不在一起,你说是吧?

阎:是,班长,我不见周发奎什么都没有,一见他那个油条味,我就生
气,我看他是混饭吃的。

班:（耐心地）不,不能这样说,周发奎虽然有毛病,但参加革命比你
我都早,再说,他战斗经验多,有办法,他的缺点是平时散漫,我
们都应该帮助他,因为他是我们的同志,他会进步的。（周慢慢
上在听）

阎:（不以为然地）班长,我把话说在这里,石头再硬还有裂缝的时
候,周发奎的油条堡垒,你要能攻破,我就不姓阎。

周:嗨!（咳嗽一声,看了阎一眼）

115

班：老周到哪里去了？

周：（故意地）高兴了，到庄头跑了跑，唱了个歌，唱了两段戏。

班：唱戏？

周：对了，我哼两句你听听。（唱西皮倒板）心中恼恨诸葛亮，（接流水板）逼我大哥过长江，怒气不息营帐闯；快快还我……

班：这是什么戏？

周：三气周瑜。

阎：班长，我们出去走走。

班：老周，别走，我们一会谈谈。

周：又谈谈，好好，（班、阎下）气死你个牛筋头，和班长谈，人家班长看问题可正确，（少停）老油条堡垒攻不破？以后走着瞧。

（唱第七曲）

　　阎成福说话太胡闹，

　　他说我老油条改不掉，

　　老子以后进了步，

　　作个样子给你瞧瞧。

　（赵小义上）

赵：老油条，不，不，就你一个人在家？

周：那才清闲呢。

赵：他们都到哪里去了？

周：你也不是班长，人家为什么向你请假。

赵：问问又怎么了？

周：今天星期，都洗衣服去了。

赵：班长呢？

周：和阎成福出去了！

116

赵：又去打通思想了。班长真是好班长，那么耐心，叫我，早烦了。

周：所以你不能当班长。

赵：别扯淡了。

周：来，给我袋烟吸。

赵：(给一支香烟)吸支飞马的吧。(周燃着烟)我说，你为什么不和老阎谈话呢？

周：人家不理我，我理他呵！我不买那个账。

赵：我说老阎那个英雄呵，是个人英雄主义，你说哪？

周：乖乖，入伍半年就学会新名词了，你怎么看的，说我听听。

赵：什么事都争着干，恐怕别人争了功去，累病了还要干，这不是个人英雄吗？

周：有道理，他干他就干，他给房东挑水扫院子，正省了我的事，这怕什么，战场上咱走在头里，就这一点他就要佩服。

赵：你看他那天那个疯狂劲吧，会场上没有别人说的了，我也不是吹，他那一套，我再要半年，就要赶上他。

周：哼哼！(冷笑了两声，他对小赵的原则是，抽两袋烟还可以，至于谈谈感情那犯不上，他自认为是老战士，小赵是俘虏，所以当小赵吹牛的时候，他就离远了他)

赵：(不知趣地说下去)别看他猛打猛冲行，真论起打得准，我还不佩服他。

周：(低声地笑)好，好！

赵：(没听见，依然在说)打仗单凭勇不行的，要会利用地形，动作快，老周，你说是不是？

周：(应付地)你问我呵？对，对。

赵：(生气地)老周，我给你说了半天，你还没听见呵！

周：听见了。

赵：你听见我说什么？

周：我听见：

（唱第七曲）

我听见有人胡乱诌，

有了那大骆驼他不吹牛，

还不会爬就想走，

难道他脸上不觉害羞。

赵：（火了）周发奎，你说话明白点，什么有骆驼不吹牛，这种态度，就是"优待"吗？

周：又来你那老一套了。

　　（赵向外走，班和阎上，阎见周在又下）

班：（问赵）别走，又怎么了？

赵：周发奎刺激人。

班：为什么？

赵：我说打仗要利用地形，动作要快，他说我不会爬就想走，这不是打击同志情绪吗？

周：（急了）小赵，别说得那么严重，我可担不了那个罪名。

班：好好，你别走，咱一起交换一下意见。

赵：我没有什么意见，班长。

班：你对阎成福不是有意见吗？

赵：那是过去。

班：你先想想。（赵坐在一边不高兴地，不时看老油条）老周，今天我还要批评你。

周：你说吧，班长，我都接受。

班:(唱第八曲)

> 你参加部队四年整,
>
> 打仗冲锋最英勇,
>
> 就是平时太散漫,
>
> 接受意见不改正。

周:对,对,这是老缺点了,接受。

班:(唱)

> 你有时说话不思量,
>
> 半天一句把人伤,
>
> 影响同志不团结,
>
> 恶果你可想一想。

周:对,以后注意。

班:(唱)

> 只因为你是老同志,
>
> 对你批评要严厉,
>
> 若不好好来改正,
>
> 发展下去了不得。

周:是,是很危险。

班:老周,你参加部队这几年,自然有许多进步,但和新同志一比咱

　　就落后了,这是什么原因呢?

周:皮条、老大作怪。

班:别认为是小毛病,这样下去很危险呵!

周:我为人民服务到底,没有问题,这方面,班长请放心。

班:同志,光这样认识不行,大毛病就是从小毛病来的。

周:对,你说的我相信,让我再想想。

班:你再考虑一下。(向赵)小赵,你近来有什么意见?

赵:没有什么,都很好。

班:你大胆地说,怕什么?

　　(唱)你心里想的我明白,

　　　　心里作事想不开,

　　　　有了意见不敢提,

　　　　怕出了事难安排。

赵:没有的话,班长,别看我入伍不久,什么都明白,大家都优待我。

周:(低声地)×,真是孙猴子,又变了。

班:(唱)

　　　　你说的听来怪不错,

　　　　其实心里顾虑多,

　　　　以后大胆坦白讲,

　　　　有了事情和我说。

赵:咳,班长,从前我不明白,解放过来以后,现在接受教育可快了,我为人民服务,还说啥呢?

班:谈了半天,你们三个都是为人民服务,你们商议好了怎么的,这样解决不了思想问题,你俩别走,我把阎成福找来,咱一块谈。(下)

　　(台上剩下老油条和小赵,二人谁也不理谁,二人的目光有时碰在一起,但立即避开)

　　(班和阎上)

班:来,小赵靠这边坐,咱们现在打开窗子说亮话,阎成福自那天会上,和周发奎顶了几句,两人到现在还抱着成见,小赵感到你俩都瞧不起他,也弄得大家不说话,这样还行吗?

120

（唱第九曲）

咱班一共十一个，

你们三个不团结，

今天要再不解决，

就大大妨害了工作。

（白）你们想想，这样下去，为人民服务能服好吗？

（唱）今天开会要严肃，

反对一团假和气，

自我批评要为主，

那互相之间也要提。

（班刚刚住嘴，三人不约而同一口喊出）

众：没有啥，班长。

班：你们三个人谁都不给谁说话，吃饭吧，你朝东，他就朝西，脊梁骨，永远对着脊梁骨，睡觉的时候，你在床上，他就在地下，看这表现像有天大的事，为什么现在又没有什么了呢？

周：哪有天大的事呵！班长。

（唱）班长你把心放宽，

我们闹翻不了天，

有你这个好领导，

咳，猪八戒也变成貂蝉。

（白）有你这样说服耐心，诚恳对同志，坏人也变好了，没什么。

阎：班长，你太把问题看大了。

（唱）那天不该把嘴吵，

弄得自己怪苦恼，

经过班长和我谈，

我成见思想早打消。

（白）谁还为这些事苦恼想不开。

赵：（唱）

班长领导真有方，

谈话打动我心肠，

今后再不闹问题，

我要为革命干一场。

班：（有些高兴）你们说的都很有理，不过不是我领导得好，是要靠大
家自觉。你们到别班看看，人家是大家一条心，就是有点问题，
交换一下意见，也就打消了。现在各班都在努力争取团结模范
班，咱们就不着急吗？

众：（不约而同）我们要赶上去！

班：能保证？

周：能保证！

阎、赵：不成问题。

班：是呵，咱班过去在大家努力下，是不错的，所以指导员才选我们
班为培养对象，你们这么一闹就落后了一步，我们要赶上去。

周：不成问题，战场上团结模范，别班争不了去。

班：我告诉你们，七班要和我们挑战了。

众：和他应战。

班：没有问题。

众：用不着打折扣。

班：好，从今天起，只要你们三个把意见打消了，我就去了一大心事。
好，咱们唱个团结歌庆祝大团结。

周：我看要团结自然就团结，不团结唱也团结不了。

122

班：还是唱一个。

（众唱第十曲）

家里有父母兄弟，

部队有首长同志，

我们都是为解放人民而来，

如今欢聚在一起。

过去我们都不认识，

（班）我家住在河北，

（赵）我居住江苏，

（阎）我生在山东，

（周）我长在山西，

（众）革命把我们集在一起，

回想起很不容易。

同志们！

我们要一心一意，

好好干革命，

好好过日子，

为打倒反动派奋斗到底。

（刘和高上，像是刚洗完衣服的样子，另有两个战士）

刘：什么事？你们高兴的这个样子。

班：他们三个之间的成见打消了。

众：好呵！那我们有把握拿到模范班的旗子了。

（大家高兴地上前搂着脖子拉着手，刘上前抱起了周的脖子）

周：呔，呔，又犯了，松手，你要把我"卡"死呵！

（幕落）

第二场

时：第二天上午十一点。

地：同上场。

人：班长，赵小义，阎成福，周发奎，高少平，刘青和，指导员，李如山
　　（七班长）。

启：指导员和班长在谈着，大概是谈完了，指导员站起来，把记录本
　　放到口袋里。

指：情形就上边谈的那些吧！

班：就那样。

指：根据以上你谈的情形看来，有些转变是可能的，不过不应该认识
　　为已经解决。一个人的思想，说起来容易，看起来简单，其实不
　　是一次两次所能解决的，不彻底解决就不会巩固，所以还要不断
　　地帮助他们。

班：是，指导员，绝不使首长对四班失望。

指：他们下河洗澡回来，让他们休息，今天可能有任务出发。

班：是，指导员，你工作这样累，也要好好地休息了，千万别弄病了。

指：不要紧，我精神好。

班：连长的伤口还没好吗？

指：刚又开了刀，还得一个时候。

班：那有任务怎么办？

指：上级会派干部来帮助的。

班：嗯。

指：我回去看看。（下，班又回来）

班：(感动地)指导员这样耐心，一次次地主动来了解情况，帮助我，

124

要再搞不好,还算什么呢?

(唱十一曲)

指导员好像老母亲,

来班里帮助我真耐心,

我说他记细心嘱咐我,

跑这班又到那班工作到夜深,

王连长住医院工作他担负,

这样的首长真正感动人。

(白)连长住医院没回来,新干部又没来,可把他累坏了。

(七班长李如山上)

李:四班长。

班:来,七班长有事么?

李:有点事和你商量一下。

(唱十二曲)

自从提出创造团结班,

我们班里同志齐动员,

都提出和你们来竞赛,

推我来做代表向你们挑战。

班:什么条件?

李:(唱)

条件不多整整三大条,

第一是战场上团结牢,

第二是工作上配合好,

第三条生活上全班心一条。

(白)条件就这些,你考虑一下。(将挑战书给班)

班：勇敢应战！

（唱）

用手接过挑战书一张，

为了进步来竞赛理应当，

俺四班同志们准备了，

和你们比一比看看是谁强。

李：那好。

班：让谁评判呢？

李：请指导员和三个排长。

班：可以。

李：那我们就去，等会恐怕有任务要出发。

班：走！（二人下）

阎：（一面跑着喊着进）班长，叫准备送东西了，都不在家。（到睡室里去打背包）

（赵上）

赵：班长，班长，快送东西，准备出……（正巧阎拿着背包出，两人看了看谁也没开口，像往常一样隔膜，赵又跑进睡室去，阎在整理背包，这时周发奎上）

周：到了拿真本事的时候了，有种没种敌人的枪子下，才能看出真假。（忽然看见阎，要进内室，见小赵出，周又退回来，小赵在地上整理背包，周进内室）

（班长上）

班：（见小赵和阎各自整理，看破了一些）喂，周发奎呢？

阎：在屋里。

班：周发奎，（周抱着没打的背包上）你怎么还没打背包？

126

周:今天我晒被子来。

班:马上要开饭了,开完饭就集合,我们抽空谈谈七班的挑战书。

阎:什么条件?

班:我念你们听听,第一条,(后边哨子响了)开饭了。

周:不用读了,打仗方面他们占不了先,这会突击队少不了又是我们的。

阎:吃着饭读吧! 大家都在一起。

班:也好,快打饭吧! (班拿菜盆欲走)

赵:(抢过来)班长,我去打菜。

班:你和老周抬饭。

赵:不,我打菜,菜锅离这里远,我跑得快。(下)

　　(这时阎、周都去抢饭桶,阎先到手)

班:老周,你和老阎去抬吧,我去还人家东西。

周:我送东西你去吧!

阎:班长咱俩抬,我还要和你谈谈。(二人下)

周:(向外)大娘! 大娘!

声:什么事,老阎?

周:我不姓阎,我是老周,俺吃了饭就把桌子送还你,你不要来了。

声:晚不了,你们用吧!

周:我们又要出发打仗去了。

声:还回来吧?

周:那怎么能说定呢!

声:一定回来,吃了饭,我来送你们。

周:不用送了,你怪忙的。

　　(这时赵、班、阎三人拿饭菜上)

127

班:快吃吧,吃了去把他们换回来,老阎去南边,小赵去西岗,老周去东南岗。

众:好!

（分头盛饭吃,三人各自蹲到一边,脊梁骨依然对着脊梁骨,班长看出他们的行动）

班:你们吃着饭,我拉个笑话给你们听。

赵:班长会说笑话?

阎:从来没听见你拉过。

周:班长又要开心了! 哈哈哈!（明白地）

班:真的,前清时候,有一个秀才,一天到晚蹲在屋里看书写文章,有一个刚去侍候他的佣人,每逢给他送饭的时候,他叫佣人把饭放到椅子上,但他不用话说,只是用手一指,佣人出了大门哈哈大笑,那秀才一声也不响,佣人觉得很奇怪,认为秀才一定要生气,下午又去送饭的时候,只见他躺在椅子上,一动也不动,你们猜他怎么了?

阎:在想问题?

班:不。

赵:睡着了?

班:也不对。老周你说呢?

周:（慢悠悠地半天一句）我说呵? 一说就说对了。

班:你说!

周:我说因为他不说话闷死了!

班:哈哈!

周:哈哈哈哈!

班:这样看来不说话不是不好吗!

赵:不好。

班:那你们怎么不说话呢?

阎:光想着打仗了。

赵:赶快吃饱了去换岗,谁还顾得说话。

班:都不对,老周你说。

周:我说叫饭把喉咙塞住了。

班:(冷笑了几声哭不得笑不得)

赵:(背起背包持枪)班长,我换岗去了。

班:好!(赵下)

阎:班长,我也去了,桌子你们送吧!(背起东西下)

周:我不吃了,给他们留着吧!

班:还很多,吃饱了好走路。

周:留给他们吧! 伙房里没有了。

班:我这一碗你吃了吧!

周:我不吃,你光拉笑话了,一点还没吃,快吃了吧,人是铁,饭是钢,你不吃打仗没有劲跑呵,一定吃了它,我去了。(背起东西和枪下)(台上剩下他一个人,他看到刚才的情形,想起昨天开的会,想起从前的模范班,以及指导员对他说的话,七班长送来的挑战书,他为难地流下了泪,从口袋里拿出挑战书)

班:(难过地)昨天刚开了会,今天该怎么还怎么,还是我的班长没作好。

(唱十三曲)

(一)想起十天前,

　　　还是模范班,

　　　同志亲密如手足,

人人都称赞。

不料一场风波起，

立刻把样变，

谈话开会不管用，

叫我真为难。

（二）耐心的指导员，

刚才和我谈，

要我好好帮他们，

团结齐向前。

谁知工作无成绩，

三天已过期限，

指导员要问起我，

啥话对他言。

（三）拿起挑战书，

双手打战战，

上边条条写得清，

不敢睁眼看。

千怪万怪都怪我，

没经过锻炼，

自己不配作班长，

去找指导员。

（走到门口，又停步转回来）

（白）遇到困难，就不想作领导，难道我是为指导员作的吗？不，指导员也是为党为人民工作，我不该去给他为难，可是这种情形我实在没有办法，只怪我自己不中用，无办法。我……（伏在桌

上哭起来)

（高少平、刘青和,和另一战士上）

高:班长,你怎么了?

班:没有什么。

刘:为什么事哭?

班:我自己怕困难怕得。

甲:什么困难?

班:你们快吃饭去吧,都凉了,吃了还要快去集合。

高:你一定要说说,我们可以帮你解决。

班:就是,阎成福、赵小义、周发奎,他们三个昨天开了会异口同声说没有问题了,今天吃饭的时候,还是谁都不理谁,指导员对我们四班的希望那么大,七班又写来了挑战书,你们看这种情形怎么行呢? 都怪我领导能力差,没有能力打通他们的思想。

高:不行就狠狠地斗他们一下。

班:还不要那样,我们还是想办法使他们真正认识自己,指导员说的对,思想彻底解决,才能巩固。

刘:人家别的班都搞得怪好,咱班就是叫他三个弄得。

班:其实工作上都还是抢着干,不过大家生活在一起互相不说话,就是大问题。

高:班长,你还是吃饭休息一下吧！行军的路上,咱们三个再分头和他们谈谈。

刘:我和小赵。

高:你和(指甲)老阎,我和周发奎。

（外边哨子响了）

班:集合了,你们快吃吧！

高:不吃了,盛一碗走吧!

　　(各人盛一碗到屋里背起背包出,班背上背包,顶着桌子送还给群众。走下)

刘:班长,我去送。

高:对,让他休息一下。

　　(三人跑下)

　　　　　　　　　　　　　　　　　　　　　　　　　(幕落)

第三场

时:七天之后。

地:战斗归来的路上。

人:班长,阎成福,周发奎,赵小义,高少平,刘青和,战士甲、乙。

景:左后边有一株柏树,树下一个坟,坟上都长满了青草,地上都是
　　厚厚的草铺地,别的地方还有些小冢,看这样是一块乱葬岗。

启:天下着大雾,乌鸦叫着从头上飞过,他们打完仗回来,战士甲、
　　乙、刘从右前方下,走上来的是高少平,他向后喊了一句。

高:班长,要下雨了,快走吧!(下)

　　(班背着两支枪上,后跟着赵小义,他紧锁着眉头,垂头而上)

班:小赵! 你不舒服吗?

赵:不,班长,枪我扛着吧!

班:不用,我不累,看你像有心事似的,你可以对我说吗! 有困难,我
　　一定帮你解决。

赵:咳! 班长,就是这次咱们放一些俘虏回家的时候,引起我想起以
　　前的事。

班:你说说看。

赵:前天我在连部站门岗的时候,有一个俘虏跑到了我跟前要求见见连长、指导员,他要求回家,我问他是哪里的,他说他是江苏的。

班:是你的老乡呵,你是不是想回家看看呢?

赵:不是,他谈到他离家三年了。

班:他是征兵出来的吗?

赵:不是,一天的早晨,他娘病得很危险了,他到镇子上去取药,不料,在路上就被国民党抓来当了兵,躺在床上的老娘,没有人照管,……怕早已死了,他说到这里,我就想起我来了。

班:别难过,咱坐下等等他们。

（二人坐下,班长发现一块骨头,无意识地顺手拾起来,阎和周上）

阎:班长,怎么在这个葬地方休息起来了。

班:等等你们。

周:班长又发了洋财了? 哪里弄块骨头?

班:就在这里的,这个人一定很胖。

周:你怎么知道?

班:骨头都这么粗,瘦人哪来的这么胖的骨头。

周:对,说不定是大肚子地主的。

阎:班长,我说这骨头是穷人的。

班:你怎么看出?

周:管他穷人富人的,快走吧!

班:到了,前边就是目的地,咱等等刘光耐他们。

阎:你听我说:

（唱十四曲）

穷人一辈子受穷，

活着好像个畜牲，

死后无棺扒坑埋，

狗扒骨头到处扔。

周：不见得，我看呵是富人的。

班：你有什么证据？

周：错不了。

（唱）富人有钱吃好的，

吃得肥胖像个猪，

就是死了也有记号，

他的骨头白又粗。

（白）不信调查调查。

班：我说是穷人的，因为地主富农有钱的人，死了有好棺材，怎么会
乱丢在这里，穷人活着没饭吃，死了也没有地方埋，就是扒个坑
埋了，狗饿了还不扒得东一块脊背，西一条腿的，咳！穷人有谁
管呢！

阎：穷人活着受罪，死了也受苦。（伤感地）

（小赵流着眼泪）

班：小赵你怎么了？

赵：班长。（一头撞到班长的怀里）

班：有什么委屈和我说。

赵：（哭起来）我想起我父亲……

班：你父亲？

赵：我父亲的骨头，恐怕也是东一块、西一块的了！

班：怎么回事？

134

赵:我……我……

班:好,我们到家里仔细地谈,(向阎)你喊喊他们。

阎:(向来的方向)快走呵,前边就是目的地。

（四人一齐下）

（幕落）

第四场

时:紧接第三场。

地:班的宿舍。

启:小赵躺在床上,高少平和刘青和在忙着打扫地。

赵:班长!

高:班长到指导员那里去了,你躺下休息休息吧! 不要太难过。

（班长拿着鸡蛋上,一手提着一把水壶）

班:哎! 阎成福和周发奎到哪里去了?

高:不知道,小赵刚才谈完他爹被国民党打死那一段事后,你走了以
　　后,他俩就出去了。

班:(心里明白)好吧,你们收拾完就休息吧,营部来了通知,这两天
　　休息,小赵,先给你打几个鸡蛋吃吧! 高少平,你给他冲冲去。

高:好!（拿鸡蛋下）

赵:我不饿,班长,你怎么又买鸡蛋呢? 你的津贴费不用,都给我
　　花了。

班:小赵,不要难过,把对敌人的仇恨记在心里。你刚才说的,我和
　　指导员谈了,指导员让你好好地休息,有机会,把你爹受苦和你
　　自己被抓丁的事,谈给大家听听,你休息吧!

赵:你到哪里去,班长?

班:我去找找老阎和老周。（下）

（高上,端一碗鸡蛋汤）

高:小赵,趁热喝了吧!

赵:我不饿,老高!

高:喝了吧! 你不喝,对不起指导员和班长对你的关心。（赵喝）

刘:小赵,穷人的眼泪是流不完的,别难过了。

第五场

（拉开一道中幕,作为村头）

启:阎成福从左出,他慢慢地垂着头沉思,像是在剧烈地思想斗争。

阎:（唱第十五曲）

听了小赵讲一番,

他爹死得实在惨,

引起我想起从前事,

我娘死得更可怜。

大恶霸,

强奸了我的亲姐姐,

我娘大声骂不断。

万恶的强盗心太狠,

把我娘,

丢在火里烧得惨。

（他在一边来回走着,周发奎从右边上,同样是在考虑问题）

周:（唱）

人家家里都受苦,

我的家里也不富,

我自小浪荡不正干,

地主借钱我票大戏。

谁知道,

利上加利把地准,

老婆孩子没的吃,

最后地主把我赶,

临走时,

身上没有条裤子。

(白)听了小赵一讲,引起我从前的事了,咳,心里不好受,庄头散散心。

(阎周二人一左一右,都垂头面对面地走着,要不是听见脚步声,险些碰鼻子。俩人猛抬头一对视,好像是谁叫了一声"向后转",各自扭头气呼呼地走了)

第六场

(中幕拉开,闪出一个村头的景致,有许多小树,树下是一道小河,水潺潺地流着,太阳要西沉了,阳光映到河面上,河中有一根独木桥)

阎:(从右上)

(唱十六曲)

心闷庄头走一遭,

顶头碰上老油条,

看了一眼各自走,

又来到河边独木桥。

(白)倒霉,本来心里就闷,顶头碰见了他,过桥到河那边走走。

137

（他走着想着）

周：（从左上）

（唱）不舒服来不舒服，

出门单碰阎成福，

没有口令向后转，

他向东来我往西。

（阎从桥上向左走，周从桥上往右走，走到桥中，两人又碰了头，又各自向后转，要是说话，恐怕就开口相骂）

（班长上）

班：哎哟，让我全庄都找遍了，你俩跑这里来了，快回去吃饭去。（二人住下）

阎：班长，我不吃了，一会回去。

周：我今天肚子胀，不吃了，停一会就回去。

班：哎呀！

（唱十七曲）

叫声我的好同志，

你们都别生闷气，

有话回去好好讲，

何必自己找苦吃。

（白）走，吃了饭，愿意谈，谈他一夜。

（左手拉阎，右手拉周，下）

（幕落）

第七场

时：当天晚上，吹过熄灯哨了。

地:班的宿舍,左右有大床一张,正中有桌子和几条长凳子,墙上有
　　书包,墙下列放长枪,墙上挂一张国民党抓丁、地主打老头的书。

人:班长,阎成福,赵小义,周发奎,高少平,刘青和。

第一特写镜头

人物:小赵,小赵父亲,地主,国民党兵。

第二特写镜头

人物:阎成福,阎母,地主,狗腿子。

启:班长坐在桌子旁边,面对着一盏油灯,在给大家缝着破了的鞋
　　子。刘和阎睡在一张床上,周和高睡在一张床上。小赵睡在一
　　块门板上,虽然都躺着但都没睡着,尤其是周、阎、赵,不时地翻
　　来覆去。

声:(较远地)口令!

声:团结。

班:咳,三人都没吃饭,就都睡了。

　　(唱十八曲)

　　夜深人静睡正甜,

　　手拿着针儿把鞋连,

　　千针万线缝结实呵,

　　行军作战没困难。

阎:(翻了一个身,将被子弄到地上,班拾起盖好,每个人都看了一
　　下,把缝好的放到床下,又拾起一双)

班:(唱)

　　天下的黄连都发苦,

　　天下的穷人都受欺负,

　　天下的穷人要革命,

天下的恶霸要铲除。

（小赵爬起来,走到班长跟前）

赵:班长,天这么晚了,你怎么还不睡,让我来补。

班:我不瞌睡,你快睡吧!

赵:我睡不着,我来补。

班:（笑盈盈地安慰他）你不舒服,你好好地睡,明天说不定还要打

仗哪!

（阎又爬起来,上前夺鞋）

阎:班长,你休息,让我缝。

班:你怎么也起来了?

阎:翻来翻去睡不着,让我缝。

班:你脸上颜色不正,不舒服,以后有你干的,睡去吧!

阎:咳!（又躺下）

（周起来悄悄走到班长跟前）

周:（低声地）你睡,我补。

班:（笑了笑）要是往常,你不动手,我还要叫你帮忙,今天你不舒服,

你们都没吃饭,快去睡吧!

（大家都坐起来,谁也不说话,你看我,我看你）

班:小赵,你心里还难过吗?

赵:（一句话又把小赵引哭了）班长,那天说的话还没说完,我还

难过。

班:那就说吧,说出来痛快!

赵:（伤感苦诉）

（唱十九曲）

未曾开言泪水盈满眶,

尊一声大家同志细听端详,

我爹爹给地主家放猪跑了猪,

叫恶霸连打带气命丧"无常",

爹爹的尸首还未埋,

国民党进门抓我把兵当,

爹爹的尸体怕是叫狗吃,

丢下的骨头又被狗拖四方。

(白)班长,你们看(指着书),就和这画上画的一样!

(这时灯光全暗,中幕拉开挡住了他们,在中幕前已经站定了一个凶恶的地主,手拿皮鞭,另有一个受苦的老头,这即是小赵的父亲,在受着地主的鞭打,小赵站在一边央求,这即是第一个特写镜头)

地主:你个老不死的,你放猪跑了我的猪,我打死你!(皮鞭打在小赵父亲的身上)

小赵:四老爷,你饶了我爹吧!(跪下)

地主:猪喂胖了还可以杀着吃,他活着有什么用。(打)

老头:哎哟,打死我了,……(已死)

小赵:爹呵,你死得好苦呵!

地主:死得苦,没用铡刀铡了他就便宜他个老猪。

(国民党兵上)

国兵:在这哭什么?(小赵抬头望)好小子,算你倒霉,给蒋委员长当兵去!

小赵:老总行行好呵!我爹被他打死还没埋哪!

国兵:死了就死了吧!

小赵:老总,不埋就让狗吃了。

国兵:吃了正好,省了臭块地。

小赵:不行!

国兵:小狗日的,你说不干就不干了!(用绳子绑)

地主:(帮忙)住二年就是个好兵。

国兵:走!

小赵:爹呵! 爹呵!(被推下)

国兵:(向地主)再见!(鞠躬)

地主:(回敬)不客气。

　　(灯光突暗,中幕拉开,又是原来的景,赵小义依然在哭着)

众:咳!

班:咳! 穷人受的苦,谁能知道呢!

赵:(唱)

　　国民党拉我去把兵当,

　　从此后就进了地狱苦情难当,

　　每日里挨打挨骂这还不算苦,

　　辣椒水灌得我呀痛断肝肠,

　　罚立正一次一上午,

　　开小差害怕抓回把命丧,

　　幸亏好打仗我被你们俘,

　　从此后逃出虎口得解放。

(唱完大哭)

阎:(极受感动流着泪水,跑过去抱住小赵激动地)小赵,我对不起你,我从前看不起你,觉得你是蒋占区来的,我不知道你也是穷人,也是受苦人。

赵:是的,我们都是一样的。

（阎给赵揩眼泪）

阎：小赵，别哭，我们把仇记在心里，战场上报。

（唱）泪水好似一道小黄河，

流呵流呵，越流越多流成大黄河，

我姐姐地主拉去硬是强奸死，

把我娘丢在火里烧成"鬼魔"。

最可恨地主下毒手，

想害我斩草除根免后祸，

辛亏好我腿跑呵跑得快，

逃出了刽子手的滚油锅。

（这时大家都哭了，有的泣不成声，只有周发奎不哭，但大受感动，他坐在一边，难过地想着）

（白）同志们，你们要看见当时的情景，会吓死的。

（这时灯光全暗，中幕拉开，把原来人挡住，这时闪出一个大肚子地主，手拿文明棍，旁边一个狗腿子抓住一个四五十岁的女人，旁边一个大火坑燃着熊熊的烈火，小阎站在一边，这是第二个特写镜头）

地主：我看你愿意不？

母：你烧死我也不答应。

地主：把她推到火里烧死！

狗腿：是！（将母推火坑，母惨叫）

阎：娘呵！

地主：来，抓住小王八蛋，一块烧死，免得后患。

狗腿：是！（追阎下，中幕急去，人物退场，又闪出原来场面）

班：诉吧！有苦不诉给自己人听，诉给谁听。

阎：(唱)

我逃出了火坑离家园，

举目无亲年纪还小实在可怜，

我望着一道大河心中暗想，

倒不如投河死了免得受熬煎。

又一想阎家无后代，

活着好长大成人报仇冤，

大雪天无衣猪栏偷偷睡，

到后来参加革命把身翻。

（远处鸡叫了）

班：咳！鸡已经叫了，天已经亮了。

（唱）日头落了月亮出，黑了天，

这世界上有多少人睡得正甜，

多少人正在想着过去受的苦，

一滴血千滴泪呵永远流不完，

同志们把仇牢牢记，

战场上要和敌人一起算，

天下的穷人如同亲兄弟，

团结紧打倒老蒋见晴天。

（外边吹了起床哨音）

（白）(擦了擦眼泪)同志们，我们的苦不只这些，我们要记住这血泪的仇恨是敌人给我们的，我们不要难过，战场上，杀敌人，报父仇。

众：记在心里。

周：(受感动得想说话)班……班长！

班：老周，你有话说吧！

周：说不下去，班长，战场上见。（难过愤慨地）

（哨子又响了）

班：好，起床了，我们集合去！

众：（都擦眼泪，各人持枪跑步下，鸡又叫）

（幕落）

第三幕

第一场

时：两天之后。

地：周发奎病室。

人：周发奎，班长，房东大娘，刘、高、阎、赵，战士甲、乙，通信员。

景：右边开一大门，左边斜放一张床，上有被子，床前有个方儿，上放茶壶、碗等，左后边是一内门是大娘的住处。

启：周发奎一个人坐在床上，还是在沉思着。

（唱第二十曲）

（一）前天晚上诉苦后，

　　一句一字记心头，

　　思想斗争斗得紧，

　　脑子疼痛实难受。

（从床上下来穿上鞋）

（二）指导员他太和气，

　　从未错说过自己。

　　要再不把决心下，

如何对得起上级。

（三）班长那更不用说，

事事他都让着我，

要是再不下决心，

哪有脸面把话说。

（四）命苦孩子赵小义，

诉苦会后很进步，

我要再不下决心，

怎能对起小弟弟。

（五）最后想到阎成福，

现在想来对不起，

前天晚上想和好，

多少有些爱面子。

（六）越想越通越明亮，

想起从前太荒唐，

自己落后不知道，

浪费很多好时光。

咳！（感叹地）自己入伍四五年，到现在还是吊儿郎当，依老卖老，新来的同志都是在自己的头里了，千怪万怪怪自己没有觉悟。

（这时老大娘端鸡蛋汤上）

娘：周同志，你怎么又起来了呢？脑子疼不要走动啊！

周：我躺得闷了，起来走走，不碍。

娘：快喝了这碗鸡蛋汤，鸡也不大下，也不多，快趁热喝了，一天没吃饭怕早饿了。

周:大娘,我不饿,班长一会就给我做的。

娘:别再麻烦你班长了,昨天他一晚上没睡好觉了。

周:(不明白)怎么?

娘:(唱第二十一曲)

　　昨天晚上来三趟,

　　点起灯到你面前看端详,

　　用手儿摸摸你头上热不热,

　　又给你,

　　盖上夹被怕着凉。

周:你为什么不告诉我呢?

娘:(唱上曲)

　　临走他还嘱咐我,

　　你醒来,让我问你渴不渴,

　　他还说,不要把你惊动醒,

　　好让你,

　　舒舒服服睡一夜。

　　(白)真是好班长呵!自己的亲生父母又能怎样伺候呢?(想起什么)噢!光说话,锅底下的火还着着。你快喝了,我进去看看。

周:你忙吧!大娘。

娘:做好了饭再拉呱。

周:(思索地)大家为什么这样对我呢?还不是因为我是革命同志吗!再不转变,还对得起谁。

　　(班长上)

班:你怎么起来了呢?

周:光躺着怪闷!

班：哪来的鸡蛋汤？

周：房东大娘给送来的！

班：吃了吧！等会给她钱，三个吧？

周：不知道几个。

班：快喝了，冷了。

周：我喝不下。

班：一天没吃什么了！快喝了！

周：我实在喝不下。

班：你不喝你就对不起我。

周：（端起碗欲喝又放下）班长，我周发奎一肚子话，现在说不出。

班：不要难过，眼睛要往前看，过去的毛病，今后改就是了。

周：班长，我是个硬心肠的人，前天晚上我脑子里乱得很，可是眼睛
　　里我不让它流泪。（难过地）

班：这我们都知道，你已开始转变了，好好地躺下休息。

　　（这时许多人都跑上，刘，高，小赵，阎，战士甲、乙）

众：老周好些了吧！

周：原来就没有什么，你们越这样越叫我难受。

　　（大家都围着他，有的摸摸他的头，有的拉着手，阎站在一边有
些不好意思）

高：班长听说又要打仗？

班：大概是还没有宣布。

周：什么时候？

班：快了，听说通知已经来了。

周：这次留下，别打我的谱。

班：本来是少不了你的，因为你现在病还没好。

148

周:头疼算了什么？

班:卫生员说,恐怕是霍乱,才让你单住的。

周:什么霍乱,听他胡说,住下我不干。（又急了）

　（通信员上）

通:四班长通知。

班:(接过看)刚接团部命令,晚饭后出发。(向众)你们快去送还东西,准备好。

众:好！快走！（都下,班打了个知字,通下）

班:快喝了鸡蛋汤,我回去看看,(掏钱)这是五百块给大娘钱。

周:我有钱。

班:我知道,你不多了,留着买烟吧！（欲走）

周:(下床来)我到指导员那里去,要求,要求！

班:我去和他谈谈就是了。

周:我亲自去好。

班:我在家等着,你喝了咱一块去！（走）

周:现在就走。（端碗喝了。欲走,大娘上）

娘:老周,你老是坐不住。

周:呵！大娘,(回头时,班长下)这是鸡蛋钱,别啰嗦,我还有事。

娘:拿着钱去办事去吧！

周:大道理不用谈,吃了东西就给钱,这你比我懂的多。

娘:我不和你做买卖,啰嗦！（向内室门走,周轻手轻脚地走到她后边跟着她走,将票子放到大娘帽子上,大娘头上戴着票子进）

周:(走回来)丢还是丢在你家里。（急下）

第二场

时:两天后的一个黎明。

地：某城外的一角。

人：班长，阎成福，赵小义，周发奎，高少平，刘青和，指导员，通信员，战士甲，战士乙。

景：舞台的正中，斜筑着工事，都是用麻袋包作成。右边是一株较大的柳树，和许多株小树，后边就是敌人的碉堡——这是敌人最后的两个堡垒之一。

启：班长、赵小义、阎成福、刘青和、高少平等都在注视着敌人，周发奎倚在大树下，吸着烟，枪靠在肩膀上，除了几声冷枪外，显得沉寂。工事下放一包炸药，后面火烧得通红，是敌人放火阻挡我们前进用的手段。

班：鸡快叫了吧？

高：东边放明了。

阎：让敌人突了围才糟哪！

高：他往哪突，都包围得紧紧的，就是这两个炮楼难搞，妈的，不到死不缴枪。

阎：五班的炸药，还没送上去吗？

高：大概还没有，没听见敌人打枪炮。他妈的，敌人就怕坐地下飞机，他怕我们偷偷摸过去，把周围点着火了。

阎：这回我们为什么就没捞着担任突击班呢？急死人。

周：别急，等会有你打的。

（枪声突然大作，火光明亮的地方，可以看到炮弹的烟雾）

阎：大概是送炸药的上去了？

班：注意！（大家都注意起来，周也紧张起来）（向甲、乙）你俩到那边去监视敌人，没有命令，不要乱打枪。

甲、乙：是！

班：别暴露目标！

甲、乙：知道。（从右下）

　　（枪炮声依然）

阎：还没送到？

高：恐怕，敌人封锁得很厉害。

阎：真他妈的！（突然轰的一声巨响）

众：好呵！炸开了。

阎：班长，冲吧？

班：等等！听指导员的命令。

赵：等一会天亮就不好前进了，冲吧！

班：静！

　　（大家都静起来，枪炮声渐稀少了）

通：（通上）四班长！

班：有！

通：五班送的炸药被敌人打响了，指导员命令你们四班为突击班。

班：你回去告诉指导员，四班剩下一个人也要把炸药送上去。

通：好！（欲走）

阎：伤亡多少？

通：三个挂彩，两个牺牲了。

阎：操他妈的。

通：听命令再送。

班：知道！

阎：给我。（想拿炸药赵挡住）

赵：听班长指定。

班：同志们，还记住那天一夜的会吧？

众:记住！

班:没忘了,我们流的苦泪吧？

众:没有。

班:同志们！别忘了前天晚上我们诉的苦。别忘了小赵的苦,别忘
了阎成福的苦,给自己父母兄弟姐妹报仇的时候到了。

阎:我们班里的仇要报。

众:一定报。

班:(唱,急速愤怒地)

千百年的血泪仇,

众合:今天报！

班:千万条的人命案,

众合:今天算！

合:世上原没穷和富,

都是他们害的咱,

班:人生不是为受苦,

众合:受苦谁还活人间。

合:千言万语,九九归一,

都是他们害的咱,

都是他们害的咱。

战友们！

握紧枪刀,咬紧牙关,

朝着敌人冲,朝着敌人杀,

把冤家对头,彻底、干脆消灭完。

通:(上)四班长！

班:有！

通：指导员命令，马上送炸药，一、三排掩护你们。

阎：班长快分配。

赵：我！

阎：下一次你！

班：阎成福送。

阎：是！（将枪斜背）

赵：（不高兴地）每次都是他。

阎：这是班长的命令。

（枪响了起来）

班：快上！

阎：班长，放心，人在炸药在。（抱着，跳过工事跑下）

班：打枪掩护！

（众打枪，枪声大作）

周：糟了！老阎打倒了！

赵：（爬起来）班长，这会该我了！（跳过工事跑下）

周：班长，你看，老阎下不来了！我背他去吧？

班：不能！前面没有地形可利用，去是白白挨打。

周：我有办法。

班：听命令！

周：是！

（又是一枪）

班：糟了，小赵又打倒了！

周：（咬牙）我×他娘！我不把他们炸成烂酱，班长！让去我也去，不
　　让去我也去。

高：我去！（欲走被周拉住）

周：我的仇比你大，(站在工事上)班长！一句话，我要死了请批准我入党，没有了。(跳下工事跑下)

(幕急落)

第三场

景：这一场面，是在原来工事的前面开阔地方，除仅有的一个土堆可以利用外，其他是地平如水，这儿距敌人碉堡仅五十米远，火光燃烧更亮。

启：阎成福被打中了肩膀，血向外流，他卧在地上，怀里还抱着炸药。小赵腿打伤了，也卧在地上紧握着枪。周发奎抱着枪在地上滚着，滚到老阎的跟前，俩人看了一下，过去的千言万语，一看弄清楚了，敌人的枪弹像雨点似的，不允许他们动一动。

周：怎么样？

阎：说什么也只能向前不能退后。

周：我挡住你，快滚到小土堆后边去。(周挡着阎，二人一个抱炸药，一人抱枪，在地上滚着，到了小土堆后，周发奎又滚到小赵跟前)

周：怎么样？

赵：腿坏了。

周：还能打枪吧？

赵：能！

周：你在这里打，老阎从那边打，掩护着我，指望后边是困难了。这里是上上不去，下下不来，你们顶好在这里等一会。

赵：我知道。

周：(又滚到阎跟前)把炸药给我。

阎：这是我的任务，还没完成。

周：你已经负伤了。

阎：不要紧！一样可以送。

周：同志！天快亮了，这关系整个战斗，要早送上去，也许会少死几百人。把枪给你。

阎：（接过枪）这任务就靠我们三人了。

周：是的，打枪！

　　（阎、赵放枪，周抱起炸药，跑了几步，敌人打得很紧，周又抱着炸药在地下滚，一会又抱起来。跑下去）

阎：快到了，一分钟就好了。

赵：快打枪！

　　（这时双方都枪炮大作，突然一声巨响，一片红光，碉堡倒了，冲锋号响了，喊冲呵的声）

阎：小赵我上去了，你少等一会，他们会来抬你的。

赵：你去吧！

　　（阎跑下）

众：冲呵！杀呵！（都端着明亮的刺刀，唱着上，高将赵背下）

（唱第二十三曲）

　　一声巨响碉堡塌，

　　三位勇士功劳大，

　　快快上前捉俘虏，

　　这仗打得顶呱呱。

（反复地唱配上锣鼓）

　　（指导员又带着一队战士冲上，大家也唱着跑下，锣鼓配节奏。后边也火光冲天，烟雾弥漫，人声嘈杂）

（幕落）

第四场

时：十天后。

地：某村的园子。

人：指导员，班长，阎成福，周发奎，赵小义，高少平，刘青和，战士若
干人，群众若干人，秧歌队六人，锣鼓胡琴六人。

景：正中一个松门，上边横三个字"祝捷会"。松门上都插满了花，松
门前是一张桌子和两把椅子，这是在园子的外边，左右都作为
房子。

启：刘青和、高少平和战士甲、乙在敲打着锣鼓，还有其他的战士和
群众都站在一边看热闹，这是在练秧歌，一通锣鼓敲打之后，人
们不断地从左右出进着，大概那是化装室，都在看周发奎化装。

高：周发奎，你还没有化好装呀？

周声：急什么？开会还早哪！

高：快化好，出来练练。

周声：出去，出去，现在不让看。（群众不出去）你们不出去，我不化
了。（群众出）

班：（上）喂！指导员说，典型报告到下午，一方面因为阎成福和小赵
还没回来，另外，忙一上午了，接着开也太疲劳，指导员说，一会
就来发奖章。

高：阎成福回来还行，小赵的腿怎么样？

班：也快好了，去大车接去了！下午的会，就他们三个报告。

高：好，练练秧歌，（向左）周发奎，快点啊！

周声：快啦！再打一通就好了。

高：今天看看周发奎的山西秧歌。

（锣鼓又打起来）

（这时阎成福上，左手放在托板上，用白布吊在脖子上。小赵手扶一条拐杖上。大家立即停止锣鼓，都围上去和他俩握手拥抱，高、刘各搬椅子让阎、赵坐下）

众：（分头说）就等你们了，渴不渴，功已经评过了，你们三个每人都是头等功。上级首长说，你们是无敌三勇士！（你一言，我一语，弄得他俩也不知回答谁的好，只有笑，来回答大家）

班：你怎么样了？

阎：我的已经好了，我不想再回院了。

班：那不好！还是治好了再回来，在医院怎么样？

阎：太好了，生活上不必说了，各方面都照顾很好，吃饭睡觉治疗，群众也不断去慰问，就是常蹲在屋里闷一些，不如回来痛快。

班：小赵呢？

赵：医生说，还要休息半个月就行了。

班：好好休养，给你们的信都看到了吧？

阎：看到了。

赵：还送钱和东西干什么？在医院什么都缺不着。

班：那是大家自动慰问你们的。好，你们先坐坐，我到指导员那里去一下。

赵：我们见过指导员了，他在忙着作什么奖章。

班：那你们准备一下典型报告，会是这样开的，上午营首长讲了话，指导员把战斗总结了一下，因为你们没赶到，所以休会过午再开。

阎：没的可报告。

班：别把事情看小了，一定要好好准备。

（这时,周发奎化了一个女人装,穿红袄绿裤,头上顶一块新白毛巾,走了出来）

众:好啊!（大笑鼓掌,周也笑着又跑进去,大家追上去,在里边嚷
　　起来）

阎:这是周发奎吗?

高:嗯! 今天要看他的了,他作我们的副班长了。

阎:应该,应该,呱呱叫的班长!

赵:上次开庆功会,他就说他又会扯山西的山东的,快拉他出来
　　扭扭。

　　（这时众把周拉出来,大笑）

周:（见阎、赵上前握手）刚来吗?

阎、赵:一会了,化得不敢认了。

周:出洋相,哈哈!

赵:上次庆功会的时候你说,山东、山西秧歌都会,快扭扭咱看看。

周:我那是胡吹八啦。

赵:欢迎了!（众鼓掌）

高:打起锣鼓来。（锣鼓打起）

周:喂!（锣鼓停）你们先看什么样的?

众:（不一致地）山东的,河北的,山西的……

周:你们意见太多,我自己决定吧! 先来个山东的。

众:（又鼓掌欢迎,锣鼓打起,周开始扭起来,大众不住地笑,喝彩,鼓
　　掌。胡琴伴奏着,扭了一圈停,众喊好）

赵:山西的。

周:山西的不熟。

赵:别客气了,山西人能不会扭山西秧歌,锣鼓打起来!

（锣鼓又响了，周又扭起来，扭的那个怪样，把人笑得肚子痛，正在扭得高兴的时候，周看见指导员来了，急忙跑进去，指导员上）

众：别跑！别跑！（有的进去拉）

指：（也笑了，拿着三个牌，上写"无敌三勇士"）跑什么？

（这时有人又把周拉出，指导员和周都大笑）

指：老周，现在倒又爱起面子来了。（笑）

周：出洋相，不像人样。

指：刚才教导员和营长来说，因为群众很忙，人家秧歌队来参加我们的会，等了半天了。营长、教导员的意见，先让秧歌队给三勇士献花，下午的典型报告就不一定参加了。

班：是不是现在就献？

指：快开饭了，马上献吧！另外，刚才教导员说总支已经批准周发奎入党，就编到你们小组过生活。（众鼓掌而严肃）

班：好，同志们，我们庆祝周发奎的大转变和进步，我们唱个歌。

众：好好！

（唱第二十四曲）

　　谁说老油条不能转变，

　　今天变成了共产党员，

　　只要你下决心要进步，

　　改正错误不费难，

　　今后须要为人民，

　　好好做个勤务员。

周：这是班长领导得正确和大家对我的帮助。

赵、阎：（异口同声）是班长的功劳。

班：不，我们是穷人，我们有苦处，苦变成力量，团结起来就能报仇，就能进步,这是党的领导正确,和大家的努力。

指:让秧歌队献花吧!

班:秧歌队献花了!

(这时六个秧歌队员扭上,胡琴锣鼓伴奏)

(秧歌队唱)

(一)你们回来啦!

　　我们笑哈哈。

　　你们胜利啦!

　　我们更笑哈哈。

　　众英雄,功劳大,

　　大红花,胸前挂,

　　奖章一个又一个,

　　红的绿的身上挂,

　　人人羡慕人人夸。

(二)俺们心里话,

　　愿对同志讲,

　　望你们再努力,

　　把蒋匪军消灭光。

　　到南京,捉老蒋,

　　为人民,除祸殃,

　　那时俺们更高兴,

　　歌唱英雄送奖章,

　　让全国人民都解放。

(在唱第二段时,周、阎、赵三人走到当中,整齐站定,指导员把奖章给他们一一挂在胸前。老阎看看周发奎,老周又看看小赵,在

160

一阵掌声和紧张的锣鼓中,三人向众行举手礼)

（全剧终）

于一九四八年九月廿九日于青州城南山林内

重改一九四九年三月于济南齐大

山东新华书店 1949 年 6 月初版

◇刘　林

老姜头翻身

时间:一九四七年夏天。

地点:东北解放区的一个乡村。

人物:老姜头——年四十来岁,翻了身的农民,以前是于三秃子的扛
　　　　活的。

　　　丁老四——年三十五六岁,农会主任。

　　　于三秃子——年六十七八岁,被斗争过的大地主,但没有彻底
　　　　斗垮。

　　　民兵一名。

老姜头:(上,以后简称姜)从小生来就命苦,一直到老受欺负,挨打
　　　　受骂真遭罪,唉!还是"平安即是福"。(坐下白)我姓姜,小
　　　　名柱子,打小也没有起大号,都管我叫柱子柱子的,这几年
　　　　老啦,有些人管我叫老姜头,也就算是老姜头吧!反正是土
　　　　埋半截子啦。我给于三掌柜干活,干了二十多年,真是什么
　　　　也没有剩下,吃了些苦,受了些累,这还不算,谁心里不顺,

162

都找我的碴,我呢,总想"平安即是福"哇,和他们争讲什么,算啦,让他们一步吧!日子一长,他们就叫我受气罐子,受气罐子就受气罐子呗!谁叫我命不好哩?!自从来了工作队,到屯子开大会,分地分房子,丁老四当上了农会主任,把我们三掌柜的家也分啦!分给我一垧六亩地,闹得我,要也不好,不要也不好。要呢,得罪了三掌柜,不要呢,得罪了丁老四,还有工作队这一帮,真叫我没法办,当时一想,还是要吧!晚上我到三掌柜那儿赔补去,实在三掌柜生气,我给他磕两个,也没有什么,现在会也早就开完啦,天道也黑啦,我不免偷偷摸摸到三掌柜家走走便了。(唱)天色已晚好掌灯,迈步离开自家门庭,一边走来一边想,想起白天事一宗,大会有个郭同志,说的道理真正精,句句都是我心里话,他是真懂穷人心情;丁老四敢说敢做真不善,问得三掌柜不敢吱声,大家伙分了他的地,说起来这件事倒很公平,怕只怕三掌柜势力不小,他朋友当大官现在南京,工作队才背着几支枪杆,怎么挡国民党发来大兵,到那时免不了是非惹起,大家伙恐怕落得一场空,今天我分了一垧六亩地,这真是给我添上罪名,命里该穷外财不能富,反倒叫我胆战心惊,是福是祸说不定,见了东家把话明。(下)

于三秃子:(上,以后简称于,唱)今天村里开大会,归终我算倒血霉,七言八语揭我短,坏事掀出一大堆,分了我地分家底,叫我光杆儿活受罪,地不归我劳金散,往后让我依靠谁,穷棒子们造了反,让他们吐气又扬眉,要是我一朝得了第,我叫他们一个一个脑袋搬家骨化灰,越想越恼心越恨……

姜:(上接唱)来到于家把门推。(白)开门!

于：谁！（开门见着老姜头）

姜：我。

于：（很害怕的样子，白）哎呀！姜老弟，你饶了我吧！（唱数板）姜老
弟，你饶了我，从今我再也不做恶，你在我家受尽气，对不起你的
地方是太多，千错万错我的错，求你高高手儿饶了我，高高手儿
饶了我（直作揖打躬）。

姜：（见于三秃子这样，自己不知怎样才好）三掌柜！你这说哪里去
啦。（接唱数板）三掌柜，你想错，不是我来把你讹。今天分了你
的地，心里总觉不愉作，人多语杂没有办法，晚上我特意来跟你
说一说，我特意来跟你说一说。

于：（听姜的话，又扬帮起来，同时还有点莫明其妙的神气，用手摸着
胡须，点了点头，接唱）跟我说，说什么，你自己打算怎么做？

姜：（接唱）不是我要分你地，别人大伙硬逼我！三掌柜不要生我气，
你说怎做我怎做！

于：（接唱）好家伙，真不错，像你这样真不多，良心总算没有丧，就是
你一个人对得起我。（白）好！你总算有良心，行吧！地呢，你就
伺弄吧，将来对半分粮，好好地伺弄吧！以后你放心我不究。

姜：（恭恭敬敬地）是！那我回去啦！

于：好！你回去吧！你瞅着，那一些穷小子，我不要他们狗命才怪
呢！（姜点头鞠躬下）（于在台上来回走着很得意地）哈哈，我于
三秃子总算有命，遇着这样孝心的傻瓜，看起来，我还是有福！
对！我回里屋抽一口大烟去。（下）

丁老四：（扛着洋炮上）（唱）白天开会夜里扛枪，处处要把坏蛋防，穷
哥们翻身真不易，别再教地主恶霸逞凶狂，一怕他勾结狗腿
来翻把，再怕他联络胡子当中央，三怕他定下什么美人计，

拉拢咱穷哥们硬灌米汤,防地主好像防老虎,他不定什么时候把咱伤,最可怕我们干部粗心大意,有的说地主这一下不会反阳,并不是我自己心小胆小,我总看地主没长好心肠,天黑夜晚人都静,查岗查哨走一场,一边走来一边看……

姜:(接唱)慌慌张张走路忙。

丁:谁?

姜:丁老四吗? 是我。

丁:姜大哥,你怎这么晚还没有回家! 上哪去啦?

姜:我……我上东头去啦!

丁:哈哈! 我知道了,你这个老实人,不干老实事,好哇! 明天开大会,你坦白坦白好啦!

姜:(惊慌)老四,我……我靡……我靡有不老实。

丁:我早就料定啦! 我听东头他们说过,曲老二的寡妇嫂子常常夸你活好,心眼实,没有外道……你这家伙,刚刚分着地,分着点家底,就想成家啦! 忙啥,等今年秋天粮打下来,大家伙还不会帮你的忙,真个的,现在是咱们穷人翻身,应当成家立业,哪能还打光棍呢! 不过,你常跑来跑去可不好,我们大家伙得批一批评你。乱七八糟可不成!

姜:(老姜头原先以为丁老四看破他上于三秃子家,所以非常害怕,后来一听,并不是那一回事,心里觉得松快了,长吁了一口气)丁老四,真有你的,你可把我熊苦啦! 哪有那回事,你可别胡诌八扯,我倒没有什么,人家寡妇失业的,传出去可不好听,你怎么晚上哪儿去?

丁:我查一查岗哨,再看一看地主坏蛋们捣什么鬼,有没有狗腿子往地主家跑。

姜:(低着头,不吱声,在场子上静了一会儿,这时丁老四摆弄洋炮也没有吱声)可是,老四!你说中央军不能来吗?

丁:大哥,你这个脑筋,怎么这样死呢!你没有听郭同志说吗?(唱)我们用不着怕老蒋,老蒋的人马吊儿郎当,他们到哪儿就会抢,打起仗来便缴枪。东北它老打败仗,躲在长春和沈阳,缩着脖子怕挨打,早晚就把他们消灭光。人民解放军威风大,枪炮不少是美国装,要说都从哪里来,输送队长是老蒋。穷哥们有的是力量,拿出力量保家乡,只要大家团结起,老蒋气焰不会长。

姜:咱分的地,地东将来不会往回要吗?

丁:(唱)地主自己没有章程,全仗暗地里把事生,今后看住不让他动,他想翻把也不能。他把老蒋看成救星,老蒋马上就要熊,我们自己武装好,一辈子他不能抖威风。地是穷人把它种,不是地主亲手耕,过去他把土地占,叫我们给他去经营,我们出力他享福,这件事情不公平,咱们分地是要账,土地还家要认清,我们的土地他要抢,穷哥们一定不答应,并不是他的东西他往回要,这个道理要分明。

姜:也不知怎样一回事,我总觉把他分光了,忍不得似的。

丁:(唱)大哥这事没想开,他的钱从哪里来,我们血汗他刮擦尽,我们分他那是应该。打你骂你他不可怜你,你可怜他为何来,报仇还嫌不够本,难道还愿意当奴才。好了疮疤忘了痛,忘了扁担打你脑袋,你累得"坑""坑"满身汗,他在一旁笑嗨嗨,他心好比长虫毒,时时刻刻得防备,别看他满眼抹泪装穷相,不要听他那套做派。

姜:老四,你说的也对,我总是有时划不过来枪。

丁:大哥,这是你太老实啦!你要好好地听一听郭同志他们讲的道

166

理吧！

姜：对！老四，我一定常去听他们说的革命道理，省得脑袋混里混沌的。好！我回去啦！

丁：唉！姜大哥，可是我还忘了一件事，咱们自卫队人手太少啦，别人咱们还有点信不及，你有空，你来吧！

姜：好！明天再唠吧！我回去啦！（下）

丁：我还得走一走。（唱）查完东头查西街，怕的坏蛋夜间来，不管天道怎么晚，为了大家正是应该。（下）

于：（上，白）以前泰和惯，现在受憋屈，风声天天紧，愁坏我老于。（坐下白）我于三秃子，以前，他妈的，这个屯子我说了算，除了租我的地，就是给我扛活，谁见着我，不叫我于三爷，现在穷棒子抖起来啦，把我绑在杆子上，算我的账，地也分啦，牲口也架走啦，东西也都拿去啦，闹得我成了一条光杆儿，好歹没有要了我的老命。他妈的，中央军还不快来，来到了，把这些穷小子们一个一个都剁成肉酱，我才解恨呢，不过，我也看透了，中央军是来不了咯！这个仇，暂时报不了啦。他妈的，近几天这些穷小子又要合计我，我趁早跑吧！别等来个二来来，好在我早就预备好啦，我把值钱的东西，早就藏起来啦，这回我把它拿出来，打个小包袱一背，溜之乎也，走他娘的，说好便好，待我收拾便了。

（唱）他们穷小子心眼少，寻思把我分光了，哪知我早就留一手，地下埋的有财宝，当面哭穷他们就信，看来还是我的道眼高，挖出财宝用布包，一样一样收拾好，等着天还没放亮，赶紧出村往外逃，只要老天多保佑，再回来把他们个个开刀。（白）且慢，今天晚上是不是受气罐子放哨，要是他，就有门，不是他，怕不好办，对！我先看个明白，如果是他，明天趁不亮就走，正是：要想

逃出一条命,得找老姜糊涂人。(下)

姜:(背着枪上,唱)站岗放哨查坏蛋,保卫大家得平安,枪杆拿在自
己手,咱们真正掌了权。当初我还怕地主,怕他将来能反天,现
在不但我不怕,瞧他不值半文钱,大权掌在咱们手,地主反过来
怕咱。大家事情大家管,该我站岗在今天,吃完晚饭往外走,晚
上不怕受风寒,一边走来一边看,岗楼不远在面前,走到岗上留
神看,坏蛋不让到道边,转眼之间天色晚,家家灯火星满天。暂
且坐在岗楼外……

丁:(上接唱)晚上岗哨看一番。

姜:谁?

丁:我!

姜:噢! 老四啊! 把我吓一跳,我当是有坏蛋呢!

丁:今天晚上,轮到你班儿啦吗?

姜:可不!

丁:你站岗,我放心,不会有什么差错。可是,得加小心哪! 庄稼起
来啦,保不住有些王八蛋要找死,得防备点。

姜:是。

丁:好! 明天见啊。(下)

姜:明天见。(自己来回走一走,停一会儿,唱)毛主席领导我们翻了
身,喝水想着打井人,雁要无头飞不起,毛主席帮我们开了脑筋。
给我们办事是共产党员,保卫我们是八路军,共产党是为人民,
八路军跟我们一条心。(白)唉! 拉泡屎去。(下)

于:(上,背着包袱唱)离开虎口奔他乡,趁着人都靡出房,岗上本是
个窝囊货,受气罐子叫老姜,打量他不能把我挡,逃出关口找中
央,偷偷摸摸把路上,几步走到岗楼旁。

姜:(从对面暗上)喂！谁？干什么的？

于:老姜,是我啊！

姜:你上哪儿去?

于:我想到哈尔滨去。

姜:有路条吗?

于:没有。

姜:不行。

于:姜老弟,现在是你们的天下啦,我在这里也呆不下去啦。求求你,饶我这条老命,咱们相处好几十年……

姜:不行,不行！少说闲话,痛快回去。

于:姜老弟！你想一想,哪一样我也没亏负过你,现在算求到你跟前啦！就在你啦,你要叫我死,那也没有什么,真个的,你心就这样硬。

姜:不行,不行！(这两句话,就没有以前那样坚决了)

于:姜老弟啊！(唱)你小时就在我家中,一连相处几十冬,吃饭穿衣靡缺着你,待你好比亲弟兄,虽然有时对不住你,难道就没有一点交情,不看金面看佛面,不看鱼情看水情,鱼情水情全不看,你还要看我白胡子落蓑老无能,现在你是说了算,你让我死我活不成,行好积德你饶了我,权当你买雀放了生。(姜不说话,低着头,又停了一会儿)我的好老弟啊！(唱)我知道你有些难为情,你怕放了我受批评,现在路上没人走,我走了别人谁也摸不清,大家伙都忙着伺弄地,都没有工夫来管闲事情,谁也不能猜防你,问你你也能推得干净。(白)再见吧！(一面说,一面走,唱)今天放我这条命,永远不忘你恩情,劝老弟你眼皮放活点,低头不见抬头也相逢。(下)

姜：（呆立了一会儿，猛然抬起头来，白）回来，回来！不行，不行。
嘻！真糟糕，真糟糕，这怎么办呢！

丁：（上）姜大哥！这一宿，辛苦啦！待一会换班的来，你回家睡一觉
吧！我特地来告诉你，今天晚上开大会，吃完了晚饭，就到会上
去吧！（一个民兵上）该你的班了么？

兵：是！

丁：白天站在那里就行，不同晚上看不见，非得在这儿不可。

兵：对！我上那儿去。（下）

丁：走吧！真看出你是困啦，一点精神也没有，回去好好睡一觉吧！
（下）

姜：是啊！正是：自己做下亏心事，真觉没脸再见人。唉！（下）

于：（上白）虽然逃出老虎口，不知哪天能报仇。（坐）我于三秃子，自
从跑出来以后，来到了这块地方，已经好几个月，今天盼中央来，
明天盼中央来，盼了一大顿，他妈的还不来。头半个月，我一个
磕头的李三爷，他"在"国民党，他劝我也"在"国民党，那我当然
求之不得了。满成想"在"了国民党，就能当大官，发大财；谁知
道他们教我回村去，鼓挑事情，散布谣言，联络狗腿子，还给我一
大包毒药，瞅空药死他们一个俩的。我哪敢回去呀！我只好在
这一带，散布些谣言，这包药，早晚我非给他们下上不可！哪管
是穷棒子、八路军，药死他们几个，才泄我心头之恨。今天闲着
没事，我不免到李三哥家走走。（唱）于三出门访朋友，走到街上
就得低头，生怕别人认识我，抓回村去脑袋就得丢；今天去把三
哥见，合计合计怎去报仇，拐弯抹角走得快，抬头望见李家门楼，
三步两步往前走，只见封条贴在门上头，不由得连忙停脚步，溜
抹打蹭往回溜，旁边有一家点心铺，不免上前问根由。（白，向

内）那一家老李家为什么门上贴上封条啦？

（内白）他们那一家是×县大地主，又是国民党特务，今天来了一些自卫队，把他们全家抓回去了。

于：（唱）忽听此言我心战惊，好似凉水浇头怀里抱着冰，李三哥这回被抓走，免不了咬出我一名，急急忙忙回家转，赶紧把家挪蹬挪蹬。（白）我赶紧回家搬一搬家吧！（下）

姜：（上，穿的要比以前好一些）（数板）翻身越过日子越好，穷人也能治起棉袄，自己种的自己地，高粱豆子打得不老少，工作队教咱们算细账，地主家里挖财宝，有金条，有皮袄，还有金壳字儿表，挖出来，大伙分好，买牛买马安家底，家家户户乐个不得了，大事小情咱们说啦算，地主威风算打倒，就是我有一件糊涂事，多咱想起来多咱懊糟。（白）我老姜头，亏着共产党，翻了身啦，分了地，分了房子，又分了不少的东西，秋后打算和别人插伙，买一匹马，这日子还有什么说道吗！嗐！就我自己真糊涂，把于三秃子放跑啦，虽然大家伙不追究，可是谁要提起于三，我的心里各楞一下，好像中块病似的，近来斗一回地主，分一回东西，我的心里就像刀扎一下子似的。我当时怎怎么混蛋，把他放了呢！（自己用拳头打自己的头）我能对得起谁，对不起穷哥们，对不起丁老四，对不起郭同志，对不起工作队，对不起共产党，对不起毛主席！自己真该死，真糊涂，日子过得越好，我心里越难过。唉！这怎样办呢！

丁：（上）姜大哥在家吗？

姜：进来吧，老四。

丁：你明天把徐大麻子的车套上，进城送公粮去，好不好？另外再去一个自卫队的弟兄，我也去。

姜：好吧。

丁：公粮都在会上，都装上麻袋啦，一早赶车就到会上装好就送去吧！

姜：好。

丁：我回去啦！（下）

姜：走啦！正是：明天叫我送公粮，收拾收拾走一场。（下）

于：(上，剃去胡子，换了衣裳，唱)更名改字搬了家，就怕村里来人拿，多少年的胡子剃干净，省得人家认得咱，搬到这里我也装穷户，斗争也能分点噶麻，只要我于三人不死，那包毒药总能用着它。无事假装把活做，劈点桦子腰酸腿麻，生下来就不是干活的命，想不到今天穷人当家，抽口大烟也得偷摸干，穷棒子真叫我恨杀。和他们冤仇深似海，要是有我就没有他，成天在家真憋气，大街小巷溜达溜达。（白）出去遛遛去。（下）

姜：(上)车也套好啦，粮也装好啦，我们主任怎样还没有来呢！我招呼一声，丁老四！丁老四！

（丁、民兵对上）来了。

丁：(唱)忽听门外一声喊，赶紧出了自家门。（白）整好啦！

姜：好啦！上车坐住吧！（唱）扬起鞭子把车赶，（三个人"走场"在场上穿插着走，一边唱，一边走）

丁：缴送公粮走一番。

民：说起来年成倒不坏，

姜：金黄的苞米豆子圆。

丁：家家打场干得真快，

民：换工办法实在周全。

姜：高粱苞米还有小豆，

172

丁：仓子装满囤子上尖。

民：今年打场真正热闹，

姜：大人小孩喜地欢天。

丁：公家公粮要得少，

民：那是怕咱老百姓为了难。

姜：公家少要咱们愿多给，哦……哦……叫。

丁：这样咱们才心安。

民：挑又挑来选又选，

姜：多报多拿起了模范。越……越……

丁：本来是不打倒老蒋都过不好，

民：咱们缴公粮还是为了咱。

姜：前方战士吃得饱，哦……哦……叫……叫。

丁：打起仗来干得欢。

民：打到南京把老蒋抓，

姜：咱们才能得安然。

丁：说说道道来得快，

民：缴粮的地方在眼前。

姜：顺过鞭子赶进院，

丁：下车进屋打听一番。（白）姜大哥，把车赶到后院吧！我先进屋里问问去。

姜：好吧！哦，哦，哦……（分下）

于：（上）东家逛来西家闯，散布谣言走一场。我于三秃子，这几天闲着没事，编一些瞎语，散布出去，好叫大家伙心情不稳，总算我这个国民党办了一点事情，今天晚上没事，还是出去走走。（下）

姜：（上唱）卸了大车缴上公粮，事情样样都办妥当，吃饱晚饭街上走走,看看城里好风光。

于:(从对面上唱)别人办事街上走,我为造谣也是忙。

（两个人正走在对面,于三秃子看见老姜头,连忙把脸扭过去假装不认得,老姜头也不认识他了,但是觉得面善,想不起是谁,正发愣的时候,于三秃子就走过去,走下）

姜:(两眼盯住于秃子的后影)是他,是他。回来,回来。（跑下去,扯着于三的领子,倒拖回来）好王八蛋!（回手打一个嘴巴）你当我不认识你啦!

于:(还想假混过去)你贵姓,我怎不认识你。

姜:肏你妈!你不认识我,我可认识你呢,你装什么犊子,你把我熊苦啦!走。

于:(哀求着)姜老弟!

姜:肏你妈!不许你说话,跟我走!（硬拖下）

（丁和民兵上,民兵唱）

民:老姜出门没回还,

丁:想必走错了找不着门。

民:我到门口瞅一瞅,

姜:(拖着于三秃子的领子上)抓着坏蛋秃于三。（白)你们看!认不认识他?

丁、民:谁?好像看着过,想不起来是谁。

姜:你自己说你是谁。

于:我是于三秃子。

丁、民:噢!这个王八蛋,姜大哥你怎抓住的?

姜:我在街上遇着的。

民:来,拿小绳绑起来他。（把于三秃子绑起来）

174

丁:叫他领着,到他家起东西去。

民:我带着他去。

丁:好。(民兵背着枪,牵着于三下)姜大哥,你这场功劳,真不小。

姜:得啦,我……我……我对不起你,也对不起大家伙……

丁:姜大哥! 你别着忙,你慢说吧!

姜:老四啊!(唱)老四听我从头讲,我做错了事一桩,当初我脑筋不开心乱想,分地我怕贼中央,当时分了地主地,恐怕将来不能牢帮,左思右想心害怕,半夜我到三秃子房,我跟他说地不要,他答应我秋后对半分粮。有一天我放哨在岗上,这小子背着包袱逃他乡,当时我拦也没拦住,他走了我也没有声张,心里头要混算不开账,寻思跑了他一个人又有何妨。后来渐渐懂得些道理,越想这件事越窝囊。我对不起穷哥们还有你,对不起毛主席和共产党,翻身本来是为自己,为什么我跟仇人一帮,天底下像我这样浑人真少有,放走了地主跑在他乡。这一回想不到真凑巧,走在街上把他遇上,我做错事心真难过,这回觉着有些亮堂,回去大家评我罪,该打该罚我愿当。

丁:(唱)姜大哥你不必心难过,大家伙一定能原谅,抓着了地主恶霸功不小,将功折罪也相当。

民:(牵着于上,拿着两个包袱)抓着地主得财宝,总算没白来一场。(白)回来啦!

丁:(指着小包)这是什么?

姜:说呀!(叫于三秃子说)

于:金银首饰。

丁:这一包呢?

于:……

民:打开看啦! 一包黄澄澄的面子,不知道是什么。

姜:这是什么?

于:……

丁:痛快说!

民:揍! 不揍他不能说。

于:我说,我说,是毒药。

丁、姜、民:啊! (同时惊讶)

丁:做什么用的?

于:药耗子。

民:你看,这包上还有字!

丁:(看纸包)中国×年×月封,唉! 还有印。

姜:(打一个嘴巴)怎么来的,到底做什么用?

于:我说,我说……

民:痛快说!

于:是国民党给我的,叫我好药死你们! 不怨我。

姜、民:哎呀! 这小子还是国民党特务。

丁:我看,先把他送到公安局去,追问追问还有谁,然后我们把他装
在车上拉回去,交给大家伙办。

姜、民:对! 正是:

丁:穷人处处靠穷人,

姜:千万别长糊涂心;

民:翻身就要翻彻底,

姜:不要翻个半拉身。(同下)

东北书店 1948 年 2 月初版

176

生产小组长

人物:李万生。

　　　李长发——万生的父亲。

　　　母——万生的母亲。

　　　朱秀英——万生的嫂子。

　　　李万珍——万生的妹子。

时间:平分土地后,春耕前。

地点:东北解放区某一乡村的农家。

李万生:(上,唱)分地分了整三垧,全家大小喜洋洋,共产党对咱真
　　　正好,处处给咱想主张,叫咱全村组织好,组织起来多打粮。
　　　人多势众干活快,深耕细作办法强。(白)我,李万生,家里
　　　有爹,有妈,有嫂子,有妹子。我哥哥头年春天参军到前方
　　　打老蒋去啦,剩下家里五口人,去年种了两垧地,年成不好,
　　　打的粮不多,可也够吃一气的啦。今天分地,分了六垧地,
　　　又分了一挂车、一付犁杖、一匹大洋马,地是好地,牲口又硬

177

实,人人都心胜,还愁地种不好! 政府呢,为了咱,怕咱做不到好处,提倡好好生产,让咱们组织起来,合作互助。这不是吗,今天开生产会议,合计生产办法,打算编十几个小组,插犋换工。这回编小组,完全是自愿,各人挑可心人在一组,成可心组,赵玉、朱大叔、王保顺这五六家都愿意和咱编在一起,都说好啦,回到家里,合计合计。(唱)开大会,编小组,为了生产,人挑人,户挑户,编得周全,这一来,有困难,都能办好,不用愁,缺人手,雇工麻烦。咱这组,一个个,能做能干,下决心,要争取,生产模范。回家里,跟老人,好好商妥,到秋后,打下粮,大家喜欢。(白)妈! 妈! 我回来啦。

母:你回来啦! 会开完啦吗?

万:开完啦,合计编生产小组呢!

母:今年还编小组? 咱可不跟李二混混他们在一起! 去年叫他们把咱可调理稀啦! 铲地要先给他铲,割地也要先给他们割,给你爹气得飞飞的,要不,咱们去年哪能只打那一点儿粮啊!

万:妈! 今年的生产小组,跟去年不一样咯!(唱)今年小组是自愿,专挑可心人往一处编,评工记账大家定,谁也不能心眼偏。种地割地和蹚铲,大家合计动手干,先做后做挨着排做,谁也不能独占先。

母:咱跟谁编一组?

万:有赵玉、朱大叔、王保顺、马二家的、徐瘸子、刑大婶、李二混混,带咱一共是八家。唉! 还有一家,是孙大绝户。(唱)咱这几家地靠近,牲口人手也均匀,牲口整配三付套,耠地扣地不用操心。

母:赵玉、朱凤有、王八顺、你刑大婶,这四家都行,马二的老婆是个懒蛋,徐瘸子是个滑鬼,他给人家干活净混。这两家能好好干吗？

万：（唱）大家心情都转变，人人愿意务生产，别看去年滑又懒，今年都肯好好干。做好做赖大家评，闲工忙工不一般，评工记账"地头会"，这样哪个敢偷闲。（白）妈！自从分了地，大家伙为了要彻底翻身都要好好生产，支援前线，打垮老蒋。跟去年心情是大不相同啦！再说，大家干活还要天天检讨，民主来评定工多工少，还按工记账呢！

母：这两家不好，勉强凑合还行。李二混子，可不要他！这小子，去年那些道道，你还没有叫他熊够哇？再说怎把孙大绝户这家地主也整咱这一组来啦呢？

万：（唱）去年二混说啦算，支使别人给他干，今年咱们大家办，他也不敢再捣乱。地主威风已打倒，让他劳动去生产，每组都有被斗户，他要不好大家管。（白）二混子不怕，大家伙瞟住他，他一定能老实干，孙大绝户得管教他好好生产，要不谁养活他，再说，都下地干活，把他们留在家里，谁看着他们？

母：咳！为什么不把王志久、徐凤光、宋麻子他们搞咱这一组，把马二老婆、徐瘸子、李二混混整咱这一组来？

万：（唱）好马都在这几家，人手"挺妥"顶数咱，咱这几家凑一起，别人忙时便抓瞎。（白）妈！你怎都猜着呢！这几家可不要跟咱在一个组怎的。后来大家一评论，咱这几家要凑在一起，人"挺妥"马又壮，剩下的，别的组，人不"顶对"，马又软，全村生产那怎能搞好！生产搞不好，拿什么支援前线哪，哥哥饿着肚子怎打仗？再说咱们穷人不能像那些地主坏蛋们一肚子私心眼儿，只许自己发财，不让别人得过。咱是要大伙都发财，都能过得好，那才叫穷人彻底翻身呢。所以大家伙一合计，得串换开，硬的软的配

179

合起来,为的是全村生产都能好。

母:噢!那也行。谁是小组长呢?

万:他们大家伙选我干,选赵玉当打头的。

母:噢!你们俩还行。可是,孩子!咱宁肯吃亏,心可要公平,可不能像去年李二混那样干哪!

万:妈!你放心。今年谁想那样做,大伙也不能答应,这不是谁一个人说啦算的时候啦!

李长发:(上,拐着粪筐)捡粪忙,捡粪忙,地多上粪多打粮,今年分地心有底,一定好好干一场,一定好好干一场。(放下粪筐,走进来,坐下)

万:爹回来啦!

发:今天开会,都合计些啥?

万:合计生产,编生产小组,换工插犋。

发:什么!还换工插犋?

万:是。

发:这是上面命令,还是自愿?

万:不是命令。

发:我算计上面不会硬逼咱这样干吗!既然不是上面下公事,叫咱自愿,那咱就不加入。

母:为什么?

发:老混蛋!你就这样忘魂?去年咱为什么只打那一点粮。那不是插犋换工的好处!今年才不上那个当啦!

母:你才是老混蛋!你知道今年怎做?也不打听明白,就……

发:管它怎做咧!用不着打听。反正咱不加入。(唱)一有人手二有马,种六垧地咱不怕。

母：（唱）全村人人都乐意，为什么你要不参加？

发：（唱）别人乐意别人干，咱们不同别人家。

母：（唱）咱家多在哪一点，难道别人比你傻！

发：（唱）管他别人傻不傻，反正我是不参加。（生气，脸扭在一旁）

万：（唱）爹爹妈妈别上火，听我仔细把话说，咱们村上开大会，说到换工好处多。

发：那些好处，我都知道。架不住咱这号子人心眼太坏，净他妈私心眼儿。

万：（唱）今年办法大不同，评工记账分得清，偷懒耍滑玩心眼，今年一定行不通。"地头会"上把工评，晚间检讨工作情形，谁要不好都不让，哪怕他不被斗争？（白）爹！今年大家伙都想把地伺弄好，要是有一个人要尖头，不好好干，像去年那样，谁也不会答应他的。

发：哼！就打算人都不要尖头，可是，地早种晚种，早铲晚铲，成色就不一样，谁都愿意早种先铲，那可没法整。

万：（唱）地干地涝不一般，先种后种差不几天，哪个应当先动手，大家讨论不麻烦。（白）爹！这没有什么，哪个应当先动手，大家一合计就干，到那时候，就觉得这些都是咱的活计，顾不得分你的我的啦。

发：（停了一会儿）他妈的，太拘束，不抵咱自己干，乐意怎伺弄就怎伺弄。

母：大家伙在一起，都说好。工又省，干得又多，地伺弄得又细腻。偏偏你这个老倔巴头子和人家两路！

发：你他妈懂得什么！

万：爹！妈！你们不要争讲，咱慢慢商议。

发:商议个屌！反正我他妈不干。

母:我看你要改常啦！（生气）

发:你他妈要改常！（生气，少停，拿出烟袋抽烟）

万:妈！你别跟爹叽叽啦！

（朱秀英上）

英:（唱）丈夫参军一年多，他打老蒋我干活，打死老蒋才安稳，多多
　　生产日子好过。政府号召大生产，咱们都要领头做，多打粮食送
　　前线，老蒋不死也差不多。（白）爹！妈！我回来啦！

（两个人不吱声）

万:嫂子回来啦！你们会怎样开的？

英:（唱）今天妇女开大会，为了生产这一宗，今年村里劳动少，咱们
　　妇女不能放松。全屯妇女都生产，个个编在小组中，妇女也顶男
　　人干，薅草拔苗也分工。（白）哎！可是的，我忘了给你道喜啦，
　　你是咱的小组长，这回咱这一组有十五个女的，除了像妈这样大
　　的年纪以外，能干活的有九个，你这个小组长，可得好好地组织
　　一下啊！

母:我咋的！我也能干活，我也不算老哇！你这个妇女会主任怎
　　当的？

英:好，好，好！把妈也编在里头。

万:对，一定把妈也编在里头。

母:我给你们送饭，给你们看孩子，我还能拔苗呢！剥苞米，掏谷子，
　　我不能比你们少做呀！就是抓虫子，我眼睛可就上不上去咯，从
　　到你们老李家，哪一年少干一点咧！

英:妈！（唱）今天会上我把话讲，咱这军属不用别人帮，不但不用别
　　人帮，咱帮别的军属忙。

万：对！我早想到了。凭咱家这些能干活的，自己有一匹马，又分了一匹大洋马，有犁杖有车，哪一样也不缺，为什么还用人家优待，像老赵家，那样军属，咱应当帮帮他们才对呢！

母：咱比别人强，应当帮别人，你男人虽然是参军啦，你二兄弟前年跟你爹，顶两个整工，去年就顶一个打头的啦，大伙谁不说他活好，朱老五当我说：你们家老二，一个顶俩。

英：可不，要不是这一组，连朱大叔、王保顺都选他当组长呢！

母：说起来，王八顺活就不赖。

万：（笑）我妈真是，人家叫王保顺，你老管人家叫王八顺。

母：噢，噢，噢！我叫顺嘴啦。

英：哎！二兄弟！咱家算几个劳动力？

（李万生用嘴暗示着自己的父亲还坐在一旁生气，朱秀英亦感觉到公公生气。全场静了一会儿）

母：你爹不愿意加入生产小组，嫌恶受拘束，怕吃亏，怕像去年那样上当。

英：二兄弟，你没有跟爹讲吗？

万：我说啦，爹不愿意。

英：爹，你老人家想错啦。插犋换工的好处，多得"和"呢！（唱）今年编组办法多，先做晚做大家说，人齐手快干得紧，不能耽误地里活。到处活计都做完，一月能得半个月闲，插犋换工真自在，不会拘束为了难。

发：（唱）叫声媳妇你要听，不是公公要蛮横，咱家人手这样硬，不用换工也干得成。

英：（唱）爹爹说的倒不差，不去参加也不怕，但是要想多生产，只有换工才能发家。

183

发：这怎样说呢！换工也能发家？

英：（唱）换工插棋工夫省，地里伺弄也干净，省下工夫做旁的，生产开荒也都中。咱忙别人能帮咱，咱闲能帮别人工，你帮我来我帮你，合作互助都从容。（白）爹！就拿一样事儿来说，你老人家今年不是要盖房子吗，咱人和牲口多给人家干几天，到盖房子的时候，大伙还不帮咱，还咱的工？咱能少雇多少个工，省多少钱哪！

发：（少停）这也是个理儿。我总寻思咱人手硬，牲口硬，多给别人白干了。

英：（唱）今年干活要记工，换工不够还还工，闲工忙工分开算，人力马力不相同，谁也不给谁白用，这篇工账算分明，别看咱家人手硬，人家还工也能顶清。

发：唔！这办法也对。

万：爹！今天大伙合计，除了没有劳动力的军属，掂算掂算他家的情形，不叫他还工，剩下谁也不亏谁。

母：哼！你爹才是个小店秧子呢，就怕别人沾着他的好处。

发：妈的，就你是个大店。

英：（唱）过去穷人一条肠，消灭封建有力量，今后还要团结好，生产才能搞得强。咱家能够过得好，咱们也沾大家光，穷人得靠穷人帮，咱帮人家是应当。

发：（点了点头）对！

母：谁不说对！就你一个人……

发：你他妈不会说理，就会瞎犟，还他妈怨我？

英：哎呀！好做饭啦。妈！今天做啥饭？

母：把昨天剩的豆包馏一馏，做小米稀饭吧！

英：嗯哪！（下）

万：爹！咱家除了参加生产小组以外，咱自己也合计一下，今年咱都干啥，好不好？

发：那还用说。今年咱们一定要好好干一下。

母：等吃饭的时候，都在眼前，咱再合计吧！

李万珍：(上，唱)别看咱们年岁小，干活也能干不少，今年计划大生产，咱们小人儿也少不了。(白)妈！我回来啦。嫂子呢？

母：做饭去啦！

珍：妈！咱儿童团今天也开会啦！合计怎样参加生产小组呢！

万：你们顶个屁？

珍：你怎能小看人！多一个人多一份力量，你懂不懂？今年春天院子外的那一堆粪，那还不是我捡的。凭那堆粪，也得多打一石粮。

万：哎哟！哎哟！这还不得了啦呢！我问问你，你们参加生产小组，都能做些什么事儿？

珍：做什么？活可多啦呢！薅草，抓虫子，踩格子，拔苗，都能干。(朱秀英上)嫂子！你说，咱们这么大，地里没有咱做的活？

英：嗯哪！你们能做的活倒有的是。

母：可不！你二哥，前年就顶一个整人干活啦！

珍：咱是哪一组，谁是小组长？

母：你爹不参加生产小组。

珍：为什么？

母：你爹不愿意。

珍：参加生产小组可好啦！

母：大伙怎样劝你爹，你爹也不干。

珍：妈！你呢？

母：你爹不干，我也不干呗！

珍：二哥！你呢？

万：两个老人不乐意，我也没有法干。

珍：嫂子，你呢？

英：……（摇摇头）

珍：你也不加入生产小组？

英：……（点点头）

珍：呸，呸，呸！你不害臊。妇女会主任，还这样落后，真给我哥哥丢
　　脸。你瞅着，我哥哥回来，我不告诉他才怪哩！

母：我们都落后，就你好！

珍：妈！我分的那一垧地给我。

发：你这么大点，要地干什么？

珍：我跟他们插犋换工去！

万、英：你？！

珍：那可不！我找咱这一块的小组长商议，我给小组做零活，跟他们
　　换工，你看我这一垧地能不能种上！

英：好！你跟小组长商议商议吧！这就是小组长。

珍：死嫂子！闹了一大顿，你们还是骗我呀！（众笑）唉！二哥，我给
　　你提个意见，咱除了参加生产小组，自己家还另外订了生产计划
　　没有呢？

万：还没有。

珍：啧，啧，啧！为什么不订？我今天在会订了生产计划啦。

万：你怎订的？

珍：我去年采了半麻袋榛子，二十斤黄花菜，今年打算都加一倍，有
　　空儿帮着妈喂猪喂鸡，帮着嫂子烧火做饭，推碾子推磨，你们说

好不好？

英：对！很好。我也有个意见，咱们家订生产计划，你和你二哥咱三个人再来一个竞赛，好不好？

珍：爹和妈不算上吗？

万：咱全家都来个竞赛吧！到年底选个家庭劳动英雄！

珍：（拍手笑）好，好，好。

众：好。（同唱）要想生产搞得好，插犋换工少不了，要想日子过得好，全家大小要勤劳。后方生产当英雄，这个胜仗也不小，前方后方齐努力，不愁老蒋打不倒。

（幕落）

东北书店 1948 年 4 月初版

◇ 刘 相 如

独眼龙

时间:一九四六年的十月间。

地点:辽南的某一个村,游击区。

布景:舞台的右前面是清剿队的大门口,门口挂着"清剿队大队部"
的牌子,舞台的左前是一棵槐树,树旁即是照壁。

人物:独眼龙——年五十余,被斗争之地主,性蛮横,任清剿队长。

独太太——年四十余,泼辣风流,一笑金牙发光。

高文书——伪满警察,长得不错,年青好色。

百步香——三十二岁,出身不明,据说是妓女,虽年纪近老但
却风流妖艳,与高文书相好。

护兵——二十余,花拉子出身,独眼龙的护兵。

姜令海——二十余岁,门口卫兵,调皮。

张成德——二十八九,是清剿队的便衣。

王麻子——二十八九,长了一脸麻子,凶狠。

清兵——甲、乙、丙、丁……

188

陈德龙——年五十九,独眼龙的佃户。

陈荣茂——二十八岁,胆大,陈德龙之子。

荣茂妻——二十七岁,怀抱不够一个月的小孩。

老张头——六十五岁,独家佃户,因六月天开斗争分了独的一
　　　　棵树,我军退后,独回来打断了他的左胳膊。

老王家——独的佃户,年四十五,能说能道。

八路军——刘连长、郝指导员、一班长、赵排长。

张发贵——老张头之子。

陈娘——陈德龙之妻,年五十一二岁。

群众——甲、乙、丙、丁……(乙是外村要饭的一青年)。

战士——甲、乙。

第一场

地点:独眼龙的大门口。

幕启:卫兵姜令海,缩着脖子在门口站着岗,院内传出拷打与惨叫
　　　声、骂声,"妈的! 这不是你八路爹在的那家当①了,你们这些
　　　穷种一个也不能饶! 拷! ……"

姜:(听门里拷声得意地骂)拷死这些驴×的! (忽然他朝着这方煞
　　有介事,慢慢地微笑了,自语地)好,等老子和她开个玩笑。(执
　　枪躲在大树后)

百:(妖艳地夹着一件衣服,到门口自语地)怎么门口连个看门的人
　　也没有了,这要是八路来,这些鳖羔子一个也跑不了。(说完走
　　向台阶,不注意被姜令海用手遮住眼从台阶退下来偎在姜的怀

———————————

① 那时候之意。

里）谁呀……谁呀？

姜：（不语）

百：死鬼，你还跟我开玩笑，快放手，我来给你送衣服来了。

姜：（学着高文书的腔）你猜我是谁呀？

百：还不是高文书大人么?! 快放手，在大门口开玩笑叫人看着多难看，你快看看我给你补的衣服好不好呵？

姜：（一手放下，拿衣服）好呀！ 比我老婆子补的强十倍。

百：（一看不是高文书，用力撕住姜的腿）你这个小鳖羔子，我还真以为是他呢。

姜：（痛哭地叫）百嫂子，不敢了！

百：（仍不放手）百嫂子？ 非叫你叫百奶奶我□□

姜：百嫂子，放了我吧，我不敢了……

百：好鳖羔子，不叫奶奶就不放。（用力）

姜：好……百步香，我的小奶奶。

百：看你这小鳖羔子下次再敢不敢□□□

姜：我不敢，可是俺高文书敢。

百：别说笑话了，他到哪□□□

姜：（故意地）你问我□□□□？ 他去抓人去啦。

百：死鬼，就不会说□□□

姜：你问的是谁呀？

百：高文书，你还不知道！

姜：他去召集穷棒子去了。

百：召集那些穷棒子干什么？ 是不是又是独二爷开倒粮倒地的会呀？

姜：对了！

190

百:什么时候回来呀?

姜:快啦! 你把衣服搁在这里等我给他。

百:不光为这衣服的事。

姜:那还有什么事,你也告诉我,等他回来我告诉他声就行了。

百:(心不在意地四处瞭望)怎么还不回来呢?

姜:(故意开心地)哟! 百嫂子跟我们高文书怎么那么亲热呢,要是照我看呵,幸亏你那一口子永福他当了特务,在五月天让八路给枪毙了,要不然他要戴绿帽子,你也不能那么自由了!

百:说你娘的什么话,你奶奶就是这个脾气,谁也管不了,头几年你百奶奶在新京的时候,那更自由了,愿怎么的就怎么的!

姜:(故意地)那可是,百步香要抱着条老牙狗睡觉,谁敢说什么呢!

百:(又搡姜)你这个小狗×的,就没有句好话。

姜:哈……怎么? 我说的不对呵? (躲在树后)

百:好了! 就叫你这小鳖羔子,占句便宜吧!

独二爷声:看紧了这鳖羔子,别叫他跑了。

兵声:是!

姜:快,独二爷回来了,你快走吧!

百:好,你告诉高文书一声,就说我碾了点黄米酒,还有点白干,叫他去一趟。

姜:好……我也去? 百嫂子?

百:你来,你奶奶把你宰了煮狗肉食。(下)

姜:我他妈的宰了你这老"盖子头"①。

独:妈巴子,今天我看你这小鳖羔子往哪跑。(边说边上,陈荣茂双

---

① 窑子里的老鸨之意。

191

手被绑,护兵、王麻子跟后上)

独:给我绑在树上,我今天非折腾折腾你这小鳖羔子不行,这回你八
　　路爹可走了,俺那个爹可回来了。

王麻子、护兵:是。(将陈绑在树上)

独:(气汹汹地转来转去转到门岗前面)

姜:(来了个执枪举手敬礼)敬礼。

独:(对姜)你他妈,真是个二五眼,站岗还有举手敬礼的,我教给你
　　那一点,你都就饭食了!

姜:是,二爷,不……队长。

独:(一眼看姜还穿的是便衣)你怎么还没有纳操衣费么? 明天赶快
　　纳好做新操衣,穿他妈庄稼人的衣服站在我的门口多么难看,要
　　叫"国军"来了,不笑话我这个清剿队的大队长吗?

姜:是,大队长。

独:成德探信还没回来呀?

姜:没有!

王、护:报告队长,绑好了!

独:(过来打了陈两耳光)你这小鳖羔子。五月天王区长在这里,你
　　告了我,说我有枪,我的命差一点踢蹬在你手里,哼! 这次我回
　　来了,你他妈的这里爬几天那里爬几天,你以为你二爷抓不住你
　　这个小鳖羔子呵,陈荣茂,你可恨死我了。(用手杖打陈)

陈:(不语挣扎)

独:(喘不过气来,一阵咳嗽,命令护、王)你们俩是他妈的木头人呵,
　　怎么不动手呢? 我要你来食饭的呵?

王:好,队长你歇一会,我来挎他。(用皮带打陈)

陈:(痛叫)

独:(一边喘息不停一阵咳嗽)

护:(急忙去扶独捶背)

独:妈巴子,给我狠挎。

陈妻:(抱婴儿哭叫上)二爷……你们饶了他吧。(一把拉住王麻子的手)好兄弟,你看在俺娘俩的面上饶了他吧!(转向独)二爷呵……

独:(踢开陈妻)去你妈巴子,五月天他差一点要了我的命,今天就该我要他的命了。

陈妻:(哭泣地)独二爷,就算他哪一步做错了,饶了我们全家吧!

独:妈巴子,那个家当你们怎么又分了我的家,又告了我,怎么就不饶我呀!

陈妻:二爷,请你老人家可怜可怜我们一家吧,分你老人家的地二爷早就抽回去了,粮食你老人家也要回去了,二爷你不可怜他也可怜可怜俺这个小儿,他还不够一个月,今天早晨你老人家放枪把孩子吓得快死了,二爷你饶了他吧,我们全家四口人全靠他呢!我娘病得连炕也爬不起来,俺爹也六十多岁了,万一他要是……二爷,我们全家四口人就得饿死……

陈:(掉出眼泪,但依然坚强地)小英他娘……你不要多说了,反正有我这条命就顶住他了!

陈妻:(扑在陈身上哭)小英他爹……

独:(生气)哭,哭,他妈巴子别在我门口号丧,到一边哭去,(推开陈妻又要打陈)你这鳖羔子嘴真硬,我今天要看看你是不是肉长的。(用手杖照陈头打去)

陈妻:呵!二爷!(用手把住木棍跪下哀求)

　　(唱五更调——第一曲)

我双膝跪在地溜平,忙把那二爷叫几声,

你手下留情,你老人家高抬手,

饶了他这一条命,我全家死后不忘你的恩。

独:饶了他? 饶了他你二爷日后就得死在他的手里。

陈妻:唉! 二爷呵! (唱同调)

叫声二爷你行行好,

你要是不放他,我们全家谁来照管,

我爹爹年纪老,我娘病在炕头上,

全家人无衣无食怎么办?

独:我管你怎么办? 少给我啰唆,快给我滚!

陈妻:二爷……你发发慈悲,原谅原谅他吧!

独:快给我滚!

王、护:(拖陈妻)快走!

陈妻:(哭叫)小英他爹……(下)

独:(对护、王)把这土崽子关在禁闭室里再说。

王、护:是! (解陈走)走!

陈:不用这样,还能跑了么?

独:跑? 除非你插上翅膀飞了!

王、护:(送陈入院)

独:(欲入院,走到台阶)

高:(上)二爷,二爷!

独:(回身)什么事?

高:你老人家让我召集穷棒子开会,我都召集来了!

独:(咳嗽一声)好,叫他们来!

高:是,(下)快走,快走快走,二爷等你们了!

194

（老张、老王家、群甲、乙、丙……走上。）

众：队长，二爷……让你等着了。

独：（走至中央气汹汹地）今天叫你们来不为别的！你们五月天开我的斗争，拉了我的东西，我都有账，今天你们都得给我送回来，前几天"国军"在南山上打仗你们都听见炮响了吧？

众：听见了！

独：对了，你们那个八路爹，都叫"国军"拿炮轰到南海下古子①了，"国军"就要接收大连旅顺了，你八路爹在那个家当，你们说什么就什么，俺连一个屁也不敢放呵！今天俺那个爹回来，你们这些驴×的今天都得把眼睛睁开，看看你二爷背的这家伙是干什么的。（指枪）

众：（不语）

独：这是打眼的，今天谁要不把我的东西送回来我就打谁的眼！你们听见了没有？

众：听见了，二爷！

王：二爷！俺割你老人家的那点地，不早就让你老人家要回去了吗？

张：家里实在没有什么了！

独：没有了？妈巴子我那一天地能打四石粮，你们才给我送来了两石，还差两石呢！

张：你那个地都□了，哪还能打四石，连两石也打不下呵！

独：打不下，当时是我逼你割的呵？还犟嘴！在前些日子因为你八路爹常来，我也不敢住下跟你们好好地要，这回你八路爹可跑了，我得跟你们好好要了。（从怀里掏出小本念）老张头开斗争

---

① 饺子意。

割了我一棵大树罚粮十石。

张:(惊)呵! 二爷,在前些日子"国军"一来,你老人家不就罚了我六石了么?

独:少废话!

高:少吵吵!

独:(又念)老王家分了我两条羊,还有铁锅一口。

王:二爷,我那两条羊不是给你买了么?

独:买了? 他妈拉巴子,我那是西洋货,二串子、狗尾巴羊,你给我买的是老绵羊,差一点也不行!

王:二爷,可怜可怜俺吧,那两条羊还是现借钱买的呢!

独:少废话,你们别哭穷了,五月天差一点叫你们这些驴×的把我折腾死! 今天该我折腾你们了。(个个轮打一阵咳嗽)

高:(扶独)二爷你累啦,我来挎这些狗崽子,(朝姜)来一块挎!(二人轮打群众)你妈的! 那个家当老子要不跟二爷跑到沈阳也叫你们折腾死了。

张:好兄弟,饶了我吧!

姜:他妈的,你们这些八路脑袋一个也不能饶。(举枪打张)

张:好兄弟,少挎几下就行了,我这胳膊已经叫二爷打断了。

高:活该!

独:死了你这老驴×的也不多。

高、姜:(停手)

姜:妈那个巴子,去年五月天开二爷的斗争,我不斗二爷你们说我是狗腿,还要斗我呢!

众:咱可没那么说。

姜:(对张)你没说?

196

张:我实在没说,谁说谁知道!

姜:(一个耳光)就是你吵吵得慌,你还说你没说。

独:你们他妈这个家当装起好人来了,那个家当你们告诉王区长说
　　我有枪,硬逼我,我寻思寻思我死了吧,我一头碰在南墙上,要不
　　是我命长不该死,以后不跑到沈阳去,我的命不叫你们活活地给
　　踢蹬了?

高:二爷,我看就叫他们回去,快把东西送来。

众:家里实在没有什么了!

王:十家就有九家要饭吃的。

独:妈巴子,从你们的骨头缝里还能熬出四两油来。

张:(走向独眼龙)(唱第二曲)

　　我的家早就被二爷拉空,

　　从哪里我能弄出这十石米粮?

独:弄不出来就要你的老命!

张:(唱同曲)

　　我全家受饥寒,少吃无穿,

　　求二爷,你老人家,开开恩典。

众:(情不自禁地流出眼泪)

独:我一个也不能可怜你们这些穷种。

众:(唱)

　　求二爷开开恩,可怜可怜我们,

　　来年秋天还给你粮。

王:只要二爷能可怜我们这一下,过年秋天打下粮是少不了二爷的。

独:少废话,我可怜你们还不如可怜条狗,快给我回家弄东西去,限
　　三天,要是不给我送来就打眼。

姜、高:(揍众)快走！快回家把二爷的东西送来,慢了小心打眼!

（众下。）

高:这些穷种不折腾折腾他不知二爷的厉害。（对独）队长,你累了
　　吧,回家躺一会吧!

独:你给我回去把灯点着,我抽几口。

高:是! 二爷。

独:(自语)哼! 我非治得你们服服在地不行。（入）

（片刻张上。）

姜:你又来干什么来了?

张:好兄弟,你让我进去看看我家你大兄弟吧!

姜:不行,大队长有话,不准随便进去!

张:我看一下就出来了。

姜:不用看,还没揍死呢!

张:好兄弟你……（转了主意）唉! 不看就不看吧! 你们可少揍他几
　　下吧! 我全家就仗着他养活,我今年也六十多岁的人啦,胳膊又
　　叫二爷打断了,你们行行好,留他一条命,唉! 再说五月间斗二
　　爷也并不是他一个人的过啊! 是大家伙的意思呵。

姜:我又不是队长,我说了也不算呵,他要不跟陈荣茂两个上区上告
　　二爷,区上就不会派人来叫大伙斗二爷。

张:唉,为人在世也就是多做点好事,死后人才不会忘呵! 求你给我
　　多说几句好话,我老张一辈子也不会忘你呵! 再说咱们都是一
　　屯人,谁不知道谁的家呵,我的家就给人家种了两天薄地,就养
　　活了两条牛,就因为开斗争割了二爷一棵杨树,这一回二爷回来
　　打断了我的膀子,又罚了我六石粮,逼得我卖了两条牛,今天又
　　要罚我,你说我哪还有办法呀? 你们行行好,放他出来吧! 好给

198

家里挣着食呵！若不我们全家就得饿死呵！

独：（在院内一阵咳嗽）

姜：快走吧！二爷出来了……快走……（推张）

张：好……我走……好兄弟你多帮忙……（下）

姜：（直立在门口）

独：（上，后跟高文书、护兵）

高：二爷上哪里去？

独：我上南山去搜查搜查，看看前天南山上打仗是不是有打散的八路，趴在老百姓家里呀。

高：我也去？

独：不用，你在家看着那些穷棒子送东西来，你拿个账本记一记。

高：是！

独：还有，咱这几天在县里买的那些枪子子一个不是二十元吗？多算上他五十元，再通知保上往下拍，还有队里报名的新兵叫他们快把买枪的钱和操衣费拿来，再把吃粮也拿来，妈巴子光食咱们的，咱可不干哪！

高：是，二爷！还有什么？

独：没有了！

高：好！我马上就办！（入院）

独：你去把我的子弹袋拿来！

护：是！（入屋拿出子弹袋给独套上）

独：走！（命令护齐下）

王麻子（简称麻）：（吸着香烟唱着，得意走出）

　　正月里来正月正，

　　我与小妹妹去看花灯。（上）

姜：王麻子，王麻子。

麻：（唱）

看灯是假的，哟，

妹子我试试你的心。

姜：他妈的，该你的岗了，你叫老子给你站一天？

麻：好兄弟，你给我站一班岗，我给点好处你还不干？

姜：什么好处？ 你领我到百步香家去玩玩吗？

麻：你这小子，就是个女人迷，百步香还能看中咱俩这个小样子？ 你
看人家高文书那脸蛋多漂亮，咱俩去了百步香不拿棍子把咱俩
赶出来呀?!

姜：那你说给我什么好处？

麻：好处有的是，你替我站班岗，我到屯里弄点酒来，再抓个小鸡回
来咱喝点吃点，不比他妈到三十五六岁一脸双眼皮的百步香家
里强得多？

姜：好好……快去快来，别等队长回来可就晚了。

麻：好……（下）

姜：（坐在台阶上抽烟）

百：（叼着香烟上，但她发觉姜不注意，蹑手蹑足地转到姜的身后，拿
香烟猛烧在姜的后颈上大叫一声）干什么？

姜：（猛不防地丢了烟袋，大吃一惊，一看是百）可吓坏我了，我以为
是八路来了呢。

百：哈……就这样小胆还当什么清剿队呀？ 我看你们呀！ 别说跟八
路开火，听说八路来了就吓得往裤裆里拉屄屄。

姜：少他妈的寒碜俺，八路要都像你那个样，"国军"早消灭他们了。

百：要叫我说句实话，我可真想当八路，可是人家不要我。

姜:你也看好八路了?

百:要叫我说句公道话,八路哪点比"国军"都好,就是有一点就不如"国军"了。

姜:哪一点?

百:八路军小年青的都太老实了。

姜:哈……对了,八路军的鼻子都不好使,都闻不着你这百步香的香味,要是"国军"来了,那百嫂子你可就发财了。

百:你这死鬼又要占我的便宜了,少胡巴巴笑! 高文书在家么?

姜:你就是忘不了他,我给你招呼招呼,(向门里)高文书! 高文书呵!

高声:干什么?

姜:有好事呵,快点来吧!

高:(出见百步香)哟! 是你。

百:你真是比三请诸葛亮还难呢!

高:我不是不知道吗!

百:有空么?

高:什么事?

百:先头我给你补的衣服送来你不在,你老,看看顺不顺眼呢?

高:好,好,你先回去,我还有几个字没写完,写完即去!(接过衣服)

百:哟……你看你,可真变成县大老爷了! 我哪一点硌你的眼啦?

高:(不语)

百:(拉高耳语)我给你准备点酒,喝不喝?

姜:(笑咳嗽)

百:(惊)你这个死鬼真硌眼!(对高)你去不去呵?

高:(踢姜)笑什么?(对百)好……我去……

百:要去快点走,喝点暖和暖和……

高:(对姜)我去了呵! 等队长要是回来了,就说我去买烟抽去了,派个人去找我。

姜:好!

百:(拉高)快走呵!

姜:高文书! 可别喝醉了。

高:不用你挂心。

百:还用你管啦!(拉高下)

姜:不用我管?(从怀中掏出小镜子,有意地与高比美,照了半天自语地)唉! 你看你怎么长的! 越看越不顺眼。(揣起镜子)

麻:(提了一瓶酒跑上)喂! 老姜! 回来了。

姜:小鸡呢?

麻:我他妈转了好几家,没遇上只鸡,鸡都让"国军"抓光了。

姜:你他妈,多找几家啊!

麻:我怕你等不及,我们先喝点,晚上再说,晚上要什么没有? 快走。

(姜随欲入)

陈德龙(简称陈龙):(提着篮子上)

姜:老陈头干什么来了?(闻声又回)

陈龙:我清早天未明上山搂草回来,听说俺家你大兄弟荣茂叫你们抓来了,我来看看给他送点饭吃。

姜:快走吧! 等二爷回来了你也该挨挎了。

陈龙:挎就挎吧,反正我是快入土的人了!

姜:好,好,你等一会,我进去办点事出来,你再进去。

陈龙:好!

姜:老陈头,可有一样,要是二爷回来,你就老早咳嗽一声,给我打个招呼。

陈龙:好!

姜:(跑入院内)

陈龙:咳!穷人哪天才得翻过身来呢!(坐在树旁)

王:(背锅上)啊,二叔,你跟谁说话呀?

陈龙:老王家你来了,谁也没有,你背的锅干什么?

王:咳!二叔,你说八路什么时候才能回来呢?咱们这不就要活活地被"国军"大肚子鬼折腾死了,这不是么!这一回八路走了,独眼龙他就要粮倒地。俺开斗争就分了他两条羊,前些日子我卖了花生,借了钱买了二条羊给他,今天开会向我要二条狗尾巴羊,你说说我家里眼看着就要吊锅了,这两条狗尾巴羊拿什么买呢?!人家还限三天送齐,这不是么,我回去麻利把分的那个锅给背来,谁知道人家要不要呢,要是不要,叫买新的,俺一家人可得卖衣服露着肉过冬了。

陈龙:咳!提不得了,谁家苦也没有我苦呵!

独眼龙一回来倒了粮、插了地还不说,硬说俺大儿荣茂私通八路告了他,逼得俺荣茂在外面爬了好几个月,家里你二婶子吓得病得连炕也爬不起来了,儿媳妇刚刚坐月子还不到一个月家里就没有什么食的了,这不是全家四口人就啃那块豆饼呵,妈个巴子还有条老骡子想卖也没人要,昨天晚上荣茂刚刚跑回来,今日早上就叫他们捉来了,独眼龙,你真是要人命了。

(越说越伤心,最后引起了一阵咳嗽)

姜:(急上)队长回来了?

陈龙:没有!

姜:(踢陈一脚)没有你他妈咳嗽什么?

陈龙：是，我再不咳嗽了。

姜：没有事别乱咳嗽！

陈龙：是，好！

姜：（入院）

陈龙：（恨）鳖羔子狗仗人势，总有一天会宰了你们的。

王：二叔有什么信么？今天独二爷开会说前天那一仗八路军被"国军"消灭了，一个也不剩了。

陈龙：婊子才信他那一套呢！昨天晚上俺荣茂说普兰店山后一带八路可多着了，正在训练呢！听说到明年四月天就要回来啰。还说北面松花江，江北的八路军三次打过江来了。

（马蹄声渐近，有人喊马停声。）

陈龙：（注意听）呵！哪里来的马车？（二人向后望）呵！独眼龙他老婆回来了！（咳嗽一声，姜匆出，站好）

独太太：（与兵甲齐上，兵甲扛着皮箱）

陈龙、王：二婶子，刚从城里回来呀！

独太太：嗯！

兵甲：二婶子马车钱给多少？

独太太：（从怀里掏出了一张票子）这是五百块，给他吧！

兵甲：（命令姜）你把这皮箱拿到家里去！

姜：是！（扛箱下）

兵甲：五百块钱行吗？

独太太：二十来里路，他要多少？

兵甲：是！（下）

王：（向太）路上有风吧？衣服上落了这些灰。（与太打灰）

独太太：（推王）靠后点，不用你跟前打溜须。（自己掏出手巾自己打

灰,但不小心碰在地上那口锅上沾了黑灰,生气地)这谁把

锅放在这里,瞎了眼了吗?

王:二婶子不用生气,我来替你打!

独太太:去你的吧!

兵甲:(上)他妈的,五百块钱还嫌少!

马夫声:这时候五百块钱好干什么? 连一包烟卷也买不到呵!

独太太:不管他! 赶快把这破锅踢在一边!

马夫声:(错听)什么? 还要踢俺到一边? 坐不起马车就别坐吧!

兵甲:(将锅踢在一边)去你妈的!

王:那是俺背来送给二爷的!

独太太:送来干什么? 为什么不留着呢?

马夫声:不是俺不留呵! 二十里路才给五百块钱,连一盒烟卷也买

不上。

独太太:赶快把那死车夫撵走! 叫他吵吵什么!

兵甲:(凶下)妈的,再不走,老子要揍你了。

马夫声:不给钱还拷俺走……(兵上)(马车声远去)

独太太:(入院,兵甲随入)

姜:(出,麻跟出)你快去找二爷去!

麻:好! (欲走)

独声:妈个巴子,你不是八路是什么?

麻:呵! 二爷回来了。

姜:你快去告诉二婶子去。

麻:好! (入)

独:(上,后跟护兵紧绑群乙,乙提着要饭篮)你说你不是八路,你是

干什么的?

205

群乙：我是西边王屯的，家里没什么食的啦，我出来要饭的呵。

独：妈的，要饭的为什么篮子上还拴着红布条条，那不是八路的暗号
　　是什么？

群乙：不是呵，那是在家里小孩拴着玩的呵。我真不是八路呵。

护：少胡巴巴！要饭的还有个好东西？

独：先押到禁闭室去。

护：（推乙入院）走！

群乙：大爷你行行好吧！……（被护推入院）

王：二爷我给你老人家送锅来了！

独：（看锅生气）这是锅？这是他妈煮食槽子。（踢锅）

王：我拿来好好的，方才被他们踢翻了沾上泥了，我家里可就这么一
　　个大锅。

独：不行！卖了裤子也得给我买上口新锅！快去给我淘换去！（王
　　背锅下）

陈龙：二爷！听说俺大儿被你老人家抓来了，他昨天晚上才跑回家，
　　　到现在还没食口饭呢，我给他送点饭行不行？

独：（一拐杖打翻陈的饭篮子）饿死他也不多，他差一点要了我的命
　　你知道吗？

陈龙：（唱洛子慢板，第三曲）

　　　　二爷你千万多原谅，看在我陈德龙的老面上，

　　　　我儿他糊涂不会办事，千错万错由我当。

独：你来当！你他妈能当了吗？

陈龙：（唱同调）

　　　　我本是快死的人，他娘还在病，

　　　　全家吃饭穿衣，全靠他一个人，

二爷你要是饶了我儿,任骂任罚我都担承。

独:你来担承,明天我给你儿一块打眼!

陈龙:二爷,你原谅原谅他吧!

独太声:怎么你二爷还没回来呀?

独:(向姜)呵! 谁呀?

姜:是二婶子刚从城里回来。

独:好! 把这老驴×的撵走。(入院)

姜:(赶陈)撵走……(推陈下)

高:(醉上,唱)

正月里来正月正,百步香小妹妹要了我的命。

姜:妈巴子,老高,队长回来了。你他妈喝醉了?

高:(向姜模糊地)哈……你才喝醉了,说句实话,我在新京当警察的
时候,就看中了你,可是那时候永福那小子他的官比我大呵,他
娶了你,他要不是当特务被八路枪毙了,咱们俩也没有今天呵,
你说是不是,百步香我的小妹妹呵……

姜:高文书! 你他妈喝多少酒呵?(这时候便衣上)

成德(简称成):二爷在家么?

姜:呵! 成德你回来啦,外面有动静吗?

高:(醉乎乎地)有屁动静,八路早就叫"国军"……

成:(与姜耳语,故意吓唬他)咳! 妈巴子,八路又返回来了。

高:(梦中惊呵了一声)什么! 八路来了? ……呵! 快! 八路来了!
（边叫边跑入院内)

成:老姜! 快捉住他,快……(与姜一齐跑入院)

众声:什么? 什么八路来了?

独:(先跑出)快! 八路来了,快集合!

独太:(跑出)快把我的皮箱拿出来!

护:是!（入内）

独:快走!……(兵甲、乙……慌忙跑出)

护:(抱皮箱上)

麻:二爷,老陈大儿他们怎么办?

独:八路来了,拉出来打眼,还留他干什么呀?

麻:是!（入院）（推陈荣茂、张发贵、群乙上）

成:(从院内跑出)二爷,不是八路,不是八路,是咱们"国军"返回来了。

众:(吐了一口气)

独太:呵! 不是八路?

独:那么为什么瞎胡巴巴呀?

独太:到底是"国军"还是八路?

成:我刚探信回来,是"国军"撵八路从南面返回来了。

独:那刚才是谁说的是八路来了,是谁呀!（众不语）

独太:(指成)不是你这小鳖羔子?

成:不是我,二婶子,是高文书喝醉酒瞎咋呼!

独:谁先跑的?（向众)谁先跑的?（众不语)

你们他妈的这些老鼠胆还能当清剿队呵!（用拐杖打众兵)还不快回去!

兵甲、乙、丙:……(皆入院)

麻:二爷! 这小子还打不打眼?

独:"国军"来了,还打什么眼! 留着他好好折腾折腾。

麻:(推陈、张、群乙,入院)

独太:要是"国军"来了说不定要到我们这儿来看了,我看还是准备

208

点饭菜。

独：是呵！等会儿派人到屯里去拉口猪。

独太：咳！叫他们这么一咋呼我心里老是嘣嘣地跳，八路这些土崽
　　　子又不得不防备，我看你还是再派人去看看到底是"国军"还
　　　是八路。

独：可也对，一会儿再派人去探探。

独太：两下都得准备，"国军"那边咱准备杀猪宰羊，八路我们得准备
　　　往城里跑呵！

姜：不要紧二婶子，要真是八路来了，咱套上小车不用半个钟头就跑
　　到城里去了。

独：对了，待一会到屯里去拉条牲口。

姜：把老陈家那条大骡子拉来。

独太：可把我吓坏了！

独：好，你去把高文书给我拉出来！（姜下推高上，高依然昏昏的醉
　　乎乎的）

独：（一把抓住高的耳朵，唱四曲）

　　我一把抓住鳖羔子，为什么方才你胡说？

高：不是我胡说，是我没听清楚。

独太：（唱同调）

　　　你没听清楚不要紧，差一点吓掉我的魂。

高：我错了，二爷饶了我这一次吧。

独、太：（合唱同曲）

　　　这一次饶了你鳖羔子，下一次再犯我就打死你。

　　（二人用力将高推倒在树上齐入院。）

高：（唱同调）

说他妈糟糕,真糟糕,两耳朵发痛又发烧。

姜:(一旁讥笑)喂老高,百步香又来了!

高:(泄气地)你这驴×的,也看老子的笑话!(打姜耳光)

姜:(冷不防地叫了声)呵! 你他妈的拿我出气!

(完)

第二场

暮启:在村头上,陈娘与陈妻上。

陈娘:(病态)(唱第六曲)

那一天走了八路军,从此后,天昏地又暗,

开来了"中央军",穷人又遭殃。

陈妻:(唱)

恶霸独眼龙,他是个杀人的精,

又抽地,又要粮,穷人苦难当。

陈娘:(唱)

抓走了我的儿,吓死了我的孙,

有一天我得到了手,我抽了他的筋!

娘:(白)咳! 你爹怎么还不回来呀?

妻:我爹不是到保长那里去求保长保他去了吗?

娘:到底怎么样也该回来了。

妻:娘! 我看咱还是回去吧,天这么冷,不要加重了你的病。

娘:咳! 你还是和我去看看吧! 咳,荣茂也不知叫他们折腾成什么
　　样子了。

妻:还是不去吧,就是去独眼龙也不让咱们进去。

娘:咳! 独眼龙要是折腾死我的儿,我就给他豁上了这条老命啦。

210

妻:(注视)呵! 爹爹回来了!

陈龙:(上)咳! 这么冷的天你们出来干什么?

娘:怎么样? 保长肯保么?

陈龙:咳! (唱洛子慢板)

　　我给那保长叩头又作揖,好话我千千万万说破了嘴皮,

　　保长他一旁笑嘻嘻,他说是咱们命该的。

娘:你还是想办法给保长送一点钱,他也许能帮咱个忙。

陈龙:(唱同曲)

　　咱家中哪有一斤粮,咱家中哪有一文钱,

　　十家就有十家贫寒,要想借钱难上难。

娘:咳! (哭)那眼看着咱荣茂孩子就叫独眼龙折腾死了。

陈龙:就是有了钱,保长未必给咱保啊,村里的保长,哪一个保长不
　　是独眼龙的狗腿?

娘:天哪! 穷人哪一天才得翻身啊! (哭)

妻:(唱同调)

　　叫一声我娘你别哭,叫一声爹爹别伤心,

　　保长和独眼龙一条心,他怎肯替穷人来说情?

陈龙:(唱同调)

　　独眼龙呀你这个害人虫,害得俺穷人叫哭连天,

　　有一天我老陈翻了身,我剥了你的皮来,我抽了你的筋。

　　(白)别哭了,快回家想办法吧!

老张:(背口袋上)咳! 这么冷的天,在村口站着干什么?

陈龙:你去干什么啦?

老张:咳! 还不是想办法给独眼龙弄粮食呀! 这一回说什么也叫他
　　给折腾死了。家里几斗粮食都叫"中央军"挖尽了,地也叫独

211

眼龙给抽回去了,家里已吊了两天锅了,俺大儿也叫他抓走了。

陈龙:咳!忍着吧!过去一天是一天,多会盼着八路回来了就好了。

老张:可不是,我每天晚上盼得连觉都睡不着了。(忽然想起)将才老李家大儿走亲戚回来说南面开过来队啦。

龙、妻、娘:是不是八路?

老张:听说有穿"中央"衣服的,还有穿八路衣服的,我也说不上是什么队伍,清剿队说是"国军"来了,独眼龙正准备欢迎呢!可是他们也不敢断定,独眼龙还正要派人再去探呢!还正要到村里去拉牲口,预备车,要是八路来了,他们还要往城里跑呢!

陈龙:(思索地)好,我去一趟看看,要是八路来了,咱们的孩子可就有命了。

妻、娘:(祈求)好得是八路吧!

老张:要是八路那可就是咱穷人的救星到了。

陈龙:好,荣茂他娘,你们回去吧!我去看看去!

娘:咳!你还是不去吧,要是"中央军"说不定把你当八路的探子捉了去!那咱又怎么办呀?!

陈龙:他们捉我这快死的老头子干什么?要真是八路那咱们孩子的命不就保住了吗?

老张:对,二哥你去一趟看看,要是咱们八路来了,快把他们领来,把独眼龙这些驴×的一遭枪毙了。

陈龙:好好,荣茂媳妇,快扶你娘到家里去吧!唉!别忘了啊!回去把咱那骡子牵到草棚里,别叫独眼龙给拉去!

陈妻:(扶娘下)嗯!

老张:你快点回来啊二哥!

212

陈龙:好!

老张:(下)

陈龙:(唱同曲)

　　扭转回身往前行,去到那王家屯探个真情,

　　指望他真是八路军,俺穷人才是有了活命!(向村外下)

(完)

第三场

地点:一间民屋,一张桌子,两个凳子。

人物:我×部的刘连长、郝指导员、一班长、赵排长。

幕启:

刘:("中央军"打扮,坐在凳子上用铅笔在地图上不时地划着,不一
　　会,他把地图装在皮包中)

郝:("中央军"打扮上)老刘,我看还是让队伍休息休息吧,昨晚上一
　　宿绕到敌人后面走了九十多里。

刘:对,将才便衣回来说,离这儿四五里的一个庄子里,住着敌人的
　　地方武装,人数不大详细。

郝:除此以外没有什么情况?前天追我们的敌人还没有回来呀?

刘:没有,我们这么往后一插,他们做梦也想不到!

郝:敌人的地方武装是不是会发觉了我们呢?

刘:咱们这一变,他们绝对不会发觉的。(有点玩笑地)哎!倒是发
　　觉了也不错,说不定他们会送猪肉来慰劳我们呢!哈……哈。

郝:伙计,我们还是要好好地了解下他们的人数,另外告诉班里好好
　　地隐蔽,咱们穿的衣非常不整齐。

刘:那是!(走至门口喊)通信员!

声：有！

刘：告诉值星排长，叫各班好好隐蔽！

声：是！

刘：(返回)老郝！将才我看了看地图，这一带山地很多，敌人也没有多大的兵力活动，我们在这里坚持是不成问题的。

郝：对，这一带群众条件倒还不错。

一班长：(在门外)报告连长！

刘：进来！

一班长：("中央军"兵士打扮，领陈德龙上)将才我带班在村口发觉这老头，我问他是干什么的，他相反地打听我们是哪一部分的！

陈龙：(害怕地)嗯……连长，我没有打听……我是好人哪。

一班长：你没有打听？

刘、郝：好好问，不要吓唬他！

刘：你是哪个村子的呀？

陈龙：(畏惧地)我是西面赵家屯的，我来走亲戚的呀！

郝：(想起了将才的情况)老头！你们那里有没有八路军呀？

陈龙：唉！八路早就叫你们"国军"撵到南面去了。

刘：有没有"国军"呀？

陈龙：没有，就是有住在俺屯里的独大队长的清剿队。

刘：有多少人呀？

陈龙：有二十来个。

刘：有多少枪呀？

陈龙：十来杆枪。

郝：清剿队向不向你们要粮呀？

陈龙:唉！俺家里点粮全都叫他们捕罗①去了。

刘:他们还干些什么事？

陈龙:唉！成天就是要粮抽地抓人！

刘:你们恨不恨他们呢？

陈龙:唉！官长怎么问起这个来,唉！我说句话官长你可别挑庄稼人,实在叫他们折腾得扛不了啦！

刘:你们要是恨他们,我们把队伍开到你们屯里,把他们抓来给你们出这口气。

陈龙:哎！……官长……嗯……唉！老百姓还不是谁来随谁吗。

郝:喂,老头你不要害怕,有什么话就尽管说呀！

陈龙:嗯……官长们要是肯为民行善的话,去和独队长说上几句好话,把俺儿给放出来,我一辈子忘不了你们的大恩大德呀！（欲哭）

郝:老刘！（拉刘一旁耳语）我们要是不暴露,他不敢说实话。

刘:对！（回头）一班长！

一班长:有！

刘:你回去吧！

一班长:是！（下）

郝:（走向龙）老大爷！你过来坐下吧！

陈龙:唉……（像突如其来的打击落在他身上,战战兢兢地往后退）唉……官长……可不能这么称呼呀！

刘:（拉龙）老大爷！别怕,坐下吧！（二人将龙按在凳子上）

陈龙:（忙起）官长,可不能这样呀！……

———————————

① 全拿走之意。

郝：坐下吧老大爷！

刘：（掏烟）抽烟吧老大爷！

陈龙：这不能呀……你们这样待我，那太好了，官长……

刘、郝：坐下吧，老大爷别客气！

陈龙：你们这样待人，那不跟八路一样了吗！

郝：哈……老大爷！我们就是八路呀！

陈龙：啊？（望郝，犹豫地打量着郝）

刘：老大爷！我们真是八路呀！

陈龙：啊！（回头打量刘，半天，他不信地摇了摇头，轻轻地说）不像呀，不像呀！

刘：（解开了外面的美国大衣露出八路衣）老大爷！你看像不像呀？

陈龙：啊！（像受气的孩子见了母亲般地在刘的怀中，热泪流出了眼眶）（唱五更调）

　　谢一声天来，谢一声地，

　　这一下可来了救命恩人！

　　盼你们只盼得吃饭我也吃不下，

　　想你们只想得睡觉也睡不安。

郝、刘：起来吧，老大爷！有什么话尽管说吧！（二人扶龙起）

陈龙：（唱同调）

　　自从你们走了后！

刘：（白）怎么样老大爷？

陈龙：（白）唉！提不得了！（唱）

　　"中央军"大肚子鬼他欺人更凶，

　　又抽地又要粮，猪羊鸡鸭全抓光，

　　逼得俺穷人家家无吃穿！

216

郝：老大爷，别哭了，我们一定给咱穷人报仇！

陈龙：同志呀！（唱）

    我的冤仇如海深，

    天大的冤仇难以诉呀难以诉尽，

    独眼龙今早起抓走了我的儿，

    又放枪吓死了我小孙！

刘：老大爷！别哭了，今天我们一定给你出气，给咱们穷爷们出气！

陈龙：（擦掉眼泪）那我就放了心啦，在家里听说你们来了，可也不知道是"国军"，还是咱们八路军，因此我来看看，谁知道一进屯就碰上将才那位同志，我还以为是"国军"……

郝：老大爷坐下说吧！

陈龙：好……（坐下）

郝：独眼龙的人知道我们吗？

陈龙：他们便衣探信回来说，是"国军"，你看看你们穿的这个样，谁敢说不是"国军"呀！

刘：老大爷！你先回去，到了屯里有人问你就说是"国军"，千万别说是八路呀，我们一定想办法给你老人家报仇就是了。

陈龙：那太好了，连长那我就先回去了。

郝：老大爷！回到村里千万可别走了风声。

陈龙：唉！你看看你这位同志，咱还能跟他们一条心吗？

刘、郝：对！……

陈龙：好，那我就走了。

刘、郝：（送）好！

陈龙：（返身推刘、郝）连长别送了，你们来我就谢天谢地了，还用再送我！

刘、郝:走吧,老大爷!(推龙走)

陈龙:唉……同志们别送,别送……你看你们还客气什么……

刘、郝:走吧,老大爷,别客气……(三人齐下)

刘:(片刻上,思索地,忽然他想了个办法,决心地)对! 就这样!

郝:(上)

刘:喂,老郝! 我将才想了个好办法!

郝:一二十个人还不好消灭他!

刘:我看我们先召集干部开会研究研究。

郝:好!(二人齐下)

（幕闭）

第四场

地点:村外大道上。(音乐中张成德上)

成德:(唱第四曲)

今天我探信到半路上,

听说是来了老"中央"。

急忙我回来报告大队长,

队长他多心又叫我去探。

(白)今天我一早出去探信,到了范家屯听说从南边开过来队
伍有穿"国军"服的还有穿八路服的,我他妈胆小不敢往前去
探,回来报告队长说是"国军"回来了,队长他多心又叫我去
探,天老爷这一回要是八路回来,那我就得先死。(思索地)有
了,我不如蹲在这大道边上,要是有人过来我打听打听,再回
去报告,对! 就这个主意!

(唱同曲)

提起八路军,腿肚子就转筋,

要碰了他们,就完了命!

我坐在大道旁,歇歇抽袋烟,

等着那过路人,好打听!

(坐下抽烟,东西张望)怎么还不过来个人,(他急躁地搁起了烟袋,向左方望去)啊!那边来了个老头,(叫)老头!老头!

声:干什么呀?

成德:你过来我问你句话!

陈龙:(上)什么事呀?

成德:呵!是你呀!你到哪里去啦?

陈龙:我到西边屯里找保保俺家你大兄弟去啦!

成德:找到了没有?

陈龙:唉!这年头穷人想保也保不了,有钱的人家也不理咱。

成德:你没听说今天从南面开来的是什么队伍呀?

陈龙:是"国军"!

成德:不是八路?

陈龙:八路早就叫"国军"撵到南面去了。

成德:真的?

陈龙:真的!

成德:不假?

陈龙:不假!人家西面屯子里的人都亲眼看见了,一点不假!

成德:有多少?

陈龙:听说不少!听说还要到咱们屯里来呢!

成德:真的?

陈龙:是呀,唉好兄弟,咱们都是一屯里的人,你帮我个忙给队长说上几句好话,把俺家你大兄弟荣茂放出来行不行呀?

成德:我管你这些事! 五月天他要不跟张发贵到区上告二爷,不就

什么事也没有了吗? (下)

陈龙:(生气地)鳖羔子!

(唱芦花鸡公调)

骂一声鳖羔子你别逞凶,

再过一会老子就要你的命!

我老陈转回家磨快了刀,

独眼龙,老子要把你的皮扒掉!

(得意地舞下)

(音乐中,刘连长戴着黑眼镜,"中央军"营长打扮,一班长挂匣

子枪护兵打扮,赵排长副官打扮,三人齐舞上。)

(三人唱,与陈同调:)

不怕敌人多顽强,我们有靠山,

军民团结一家,打他个稀烂!

(刘唱:)

我们打仗多勇敢,智谋双全,

敌后它困难层层也要打胜仗!

(三人齐唱:)

为人民我们要坚持斗争,

为革命哪怕他流血牺牲!

刘:(白)喂,老赵! 快到了,前面村子里就是。

赵:对,快走! 我们早到一分钟,老百姓就少受一分痛苦。

刘、班:对!

(三人齐唱:)

220

加快脚步往前走,眼看到村口,

用妙计把敌人一网打尽!

(三人快乐舞下。)

(幕闭)

第五场

地点:与一场同。

幕启:王麻子站岗,他不时地向村外躁急地望着。

王麻子:成德怎么还不回来呢?

张老头:(背半口袋粮上)

麻:老张头你干什么来了?

张:唉! 我给二爷送粮来了!

麻:好。(入院叫二爷)二爷!

独声:干什么?

麻声:老张头给二爷送粮来了!

独:(出)

张:二爷,我借遍了屯才借两斗苞米,给二爷你老人家送来了!

独:哼! 你他妈巴子给我打什么哈哈,要送就给我一遭送来哟!

张:唉! 实在是借不到呀,二爷! 要不我找个保,明年秋天一定还二爷!

独:少废话,快给我背进去!

张:啊,是……

独:(对麻)你领他进去,把粮倒在西厢房仓库里!

麻:是! 是! (与老张齐入院)

独:(欲回身入院,姜令海跑上)

221

姜:队长！老陈家那个大骡我拉来了,车也预备好了。

独:好！成德探信还没回来呀？

姜:没有。(向远方注意)队长,成德探信回……回来了！

成德:(跑上)报告队长！

独:怎么样？是"国军"还是八路军？

成德:是"国军",一点不差,"国军"还要来咱屯里。

独:(对张)你快去告诉高文书写标语,叫他们把那口猪杀了！

成德:好！(入院)

姜:队长……"国军"来了,老陈家那条骡子还要不要？

独:妈巴子,不要还能给他送回去呀！那咱成了熊了！

姜:是……队长……

　　(陈妻扶陈娘上。)

姜:你们干什么呀？

陈娘:二爷……不,队长！你可怜可怜俺一家,俺儿被你老人家抓来
　　了,刚才你把俺那骡子也拉来啦,你行行好还是把俺儿放出
　　来吧！

独:他差一点要了我的命你知道吗？

陈娘:你行行好积积德吧,要不,就把那条骡子给俺留下吧,俺就靠
　　它种地呢！

独:我他妈给你留个屁！

陈妻:娘呀,咱不要了吧！

姜:快走吧！

陈娘:唉！……二爷呀！

　　(唱西京调)

　　粮和地俺早就还给你老人家,

222

求二爷放了我儿,可怜俺全家!

独:你儿差一点要了我的命,我还没折腾够呢!

陈娘:(唱同曲)

　　我全家老和少无有依靠,

　　就靠着那条牲口,和俺儿荣茂!

陈娘:唉! 二爷要不放俺儿,还是把那条牲口给俺留下吧!

陈妻:娘呀! 别说了,唉! 二爷你就看在俺一家面上,留下俺那条牲
　　口吧,要不明年种地就没办法了。

独:妈巴子,少给我啰唆,滚一边去! 没有骡子不会用人拉?!

姜:你们少说几句!

陈娘:二爷! 我的儿被你抓来了,小孙被你吓死,骡子又被你拉来
　　了,你真要俺的命吗? (激动地)

独:(用手杖猛打)我他妈的就要你的命!(接着便用力推倒在地,气
　　汹汹入院)

陈娘:呵!(昏迷在地)

陈妻:呵! 娘呀!

姜:快走——快走!(入院,院里一片杀猪宰羊声与乱叫声,"快挑
　　水","快杀鸡"……)

陈娘:(慢慢爬起)(唱同调)

　　骂了声老天爷不睁眼,

　　为什么叫穷人活受熬煎!

陈妻:(哭泣地)娘呀……娘呀……你……娘呀!

老张:(背口袋上)呵! 这是怎么啦?

陈妻:将才他们把俺那条骡子拉来了,俺娘来求二爷,叫他给打了!
　　娘呀!

老张:唉,老天爷呀! 二嫂! 二嫂……

陈娘:(迷糊地)荣茂……媳妇……我不行了……八路还没来呀!

陈妻:娘呀! ……你醒醒……

陈娘:荣茂……媳妇……你好好照顾你爹……我不行了,独眼龙,

我……我死了也要在阴间告你呀……(死去)

陈妻:娘呀……唉!

老张:二嫂……

陈妻:(唱)(哭长城调)

一见我娘丧了命,骂一声独眼龙好狠的心,

天大的天大的仇恨向谁告,

海深的冤仇何处伸!

老张:(哭泣地)唉! 别哭了……快想办法把人弄回去……(站起四

外找人)

陈妻:(哭叫)娘呀! 你丢了我们就不管了! ……

老张:(向外招呼)……快来……快来呀! 二哥!

陈龙:(跑上)什么事?

老张:二嫂子来要骡子,被他们打过去了!

陈妻:娘呀! 你不能丢了我们呀! (哭)

陈龙:(上)啊! 荣茂他娘,荣茂他娘呀! (扑倒在陈娘身上)

(唱同曲)

荣茂他娘丧了命,我浑身打颤火烧心!

独眼龙,你害死我老陈家两条命!

今天我定要把血债清。(决然地)

陈妻:娘呀!

陈龙:别哭了……快把你娘收拾到家里去,就算你娘命短!

224

陈龙：（仇恨的火烧干了他眼泪，决然地）好，不要哭了，算你娘她不该活，走，回家！

（王麻子提酒瓶上。）

麻：妈的，快点弄走，你们在这里号丧什么?!

陈龙：好。（对张）告诉二爷，今天我欠他的账，都要还清他！（与老张头抬娘下）

麻：再不还清，你这老命也保不住。

（便衣张与姜令海拿标语、糨糊上。）

成德：王麻子，你还不快去装酒呀！

麻：是！我就去！（下）

成德：快贴吧，贴晚了，又该挨呲啦。

姜：不识字，可怎么贴呢？

成德：我告诉你！

姜：你也不识字呀！

成德：保管没错，你贴吧。（二人贴起来）

（音乐起，姜把蒋主席的一条标语倒贴在大树上。）

（音乐奏两遍后百步香上。）

百：哟！你们在干什么呀？

成德：欢迎"国军"啊！

百：你们不用欢迎，不是"国军"，是八路呀！

姜：啊！八路！（跑在门口）

百：哈哈……你看看吓得这两个鳖羔子。

成德：你瞎胡巴巴什么，我才探信回来。

姜：妈的，吓了我一老跳！

高：（上）啊！这时候你来干吗啦？

百：这时来还碍着你啦？（撒娇地）

成德：碍不着，百嫂子，快回去打扮打扮，欢迎"国军"吧！

百：真的吗？高文书？

高：那还能假了吗！

百：那好，高文书，等会见。（像蛇似的溜下）

高：成德我来贴，你快去召集村里人来欢迎"国军"！

成德：是！（下）

高：（忙贴）

独：（出）高文书你派人去召集村里人来欢迎"国军"！

高：去了，去了。

独：（一看倒的那条标语生气地）你们他妈巴子都是饭桶，为什么把
蒋主席这一条偏偏贴倒了呢？

姜：那是张成德贴的。

高：啊！我还没有看见呢。（撕下重贴）

（王麻子提酒瓶上。）

麻：二爷，二爷，"国军"来了！

独：快告诉他们准备饭菜。

麻：是！（入院）

独：高文书，你快去照顾照顾吧，椅子好好擦干净了。

高：是！（入院）

姜：还贴不贴了，二爷？

独：（着急）还贴他妈什么！人家已经来了！门口是谁站岗？

姜：不知道。

独：不知道，你来站！

姜：是！（急忙地收拾了东西站好）

（刘连长、赵、班，齐上。）

独：呵！辛苦了，辛苦了！

刘：没什么，你就是独大队长吗？

独：不敢……就是我。

刘：我先来给你介绍一下，我们是四十二师五团三营的，敝人姓王，营长。

独：哈哈……王营长你们这些日子，可辛苦了，八路羔子这一下可都叫你们撵到南海去了。

刘：唉！说笑话，八路还多着哪！

独：营长才是说笑话哩，哈……这位是……（指赵）

刘：啊！这是我们营部的马副官。

独：呵！马副官，敝人姓独哈……

赵：早知道了。（板板的脸）

刘：今天我来与你商谈件事情，本想早来，但是因为弟兄们打了几天仗疲劳，因此没有早来。

独：哈……营长太客气了，"国军"东奔西跑，南征北讨，为我们，我们应该先接见营长，这叫你来跑一趟，实在太不对劲了，哈……营长你们回来，我们早听到信了，因此我准备了点简单的饭菜，嗯……好，里面请，里面谈。

成德声：快走，妈巴子。

刘：（警戒地）谁呀？

独：呵，是他们老百姓来欢迎"国军"的，（群众甲、丙……百步香，上）你们他妈巴子为什么才来呀，营长早就到了。

百：（穿了一件美的花旗袍抢上，朝刘）对不起，营长，早就先到了，辛苦了。

刘:(讨厌地)退后！你是干什么的？

独:是这村里的百步香。

刘:一身臭气,真他妈像猪八戒他老妹子,哈……

百:(不知所措退至一边)

刘:好,我们里面谈。

独:好好……请……(刘、赵、独齐入)

班:(对众)你们冷不冷啊？

众:不冷……你们辛苦啦。

班:(故意地)谁叫你们来这么晚呀？

成德:这全是我的过,召集晚了,哈……原谅弟兄。

班:你他妈是干什么的,(踢张一脚)为什么不早一点？

成德:是是……我该死！(从兜里掏烟给班)弟兄抽烟,抽烟。

班:一边去,别这么殷勤。

成德:(偷偷地蹓进院)

百:(对班)老总今天从哪里来？

班:从那边。

百:还走么？ 可别走啦,俺老百姓想"国军"都想死了。(靠近班撒娇地)

众:(互相瞅百不满意)

班:去他妈的,(推百一旁)老子用你想！看你那副猪八戒相！(向一旁走下)

　　(群众慢慢退走。)

百:(对姜)怎么这一起子"国军"变样了？(陈德龙怀中揣着一把菜刀跑上,班急忙拦住,耳语后下)

姜:(低声地)人家嫌你老了啊。

228

班:(走上)

百:(偷偷蹓走)

班:(对姜)你姓什么哪?

姜:我姓姜!

班:生酱还是面酱啊?

姜:我不识字,我就知道是食的姜。

班:你敢打仗吗?

姜:哈哈……小的时候在家打过兔子,可没打过仗。

班:要是八路来你敢不敢打呀?

姜:哈……人家敢打我就敢打,(转了主意)哎弟兄,八路这回跑得没
   有了吧?

班:没有了? 多着呢,普天下哪儿都有八路,哪儿有老百姓,哪儿就
   有八路!

姜:老百姓非杀净了不可! 今天我们大队长,还抓了两个年青小伙
   子,都是他妈八路脑袋瓜!

班:你们真胆大,不怕老百姓活宰了你们呀?

姜:现在八路不在,到处是"国军",老百姓哪敢动? 除非"国军"走了
   八路来,那些穷棒子才敢造反呢!

班:对了,我们快走了!

姜:你们走,我们大队长也带着我们跟你们走。

班:不行,蒋主席说了,你们全都留在本地剿八路。

姜:(胆怕地)那怎么行呢,那怎么行呢? 这蒋主席一点也不可怜我
   们呀!

班:(揍姜耳光)妈的! 说蒋主席你也不立正。

姜:(立正)是! ……敬礼。

班:立正还敬礼干什么?(又踢了一脚)

姜:(忙把手放下)是是……

　　(院内独太太声。)

独太太:你看看饭菜都是现成的,吃点走吧,王营长!

独声:吃点走吧,王营长!

刘:不吃了,不吃了,我还有要紧的事呢!

　　(独及太太、刘、赵边说边走上。)

刘:刚才的话没说完!

独:营长有话尽管说,我能做到尽量做。

太:都是一家人,还有什么不肯帮忙的吗? 营长有话尽管说吧。

刘:这里不太方便!

独:(对着姜)你先到里面去!

姜:是!

刘:这一带山上,还有一部分打散的八路,我们要回城去,留一部给
　　你们配合,肃清他们。

太:那太好了,营长啊……哈……

独:留了多少人呀营长?

刘:一个连是够了,我已经下命令叫他们到这儿来了。

独:那太好了,营长你放心吧,这一下子咱们好比拉网抓兔子,叫他
　　们一个也跑不了。

太:那他们往哪跑啊,撵到石头里也给他挖出来了。

刘:那是,你们子弹多不多?

独:提起子弹,太缺乏了,上面不发,叫在地面上买,买了一个多月,
　　一条枪才有五六粒子子,就连我这把匣子通共才有十五发子子
　　呀,没有事还则罢了,要是有事那真不够应付的呀。

刘:子弹我们可以给你们点,这一回我们打八路,得的子弹可多啦!
　　什么样的子弹也有!

太:你说说营长真好了呀,哈……到底是咱们一家人。

独:那营长帮忙给我几发行不行?

刘:那太行了,哈……还得了一部分枪,把好的给你们换上几条。

独:哈哈……谢谢营长!

太:营长还得多照顾呀!

刘:那是! 一家人还能不照顾一家人吗?

独:营长要不照顾,地面真不好维持。

刘:(命令班长)你去看看,队伍和拉枪的大车来了没有?

班:是! (下)

太:营长家眷在城里么?

刘:嗯!

太:(对赵)那马副官呢?

赵:也在城里边。

独:为什么不带着呢? 你们二位!

赵:带着要叫八路俘虏去,上哪弄啊?

独:哈,马副官真说笑话啦。

太:哈,弄个媳妇还不容易吗,马副官别嫌我说话那个,要是真的没
　　有,我就把城里我那大闺女给你。

赵:好吧,我当面谢谢独太太。

太:还客气什么?

刘:哈,马副官真的没有啊? (成心玩笑地)

独:真的没有真的给。

班:(上)报告营长,队伍来了,拉枪的大车也来了。

刘:好吧！独大队长把你们的弟兄集合到外面那场子里,叫马副官把他们的枪看看,不好的统统地给换换。

独:好！好！(站在门口叫)高文书呀！高文书呀！

高:(跑上)什么事,队长？

独:叫咱们的人到外面场里集合,营长要给咱们换枪了。

高:是！(跑入大叫)集合！营长要给咱们换枪了！

清兵:(全部背枪跑出)换枪了,快！(高兴地)

班:(命令)在那面集合！(兵一个个向左侧跑下)

太:哈……你看看一个个高兴那个样子……

独:一说换枪乐得都像小兔子似的。

刘:马副官你去看看。(赵下)

独:营长哈……有匣子的话,给我也淘换一个,我这枪也是个二五眼。

刘:能将就将就吧！

独:你看看营长又不乐意了,这半天我没好意思说,我这枪枪簧不大好使,你看看,(摘下给营长)在土地下埋了四五年了……

太:真是的,营长,帮忙就帮到底,哈……

刘:(拉枪推上子弹)这枪你说二五眼？我要对你脑袋上二拇指头一动,是不是能打个眼？

独:营长真会说笑话,小心里面有火。

太:哈哈,小心点营长,别走了火呀。

刘:马弁把你的枪给他！

班:是！(掏枪)

后面声:向后转,开步走不准动！

独:(惊)这是怎么回事呢？

刘:(用枪指独)不准动！

班:(用枪指太)

太:(惊叫)这是怎么回事呀！

独:呵！（惊叫一声）

刘:老子是八路！（摘下眼镜）

独:(扭身跑下)

刘、班:(举枪追独)

太:(扭身入院)

陈龙:(举刀跑上)往哪跑！（用力把独推倒在地）

独:啊,营长！（向营长磕头）

陈龙:你瞎了眼了,这不是你爹,这是八路！

刘:(发现独太太跑入院,对班)快去追那个老家伙！

龙:(与班同入院,边跑边叫)荣茂！荣茂！快跑出来,咱八路来了！

（后台人跑声,"老乡们不要跑,我们是八路呀……"）

（院内传出独太惨叫声与鞭打声,夹杂着陈德龙、陈荣茂、张发贵"揍啊！揍死这个老妖精！"一片杂乱声。声止后,陈德龙、陈荣茂、张发贵、群乙跑出,各人手中的木棒、菜刀,皆染红鲜血。）（班长随出。）

荣茂、发贵、群乙、德龙:(四人兴奋地扑向刘)同志！那个老妖精叫我们揍死了！

刘:好！

陈龙:(用刀指独)独眼龙,独眼龙,今天我要你的命呀！

群乙、发贵:揍死这个驴×的！

荣茂:独眼龙,有你就没有我,有我就没有你！（抢过龙手中的菜刀,用力向独砍去）

刘：(急忙拦住)乡亲们不用忙,咱们先召集大家来开个会,再处理他好不好?

众：(齐)好!

刘：(转身向后大叫)乡亲们快来呀,独眼龙叫我们抓住了,快来,快来开会呀!

陈龙、发贵：(向后齐叫)乡亲们快来呀,独眼龙叫咱们八路抓住啦!快来哟……

班：(用枪指独)不准动!

群众：(纷纷跑上)可好了,可好了,独眼龙,你这回可往哪跑!(七手八脚地将独踢倒在地)

陈龙：独眼龙啊,你抓走我儿,吓死我孙,打死我的老婆,今天我要叫你偿命!(狠狠地揍向独)

众：叫他偿命! 叫他偿命!

战甲、乙：(上)报告连长,外面枪全都缴了。

众：一个也别叫跑了!

战甲、乙：(同)一个也没有跑,老乡!

众：好好!

刘：(指甲、乙)你们两个到里面看看还有什么东西没有。

战甲、乙：是!(入院)

荣茂：(向刘)连长,今天我要跟你们一块干!

陈龙：好,荣茂你好好干吧。

荣茂：(向妻)小英他娘,你好好照顾咱爹,我要给咱家报仇!

陈妻：好,你干吧。

发贵：连长,我也干!

群乙：连长,我也干!

众:对！现在不干什么时候干！

刘:好！

战甲、乙:(出)报告连长,里面什么也没有了,就是还有点粮食!

刘:好！等会把粮食分给乡亲们!

众:好了,咱们干就饿不着啦!

刘:(向众)乡亲们,我们八路军要跟咱们辽南老百姓,共生死共患难,有他们就没有咱们,有咱们就没有他们,你们说独眼龙应该怎么办?

众:枪毙！枪毙！……

刘:好,(命令甲、乙)你们俩把他拉下去枪毙!

战甲、乙:是！(拉独下)

荣茂:连长！还有高文书狗腿子也不能留他!

众:对对！……

刘:好,乡亲们你们去认狗腿子,坏蛋一个也不留,该枪毙的就枪毙!

众:对,对……(跟刘一拥而下,纷纷指点,"还有他,还有他",随即枪响了四五声)

众:(拍掌声)好呀……枪毙得好呀……

(音乐响起。)

龙:(从人群中跳到大门前,摘下清剿队的大牌子)

(领唱)今天又晴了天,

众:(合)晴了天!

龙:(领唱)来了咱救命人,

众:(合)救命人!

众:(齐唱)枪毙那恶霸独眼龙,

穷人今天又翻了身。(重复一句)

穷人要翻身，要翻身，

要靠咱八路军，八路军，

八路军好比火红太阳，

红太阳照暖咱穷人。（重）

咱们一条心，一条心，

紧靠共产党，共产党，

天大的敌人咱不怕，

咱们有力量打他个稀烂。（重）

咱们团结起，团结起，

打垮那"种殃军"，"种殃军"，

不怕敌人多么凶，

最后胜利是我们的。（重）

（大家将刘连长围在中间，举手欢呼。）

（闭幕）

东北书店 1948 年 2 月初版

献器材

人物：李长年——×厂工人，二十八，性较刚强

　　　李妻——二十六七，较固执

　　　李玉秀——年十六，李长年妹，本市文工团团员

时间：一九四八年东北全部解放后

地点：我军解放一月后的一个城市

布景：李的外屋，一桌两椅

开幕：锣鼓响过之后

妻：来了。（手拿一只鞋底，走上）我，王门李氏，从小嫁配与李长年
　　为妻，想起来我的命真够苦的了，从小在娘家受穷，嫁给长年还
　　是受穷，我公公和他早年打"满洲国"起就住在厂子，赚得不够养
　　活一家的。八一五解放后，又来了"遭殃军"，折腾人更邪乎，我
　　娘就在那时候得病愁死了。前一个月解放军打跑了"遭殃军"，
　　这一下老百姓才算过上了个太平日子，我妹妹参加了市里的什
　　么演戏班，他哥哥也进了厂子，我爹他上街摆个小摊做买卖，日

237

子总算比过去好得多了,想起以前来呀,唉!(唱第一曲)

王秀英坐房中自思自想,

想起了以往事好不心酸,

十八岁我与他配成夫妻,

到如今算起来整整八年。

"满洲国"他和爹工厂做工,

小鼻子拿他们不当人看,

挨打受骂好几年,

全家年年少吃穿。

八一五晴了天东北解放,

实指望穷日子过得强,

谁想到来了"遭殃军",

工厂停工,日子不安。

"遭殃军"要粮草踢破门槛,

家家的鸡和猪都被抢光,

我娘她生了病没吃没喝,

不到一月我娘她一命归阴。

解放军来了呀"遭殃军"倒,

穷人的日子有了依靠,

我妹妹她参加了革命工作,

她哥哥进厂子去把工做。

想如今我心中不由喜欢,

日子呀安稳不少吃穿。

霎时间日头呀晌午已过,

急忙我放下针线去把饭做。(入)

李:(愉快舞上,唱第二曲)

> 长年我一路好喜欢,
>
> 心里高兴走得快,
>
> 早上厂里开了会,
>
> 厂长号召献器材。
>
> 为的是工厂早开工,
>
> 工友们的生活有保证,
>
> 工友们个个齐报名,
>
> 齐声赞同这事情。
>
> 长年我心里真高兴,
>
> 恨不得一步飞回家门,
>
> 回家和老婆来商量,
>
> 快把那器材献给工厂。

(白)打这次解放了,我很快地进了厂子,我妹妹参加了市文工团,因为厂子被反动派毁坏了些,所以厂子到如今不能全部开工。今天早上,厂长开会号召大家把自己过去所有的厂子能使用的器材献出来,叫厂子很快地开工,厂长说今天工厂是咱们的,大家应该好好地爱护它,只要厂子开了工,可以多多生产,支援前线打反动派,再说也能保证工人兄弟们不失业都有饭吃,我家里还有我在伪满时期偷的个电滚,和反动派在时拿回家的一个变压器,将才我在街上遇见了我爹,他也愿意,就是怕我老婆还有点想不开,我麻利回去和她商量商量,呵,到了!(进门)怎么? 一个人也没有。

妻:(上)下班了呀?

李:嗯!

妻:今天怎么这么高兴呀,有什么喜事呀?

李:怎么不高兴呀?咱们的队伍把北平都解放了,眼看着反动派都要全完蛋了。

妻:我还以为什么喜事呢。

李:还有今天我们厂子里开了个会,厂长号召工友们献器材,大家齐都举手赞同,会上大家都说看谁是模范,我想……

妻:呵,你想当模范是吧?

李:对了,咱家里不是还有个电滚和一个变压器吗?我想把它献给工厂,你说好不好?

妻:你呀!(唱第三曲)

　　我说你人大心眼傻,

　　人家说啥你听啥,

　　东西好容易拿到家,

　　卖了它咱可以把钱花。

　　(白)那个电滚和那个变压器能卖好几百万哪,他们献,咱可不献。

李:(唱第二曲)

　　民主政府爱人民,

　　共产党和咱们是一家,

　　过去咱给人家当牛马,

　　今天翻身咱们当家。

　　工厂今天是咱们的,

　　咱们应当爱护它,

　　民主政府为咱们,

　　建设好工厂咱幸福。

（白）今天工厂是咱们工人当家,不比伪满和反动派在的那个时候了,咱们大家齐心合力快把工厂建设好,咱爹也好进厂子干活。那时候不但咱们一家不少吃穿,成千成万的工友兄弟家都不少吃穿,卖了它,虽说可捞个几百万,那还能养活咱一辈子呀?

妻:（唱第三曲）

　　你说工厂工人当家,

　　我不听你那一套瞎胡话,

　　民主政府再民主,

　　也不会听你一个人的话。

李:（唱第二曲）

　　厂里要成立职工会,

　　那就是工人自己的家,

　　职工会为咱来办事,

　　有什么意见就可以发。

　　（白）现在的天下变了,你那副旧脑筋也得变一变啦!

妻:（气）变怎么的,不变怎么的!

男甲声:老李,你干什么去?

男乙声:给厂子送器材去!

甲声:等一等,一块送去。

李:（着急地）你听,人家都献,咱还能不献!

妻:人家是人家,咱是咱。

李:你真气坏了我!（唱第四曲）

　　眼看着人家送器材,

　　长年我哪能落后边,

　　叫一声老婆你是听,

241

难道说你是糊涂虫？

道理我说了有多少，

毛孩子也应该听分明，

为什么你就不开通？

偏偏不同意这事情。

妻：（唱第三曲）

你说那话是白说，

你发脾气是白发，

你磨破嘴皮是白搭，

东西我不能往外拿。

李：（唱第四曲）

我这里与她好商量，

她那里给我把脾气发，

你气得哑巴要说话，

你气得我长年直咬牙。

妻：（唱第三曲）

天下的人那么多，

谁不私心为自家，

只有你才那么傻，

偏把东西往外拿。

李：（唱第四曲）

你说话不如个毛孩子，

白白地活了那么大，

好话劝你你不听，

我自己动手把器材拿。

妻：（拉李，唱三曲）

　　不能拿来不能拿，

　　卖它个几百万养活家。

李：（接唱）

　　养活家不靠它，

　　靠的是工厂咱们的家。

　　（白）你他妈想想，卖了它能养活咱家一辈子呀？你就不往远

　　处看。

妻：我就是两只绿豆眼，看不远。

李：你连咱妹妹也赶不上，咱妹妹参加了市里的文工团，人家谁

　　都夸。

妻：我谁也赶不上，谁也比我强。

李：（气摔妻）去你娘的一旁去！（欲入）

妻：（倒地，又起拉李）你就不能拿，你还要打我！

李：我他妈稀得打你！

妻：好，不稀打，差一点推死我，你打吧，打死我就没人拦你了。（扑

　　李身上）

李：别他妈的发赖！（推开妻，入）

妻：（后退，哭泣）好哇，你这样对待我，我不是为了你一家？……（追

　　入）说什么你也不能拿走呀！

李声：我偏要拿！

妻声：偏不能拿！（推出李）你要拿等咱爹回来再拿。

李：咱爹我早问过了，他愿意！

妻：我不信，我问咱爹去。

李：你问去吧！

妻:(气愤地往外走)

玉秀:(穿一身新制服跑上)呵,嫂子跟谁生气啦?

妻:叫你哥哥气死我了。

玉:有话回家说吧!(拉嫂子入)

李:妹妹回来了?

玉:我抽了个空回来看看,哥哥为什么和嫂子生气呀?

李:唉! 你叫她说!

妻:我说就说,你还以为你有理呀!

玉:什么事呀?

妻:他要把咱家的那个电滚和那个变压器献给工厂。你想,妹妹,那虽然说不是咱花钱买的,如今咱卖上个几百万,不是好养活家吗? 我不愿意,他就跟我吵!

玉:这件事还用吵呀! 慢慢地说嘛!

李:我的嘴皮快磨破了她都不听!

妻:要想着今天往厂里送,何必当初往回拿哪!

李:那时候是小鼻子和反动派,他们拿咱们当牛马使,大家谁都想捞他一点养家糊口,今天工厂是咱们的,工厂拿咱们当管家人看。工厂恢复好,咱们家家都享福,今天送得对,过去拿得也对。

玉:嫂子,哥哥说得对呀!

妻:(生气地)妹妹,你别吃饱了穿暖了,在嫂子面前说这些话。

玉:嫂子你别这样说,现在咱家也不少吃缺穿呀!

妻:可也不算富!

李:你呀! 真是吃饱了不知道挨饿的滋味哩,你想想过去反动派在时,咱他妈一家过过一天好日子吗?

玉:对呀,咱们若是把器材献出来,工厂全部开了工,咱爹也能进工厂干活……

李：那时候，赚的保管你用不了。

妻：反正那两样东西是值几百万，白白地拿出去，谁不心疼呀！

玉：唉，嫂子听我说——（唱第五曲）

> 叫声嫂子听我讲，
>
> 如今和从前不一样，
>
> 共产党和咱们是一家人，
>
> 解放军替咱们打江山。
>
> 国家大事民做主，
>
> 人民政府掌大权，
>
> 工厂虽是政府办，
>
> 它和咱们的一个样。
>
> 若是工厂不开工，
>
> 多少工友少吃穿，
>
> 工厂要一天不开工，
>
> 要耽误多少大事情。

（白）嫂子你想一想，工厂一天不开工，多少家工友要挨饿，这还不说，工厂若是早开工，多生产，支援前线，反动派倒得不是更快吗？刚才我在街上遇见西街王大娘，她老人家把过去存的一百块瓷砖都献给工厂了，我问她为什么要献给工厂，她老人家说，工厂早早开工，大家都有饭吃，就是我要饭也饿不着呀。听说政府还要奖赏王大娘呢！

李：你看看，连个老太太都赶不上！

妻：（对李）我就赶不上！谁不知道爱财呀！

李：我看你就是财迷转向！（唱第二曲）

245

谁有几百万去买它，

买下个变压器好干什么？

一不当粮二不顶马，

老百姓谁能去买它！

玉：是呀，人家老百姓谁花几百万买它呢！

妻：（唱第三曲）

百姓不要卖给官家，

玉：（接唱）

政府和咱是一家，

李：（接唱）

工厂开工为了咱，

献出器材人人夸。

李：你想，工厂开了工，建设好了，咱爹也能进厂子干活，那时候还缺咱吃的？早一点献出来咱一家还能落个好名声，再说那些玩意也不是咱花钱买的，人家不老少工友，把自己花钱买的东西都献出来了，咱一个钱没有花到手的玩意还能不献呀？你再想想，人家为什么要献？一来为了工厂早开工，多生产支援前线；二来还不是为的工友兄弟们不失业不愁吃穿！咱若是卖了能对得起谁呀！

妻：偷偷地卖了它，谁知道呀！今日早上，老赵家我听说赶上车拉上器材偷偷地上街去卖去了，人家怎么就能卖，咱就白白地一个子儿不捞拿出去呀！

玉：呵，嫂子不提老赵卖器材，我还想不起来，老赵卖东西出了事你知道吗？

妻：什么事呀？

玉:（快板）说起老赵真好笑,他出了件奇事人人知道,从工厂动员献器材,老赵不愿意拿出来,今早他上街偷偷去卖,从天亮,到太阳歪,等来等去没人买。老赵拉上东西往家走,谁知半路遭了小偷,东西偷得溜溜光,白白地跑了一整天。回到家里,躺在炕上,越思越想越后悔,眼泪挂在两腮旁。他想到,人家献出器材立功劳,他落个名物两空多烦恼,多烦恼!

李:哼哼,那都是想占小便宜的好处。

妻:唉! 那还不如献给工厂,落个名声多好呢!

玉:对了嫂子,像老赵不但落不下个好名声,人家还会笑话,他如今后悔也来不及了! 赶快叫我哥哥把东西献给工厂,立了功,嫂子也有一份呀!

妻:唉!（唱第二曲）

听了妹妹劝说一遍,

我心里如今才透亮,

民主政府为了咱,

工厂就是咱们的家,

咱应当好好地爱护它,

吃穿不愁能发家。

多生产来支援前线,

打倒反动派享安康,

你嫂子心窄贪小利,

妹妹千万别笑话。

玉:哪能呢!

妻:（接唱）

快把那东西献出吧,

落个美名人人夸。

李：哼,那个糊涂脑袋才转过来! 你看咱妹妹多懂道理!

妻：人家不是天天上课堂,讲道理嘛! 我在家大门不出,谁给我讲这
　　些呀!

李：我给你讲的还少哇!

妻：你跟我瞪眼睛发脾气不少!

玉：算了吧,别说了,哥哥,嫂子愿意了就行了,以后两个人有什么事
　　好好地讲,少吵吵。

李：哪一回不是她先跟我吵吵的!

妻：(认错)好好! 都是我的不对,我是个老脑筋,不开通。妹妹,你
　　看嫂子也去参加你们那个话剧班人家要不要? 我也去开通开通
　　脑筋。

李：你别不知耻,人家要你吃饭呀!

玉：嫂子是说着玩的,你又当真的了。

妻：哈哈! 正是——(锣鼓)

　　糊涂一阵,方才醒。

李：爱护工厂把器材送,

玉：建设工厂咱们的家,

齐：国强民富,享太平。

（完）

东北书店 1949 年 6 月初版

248

◇刘　莎

朱宝全生产

人物（以出场先后为序）：

小黑——儿童团员

二秃——儿童团员

朱宝全

朱妻

小锁——朱子

村长

群众：甲、乙、丙多人

妇女：老妹子、沈二姐、王二嫂

第一场

（锣鼓开场，小黑、二秃子各扛红缨枪上。）

二秃：（唱一曲）儿童团，年纪小，

扛着翻身枪，岔道上来放哨，来呀么来放哨。

小黑：（接唱）翻身枪，红缨飘，

　　　（合唱）有咱们儿童团，坏人一个也跑不了。

二秃：（从口袋掏出钱来准备打钱）（白）小黑！来，咱们"扣扎"吧？

小黑：叫咱们来放哨，叫咱们来"扣扎"来啦？

二秃：这会儿没有人嘛，有人过来查也赶趟，来吧！（拉小黑）来吧！

　　　来吧！

小黑：（生气地挣开）要来你自个来，我是不来。

二秃：不来拉倒，别急眼哪，我自个来就自个来。（独自打钱）

小黑：（将扎枪扛在肩上，来回走着，巡视。顺口唱着歌子）

　　　没有共产党就没有中国，

　　　没有共产党就没有中国……

二秃：（羡慕地）小黑！你跟谁学会唱歌的？

小黑：区里生产队住在我们家，王同志教给我的。

二秃：挺好听的，回头你也教给我好不？

小黑：好。

二秃：（忽想起）哎！你知道不，夜黑朱宝全跟陈老四几个耍牌，叫会

　　　上给抓去了。

小黑：活该，押他几天就好啦。

二秃：当场批评了一顿就放啦，还押呢。

小黑：那小子真懒得够呛。

二秃：可不，夜下晌他屋里的叫他打水，两口子还叽咕呢。他屋里的

　　　（学她的姿势推黑）这样一拳把他推得后退几步。（笑）

小黑：哎哟！你推我干啥？

二秃：我学给你看嘛。哎！这时候八成还没起床呢。

小黑：走！咱去查一查。

二秃：回头有人来呢？

小黑：怕啥？这又能瞅着。（拉二秃）走！（下）

（朱宝全正在蒙头大睡，外面小孩子声："爹！爹！快起来！儿童团来查啦！"朱拉起裤腿当裤腰在穿。）

朱宝全：（生气慌忙地）×他个妈，越急越穿不上。（穿起即下地）

（小黑、二秃子进。）

小黑：太阳都晒到屁股上来啦。

二秃：（唱一曲）起五更贪半夜，大家伙都在干。

小黑：（接唱）我问你为啥不早起，为啥不动弹。

二秃：（接唱）变工组，你偷懒，长这么大个子。

小黑：（接唱）怎对得起高粱米饭，怎对得起高粱米饭。

二秃：（接唱）现如今，新社会，穷人把身翻，

　　　　不劳动，难上难，难上难。

小黑：（白）分了地，你给人变工，不早起，还想睡懒觉，那不行啦。

宝全：（唱二曲）小组把工变，都说我偷懒，

　　　　庄稼活呀我不是不想干，干起活来爱抽烟。

　　　　哎呀！（白）大伙就说我懒。

小黑：你懒还有理呢，夜黑你干啥去啦？

二秃：拿懒牌给挂上。

宝全：（连忙说好话）今儿个算我不对，起晚啦，明儿个要是再起晚的话给挂咋样？

小黑：今个算了，明个起晚可不行啦。走！咱们放哨去。（二人下）

宝全：这些兔崽子倒"邪乎"。

　　　　（唱自由调）一个小姐刚十七，手提茶壶卖扁食……（唱着下）

　　　　（朱妻健康能劳动的妇女拿着升子上。）

朱妻:(唱第三曲)我家那个掌柜的朱宝全,好吃懒做怕动弹,

倒了那个油瓶不爱扶啊,昨黑夜串门到二更天。

家中分地两垧半,给人变工起得晚,

嘴唇那个磨破了把他劝,掌柜的心里呀不改变。

家家那个烟筒都冒烟,咱家没米可咋做饭,

出门去到村长家借点米呀,秋后有粮再把他还。

(白)掌柜早头也是个庄稼人,家里十来垧地,他还不是一样地干?打“康德”九年被抓去当劳工,不多日子他就“蹽”啦,也不敢回家,终日在外游手好闲,家里每年卖地供他吃穿,到光复后才回来,干起活也就比早头懒啦。大伙你说我劝的,倒比往年好多啦,可是懒皮咋也脱不掉。挣三百花三百,一个也存不下。家里没米啦,我到村长家借点米去。(下)

(小锁提着小篮子哭着上。)

小锁:(边擦泪边叫)妈!妈!妈!

朱妻:(端着升上)小锁你回来啦?我还没到西院就听你哭,又为啥?(锁不语)看屈的那个样子,有啥不能说的?

小锁:(唱第一曲)肚子饿,回家转,走到那个河套边,

小牛他们迎着咱,迎呀么迎住咱。

(唱二段)三柱子,张小牛,和我那个面对面,

又刮鼻子又刮脸,又呀又刮脸。

(三段)说我爹,起得晚,我和他叽咕,

他照脸给了我一拳,给了我一拳。

朱妻:(白)反正你也不好,要不人就说你啦?别噘嘴啦。(接过篮子)就挖这么一点回来啦?

小锁:(唱第一曲)肚子饿,真难过,没法打柴火,

　　　　　吃饱了肚子再干活,吃饱了再干活。

朱妻:你看净挖些"婆婆丁",都老了,咋不挖点儿蕨菜呢?

小锁:我饿得挺不住啦,就回来啦。

朱妻:锅里还有碗剩饭吃去,我去向村长借米去,看你爹在干啥,叫
　　　他麻溜打捆柴火来。(下)

小锁:好。(下)

村长:(上,唱第四曲)

　　　　　政府号召大生产,男女老少把工变,

　　　　　你出人来我出马,合伙钉驾干,

　　　　　大家在地里种庄稼,小孩放哨带送饭,

　　　　　你帮我,我帮你,谁也不偷闲。

　　　　　咱们屯里的朱宝全,变工他不积极干。

　　　　　有钱就去喝盅酒,真是没法办。

　　　　　(白)才刚我听小黑他们说,朱宝全才起来,再去劝劝他。(推
　　　　　门)朱宝全!(小锁跑出)你爹在家不?

小锁:在家! 爹! 村长来啦。(朱出)

宝全:村长来啦!

村长:太阳那么老高啦,你咋还没下地?

宝全:家里一粒粮食也没啦,没吃的也不行,我准备借点粮去呢。

村长:没吃的大伙都可帮助你,只要你好好地干。这还没铲地,抽空
　　　打点柴火,换点米来呀!

宝全:打柴卖给谁? 谁都有柴烧。

村长:打柴卖给我,我要。(想一下从袋内掏出一千五百元)给你!
　　　我等着啊,你给我打去,一定去啊!

宝全:(见钱眼热)嗯呐! 今儿个就要?

村长：嗯呐！老朱！前几天咱们生产小组订的计划,叫你捡粪,你捡了多少啦？

宝全：(冷笑地)还没捡呢,今儿一定捡。

村长：对！晚上我来看你捡不捡,那我回去啦,你打柴去吧。

宝全：你坐一会儿再走呗。

村长：不！我还有事呢。(下)

宝全：(生气地)真是他妈狗咬耗子多管闲事,我不爱干活倒碍你们啥事？

小锁：爹！你别骂人呐,快打柴去吧。

宝全：小兔崽子,再插嘴我揍死你。

朱妻：(喊小锁上)小锁！你还没去干活？

小锁：(忙跑到妈前)妈！村长给我爹一千五百块钱新票呢,叫我爹打柴卖给他。

宝全：小孩子就嘴快。

朱妻：你还觍着脸说呢,还不快点打柴去。

宝全：好！就去。(拿镰刀下)

朱妻：麻溜打吧,别老在外歇着,家里也没烧的啦,(对锁)你到门口再挖些菜去。

（小锁提篮子下,朱妻也下。）

第二场

（小黑、二秃,各持镰刀打柴上。）

秃、黑：(唱一曲)站罢了岗,蹽上山,

打了几捆柴火,再回家去吃晚饭,回家吃晚饭呐。

小黑：(接唱)张小黑,力气大,打柴是行家。

254

二秃:(接唱)二秃子我也不差啥,不呀么不差啥。

秃、黑:(接唱)多生产,多赚钱,咱俩那个加劲干,

　　　　劳动里头当模范,有呀有吃穿。

二秃:咱们快点打,打够捆好回去吃晚饭,小黑！打头年你打了多

　　　少啦?

小黑:(高兴地)那可老鼻子啦!(停刀)我可数不清,光打柴卖的钱,

　　　还买了一匹马呢。

二秃:我也不赖啊!买了一个老母猪,又买两个壳郎,(突然发现朱

　　　宝全)你瞅朱宝全来打柴啦。

小黑:来!咱们到这半拉歇会儿。(二人到台的一边)(朱拿镰刀上)

　　　二秃子!来咱们唱一个懒歌吧。

二秃:好。

　　　(合唱快板)有个懒人真是懒,不爱做活爱耍钱,

　　　东家去喝一杯酒,西家去吃一顿面,

　　　白天串门,下晚聊天,

　　　人人都说他是懒蛋,都说他是懒蛋。

宝全:你们见了我再唱,我揍死你们这些兔崽子。

小黑:你打这往后不懒,×他妈谁再唱,看咋样?

二秃:老朱!来!咱们三个人一齐干。(三人齐打柴)

宝全:你们先干,我抽袋烟就动手,(一边抽烟)那一堆是谁打的?

　　　(远看)

小黑:我打的。

宝全:还不背回去,回头都背不动了。

小黑:我不等二秃子早回去了。

宝全:(拿出镰刀动手打)怕啥,我还在这儿呢。

小黑：（对二秃）那我先回去了，等一会你和老朱一堆回去吧。

二秃：对！你先走，我再打一捆，也就回去。

小黑：那半拉还有一堆，我去背去。（下）

宝全：（又抽烟）你打的也不老少啦，（对秃）咱们合计点事啊。

　　　（唱第二曲）家里没柴火，晚饭没法做，

　　　这些条子你先卖给我，给你五百元东北票。

　　　（白）你看咋样？

二秃：你不是打了吗，还要买干啥？

宝全：天不早了，我打的不够烧的。（掏出五百元新票）给你！留跟

　　　小牛打钱去。

二秃：（唱一曲）五百元，揣在怀，别人不知道啊。找着小牛去打钱。

　　　（二段）今个真不坏，才刚打下柴，不装大车生意来。（捆柴火）

宝全：我先回去了，家里等着烧呢。

二秃：天不早了，那半拉一捆我背回来，咱们一堆回去。（下去背柴）

宝全：（唱二曲）条子买到手，快快背回家，

　　　朱宝全我自有巧办法，单等村长来检查，哎呀！

　　　（白）叫他乐一下。（背柴）

二秃：（背柴上）老朱！走吧！

宝全：走！（二人下）

第三场

（朱妻上。）

朱妻：（唱三曲三段）掌柜的上山把柴打，小锁地里把菜挖，

　　　快把晚饭预备好，等着他们转回家。

　　　（白）哎！水桶呢？（找下）

（朱宝全背柴上。）

宝全：（唱二曲）肩上背着柴，脚下走得快，

朱宝全心中好自在，不觉来到家门口。

（白）差点没累坏。（朱妻拿水桶上）今个可把我累乏啦。（从袋内掏出三百元）给！你提水打老刘家门口过，买几个鸡蛋来炒炒吃。

朱妻：（生气地唱二曲）家中没米又没盐，挣了钱就该把米换，

有了米全家都能吃饱，你为啥老是啊老想吃鸡蛋？

（白）我看你就像胎里富似的，净算计着吃，这个年头不劳动光想吃是不行。柴还没给人打够呢。才刚村长筐子铁锹送来啦，你快捡粪去吧。

宝全：忙啥！看你支使得脚都不沾地，连个放屁的空都不给留。（又在抽烟）

朱妻：你一天能闲半天，谁支使你啦？

（朱宝全转身拿筐、铁锹下，朱妻提水桶下。）

第四场

（朱拿铁锹、粪筐上。）

宝全：（唱二曲）粪筐提在手，铁锹扛在肩，

趁着没人我四下望，左右粪堆在眼前。

（白）到那疙瘩去捡去，（四下巡视）院套外这么许多粪堆，随便在边上铲上两筐子还不就得啦。（边铲，边欣赏）这粪倒不大离。好！送回去再来他一筐。（下）

（小黑拿铁锹、粪筐上。）

小黑：（唱一曲）不下雨，苗不长，

地里不上粪,秋后定规少打粮。

(二段)高粱红,麦穗黄,

要想长得壮,铁锹不离大粪筐。

(白)我爹常说:"天不下雨,庄稼苗就长不好,粪上得少啦,庄稼也长不好。"我就加劲捡粪,这不大一会儿工夫,我又捡了一筐,这一堆快够一车啦!(倒粪)哎!(冷丁地)这粪堆像有人偷了似的,怪啦!(看来看去地)粪还会有人偷?(远看)那边朱宝全过来啦,老往粪堆瞅啥?我看着他,倒干啥。(到台的一边蹲着偷看,朱急急忙忙上,偷偷四下看,见无人,快铲粪,小黑跳出)

小黑:好!朱宝全!我早就盯着你啦。(拉朱铁锹)好!你偷我的粪。

宝全:(无理找理)你睁开眼睛看看,谁偷你的粪啦?

小黑:你偷啦。(指筐)

宝全:这我是在道旁捡的。

小黑:你捡粪还捡到粪堆上来啦!你再捡去。(拉朱筐)走!咱找大伙来看看,是不是你偷的。走!(拉朱)

宝全:你说是你的,我给你倒下算啦。

小黑:你说不是偷的,给我倒下干啥?走!见见大伙去。

　　(村长,二秃子,农民甲、乙、丙多人,王二嫂、老妹子、朱妻提水上。)

村长:老朱!你们俩吵吵啥?

小黑:村长!朱宝全偷我的粪,你看咋办?

村长:叫你捡粪,你咋偷起来啦?(朱不语)

朱妻:好汉做事好汉当,说呗,(放下水桶)有啥磨不开的。

宝全:磨开磨不开用不着你管,你给我回去。

村长:为啥叫她回去,你做得不对,谁都能管。

小黑:村长! 你瞅! 这是他撒下的印子。

村长:你说说你为啥偷?

宝全:(无奈)天不早了,我想着每一堆铲一锹,你要是来看的话,总比没有好,明儿个我到远处去捡去。

村长:能捡就捡,不能捡再说,也不要偷人家的!

宝全:以后再不偷就算啦。

乙:下晌我在收拾园子,看他出去不大一会儿工夫背一捆柴火来,那是打的还是偷的?

小黑:那准是偷的。

宝全:王八犊子偷人家啦。

村长:是人家送给你的?(大伙笑)你说说看。

宝全:说啥说,眼下我说话也不好使,反正我没偷。

二秃:他不说我说,他只打了一捆,说天晚了,家里等烧,叫我卖给他,(掏出五百元)这是他给我的五百元,我卖给他的。

村长:我给你一千五百元叫你打柴,你当我真的没柴烧?我门口堆着好几垛呢,我是治治你的懒病。(众笑)你倒会整,当腰先赚下一千元,这生意做得不坏。

小黑:干活不爱干,有两个喝几盅可行。

二嫂:人朱大嫂干起活来像老爷们一样,比你都强,有劲不爱动弹。

(对朱)

朱妻:大伙都苦口婆心地劝你,为的谁? 懒病还没改好,你倒又偷起来啦,我真对你没治,以后你再偷,就离家远远的,我眼不见,心不烦。

259

甲：你咋不愿学好呢？

宝全：我也愿意学好，可大伙老有点瞧不起我，我生产也提不起
　　　劲来。

乙：照你这样说，倒怪大伙不好，你一推六二五，倒他妈干净利索。

村长：好啦！好啦！以后大伙多帮助他，也不要瞧不起他，再偷懒大
　　　家可不让啦。（对朱）不早啦，你们都回去吧。

丙：（拉甲）走！走！（众下）

朱妻：你干这寒碜事，还能见人不？

村长：朱大嫂！你先回去，我跟老朱唠唠，（朱妻提水桶下）你以后再
　　　偷人家可不行啦。

宝全：为后我再也不做了。

村长：这么咱你分了房子、地，要好好侍弄，朱大嫂干得这么有劲，你
　　　要是不懒，少喝两盅，小日子就过起来啦。

宝全：不糊弄你，一定好好干。

村长：这就好，有啥困难，大伙帮你解决不了，政府还给解决呢。（看
　　　天不早）噢！咱们回去吧。（二人下）

第五场

（次日晨村长挑水上。）

村长：（唱五曲）决心把老朱来改好，今早给他把水挑，

　　　挑着水桶往前走啊，送去回来再来挑。

　　　（白）不知老朱起来没有，夜个听说他家没水吃，我插空来给挑
　　　两挑，看他好意思睡到日头出多高也不起来！人不是块木头，
　　　心没有打不动的。（放下桶往门缝看）

　　　（唱五曲）轻轻推开门两扇，把水倒在缸里头，

带上风门转身走,水桶碰响扁担钩。

（水桶碰扁担响）哟！这扁担一响,会把他给惊醒啦,再给他挑一挑去。（下）

朱妻：（从门外来,一手拿扁担,一手拿水桶上）（向内叫）今儿要给咱们铲地啦,你还不挑水去。起来没有？ 一睡就睡到日头晒到屁股,我看再也没有你这样懒的啦。

宝全：（懒洋洋地）咱们就一个桶,咋挑？

朱妻：这不是又借来一个？

宝全：（打哈欠）缸里一点水也没有啦？

朱妻：有还叫你挑？ 连口洗手水都没有啦。

宝全：（走缸前）还有半缸呢,还要挑,你是个牛肚子,那么能喝水。

朱妻：（不信）大白天我看你是见了鬼啦。

宝全：你说我见鬼,你过来瞧。（朱妻走缸前）

朱妻：哎！ 真有鬼啦？ 你啥时候挑的？

宝全：八成是我夜晚挑的,我给忘啦。

朱妻：趁着桶借来,你再挑一挑吧。

宝全：挑就挑呗。（拿扁担将要下,村长挑水上）

朱妻：（忽见,奇怪地）村长！ 你这是干啥？

村长：今个大伙来给你们铲地,怕老朱没起来,耽误你做饭,我顺便就挑来啦。

朱妻：才刚你还说是你夜个黑挑的呢,人家村长啥心都给操到啦。

村长：这算不了啥。

宝全：村长这片好心我算是知道啦,我要再偷懒,就不是我妈养的。

朱妻：（唱五曲）村长真是会想法,

宝全：（接唱）不打不骂教育了咱。

朱妻：（接唱）给了咱几升高粱米，

宝全：（接唱）两挑凉水送到家。

朱妻：（接唱）换工再不能去偷懒，

宝全：（接唱）生产积极要学他。

朱妻：（白）村长你这片好心，我们家真是忘不了。

宝全：大伙这样地帮助我，（决心地）一定好好干。

村长：你要真的好好地干，以后备不住当劳动英雄呢，哎！一会儿就给你们家铲草，看你的。

宝全：（唱五曲）今天铲草不偷懒，

朱妻：（接唱）家中的活计我来干。

宝全：（接唱）好好生产来劳动，

合：（接唱）劳动才能有吃穿。

村长：（白）我回去啦，（对朱）你就去吧！变工队八成都去了。

宝全：咱们一块去。（二人下）

朱妻：村长！你走啦？（送到门口回来）

　　　（唱五曲）掌柜的今儿个大转变，不由我心里好喜欢。

　　　回头咱把门来进，收拾碗筷好送饭。（下）

第六场

　　　（变工队甲、乙、丙，村长，朱宝全，一边铲草，一边上。）

四人：（唱六曲）穷人翻身大生产，

宝全：（接唱）咬牙决心来改变。

四人：（接唱）头一回彻底分了地，

宝全：（接唱）转变以后加劲干。

四人：（接唱）换工给老朱来铲草，

宝全:(接唱)保证我能把工还。(朱有点乏的样子)

村长:老朱! 累了吧,歇会儿抽袋烟。

宝全:不累,又不是洋烟鬼,干活没劲。懒病好改,干吧!

村长:好! 不累咱就铲。

众:(唱六曲)

　　手拿着锄头把草铲,铲去了野草苗长得欢。

　　铲草要从根上铲,穷根坏根都铲完。

　　再把那懒根都挖净,劳动致富不困难。

　　(女变工队朱妻、王二嫂、老妹子、沈二姐,都拿小锄头上,女变工队上时,后台男变工队由远而近的歌声中上。)

众女:(唱六曲)

　　满天的云彩风吹散,下雨以后亮晴了天,

　　这场喜雨下得好,比下金子还值钱。

老妹:你们瞅! 朱大哥今儿个可有劲呢,还在头前打头呢。

二姐:叫他们过来歇一会儿吧。

众:对! (喊)朱大哥! 你们过来歇一会儿吧。(后台答应声,男变工队上)

二嫂:朱大哥! 夜个大伙说你,你可别记在心里! 还恨我们不?

宝全:哪的话呐,那是大伙帮助我嘛。

小锁:(在后台喊)妈! 妈! 我送饭来啦。

朱妻:锁啊! 提来吧。(锁提罐子上)

　　(对众)可没啥好的吃呀,连菜都没有,光是些黄米饭。

甲:管黄米白米的,吃饱就行啦,若没有共产党、人民解放军在前方打仗,怕连小米糠也吃不上。

宝全:可不! 共产党的好处真是说不完。

朱妻：快吃饭吧。

甲：哎！就剩这么一点啦，干到地头上再吃吧。

众：对！（女在前，男在后）

　　（唱六曲）共产党好比一只船，

男：（接唱）救咱穷人出了难。

女：（接唱）民主政府领导好，

宝全：（接唱）懒人决心来改变。

妻：（接唱）多亏大伙来帮助，

众：（接唱）浪子回头金不换。

　　（锣鼓声中下。）

东北书店 1949 年 4 月初版

◇ 刘焕臣

十二个月秧歌调

正月里来是新春，解放人民到东北。

二月里来到春天，他给人民办好事。

三月里来艳阳天，斗争汉奸大地主。

四月里来百草生，军民提高警惕性。

五月里来鲜花开，不知进退打内战。

六月里来热难当，消灭特务和土匪。

七月里来七月七，咱们大家团结起。

八月里来秋风凉，他想消灭共产党。

九月里来九重阳，彻底消灭反动派。

十月里来立了冬，中华民族要独立。

十一月里来雪花扬，坚决拥护共产党。

十二月里来三九天，建设敌后根据地。

坚决抗战八路军，军队百姓一家人。

民主政府自己选，不爱面子不爱钱。

人民翻身见青天,实现耕者有其田。

反动分子要肃清,团结起来保和平。

老蒋他请美国来,一党专政要独裁。

青年自愿拿武装,保卫土地保家乡。

美军驻在中国地,坚决把他撵出去。

美蒋二人演双簧,枉做凄凉梦一场。

人民起来保家乡,自由幸福大家享。

全国人民求和平,坚决赶出美国兵。

东北人民得解放,手提枪杆上战场。

八路军抗战整八年,边区到处是乐园。

选自《东北日报》,1947 年 1 月 26 日

◇江　　浪

表与轮带

时间:一九四八年夏季攻势中。

地点:一个刚收复的中等城市。

人物:赵立业——五十多岁,该城一座电力机器制米厂的厂主。

　　赵玉琴——十七八岁,立业的女儿。

　　钱恒文——人民解放军的班长。

　　李义有——二十多岁的战士,政治整训后,又经过城市政策教育,思想上仍存在着若干糊涂观念。

　　战士甲、乙、丙。

第一场

幕启:在赵立业的家里,一点钟前"中央军"曾以该屋和解放军作顽强的对抗,墙上挖着枪眼,屋里的东西杂乱无章,远处还时而响起一二枪声。

　　(一阵缓鼓和前奏曲过后,赵跟跄跄跑上。)

赵立业（以下简称赵）：（唱赵一曲）

一、八路军围城三天整，炮火连天打得凶，

工厂商店都关板，人人胆战又心惊。

二、八路军今天造得楞，半点钟他就打进城，

听说把"中央"都活捉，我才敢爬出防空洞。

（白）我赵立业，一家只有我和女儿爷俩，雇了十几个伙计，在这城里开了一座电力机器制米厂，就仗着这部机器给人家推米过日子，前些日子城外吃紧，"中央军"到处抓丁修工事，吓得伙计们都不敢着家。再说城外的粮食进不来，机器不动弹，厂里就没有生意。日子也就一天难上一天啦。谁想前三天，八路把城围了个严严实实，大炮小枪子一个劲地响，吓得我机器不顾、东西不管，带着玉琴躲在地窖里待了三天，刚才听说八路打进来了，这才敢爬出地窖子，叫玉琴赶紧收拾下东西，我到隔壁里看了一下，伙计都跑了，幸亏机器还算完整，但也顾不了那么多了，就赶紧回来看看玉琴把东西收拾好了没有。

玉琴（以下简称玉）：（端着一盆刚要洗的衣服，由里屋走出）爹，你看"中央军"在这儿，把东西翻得个乱七八糟的，叫我可从哪疙瘩收拾起呢？！

赵：哎！你就别顾那么多啦，赶快把些细软东西和你的衣服首饰带上就行啦！

玉：带上？到哪儿去？

赵：能出城就出城，不能出城就到西胡同你二姑家。

玉：怎么仗都打完啦，为什么还要跑，那二年八路住在这疙瘩挺好的，在家待着不行吗？

赵：小孩不懂事，你没听"中央军"说吗？现在的八路不是前二年的

268

八路啦,先前的八路讲道理,现在的八路变啦,在屯子里逮住地
　　主分房劈地,进城来也要封工厂分商店哪!

玉:咱又不是地主,开个小制米厂为什么也要分呢?

赵:他还管那个,凡是有几个钱的人,都要斗争清算。

玉:那到二姑家就行了吗?

赵:八路军向穷人,你二姑家住的地方僻静,房子又孬,先躲几天
　　再说。

玉:那咱制米厂的机器,和家里的东西可咋整?

赵:别顾那些个啦,它爱咋的就咋的,快收拾吧,晚了就不好走啦。

玉:(急放下盆子,边唱边收拾房里的东西)(唱一曲)
　　听爹爹讲一遍,真使我心发慌意又乱,
　　实指望打完仗得平安,谁想又得跟爹爹去逃难。

赵:你快到里屋去收拾你自己的东西吧。

　　(玉进屋里拿出一个花布包袱,里面是些零乱的花布和几件
衣服。)

赵:你的首饰都包上了吗?

玉:那些还放在灶坑里哪!

赵:哎呀! 赶快拿出来。

　　(玉又返身跑到屋里。这时街上有人叫喊着:"班长,从这里起,
挨着往那搜吧!")

赵:玉琴,快点,八路军来啦!

　　(玉急抱一花盒上。)

玉:啊! 来了吗?

赵:哎呀! 还要这些破花样本子干什么?

　　(拿出掷在桌上,里面还有玉琴订婚时的一只金壳手表。)

269

玉：这些碎东西也不要啦？（父女各拿一包袱急跑，刚到门口，赵拉住玉）

赵：你那块金壳手表哪？

玉：表！（稍急）在包袱里！

赵：那就快走吧，从后门走。（父女急下）

（幕后喊起李义有的声音："班长，在我刚下城墙的时候，这里有敌人的一挺机枪，封锁着这条街口，进去搜搜！"钱恒文声："对，仔细地搜一下，看还有敌人隐藏的武器或人没有，赵荣林［即战士甲］负责房门的警戒，注意东边的小角门，一组进去搜索，要小心一些。"赵先端枪上，一组跟着跑上，进屋搜索，稍停，李发现桌上的花样本子。）

李：哎，这个本子的纸倒挺好，不薄不厚的，卷烟吸再得也没有了，这玩意拿着没啥关系吧？

丙：老李，可不能动啊，不是敌人的东西，虽小，也是不遵守城市政策的表现呵！

李：哎，上面还描着花样哪！

丙：那一准是老百姓的，就更不能给人家动啦！

李：不动就不动！（欲放又翻了两页，发现里面的表，惊叫地）啊！表！

丙：表！哪来的表？！

李：就在这本里夹着的，哎！还是一块金壳手表哪，这才叫有福之人不用忙，财神送到家门上哪！（羡慕地玩弄着）

丙：（稍思，大悟）唔，知道啦，一定是这家老百姓走时慌忙，夹在本子里忘记带上，跟这些乱东西一起扔下就窜啦！

李：可能是那么回事！

（班长上。）

钱：搜完了没有，发现什么了吗？

乙：（由里屋出）什么也没有，除了子弹壳子，还是他妈子弹壳子。

丙：这桌上的花样本子，夹着一块金壳手表，给老李检出来了，我猜一准是这家老百姓丢的。

钱：不是敌人的，就照样给人家放在那里，等报告连部一声，由连部处理。

李：（贪婪地望了几眼，留恋地不忍放下，忽发现表带上的字）班长，你看表带上还拿丝线绣着个"玉"字哪！

（外面响起了集合的哨声。）

钱：管他是玉是金的，集合啦，大概是搜索完啦，快给人家放下走吧。

（战士们一拥而下，李把表又放到桌上，随下。）

（外面响起分配房子的声音："现在进房子休息，一排住道南的大楼，二排住道北的一溜平房，三排住东头的几家商号，担任东城门的警戒。"随着响起战士们嘈杂的"进房子啦"的声音，班长在门外说："三组住东下屋，一、二组住刚才搜过的那间房子。"）

李：（边上边说）妈的！早知道还住这里，我就不去集合啦。

甲：为什么？

李：出来进去的，这不是脱了裤子放屁——找费事吗！

钱：那块表，我刚才给指导员说啦，指导员说凡是老百姓的就放在这儿。是谁的谁就来拿！现在大家简单地收拾一下休息吧。老百姓的东西可不要给人家乱动。

（众人分头收拾房子，李收拾完后，拿起桌上的金壳手表。）

李：班长，你看这表崭崭新的，走起来滴滴答答的多响。

钱：响就响它的，与咱有啥相干！

李：咱起开看一看不好吗？（说着掏出小刀把表起开）

钱：可不要给人家乱动。

（李好像没听见似的。）

李：班长，你看怎么样？是那洋货？

钱：你怎么给人家起开啦！

李：咱又不要他的，看一看开开眼不行吗，班长，你看到底怎么样？

甲：我认得，（走过去拿起表）哎呀！这表真好，崭新十五钻的，真正西洋瑞士表哪！（乙、丙齐拥过去）

李：这样的就是西洋瑞士表？

乙：像这样崭新十五钻的，咱还是头一回见哪！

钱：大伙别给人家弄坏啦！赶紧放下吧。

丙：哎，大伙看了可别眼红，这可是城市政策的原则问题。

乙：你说的，咱们经过政治整训，又受过城市政策教育，谁还能明知故犯，干出那没屁眼的事？

钱：对啦，这才是遵守城市政策的模范哪。

甲：真的，打仗站岗都需要表，没有表心里就像没有数似的，要是在政治整训以前和没有经过城市政策教育的时候，我就要把它装起来。

众：现在哪？

甲：现在就不同喽，明白了道理还能再做糊涂虫吗？你想这么一块好表，定是这家房东心爱的东西，一时慌忙不小心丢啦，心里不知道要难过到啥样，要是我们不动他的，等回家后看到表还在这桌上，心里该多么高兴哪！一定夸奖我们队伍的纪律好。

丙：是啊，要是拿了，那才叫图了小利倒赔了大本哪！

乙：对，大伙说的一点也不差，就因为我们的政策好，纪律好，不动老百姓的一草一木,就连一根折鼻针也不拿,到处受到老百姓的拥护,才能到处打胜仗呵!

李:够啦,够啦,不看表也没有事,一看也不知哪里引出您那么多话来,这里一不是课堂,二不是会场,讲那么多大道理干什么,能讲道理,怎么不去当指导员哪?

丙:你看老李,大伙讲的不都是实话吗?

李:实话,实话,你们光叫老百姓拥护去吧,我看拥护会子,不用吃饭就能饱了。

丙:怎么?!

钱:算了,大家不要因为一块不相干的表,引得大家不团结。谁都别说了,趁着早饭还没做好,大家一天多没睡觉了,赶紧抓紧时间休息吧。

众:休息,休息!(众上炕睡觉)

李:真他妈的憋气,因为一块表,倒引老子生了一场闷气,(稍停)表,我就是喜欢这玩意,上次在战斗中弄了一块,谁知在政治整训的时候,大伙硬劝着我交出来,交出来就交出来呗,反正我心里有底,这次拿出来,下次再弄一块。这家没有人正是时候,常言说得好,"好时候不可错过",对,等队伍出发的时候,我就回来拿着它,弄他个神不知鬼不觉,就是这个主意……(上炕睡觉,反复睡不着,爬了起来)他妈的也怪,人一有点心事就睡不着觉啦,(稍思)反正今天没有事,出去逛逛,看看景解解闷,有空顺利再捡点,对!(唱李一曲)

一、福至心灵精神爽,睡不着觉来又闷得慌,

大街之上去消遣,看看城市好风光。

二、出离门房就往外行,越想越悠腿越轻,

□个机会捡点洋落,装备装备多威风。(下)

钱:(稍停)咳,老李到哪去啦? 他怎么不睡觉哪? (看表)快九点钟啦,好开饭了吧!(外面响起了开饭的哨音)哎,起来,起来,开饭啦!

众:开饭啦?!(互相争着饭具)怎么这家老百姓连个小盆也没有呢?

钱:到下屋去找吧,将就和哪个组一起吃,我去找找老李,马上就回来。

丙:班长,我去找吧。

钱:不,你去收拾碗筷子,还是我去吧。(众分头下)

李:(上)真他妈的憋气,城里今天戒严,街上除了纠查队,别的一个人也没有,想到别处逛逛吧,没有外出证又不让过,他妈的没处逛就回来呗,谁知回来无意钻到隔壁的五间大房里,那儿是个制米厂,左捡右捡没洋财可发,谁知机器轮子上有一条崭新的轮带,也好,咱他妈枪带是个熊白片皮的,皮带也快坏了,他妈的弄来换换,这不算犯政策吧? 军事需要嘛! 真是的,人要是走运,处处就像有人领路似的。(唱一曲)

红皮带儿崭崭新,红红亮亮多喜人,

枪背带把它用一半,剩下做皮带多随心。

(白)哎,可是不能让他们看着,如果要叫他们知道啦,又给你扣上个大帽子,"破坏城市政策",可是放在哪里呢? 哎,就扎在腰里吧,(进屋)哎,人哪?!(看表)他妈的九点多啦,还不开饭!

丙:老李,你到哪里去啦? 到处乱跑,开饭啦,又累班长到处找你。

李:我还能到哪去,好容易来到城里,还能不出去看看景吗?

丙:走,吃饭去吧。

钱:(上)城里戒严,他还能到哪儿去呢?(见李)哎,你早回来啦,倒把我好急……

李：急什么？还能不知道回来吃饭吗，真是的！

（幕落）

第二场

时间：三天后。

幕启：战士围着桌子擦枪。

甲：这次战评会，咱班除了打得勇猛，圆满地完成了任务以外，对于遵守城市政策这条，可也做得真好，在咱们住区里没有掉失和破坏一件东西！

丙：这还是吹牛吗，就拿这块金壳表，没人动一动，还得到连长和指导员的表扬哪！

乙：哎，这个表真走字，夜里站岗，跟连部房东家的那个大座钟对起来，连一分钟也不差！

李：好是好，可惜是人家的，你不是干眼红！

乙：这怎么算眼红？我不过说这表走得准罢了。

李：准，你还能准几天，队伍一离开这儿再叫你准！

甲：你们说话就抬杠，有劲去抬铁道去。

丙：都别说啦，赶紧擦枪吧，待会班长回来说不定还有新的工作要布置呢。

李：光讲工作，天都太阳大西啦，怎么还不给吃晌午饭？

丙：也许是等连部散了会一起吃吧！

李：真是的，为了几个人开会，弄得大家饿肚子，我非提意见不可！

钱：（上，唱钱一曲）

一、三天战评开得好，各种英雄真不少，

275

完成任务把功定,人民功臣多荣耀。

二、刚才连部会开完,回班对同志们讲一番,

钱恒文越想越高兴,迈开大步走得欢。

(白)哎,到啦,(进屋)同志们枪都擦好了吗?

众:班长回来啦,都擦好了。

甲:班长,开会都讲了些啥? 快告诉我们。

钱:刚才在连部里开会,由指导员传达全营的战评总结,现在我讲给
大家听听。(唱上曲)

一、突破前沿咱打得猛,纵深发展灵活又机动,

人人勇敢不落后,任务圆满来完成。

二、纪律自觉来遵守,城市政策没违犯,

全营战评数咱好,奖咱为营的模范班。

众:咱们也成了模范班啦!

钱:指导员还说,咱屋的这块金壳手表,像这样的贵重东西,都没有
人动一动,人人都自觉遵守纪律,团里还准备通令表扬哪!

丙:那我们这一下可光荣喽!

甲、乙:真是光荣啊!

甲:我去到东下屋,告诉三组的同志们,他们知道该多乐啊。

钱:大家先别乐成这个样子,这里边还出了一件缺德的事哪。

众:什么缺德事?

钱:就是咱们隔壁那家制米厂,在咱们入城后,丢了一条轮带,不知
叫谁给拿去了。

众:怎么少了一条轮带? 是怎么知道的?

钱:(唱钱二曲)

一、因为咱们要推米,找来厂主和他商议,

結果把机器一检查,才知少了那东西。

二、轮子少带不能转,高粱变米就困难,

无米做饭吃不成,大伙说这事可咋办?

(李非常不安地)

甲:用别的推不成吗?

钱:城市里面完全靠机器,不像屯子里有碾子。

甲:那咱们给他另换上条皮带。

钱:听说这根皮带是机器上最吃劲的一根,一般的皮子磨不上几下

就挣断了。

乙:这可咋整?(唱上曲)

是谁干的这缺德事,使得大家都着急,

耽误吃饭不要紧,破坏工业气死人。

众:(接唱)

事又发生咱的住地,真给咱班不争气,

模范班光荣是大家的,一人破家咱都丢脸皮。

李:(不安,而又自遮其丑地)叫我看,准是那家伙不想给咱推,有意

捣鬼。

钱:你可不能冤枉人啊,人家看到咱们的标语写着"保护城市民族工

商业",又看到我们公买公卖,再说他厂的机器在咱保护下,没受

到损失,对咱们感激得了不得,再说咱又按市价给工钱,他还有

什么不愿意的呢?

李:那……

钱:哎,现在大家想一想,从前指导员讲不遵守城市政策自己也要吃

亏,有的同志还不大相信,现在岂不临到自己头上来啦!

丙:是啊,就拿鞍山炼钢所来说吧,一根大轮带听说叫哪个单位拿去

割了鞋底,使炼钢所不能开工,要不的话我们马上收拾起来,制造大批的大炮机枪,于我们的自卫战争多有利啊！这不是为了解决少数人的临时问题,而弄得整个革命受到老大损失吗？

乙：听说这次解放四平,不知是谁把印刷厂印字机给人家搬走啦,造成人家对我们老大不满,再说我们自己也要印报来提高文化啊,眼前没有只好跑到哈尔滨去,不要说耽误时间啦,光路费得浪费多少钱哪！

甲：还用说那么远？就拿眼前这次,我们遵守纪律好,金壳表没有动,团里要通令表扬,不知是谁拿走了人家的轮带,弄得大家吃不上晌午饭,遵守城市政策是好是坏不就很清楚了吗？

钱：在政治整训的时候,大家不是常说吗——(唱钱二曲)

咱穷哥们要想把身翻,才起来给穷哥们打江山,

大伙建设咱们的家,穷哥们才能有吃穿。

众：城市政策里不也说得很明白吗？

甲：(唱)现在收复的大城市,

乙：(唱)永远是咱们自己的。

丙：(唱)如不保护再破坏,

合：(唱)那就是革命的败家子。

丙：班长,要我看这个地区是咱连突进来的,后来又是咱连住在这里,一定出不了咱连,备不住哪个同志一时糊涂,觉着自己临时需要拿走啦,叫我说现在咱们几个人一齐出发,到咱连各班调查一下,如果查出是谁拿的,就动员他交出来,如果他有什么困难,咱大伙儿给他想法解决,班长你说好不好？

钱：大伙意见怎么样？

众：这个办法很好,就这样吧。

钱:老李,你留在家里看家,我们出去一趟。

李:(勉强地)我也去吧?

钱:你还是留在家里看门吧。(众下)

李:(着急地,唱李二曲)

一、大家伙为轮带都出去调查,

留下我一个人独自看家,

真叫我心里头主意不定,

到底是拿出来还是留下?

(插白)这可怎么办呢?

二、为了我一个人一时糊涂,

只弄得同志们心中难受,

使得咱伙房里无米下锅,

使得咱模范班没脸见人。

(白)这不是弄得自己也吃不上饭了吗?再说将来要叫大家知道啦,可叫咱班同志们的脸往哪放呢?哎,政治整训后,人家同志们思想上都有了进步,我他妈为什么还是这么落后呢?怎么一见了洋财,心里就糊涂了呢?(唱)

越寻思同志们讲的越对,

恨自己坏思想捉弄了自己,

对不住咱班里的全体同志,

对不住指导员教育了一回。

(白)唉,自从那天拿来,一心害怕别人看见,就东藏西藏的,弄得思想上老大负担,这是何苦呢?对,怎么说我也得给人家送去。

(进屋拿轮带,出来时看见桌上的表)(唱上曲)

一、一见表更使我心中发痛,

险些儿又做出了丑事情一宗，

那天的坏思想真不该有，

偷人表发洋财多么丢人。

二、发洋财犯政策纪律不容，

拿走了金壳表落下骂名，

房东也是说咱纪律不好，

使得咱解放军名誉难听。

（外面乙声："你说到底是谁捣的这个鬼？"）

（李白："不行，有人来了！"把轮带又急扎在腰里，甲、乙上。）

甲：（边走边说）一二排的同志都说没见，你说能弄到哪里去呢？

乙：我不信，没长翅膀还能飞啦？

李：没有找到吗？

甲：连影也没见。

乙：哎，老李，你这几天出去，没见到有人拿吗？

李：我……没有……

（钱、丙同上。）

丙：咱们连里没有，也备不住叫别的老百姓拿去啦。

甲：班长回来啦，调查有没有？

钱：没有，你们呢？

甲、乙：大伙都说没见。

钱：刚才我回来打连部里路过，指导员告诉我，他已经向人家厂主说
明，我们怎样调查也没见到，最后又向人家道了歉，使得厂主满
口称赞我们的队伍纪律好，但凡不是同志们拿的，也备不住叫别
的老百姓给偷去啦，指导员又告诉我，队伍要调整房子，指定我
们到西街去住，马上就要集合，大家赶紧收拾一下吧。

（众忙乱地整理东西,外面响起集合哨音。）

钱:集合啦,快走吧。

甲:班长,这个手表放在这里能行吗?

钱:不怕的,我们走时把门给带上,是不会有人来的。

（众下,钱周围检查了一下,随下。）

第三场

（赵、玉同上,各带一包袱。）

赵:（唱赵、玉合唱曲）

一、受了那些王八骗,吓得我亲戚家去逃难,

玉:逃难害怕整三天,明白了实情转回家园。

赵:二、八路军人民的好队伍,对待咱老百姓如手足,

玉:一针一线人家都不要,借东西按时还损坏赔钱。

赵:三、保护城市工厂商店,咱厂的机器没破坏半点,

一条轮带不知哪去了,同志们给调查,指导员道歉。

玉:爹,刚才队伍把你找去,叫给他们推米,因为机器轮带丢啦没推
成,人家队伍这样好,你说多对不住人家啊!

赵:谁不说呢,不但没给人家推成,倒累得指导员和大伙同志到处给
调查,结果也没找到,指导员说了好多道歉的话,对人那个客气
劲,就提不得啦。

玉:你还是赶紧想法对付一条弄上,好给人家推啊!

赵:我也这样想,后来指导员说队伍马上就要出发,叫不要忙活啦。

玉:就是这帮走了,也好给后来的那帮用啊!

赵:是啊,所以我赶紧把你接回家来看着门,我好腾出身子,到别处
去对付。

（赵、玉合唱上曲）

机器完整咱家才有饭，八路军的恩情要记在心间，

赶紧把机器收拾起，好给咱军队把米碾。

赵：那就快走啊！（绕场）

赵、玉：（合唱）

心里急来就走得欢，不觉来到家门前，

院里的东西仍照旧，房门关着为哪般？

赵：怎么房门谁还给带上了哪？

玉：准是队伍走给带上的。（赶紧推开看看）

赵：（进屋）玉琴，你看人家同志多规矩，把咱这些乱东西收拾得有条有理。

玉：这还用说，同志们真是太好啦，你没看见住在俺二姑家那几个同志，多会收拾啊！

赵：（往桌上放包袱，发现表，惊叫地）啊！表？！

玉：表？！

赵：这准是同志们走得急丢下了，我得赶紧给人家送去！

玉：这不是我那块金壳手表吗！

赵：你的？你的不是说在包袱里吗？

玉：你看，这不是我还在表带上绣着个玉字哪！

赵：那是怎么丢的？

玉：（沉思）哦！我先前把它放在包袱里的花布衫里，因为那天要洗衣服，就把它又放到首饰盒的花样本里啦，生怪那天走得太急，"人慌无智"，就把它忘了！

赵：哎呀，多险！就仗着同志们个个忠厚老实，像这个屋子，来来往往不知过了多少人，又住了这几天，都没有一个人拿的，临走时

282

又把门给带上,像这样的队伍,到哪儿去找去?! 若是"中央胡子",白天不得空,黑夜里也给你偷去啦!

玉:(感激、兴奋地)(唱玉二曲)

一、金壳表,明晃晃,磁盘黑针分外亮,

婆家送来的订婚礼,走时慌忙丢桌上。

二、同志们,在这里,来来往往人不稀,

又在这儿住几天,金表仍在桌上边。

赵、玉:三、这样的,好队伍,从古到今都少有,

怎能叫人不拥护,怎能使人不信服?

玉:爹,咱怎么去谢谢人家呢?

赵:队伍都走啦,上哪去找啊!

玉:哎,把这份恩情只好留着以后再报答吧!

赵:走,把东西放到里屋里去吧。(父女下)

李:(持轮带急跑上,唱李三曲)

部队集合要出发,我急忙转回房东家,

一来送轮带二来看表,别叫外人拿去它。

(白)刚才没得空给人家送去,现在趁着部队集合讲话,我就跑步回来,好送给人家,我心想房东家没有人,表放在桌上不保险,咱们队伍是不能拿,万一有个老百姓进去给拿走了可咋整?所以我想起把表找个邻居家保存,再在花样本里写明这事,等房东知道他的表丢了,一定回家翻花样本子,看到了字,不就能找到了吗,这样表丢不了,邻居家也昧不下,岂不是个两全其美的办法吗! 对!(唱)

走得急来跑得凶,来到房东的院子中,

两扇门儿都开了,表一定叫别人得手中。

（白）糟啦，门怎么叫谁给弄开啦？（进屋，见到桌上没有表，惊讶地）啊！

赵：（由里屋奔出）同志，请坐，请坐。

李：不客气，老大爷，你是这屋房东吗？

赵：是，是，同志是刚来到的吗？

李：不，这两天我们就住在这儿的。

赵：噢，你看看，我们都不在家，没有个人招待，真是的……玉琴，烧水去！

玉：嗯哪！（下）

赵：同志不走了吧？

李：不，队伍已经集合啦，马上就要出发，我是给隔壁制米厂送轮带来的。

赵：同志，那个制米厂就是我开的，你看为了一条轮带，叫同志们东跑西跑地给调查，找着又老远跑着给送回来，真是的，在哪儿找到的？

李：（有些受窘地）不知是哪部分的同志，拿了去提水，大概因为忙，没得空送来，扔在井边上，刚才我去喝水，一看像是条机器上的轮带，就拿回来啦。老大爷，你看是不是？

赵：是，一点也不错，真是太麻烦你啦！

李：这没有什么，老大爷，这桌上那块金壳表你见了吧？

赵：在，在，和我女孩刚说完，同志们心眼这个好，真是天上难找，地上难寻，像这样贵重的东西，那么多人没有一个动的，这才叫见财不动真君子哪！

李：是你家丢的吧？

赵：是，不瞒同志说，那表是我家女孩订婚时婆家给过的礼，那天往

284

外跑的时候,人慌无智的,就丢在桌上,回来时我女孩见到,真是对同志们感激得不知说什么啦!

（玉上拿桌上的茶壶,呆听着赵、李谈话。）

李:我怕你们家没有人,走后叫别的老百姓拿走,特意回来想叫邻居家给你看一下。

赵:又叫同志们费那么多的心。

李:因为那表太好了,我们在这里站岗,跟我们连部房东家那口大座钟对起来,是一分也不差,如果丢了那多可惜啊!

赵:同志,你没有表吗? 好,我这里有一块怀表,虽不抵那块,但在我们队伍使起来,怀表是比手表强得多,就送给你们用吧!

李:不,老大爷,我不要!

赵:同志,你们打仗、站岗都用得着,就请带着用吧!

李:不,不,那不能!

赵:同志,我这是真心实意啊! 你想,桌子上那块表,要不是同志给看着,不也早叫别的老百姓给白拿走了吗,再说我家的机器多亏了同志们保护,丢了一条轮带,又累得同志们跑来跑去地给找回来,一块表算得了什么,我们老百姓也不用这个。

李:不能,老大爷,我们解放军讲纪律,是不准拿老百姓一针一线的,要不然的话,你桌子上的表我们不早就给拿去了吗?

玉:拿的是犯纪律,这个是送的,怎么跟拿的一样比呢?

赵:是啊,送的跟拿的那怎能当一回事看哪!

李:老大爷,送的跟拿的,在纪律上说都是一样啊!

赵:（看着玉端的茶壶）哎呀! 光顾了跟同志唠嗑,忘了端水给同志喝啦!

玉:我去端去!（下）

285

赵：同志，你先坐一会儿，我去把柜子里存的点心拿来给同志尝尝！

（急跑下）

李：不，老大爷！（唱李四曲）

一、要想建设咱们的大城市，保护工商业要牢记，

有了机器能生产，经济繁荣有保证。

二、人人自觉守纪律，纪律严明群众拥护，

军民团结力量大，离开老百姓没有出路。

三、这次错误要深刻反省，回去对同志坦白说清，

决心挖除坏思想，使咱模范班更加巩固。

（白）事情已经办完啦，我得赶紧追队伍去！（向内）老大爷，我走啦！（急下，幕后奏起"三大纪律八项注意曲"）

赵：（急跑上）同志，同志，把表带着！

（父女俩失神地望着门外，又看看手中的表。）

（幕徐落剧终）

选自《人民戏剧》，1948年新1卷第1期

◇ 安　波

老来红做寿

(引子)解放区,太阳红,

　　　　有个老头闹革命,

　　　　人老心少精神好,

　　　　好比松柏万年青。

(白)同志们! 说起来有趣,自古到今,许多人怕死,远的先说那遗臭万年的秦始皇吧。他吞并了六国,焚书坑儒,作威作福了一辈子,什么都不怕,却偏偏怕老,到处去求长生药,一心想着返老还童,好从头再威风上几辈子,哪知他犯罪作孽,杀害百姓,心里头疙里疙瘩的,越老越不开心,结果还是死球啦。近的再说站在老百姓头上拉屎的一些人们,也全想多活几年,可是他们的倒霉也快了,这些罪人,值不得多表。只是我们当中,也还有人说:"我老啦,不顶事啦。"问问他的高寿呀? 张口不过四十五十,有的嘴上刚有两根毛,也来凑数说:"我老了。"……老实说,听了有点发恶心! 他不知千金难买的"返老还童药"在今天是

有了的,只看你有没有决心去求。诸位如若不信,且请静坐哑言,听我慢慢唱来:

(第一段中板)

同志们落座细细听,

请听我唱上一段新奇的事情,

在今天出了"返老还童药",

谁要是吃了谁年青。

我说此话你不信,

请听我唱上一段"老来红",

你要问这老来红是什么样的人?

他的本名叫杨福明,

今年六十有四岁,

大辈子受罪又受穷,

自从他参加了八路军,

一天天返老还了童。

他住在延安杨家岭,

大灶上做伙夫出了名。

要知道这老杨啥模样?

白头发白胡子,面带笑容。

要说他老来并不老,

又爱闹又爱笑,跳跳蹦蹦。

比起那年青人还要高兴,

他干起活儿来赛过年青。

太阳不出头他先露面,

刨开火淘了米,打扫卫生,

灶上案上收拾一个净，

不论轻不论重手脚不停。

他不但是工作做得特别好，

个个月的学习计划都能完成。

一天能认识几个字，

学政治学文化都打先锋。

他对待同志们又亲又热，

同志们对老杨又敬又恭，

有人问老杨呀，你年过花甲，

为什么这样高兴这样热情？

老杨他一听哈哈大笑，

说"同志呀，你坐下听我讲个明"。

（第二段慢板）

老杨说："只因为我吃下一服长生药，

这服药名字就叫'闹革命'。

人越老他的眼睛越明亮，

世故人情看得清，

我当了几十年的穷光蛋，

酸辣苦滋味尝了个尽，

我家住山西孝义县，

种地受苦务庄农。

哪知道军阀官僚凶如虎，

今要粮明要款，数也数不清。

年年熬月月熬，熬煎不尽，

好比那进了油锅，日夜不安宁。

逼得我十冬腊月穿单袄，

逼得我挨门挨户讨饭为生。

不用说残菜冷饭吃不饱，

看门狗比主人还要凶！

到夜晚钻进了破庙内，

青石板当褥子入骨地冰。

抓一把乱干草就往身上捂，

捂不住那飕飕的一阵一阵的大冷风，

那时节一心想快点死了吧，

却不料三六年红军东征！

共产党好比那红灯一盏，

照得我穷老汉见了光明。

那时节我就参加了村民会，

不料想时局变了又是反动。

我白天也做着翻身梦，

直等到抗战起参加了革命。

提起了旧世事，我牙根发痒，

再想起今天来怎不高兴？

如今咱们是丰衣又足食，

解放区就好比一个大家庭，

旧社会穷老子顾不了儿和女，

到今天咱同志们比弟兄还要亲！

你想我杨福明年纪虽老，

还有力量干革命，多么荣幸！

这就是我老杨高兴的道理，

因此上别人才叫我老来红。"

（第三段紧板）

常言说，"种瓜得瓜呀种豆得豆"，

咱再把老来红做寿明一明，

讲排场百万富翁不能比，

讲体面大官大将也要眼红，

这一天杨家岭欢天喜地，

大礼堂点上了几盏汽灯，

红旗子绿对子满墙满壁，

送礼的送钱的，数也数不清，

有袜子有手巾，有香烟肥皂，

还有一盘子大寿桃又大又红。

好酒席满满摆了十桌整，

你敬酒我敬酒，都敬老来红，

老来红穿一件新蓝对襟袄，

碗大的大红花戴在前胸。

这一边他忙着和首长们握手，

那一边他又忙和同志们碰盅，

左耳听锣鼓喧天唱京戏，

右耳听无线电放送歌声，

老来红直喜得闭不上嘴：

"闹大啦！ 闹大啦！

哪个地方的老伙夫有我光荣！

从河西到河东河南河北，

老伙夫庆大寿还是头一宗。

只恨我不能再活六十岁，

为革命再做上六十年的工！"

老来红一面自语一面看，

来宾们黑压压地挤了一大厅。

首长们都来给老来红贺喜，

李部长大会上讲了话，

全场的宾客们鸦雀无声。

李部长说：

"为什么我们给老来红来做寿？

就因为他年纪老精神年青，

就因为他对革命忠心耿耿，

就因为他是我们的劳动英雄。

从今后我们的同志过了五十，

咱公家一定为他庆寿又庆功。

年青人壮年人更要努力，

勤务员、伙马夫都能成功。"

李部长讲完了这一段话，

台底下一片的鼓掌声，

这个说："我的工作更要加紧。"

那个说："我干不好来你批评！"

不几天这消息登了《解放报》，

从前方到后方到处响应。

大家都爱老来红，

老来红来真光荣！

老来红来红不老，

红不老来老来红，

大家忠心干革命，

人人都是红不老来老来红。

选自《文学战线》，1949 年第 2 卷第 4 期

戏剧卷②

老来红做寿

◇ 那　沙

捉　鬼

序

夏征农

　　这个剧本，是描写一个奸霸地主杨敬齐如何用尽一切阴谋诡计来抵抗土地改革，破坏农民运动，以图挽救其垂死的命运。

　　这是土改初期的现象。在东北，由于解放区还只有近两年的历史，许多地方都经过敌我争夺，基层组织没有建立，领导上曾经存在包办代替与"分子主义"的偏向，农民政治经验不够，没有真正发动起来，因而土改的领导权，往往被地主恶霸流氓狗腿所窃持。这种现象，不是个别的，在一些新地区，都有可能发生。

　　作者曾经参加一个土改工作队，在乡村做了两个多月的工作。本剧的内容，就是他在工作中所实际经验的；因此，写来很生动，也很简练，特别有些歌词写得很好。但我在这里，主要的不想说到这

294

些,我只想说一说,这个剧本,给了我们什么呢?

第一,这个剧本告诉我们,土地改革,是一场残酷的农村阶级斗争,必须经过反复的冲锋肉搏,才能最后打倒敌人。我们必须认识到:我们的敌人——封建地主阶级,有着数千年的统治历史,经验是很丰富的,力量是很顽强的,农村中的一切,连风俗习惯在内,都是他的统治的工具。对付这样的阶级敌人,我们不能有丝毫的疏忽、懈怠、自满,我们不能把那些地主,看成只是个别的人,而必须看成是一个社会的阶级力量,我们要打倒地主,不是简单地打倒几个人,而是打倒整个封建制度。因此,我们必须随时注意和警惕地主阶级的阴谋诡计,如利用狗腿,组织假斗争、假农会,用金钱女色去引诱腐化干部,勾结土匪进行翻把暗杀,以至放毒药,放野火,杀耕牛等等破坏行为。我们不要看到地主的土地被没收,政治经济上已打垮,就以为可以"高枕无忧"了。我们一点也不能麻痹自己。平分土地后,还必须对于地主加以管制,在劳动中给予改造,并要从发展大生产,建立农村的民主政权与革命秩序,这样来斩断地主的一切社会联系,才能最后完成这个消灭封建地主的历史任务。

第二,这个剧本告诉我们,群众的力量,是不可抵抗的,群众的眼睛是亮的,不管封建地主是如何的阴险毒辣,终于敌不过广大农民,不能阻止农民运动的发展。这就使我们认识到:只要坚决地相信群众,依靠群众,走群众路线,发动整个贫雇农阶级,组织以贫雇农为核心巩固的团结中农的农民革命大军,就可扫除一切障碍,把土地革命进行到底。在运动开始时,有些最贫最苦的农民,如剧本中的李国忠、贫雇农甲等——由于生活特别困难,阶级觉悟还模糊,斗争性差,有时存着怀疑、观望,表现不积极,这是难免的。这主要的还是群众没有发动起来,时候还没有到,因而他们看不到自己的利益,看不到大伙的力量。我们不能因此而轻视他们,把他们看成落后。没有办法。如果这样,就不可能有阶级路线,也不可能发动贫雇农阶级,运动就要失败。我们应该善于启发他们,诱导他们,在斗争中不断教育他们。只要阶级力量发动起来,使他们看到了力量,看到了斗争与他们自己的生死关系,他们就不但会积极参加,而且一定成为斗争的主力。

因此,我认为,这个剧本,是有着教育作用的,对于干部,对于农民都有益处;虽然里面还存在若干缺点。如对于运动初期中所产生的打杀的偏向,只是朴素地反映出来,对于杨敬齐、张四等罪恶活动的被发现,写成单纯地是因为县里开了农民大会,而不是主要由农民的自觉。我们的剧本是反映现实的,但不是照相式的反映,必须把群众行动与党的政策贯穿起来,提出问题,还要解决问题,这才算是真正地反映了现实。但不管怎样,这是一个很好的剧本。我愿意介绍,并望能在演出中给予不断修正,使能成为更完善的反映土改中群众斗争的剧本。

一九四八年三月二十八日于安东镇江山

全剧人物表(以登场先后为序)

杨敬齐——五十六岁,奸霸地主

红花——十八岁,敬齐女

张运通——三十五岁,农会主任

李国忠——四十七岁,老实贫农

老王——四十岁,农会伙夫

张兰英——二十岁,妇女会长。敬齐之子未婚妻

杨德财——三十岁,武装队长

张云太——三十八岁,财粮

杨广智——二十九岁,文书

李长兴——二十五岁

王新成——三十三岁

李国标——五十岁,老实贫农

国标妻——四十岁

杏儿——十岁,国标女

敬齐妻——四十九岁

地主——甲、乙

杨贵元——二十八岁,敬齐子

贫雇农——甲、乙、丙、丁、戊……数十人

分场·时间·地点

全剧——

时间:一九四七年,冬

地点:东北新解放区××屯

第一幕

第一场——

时间:一天的晌午

地点:杨敬齐的门前

第二场——

时间:紧接第一场

地点:村公所屋内

第三场——

时间:紧接第二场

地点:村公所院内

第二幕

第一场——

时间:第一幕后五天,早上

地点:李国标家门前

第二场——

时间:紧接第一场

地点:往李国标家的路上

第三场——

时间:紧接第二场

地点:李国标家门前

第四场——

时间:当天晚上

地点:往杨敬齐家的路上

第五场——

时间:翌日晨

地点:同第四场

第六场——

时间:紧接第五场

地点:杨敬齐家中

第三幕

第一场——

时间:第二幕半月后的一天下午

地点:往村公所的路上

第二场——

时间:当天的半夜

地点:李国标的门前

第三场——

时间:翌日拂晓

地点:村公所院内

第四场——

时间:第三场后第二天,早上

地点:村公所屋里

第五场——

时间:第四场的晚上

地点:坟地

第六场——

时间:同日夜深

地点:野地里

第七场——

时间:第六场后第二天

地点:广场上

第一幕

第一场

(一天的晌午,天气阴沉。杨敬齐的深宅大院,雄踞一方,门前一条大路,四通八达。)

(杨敬齐身穿皮袄,外面套着一件破夹袄,一根草绳扎着腰。他手提一只小饭篮,愁闷地走出了家门。)

杨敬齐(下简称齐):(唱第二曲)

　　太阳不见天昏暗,

　　我神魂不定,心呀闷沉沉。

　　恨只恨妖魔鬼怪,把乾坤倒转,

　　眼看荣华富贵,化作过眼云烟。

　　难道我命里注定,遭这场大难?

　　我还得安排妙计,冲过这一关。

　　(红花从屋内上。)

红花(下简称花):爹爹,又要上哪儿去啊?

齐:孩子,你听爹说啊!(唱第三曲)

　　手提饭篮大街去要饭,

花:要饭,真的么?

齐:别问是假还是真。

　　杨敬齐破上老脸,

　　诚心叫他们看看多可怜。

花:爹! 我不明白。

齐:红花儿,不怪你不明白。你今年十八了,从小娇惯,吃好穿好。说起来,你爷爷去世的时候,只甩下了星星点点的家业……全靠你爹我,"满洲国"时间当了多年的村长,兼着劳务系的事儿……国民党来了,我又当了联保主任,还兼着保区分部的书记。东一把西一把地挣下了这一份家业,说土地有一百多天,说房屋有好几十间,其他金银财宝那就难得细说了。这些年来,方圆几十里,哪一个不知我——杨四爷——杨敬齐! ……

花:可不是么!(唱第四曲)

　　谁人不知杨四爷鼎鼎大名,

齐：谁人见了敢说不低头？

花：叫他往西呀不敢向东，

齐：叫他去死断断不能生。

　　（白）可是，今天大祸临头了！

花：怎么的？

齐：红花儿，你好糊涂！

花：（想起）啊！爹，你是说穷鬼们还得"斗争"咱家？

齐：唔。

花：那不是早"斗"过了么？一些箱箱柜柜的不是给抬去了？

齐：那算什么，大的还在后头哪！

花：那才不怕哪，咱一些值钱的好东西都掩的掩藏的藏了。叫他们
　　找去吧！

齐：不找怎么的？他们找不到东西就得打人！西面××屯昨天打死
　　了一个，有几家也给打了半死。

花：爹！快把哥哥，找回来吧。

齐：你说什么？

花：我说，快把哥哥找回来，先打死他们几个，看他们还敢"斗"！

齐："哥哥！哥哥！"你又提起你哥哥！

花：怎么的？哥哥回来一定有办法。哥哥"满洲国"当了好几年警
　　察，"中央"来了又当上了巡官。谁敢惹他，谁不怕他！

齐：（厉声）快给我住嘴！你这孩子……（四顾，轻声）你再提起你哥
　　哥，咱更没命了！

花：那眼前可怎么办？

齐：眼前还不要紧，眼前还有人在头前挡着。

花：爹说的是谁呵？

齐：你又忘了？一个是农会主任，一个是妇女会长，还有……

花：爹说张四和张兰英呵！哼，他俩敢不帮忙？张四是爹往年手下听差的，张兰英又是咱没过门的嫂子。

齐：红花，往后可不许没大没小，开口张四张四的。得叫四表哥！再不，叫主任。

花：我不，说什么他也是爹手下听差的。他还忘了那几年端的谁的碗，吃的谁的饭？谁给他撑腰来了？

齐：你又来了。往年是往年，眼前是眼前！昨天晚上跟你说得好好的，（一字一板）咱得把张四——张运通老老实实地抓在手心里。这就得看你了！

花：管保叫他听咱们使唤就是了，可我——我不能嫁给他当"小"的。

齐：你看！谁叫你嫁给他来？反正是眼前救急的事儿，到时候"中央"再来了，又是咱们的天下了……天快晌了，我得走了。红花，张运通来了，你可得给他几句好听的……我出去，一会就回来。

花：知道了，爹！（杨敬齐下）

（唱第五曲）

爹爹爹爹你放心，

这件事我担承。

就算他有翅的鸟儿天边飞，

不怕他如狼似虎好横行。

只要我眼儿微微一飘，

只要我手儿轻轻点一点，

准叫他失魂落魄，

软啊软绵绵。

（张运通悄悄上。奏第六曲。）

张运通(下简称通):张运通,悄悄儿来到四爷家,一件要紧事告诉
　　他——就是待会贫农组八成要来捉他,请他老人家放心,有我
　　张运通在,啥事也不用怕,再一件要紧事,就是特来看看那位二
　　小姐! 我的小红花。(见红花)二小姐!

花:……

通:二小姐在这儿? 二小姐!

花:(回头)谁? 啊——是张四! 不,是四表哥,不对,不对。原来是
　　农会主任——张运通张主任啊!

通:二小姐,别开玩笑了!

花:开玩笑? 我红花哪敢在农会的"官儿"跟前开玩笑呵! 请问,张
　　主任来这儿到底有什么事?

通:二小姐,咱们说正经的……我找四爷有要紧事。

花:有要紧事?

通:对了。(凑近)二小姐,待会贫农小组八成要来抓四爷,回去过大
　　堂,少不了要动打……

花:(正色)张四,这是真的?

通:真的。这事——

花:(生气)想不到你张四真敢领着穷鬼们来要我爹的命啊!

　　(唱第七曲)

　　张四张四,忘恩负义。

　　你想想当年,谁人抬举你。

　　你在杨四爷手下当差使,

　　乡亲邻里人人高看你。

　　你张四,要穿有穿,要吃有吃,

　　如今你露了皮骨,叫人好生气!

（白）张四，你领头要抓我爹，打我爹！好，你这就先抓我，先打我吧！（冲向通）

通：哎哎，二小姐，你先别生气呵！（唱第八曲）

　　红花小姐别着急，

　　你不明白事情的底细。

　　这当中自有我安排妙计，

　　你放心一旁看看好把戏。

　　二小姐，管保你称心，

　　管保你满意，

　　小姐一家平安，张四也欢喜。

花：我看你茶壶打了把，光剩一张嘴儿。当面落好，背地胡捣，真是个两面三刀的曹操！

通：你看，我怎么成了曹操啦！

花：哼！曹操还算抬举你了，你不是曹操，就是——

通：就是什么？

花：不是曹操就是草包（废料）！

通：什么？

花：草包！草包！光耍嘴什么事儿也办不了。

通：那你太小看我了。

花：小看你？这会儿穷鬼们"民主民主"的，你一个人管什么用，还能由你张四自个儿说了算？

通：不信，你走着瞧吧！

花：瞧！瞧什么？就瞧你那个样儿吧！

通：哎呀！（唱第九曲）

　　别看张运通样儿长得丑，

能说能道能蹦能跳。

道眼多,刀把在手,

呼风唤雨全凭我手儿一招。

花:哼!(唱第十曲)

听你口气真不小,

就怕你上天,天太高。

就怕你胡乱夸海口,

就怕死狗想上墙头。

通:真是! 要不,咱来赌咒吧!

花:赌咒?

通:嗯。

花:好,你说吧,我家的事儿你要办不好怎么办?

通:要办不好,枪崩我,刀砍我!

花:你自己说的,可别忘了!

通:可是,要办好了哪? 你怎么办? 你就——

花:我怎么的?

通:你就——嘻嘻……

花:就什么?

通:你就——红花儿! 嘻嘻……

花:(媚笑)我就"打"你!(打通一下,转身跑向村外路上去,通急
   追下)

   (奏第十一曲。音乐声中——李国忠背着一大捆木柴,从村
外上。)

李国忠(下简称忠):(放下柴捆,唱第十二曲)

阴天风儿冷,风冷欺穷人。

一件破棉衣,一代代往下传。

百块补丁,千块黑棉絮,

遮不住一根根瘦骨,一道道青筋。

(白)哎,财主! 穷人! (唱第十三曲)

财主们快活似神仙,

穷人日子苦似黄连。

财主们快在九重天,

穷人给打下地狱十八层。

(白)这个老样子千年不变,砍不断一条大锁链。没想到,眼前到处穷人闹翻身;咱屯上也成起了什么农民会,举了什么主任、什么委员说是带领穷人翻身。翻了一两个月了,胡乱分了点青苗,算是好坏捞上一口吃的,别的屁也没有。财主还是财主,穷人还是穷人! 发财走运的倒是——农会主任张四和乱七八糟的几个委员。他们那一伙一个真正的穷人也没有……哎,反正人家有本事,哪朝哪代都吃得开。倒霉的——要算我李国忠这样的老实穷人,一天到晚,听讲话,出公差,昨天给那什么妇女会长打了一天场,今天又给主任上山去砍木柴。自己的一点豆子还在场上撂着,家里老女人又病得不能下炕……哎哟,还是不说吧,要是给他们听见了,硬说我李国忠是"坏蛋""狗腿",把我扣起来那就要命了。哎,反正是,眼前咱屯上呵——

(唱第十四曲)

干部财主勾勾搭搭,

穷人心里乱如麻。

咱有一天来过一天,

谁人啊敢说真心话?

（这时候,张运通及红花从村外大路追逐上,不提防被柴捆绊了一跤,二人齐仆倒。）

忠:（一惊）谁？可了不得了！（一看,旁白）是张四！张主任和红花！

通:（爬起,急去扶红花）红花,快起来！摔坏了么？

花:哎哟,把人吓死了！

通:妈的！哪个不是人揍的混账王八蛋,把一大捆木柴撂在大路上！

忠:张……张主任！你受惊了！

通:（见忠）怎么？李国忠！是你把木柴撂在路上？（通对花使眼色,花一溜烟跑进屋内去）

忠:是……是我。主任！

通:我说哪！什么人玩什么鸟,武大郎玩夜猫。除了你,别人也干不出来。

忠:是……是……主任！

通:李国忠,农会马上要开大会,合计翻身大事。你不快去,倒上山砍木柴去了。我说你这样的人真是"自私自利"……

忠:主任……主任……木柴不是给我自己砍的。

通:那你是给谁砍的？

忠:主任,你忘了？

通:什么？

忠:是主任半夜打发民兵告诉我,叫我今天天不明上山替主任砍些干木柴。主任——

通:我倒忘了！你还没忘,总算有点用。怎么,砍的都是干木柴么？

忠:是！主任！挺干挺干的。

通:好！赶快送我家去吧。我屋里人就欢喜烧干木柴。快去吧！

忠:是。主任！（背起木柴欲下）

通：（想起）回来！

忠：是。主任！（站住）

通：你过来，过来！

忠：主任！有什么吩咐？（慢慢走近通）

通：我问你，你刚才看见什么了没有？

忠：看……看见了。

通：看见什么？

忠：我刚才看见一只狐狸……

通：狐狸？

忠：嗯，看见一只母狐狸。

通：母狐狸？在哪儿？

忠：在山上砍木柴的时候。

通：笨蛋！我是问你——刚才在这儿看见什么了没有？

忠：在这儿？

通：嗯，在这儿。你看见什么人跟我在一起了么？

忠：啊！主任，你问这个呵！刚才不是红花在这儿么？！

通：（威胁）你——你得小心！

忠：这……这……主任，说哪儿话？我李国忠这么大的岁数了，又是有名的老实人，还能……？

通：他妈的！谁说你这个？我是告诉你，要是你对别人提起她，我就——

忠：主任，我不敢。

通：你敢？当心张四要你脑袋！（下）

忠：倒霉倒霉真倒霉！挨冷受累出了半天牛力，回来又闯了这一件大祸——冲散了人家的好事。光棍不吃眼前亏，我李国忠没那么

傻！管他妈的张四张三,红花绿绿的。真是——(唱第十五曲)

人家的手里捏着刀把,

李国忠甘心当哑巴。

谁管你鱼找鱼来虾找虾,

王八你找个鳖亲家。

(白)呸!(下)

(第一场完)

第二场——紧接第一场

〔村公所(也就是所谓农会)屋内,一铺炕,一口高丽柜。柜上摆着一座时钟及茶具等,柜旁有衣箱……农会的厨子——老王,正在擦饭桌,摆碗筷。奏第十六曲。〕

老王:(快板)转眼天过晌,主任他们快回还。我老王,快拾掇,炸小鸡来炒肉片,还有那雪白雪白的粳米饭。眼看主任一进门,我就一样一样往上端。菜味香又香,米饭热腾腾。主任一定心喜欢,一定心喜欢。

(白)人家都说主任脾气躁,可他待我还不错。也亏我老王当年在大买卖家学了一套做饭炒菜的手艺。要不,也真侍候不了他老人家。说起来——(唱第十七曲)

怎怪这人脾气躁,

小霸王张四谁不知道?

当年杨四爷的左右手,

眼前他更加高人一头。

(白)常言道,孙悟空有七十二变,一身武艺。我看张主任也不善,小鼻子、"中央军"、共产党……朝朝代代他都吃得开!

（外面，张运通高声说话——）

通声：你们这些人也真懒得有个样，院子里乱七八糟的也不打扫打
　　　扫！待会儿怎么开会？……

老王：（听）哎，主任回来了！（下）

　　　（张运通叼着纸烟，大摇大摆上。）

通：（装腔作势，咳嗽一声）老王！

　　　（老王在外大声答应："来了，来了！"接着端饭菜上。）

老王：饭、菜早做好了，就等主任回来吃了。哈哈……（摆上饭菜）

通：做的什么菜？

老王：炒肉片炸小鸡儿，主任！

通：没弄酒么？

老王：酒？有有有！这就烫去！

通：我今天心里高兴，多烫几盅喝喝！

老王：是是是！主任心里高兴……哈哈！（下）

通：（神往地，唱第十八曲）

　　　天仙公主小红花，

　　　俏俊红花招个丑驸马。

　　　丑驸马坐上金銮殿，

　　　做一件大事报答她。

　　　（老王端酒上。）

老王：烫好了主任。喝吧！（斟酒）

通：怎么妇女会长他们还不来吃饭？

老王：啊！我请去！

　　　（老王转身欲下，妇女会长张兰英上。）

老王：会长来了。会长，主任正说让我去请你哪！

310

张兰英(下简称英):找我干什么？

通:不干什么。兰英！我今天心里高兴,想找大伙一块喝几盅。(对老王)你快去找武装队长、财粮、文书他们来！

老王:(凑近通,低声地)主任！他们正在六爷西厢房里(做手势)看牌,说一会儿就来。

通:那你出去吧！

老王:是是！主任。(下)

通:兰英,今天咱们痛痛快快干两杯！

英:四哥！你今天怎么的啦?

通:不怎么的。

英:嗯——你不说我也知道了。

通:你知道什么?

英:你拾了一朵花儿。

通:花?

英:嗯。一朵又红又香的花儿！

通:别胡说八道了,这时候哪儿还会有花?

英:你别装傻了。你还瞒了我啦?你看我是谁?

通:你是谁?

英:哼！这朵花儿往后还得叫我嫂子哪！

通:哈哈……她早该叫你嫂子了！

英:那怎么的?

通:你别装傻了。你还瞒了我啦?你看我是谁?

英:我瞒你什么了?

通:我问你,你这些日子天天钻到萝卜窖里去干什么啦?

英:(一惊)四哥,你！(急去掩门)四哥呵！(唱第十九曲)

四哥你不该,不该胡乱说。

事情传出去,他就不得活。

(白)这事儿连红花都不知道。你要嚷出去了……哼!

通:你急什么？兰英!(唱第二十曲)

兰英听我说,天下男人多。

他若出了事,你再找一个。

英:(生气)好!四哥,这是你说的!(欲走)

通:(止之)兰英,别生气!我是跟你开玩笑的。来,咱哥妹俩说正经的。(秘密地)哎,他病好一些了没有？

英:他是那些日子在山上"爬"的——连冻带饿……这两天强多了。我就怕叫人知道了……

通:那好办,过些日子换换地点就是。

(外面,杨德财、张云太和杨广智三人说话声——)

英:别说了。武装队长他们来了。

(杨德财、张云太、杨广智三人上。)

通:你们也真有劲儿,连饭也忘了吃啦!

杨德财(下简称财):主任和会长吃过啦？

英:主任等你们回来一块喝酒哪!

张云太(下简称太):早知哥儿们要喝酒,到我家去多好! 我家里还有点海参、乌鱼什么的……

杨广智(下简称智):对了。在这儿喝,就是有酒无肴!

英:对了。今天四哥心里高兴……

通:你别胡说了。来,喝!

(众喝酒。)

通:(高声)老王,老王!

（老王在外高兴应："是！"上。）

老王：主任。

通：再去弄几个菜来。快！

老王：是！（欲下）

通：回来！有什么菜？

老王：海米炒鸡子。主任你看——

通：行。快点！

老王：是是。（欲下）

通：回来。再拌两个凉菜来！

老王：是是是！（欲下）

通：回来！鬼催你了，这样慌张？再弄些酒来！

老王：酒？酒没有了。

通：没有了？那天挖的二秃子的那坛子陈酒没有了？

老王：有有有。还得现烫。

通：洋灰脑筋！（厉声）快去吧，多烫几壶来！（桌子一拍）听见了么？

老王：（急得一头汗）"哈咦！"

通：什么？"哈咦"？眼前是"民主政府"了，你还"哈咦""哈咦"的。让区上知道了像什么话？下回再说"哈咦"我把你扣起来！去吧！

老王："哈咦！"（急下）

通：这种人就得吃硬的。

财：可不。（对英）会长！今早上开大会你没来。主任对大伙贫民开讲了一套话，真有个大"官儿"样！

英：四哥，你快从头到尾学我听听！

财、太、智：欢迎，欢迎！

通：不是你们给我说，这些日子，李长兴、王新成他们一伙坏蛋在下面乱喳咕，说咱们几个人"包办"挖浮产，在半路上就把好东西偷偷分了，什么什么的么？我就照着咱们昨晚商议的法儿，今天大清早就把贫民组大伙找来开大会……

英：你快说说你怎么对他们开讲的吧！

通：我站在门口那高台子上——（表演地）我说了——今天找大伙来不为别的，只因有人在下面喳咕说，我当主任的和几个干部领着人去挖浮产，净通"毛蛋"！你们大伙说说，有这样的事没有？我张运通是不三不四的人么？

财：下面没一个哼气的。

通：我又说了，不管有没有，不管是不是，今天咱们把"挖浮组"换一换。你们拥护不拥护？

太：下面还是悄悄的。

通：我又说，大伙不说话就是"拥护"了。"拥护"咱们马上换。你们说举谁领头呵？

智：下面你看我，我看你；还是悄悄的。

通：你们不说话，就别怪我"包办"。我看，教——李长兴跟王新成俩领头。让他俩带几个人去，高兴挖谁就挖谁，爱怎样就怎样挖。这叫大伙说了算。你们说好不好呵？——没人说话。我生气了，我跳了起来，说——你们都哑巴了么？为什么连个"好"字都不会说？

财、太：这会儿下面"轰"的一声都说"好"。

智：不错。百多号人整齐划一，异口同声说了个"好！"就散会了。

通：这些穷光蛋就得使硬的。

（老王端上酒菜，复下。）

314

通:来来来,喝! 咱们一块儿先干三杯。来!

　　(众人齐干杯。)

通:(欢乐地,与众对唱第二十一曲)

　　什么人儿最高贵?

众:(接唱上曲)

　　金銮殿里有皇上。

通:你们看咱们怎么样?

众:一村之主包揽大权。

通:喝!

　　(众人齐干杯。)

通:(唱)金山银山哪里有?

众:(唱)金山银山在眼前。

通:(唱)吃喝玩乐谁照管?

众:(唱)手下奴才听支派。

　　(众饮酒,外面人声嘈杂。)

通:是不是李长兴、王新成那些坏蛋回来了? 张云太,你看看去!

太:是! (下)

通:你们都别哼气。看我的。

　　(张云太上。)

太:主任。是他们回来了,还捉了杨——杨敬齐。

　　(李长兴、王新成上。)

李长兴(下简称兴):捉来了!

通:捉谁了?

王新成(下简称成):杨敬齐。

通:他——

兴：大伙合计了半天，说非挖他不行。杨敬齐是这一方有名的大户……害死了多少人，还有他那儿子，杨贵元……我们领了几个人去了。他不在家，说是出去要饭了。好容易才把他找来。

通：挖了什么东西么？

成：别提了。×他妈！屋里空空的什么也没有的。

兴：也真怪，头一回我看从他家里拉到农会来的，就几口空柜，破七杂八的，一件囫囵衣裳没有。这回什么也没挖着。大伙喳咕，说杨敬齐这样的财主，还能一点好东西没有？

通：是呵！有人说他光金子、银子就老了鼻子了。还有——

成：可不。要不也不把他弄来了。

兴：我看这老家伙非砸一顿他不能往外吐。

成：对！

通：好。你们俩把他弄这来，我先拷问拷问他。

（兴、成到门口拉杨敬齐上。）

齐：主任！你听我说说……

通：住口！没你说的。（对兴、成）你们俩去告诉来了的贫民到西屋去合计合计。没来的派人去找。

兴、成：好。（二人下）

通：（掩门。转过身来，装腔作势，故意扬声）杨敬齐！你快说，你到底有多少金子、银子，埋在哪里？还有你的儿子——

齐：我……

通：（从炕上拿过一块狗皮，扔到齐面前）说，快说！（低声对财）把狗皮给他披腔上。

（杨德财把狗皮替齐披腔上。）

通：你这老东西，到底说不说？（对众人使眼色）

财、太、智、英:杨敬齐,你快说出来吧。说了,主任"宽大"你,大伙贫
　　民也"宽大"你!

通:(凑近齐,耳语,之后)好! 不说? 拉出去,召集大伙过大堂,非砸
　　你一顿不可!

财、太、智:走,走!

　　(财、太、智推齐下。)

通:这就叫——

　　牢笼计,巧安排,

英:你自己,闯进来!

（第二场完）

第三场——紧接第二场

（村公所院内。张运通及几个干部,站在门前台阶上。下面是
杨敬齐、李长兴、王新成及贫农甲、乙、丙等十来个人,还有三两个手
持红缨枪的民兵。）

通:人都来齐了么?

财:还有一些没来的——都来了。

英:都来了开会吧。都压压言,站好!

太:站好,站好!（去拉几个人站在一起）你们是怎么回事? 成了木
　　头人啦!

通:好,咱们开会。咱们要过杨敬齐的大堂。杨敬齐是有名的地主,
　　也干了不少坏事,大伙都知道,都说他有货。今天让李长兴、王
　　新成领人把他捉来了。先叫李长兴、王新成把事儿说说好不好?

几个人:主任看着好就好!

财:李长兴,王新成! 你们俩把事儿说说吧!

兴:还说什么？杨敬齐家大业大,干了一辈子熊事,咱屯里男女老少谁不知道?上回去拉他家的箱箱柜柜的时间,他家里还有一些东西。今早咱们去了——他妈的!……

成:×毛也没有了! ×他妈! 见鬼了,那些东西还能长了翅膀不成? 今天,得问问他,把东西都弄他妈的哪儿去了?

贫雇农甲、乙、丙等:对,对!

通:好,那就叫杨敬齐说吧。(对齐)杨敬齐,你向大伙"坦白坦白"吧!

财、太:(对齐)今天再不说,大伙就不能饶你了!

英:对了,"坦白"好了,大伙"宽大"你!

齐:主任! 各位乡亲! 我杨敬齐的为人,大伙也都知道。共产党,穷人翻身,平均地权,节制资本……这些事我早二十年前就知道,就巴望着赶快推行……

兴:别放你妈的狗臭屁了!

成:你别他妈的骚气喷人了! 快说说东西弄哪儿去了吧!

贫甲、乙、丙等:对,对!

齐:各位乡亲! 实在的,我家里连一方块破布也没有了。我还能有什么别的? 你们不看我这些日子要着吃么?

通:(对众人)他"坦白"得对不对?

兴、成等:不对!

通:(又问)不对得怎么办?

兴、成等:打!

通:对。打!

财、太、英:打,打!

（没有人动手。）

通:你们不动,还怕他么?

兴、成:(二人过去推倒齐)×你妈!

财、太:(二人跳下台阶,手拿皮带,抢着打)让我来!(二人用皮带打
    齐腚,噗噗有声。)

齐:(趴在地上,狂叫)哎哟,打死我了!哎哟,打死我了!……我说,
    我说!

通:好。让他起来再"坦白坦白"!

齐:(挣扎起来)哎!我实在什么也没有了!

通:没有?有人来上"情报"了。说你有九个金镏子,六副钳子,三十
    多个金钱,五十个大元宝。你快"献"出来吧!

齐:(扭头看兴、成,然后对大伙)这些东西有是有,可是——

兴、成:在哪儿?

齐:(又看看兴和成)在……在……上回国民党来都给抢去了!

通:(问众人)"坦白"得对不对啊?

英:不对!

财、太:不对!

通:不对,打!

    (财和太把齐推倒,又噗噗地打了起来。)

齐:(趴着乱叫唤)哎哟,我的妈,我的妈!打死我了……不要打了!
    我说,我说!

通:说吧,起来说!

齐:(呻吟)我起不来……哪位行行好,搀我一把……哎哟,痛死我
    了……

    (财、太扶齐起。)

齐:(盯着兴和成,忽转身跪在主任面前。悲伤而焦急地,唱第二十

二曲）

主任开恩，救救我！

我左右为难，无可奈何，

怕只怕，说了实话我命难活。

要找这些金银财宝，不要再问我。

知底人远在天边近在眼前，

要问他是什么人，我宁死不敢说。

通：什么？"远在天边，近在眼前"？你还不敢说？杨敬齐，你想诬赖好人么？

英：难道我们这一伙（指大家）还能有跟你通"毛蛋"的么？咱们这里谁拿了你的金银财宝？你快说！

通：难道是咱们当干部的跟你通"毛蛋"，拿了你的金银财宝？

齐：（呻吟）不，不是！

兴：那到底是谁？

成：你说不出来要你的命！

通：不说？打！

财、太、英：（一旁助威）打，打！

齐：主任！各位乡亲！说出来，你们可得给我撑腰呵。

齐：哎！（唱二十三曲）

要我说来照直说，

雄鸡打鸣天放明，

李长兴、王新成，

二人来到我家中。

通、英：什么？李长兴、王新成？！

齐：（唱第二十四曲）

320

他说杨敬齐罪恶滔天，

大伙要把我碎尸万段。

若是送他金银财宝，

他俩想法把我成全。

兴：你血口喷人！

成：老子揍你！

通：（制止）干什么？

财、太：别动！

通：（对兴、成）你俩着急什么？常言道："没做亏心事，不怕鬼敲门。"

　　你听他说完嘛！

兴：主任，你这话我不"拥护"！杨敬齐是什么玩意儿，他什么谣不

　　能造？

成：老子不听他狗放屁！

英：杨敬齐，你快把话说完！

齐：（悲痛地，唱第二十五曲）

为了活命，狠了狠心，

水缸底下，扒出了金银，

可怜那多少年来，传呀传家宝。

今天我双手打战，我老泪涟涟，

送了长兴新成，拿出了家门，

他说，我说了实话，全家杀干净。

　　（贫雇甲、乙、丙等纷纷议论。兴、成二人扑打齐。通一手拦住，

财、太在后面拉住。）

通：李长兴、王新成，这干什么？杨敬齐说完了。该你们俩说了，趁

　　大伙都在这儿。

英:对了。有话尽管说!"民主民主"!

兴:(愤激地,与成对唱第二十六曲)

　　杨敬齐虎狼托生,

成:心肠真毒辣,真毒辣。

兴:一生横行霸道坑害地方,

成:今天安排诡计诬害忠良。

兴:血口喷人野心不死,

成:妄想穷人还当牛羊。

通:说这些有什么用! 你们俩说说,金银的事到底有是无有?

兴:(有力地表白,唱第二十七曲)

　　对天盟誓性命担保,

成:谁得金银断子绝孙。

兴:若是不信家中去找,

成:找出金银死也甘心。

通:你们俩说得怪好听。(向众人)你们敢不敢保他们俩?

　　(众默然。)

英:敢不敢保? 快说话啊!

　　(众仍默然。)

通:好。既然大伙不敢保,咱们就公事公办,把他俩给我押起来!

兴:押起来? 张四! 你!(唱第二十八曲)

　　暗箭伤人真可恨,

成:不明不白要绑要押。

兴:听信奸霸狗屁谣言,

成:莫非你和他勾勾搭搭?

兴、成:(齐唱)听信奸霸狗屁谣言,

听信奸霸狗屁谣言，

　　莫非你和他勾勾搭搭？

通：别废话！押起来！

　　（无人动手。）

通：怎么，你们都是死人么？（对民兵）你们几个也死了么？挺在那

　　里？快！押起来！

　　（民兵无奈，走去绑兴和成。）

兴：（怒极，唱第二十九曲）

　　可恨小霸王张四，

　　安下牢笼计。

成：说他贪赃他倒打一耙，

　　存心陷害你我二人。

兴：不杀张四我不解恨，

　　做了冤鬼也把你缠。

英：造反了，你？

通：押起来！

　　（民兵带兴、成下。）

通：杨敬齐，没你的事了。走吧！

齐：多谢主任开恩！（脱帽鞠躬下）

通：（向众人一挥手）回家吃饭吧！（转身进屋）

　　（英、财、太、智相继进屋。众人垂头丧气，各奔东西。这时，李

国忠和李国标正慌忙地走来。）

贫甲：哎，李国忠和李国标来了。

贫乙：（看）可不是。

贫丙：（招呼）喂，你们俩快走啊！主任正找你们来开会哪！

　　（李国忠、李国标在外答应："这不是来了么！"二人上。李国标，头戴尖顶帽，下穿一条裙子，奇形怪状。）

贫甲：你们俩真有胆量！会早开过了，怎么这会儿才来？

贫乙：你们干什么去啦？

李国忠（下简称忠）：替主任上山打柴去了。

贫甲：（对标）你哪？

李国标（下简称标）：替主任打场。

贫丙：我说哪！

标：怎么的？

贫丙：（玩笑地）好事嘛！你看你——（唱第三十曲）

　　　　头戴尖顶帽，

　　　　下穿高丽裙，

　　　　像个日本娘们，

　　　　又像高丽女人。

标：得了得了！

贫丙：（唱第三十曲之二）

　　　　你打扮得俏，

　　　　你打扮得俊，

　　　　咱们给你做个媒，

　　　　找一个如意郎君。

标：去你的吧！

贫丙：别忙呵！（唱第三十曲之三）

　　　　主任支派你，

　　　　样样不怠慢，

　　　　下回分浮产，

"放"你一件开裆裤子当袄穿。

标:别扯淡了! 这不逼得没法吗? 哼,下回"放"衣裳要再像上回那样! 我……

贫甲:你怎么的?

贫丙:(唱第三十曲之四)难道你去偷?

标:(白)我干吗要偷?

贫丙:难道你去抢?

标:(白)我干吗要抢?

贫丙:你还得白瞪眼。

标:怎么?

贫丙:一点你也捞不着。

众:可不是!

标:我不信。我和国忠弟这样的,老实一辈子吃亏一辈子! 当牛马,听喝声。就说上回分浮产,"放"衣裳,那是怎么"配给"的? 干部郎当的,能说会道的串通一起摊好东西。咱们! ……

忠:(笑了)提这个干吗?

标:哼! (唱三十一曲)

　　不提衣裳倒还好,

　　提起衣裳心懊恼。

　　有人吃肉有人喝汤,

　　咱连骨头都啃不上。

忠:别说了,别说了!

标:不说? 还能叫我闷在肚子里活活憋死? (声音越说越大)

　　(这时候,主任——张运通——悄悄从屋内出,走到国标后面,叉手站着,众人均未发觉。)

贫甲:算了算了。要让主任听见了可不得了!

贫乙:国标哥,别说了吧!

标:主任? 老天爷我也不怕! 我这会儿看透了——猪狗不如的日子,

活着也没×意思。再说,他张四还能把我怎么的?

贫丙:国标叔! 你就有这么一点小毛病,背地叽叽呼呼,当面一言不

发——你在主任跟前,屁也不敢放!

标:当面,当面怎么的? 别看我老实得连话不会说,都叫我"慓子"。

×他妈!"慓子"? 他张四干了些什么事我不知道?(不平地,唱

第三十二曲)

一辈子老实受人欺,

今天不怕小霸王张四。

他贪赃枉法为非作歹,

和那红花勾搭一起。

通:(越听越有气,突然一手抓住李国标肩膀)好,李国标! 你背地煽

惑大家,图谋"暴动"呵?!

众:(一惊)

标:(变色)我……

通:(向屋内)你们都出来啊!(向厢房)民兵哪?

  (英、财、太、智从屋内出,几个民兵从外上。)

通:好! 大伙都来了。李国标,你说说吧! 我张运通怎么"贪赃枉法

为非作歹"? 说!

标:……

英:快说!

通:你还说我"和红花勾搭一起"。你都看见了么? 快说!(用力推

标一把)

标：（不禁倒退几步）我……我……

通：你？你今天要说不出个一清二楚的，我，我把你当狗腿子办！

英：你不是知道么？李国标，知道就说吧！

标：（鼓了鼓勇气）主任跟红花那个……国忠也……知道！……

忠：（一惊）你……你怎么拉上我了？

通：啊！（对忠）李国忠！你知道我跟红花怎么的？你说说！

忠：我……我……我不知道！

通：（对忠）你真不知道？怕什么！知道尽管说！你看见我跟杨敬齐
　　女儿红花怎么的啦？

忠：我……我没看见。

英：那定准是李国标造谣言，想打倒干部啦！

通：这不是！大伙都在这儿，李国标说我贪赃枉法为非作歹，他说不
　　出个因由来；说我跟大肚鬼女儿红花怎么的，谁也没看见。这不
　　是存心想暴动么？（对民兵）把他押起来！

标：押我？

　　（民兵去拉标。）

标：（反抗）你们押我？我犯了什么罪？你，你，（向张运通）枪毙了
　　我吧！

通：枪毙？（灵机一动）也该枪毙你了。你不提红花我倒忘了。我问
　　你，红花的哥哥——杨贵元——临走的时候，交给你一支三八式，
　　一百多发子弹，你藏哪儿去了？

标：（悲愤）张四！你真要逼死老实人呵！

通：不说，给我打！

　　（众不动。）

通：（推民兵）去，把他按倒！

（民兵按倒标，但无人动手打。）

通：（从地上拿起一根木棍，在标下部猛打）你暴动！你造反！狗腿

子……

（英、财、太也拿起皮带打。）

标：（呻吟）我的妈！你们打吧！……打死我吧！……（昏过去）

通：好大胆子！看你还敢暴动！别装死！限你五天内把那三八式和

一百多发子弹交来。不然，你一家别想活了！（把棍一撂，进屋

去了）

（英、太、财也跟着进屋。国忠和贫甲、乙、丙垂头丧气。广智一

边站着，皱着眉。）

智：（走近忠）快把他（指标）搀回家去吧！唉，谁叫他自找祸……这

年头……（说着走开了）

忠：（扶标）怎么样？

（贫甲、乙、丙帮忙扶标起立。）

标：（悲痛欲绝）

妖魔鬼怪，一手遮住了天，

眼前一片黑，阴风飕飕心胆战。

虎狼当道人鬼不分，

李国标半死不活实在凄惨，

一生当牛马，遭不尽的灾殃。

忠等：少说两句吧！这世道……

标：一阵屈打，天大的冤枉。

做人做鬼，我忘不了小霸王张四！

（忠等扶标下。）

（幕落，第一幕完）

328

第二幕

第一场——第一幕后五天，早上

（李国标家的门前。）（奏三十四曲）

（李国标光着头，披着一条破麻袋，拄着棍子，脸色灰暗，痛苦万分地从屋内一步一拐地走了出来。）

标：（悲痛地，唱第三十五曲）

　　一顿屈打遭个半死，

　　老妻少女出门要饭整四天。

　　左等右盼不见回还，

　　我滴水未进粒饭未咽。

　　心惊肉跳伤痛实难忍，

　　有苦无处诉，我有冤无处申。

（接唱第三十六曲）

　　叫天天不应，叫地地不灵，

　　五天期限来到眼前。

　　枪支子弹事情太冤，

　　小霸王张四逼得太紧。

（白）老天爷啊！

　　我一家呵老小难逃死命，

（白）唉，我还有什么办法！

　　我一了百了离别人间。

（白）我再活不成了！（解下束腰绳子挂树上）

（白）杏儿，杏儿她妈呵！

我死得苦,我死得冤!

第二场——紧接第一场

(往李国标家去的路上。)(奏三十七曲)

(李国忠手里提了一小口袋苞米面,上。)

忠:(无可奈何地,唱第三十八曲)

五天过去,好比五年,

穷兄弟们县里开会整三天。

坏蛋张四在屯里,

更加猖狂无法无天。

留下咱几个老汉,

孤零零无依无靠,

好比那天边飞鸟,

天边飞鸟失了群。

(白)唉,有什么办法啊?(唱三十九曲)

李长兴他俩在拘留,

天天得挨打受尽煎熬。

咱一旁伤心不中用,

谁敢去讲理说个情?

(白)自从那天农会主任小霸王张四扣押李长兴、王新成,屈打国标哥,到今天五天了。咱屯上的穷兄弟们到县里开大会,三天为期,到如今还不回来。真急死人了!咱几个老头留在家里,一点办法也没有。眼看着张四和杨敬齐一些大肚鬼又不知道在"捅咕"什么。李长兴、王新成在"拘留"里挨打遭罪。再就是国标哥,当天挨打回去,一家三口哭得死去活来……可怜又没吃的,第二天,国标嫂就领着杏儿出去要饭……也不知道回来了没有。

唉,提起国标哥这事,我也有一份罪呵!（唱四十曲）

怨自己当日胆子太小,

公道话不敢当面谈清。

我在一旁,眼巴巴,

一旁看他遭了屈打,

我昧了——昧了良心,

太不该,太不该!

今日里借来了几斤苞米面,

送给咱国标哥表表心。

（白）我这就把这几斤苞米面给国标哥送去。

（第二场完）

第三场——紧接第二场

（李国标家的门前。李国标吊死树上。）

（李国忠提小口袋,匆匆上。）（奏四十一曲）

忠:门没关。许是国标嫂和杏儿要饭回来了。（进屋,复出）一个人
也没有。都到哪儿去了?（呼喊）国标哥!……（终发现国标吊
死树上,大惊）啊?!你——国标哥呵!（唱第四十二曲）

进你家中不见你的面,

出门来高声呼喊没人答应,

原来你自寻短见吊死树上。

不怪天,不怪别人,

只怪当日胆小害了你,

更恨那狗东西活活逼死人。

（招呼）乡亲四邻你们快来呵！

（贫雇丁、戊、己等七八个人上。）

贫丁等：什么事，什么事？

忠：国标哥吊死了！

贫丁等：吊死了？！

忠：这可怎办？国标嫂带着杏儿去要饭，也没回来。

贫丁：可不！国标嫂和杏儿回来，看见这个样，可怎么过啊？

贫戊：×他妈！翻身，穷人翻身？这样子"翻"下去，还有穷人的活命么？

贫己：依我看，天下穷人都能翻身，就咱屯上，再"翻"一千年也"翻"不过来！

忠：哎，不说这些吧。咱大伙快把他放下来抬进屋里去吧！

众：对。

（众人慢慢将国标从树上解下。与这同时，国标妻带杏儿上。）

国标妻（下简称标妻）：杏儿！快走吧。咱出来三四天了，你爹自己躺在炕上，准急坏了。杏儿，你也懂点事了，可不能再惹你爹生气了……唉！

杏儿（下简称杏）：知道了。妈！（从怀里掏出一块饼）妈看！这饼子我没舍得吃，留着回家给爹爹吃。

标妻：那才是好孩子哪！走吧！（抬头看）杏儿！一些人在咱家门口干什么？是不是张四他们逼你爹要枪来了？

杏：逼爹爹要枪？

（众人已把国标解下放在地上，十分难过。）

标妻：大伙在这儿干什么？

贫丁：啊！国标嫂？你们娘儿俩怎么才回来？

忠:国标嫂! 杏儿! ……(呜咽,说不下去)

标妻:(奇怪)大叔! 你? ……(发现有人躺在地上)这是……?

忠:国标哥……吊……吊死了!

标妻:(大惊)啊,他吊死了?!

杏:爹爹,爹爹!

（母女俩扑向国标,痛哭。）

标妻:杏儿她爹!（痛极,唱第四十三曲）

早来晚来你不死,

要饭回家你咽了气。

（白）是张四他们把你害死,把你逼死呵!

眼看你屈死我心如刀绞,

想起了仇人我心似火烧。

恨不能一口吞下张四狗东西,

我要吃他的肉,剥他的皮。

（白）张四,你欺负人算欺负到头了! 我今天就跟你拼了吧!

（欲下）

众:(劝阻)哎,可不行呵!（拉住）

标妻:(哭泣)杏儿,咱们好苦啊!

杏:爹爹,爹爹!（唱第四十四曲）

女儿腿短走得慢,

要饭回家爹闭了眼。

（白）爹! 你不要杏儿啦?

为什么爹不再等三两年,

让女儿我好坏尽点孝心。

我怀里揣了个饼子留给爹爹,

爹你就算看一眼,女儿也甘心。

　　(白)爹,你带杏儿去吧!

　　(母女哭不成声。)

忠:唉! 不哭了。哭又有什么用?

贫丁:是呵。咱们还是把国标哥抬进屋里去,赶快料理料理吧。要
　　不,一会张四他们来了又要惹祸了。

贫戊:张四? 张四他还要怎么的? 他逼死了人命! 咱得带着国标嫂
　　娘儿俩告到区上县上去!

忠:对。咱屯上穷兄弟们到县里开大会,今天总该回来了。回头跟
　　他们合计合计,咱就去告去!

贫己:眼前不同往年了,眼前是民主政府,还能不给咱穷人做主么?
　　我看明天就去告。

忠:要告,今天晚上就去!

众:对! 对!

标妻:兄弟爷们要敢给做主,她爹死了也放心了。俺娘儿俩出去要
　　饭跑了三四天。头一天在这几个屯里一口也要不出来,穷户
　　自己还得去要着吃,财主户还是几条大狗把住门进不去。第
　　二天,走出了三十多里地,那一块真好,到哪家哪家打发,都问
　　我是什么人,干吗还得要饭。我把咱屯里的事都给他们说了。
　　他们不信,他们说他们屯里穷人早翻身,有吃有穿,自己当家
　　了……

忠:我也早听说了,别的屯都翻身了,就是不明白……

　　(远处有锣鼓声。)

忠:(听)八成是开会的人回来了。(向丁)老二,你去看看!

　　(贫丁下。众张望。贫丁复跑上。锣鼓声渐近。)

贫丁:(高兴)回来了,是他们回来了!我告他们,咱们在这儿哪!

忠:那快把国标哥抬进去吧。

标妻:不。到这地步了,让他再躺一会儿。教大伙看看,也好明白
　　明白。

　　(贫甲、乙、丙等二十余人,手执各色旗子上。)

忠:你们可回来了!

贫甲等:你们都在这儿干什么?

忠:你们看!(指国标尸)

贫甲等:呵!国标哥?……

标妻:你们大伙得给我做主呵!(唱四十五曲)

　　她爹含冤丧了命,

　　留下娘儿俩好苦情。

　　(白)大伙儿说说,这样就算了么?

　　大仇不报活人心不甘,

　　冤情不白死人心不安。

　　求大伙快给做主,快给做主,

　　替他爹报仇把冤申。

贫甲等:(气愤)走!

忠:到哪儿?

贫甲:捉张运通他们去!

贫乙、丙等:走,走!

忠:咱不合计合计?

贫甲:合计什么?县里这回开的贫雇农大会,到了不知有多少人。

　　县里讲话说得明白,叫咱们放心大胆干,不管天老爷,他不叫

　　咱们翻身就不行。有什么事共产党、民主政府给撑腰。咱还

怕什么？

忠：真的么？

贫乙：可不真的！

忠：这会儿我老实人也开了窍了。有政府给咱穷人撑腰，咱还怕什

  么？走！别看我今年四十七了，我还满能干一起哪！

众：走，走！

  （众骚动，欲下。）

贫丙：（发现前面有人）你们看，那边有人来了。（注视）×他妈！正

  是张运通那小子和小婊子张兰英带了几个人来了。

贫甲：（看）可不就是他！

忠：看那样子他是逼国标哥要枪来了。

贫丙：他敢？咱们先揍他一顿再说！

贫甲：我看这样好！咱们留几个躲在这儿，看着他。其余的人都一

  齐绕路到村公所去，先把民兵的洋炮和枪头子给下了，把李长

  兴、王新成他俩放出来，立即返回这儿收拾张运通他们。大伙

  看好不好？

众：好！

忠：咱们走吧！

贫丙：我跟几个人先把国标哥抬进去，就在屋里躲着。

众：走！……

  （众人下。贫丙数人及标妻、杏儿把国标尸抬进屋内去。张运

通、张兰英带二民兵上。民兵手持枪头子并带绳子。张运通挂着一

支文明棍，十分神气。）

通：（张罗着）李国标，李国标！难道都死了么？（向民兵）进去看看！

  （民兵进屋复出）

民兵：主任,死了!

通：谁死了?

民兵：李国标吊死了!

　　（标妻及杏儿从屋内上。）

通：怎么,死了?

英：死了! 死了就算完了?

通：那还能算完了? 人死了枪也得交出来! 要不,日后"上级"来查问,我不好说话。国标家里的! 你看……

标妻：(悲愤)张四,你还算人么? (唱四十六曲)

　　恨不能一口吞下你这狗东西。

杏：(唱)你这狗东西,狗东西。

标妻：我要吃你的肉,剥你的皮。

杏：吃你的肉,剥你的皮。

通：反了?

英：真反了!

标妻：(冲向通,左一耳光,右一耳光)反了! 反了!

杏：(夺下通手中文明棍,打英)婊子儿,婊子儿!

通：(闪到一边)好! (向民兵)把她绑起来! (对母女)我把你俩押起来,慢慢地收拾,跟李长兴、王新成两个小子一样。哼!

　　（李长兴、王新成突如其来跑上,冲向通及英。）

兴、成：(二人打通)小子? 小子? 你尝尝老子这拳头香不香?……

通：啊! 你们?……

英：哎哟! 谁把你们俩放了? 准是坏蛋捣乱了!

兴、成：(转过来打英)坏蛋捣乱,坏蛋捣乱!

英：不好了,不好了! 暴动了!

通:(向民兵)快去找人去!

　　(贫丙等数人屋内出。)

贫丙:不用找,我们来了。

通:来了正好。快动手把他们(指兴、成、标妻等)绑起来! 他们……

贫丙:我们不绑他们。

通:怎么的?

贫丙:(嘲弄)报告主任,咱们要绑你老人家!

英:不得了! 四哥! 他们怎么都反了! 咱们快走吧!

通:走,走!

　　(这时李国忠及贫雇甲,与众人手持各式棍棒从四面八方涌上。)

众:走,走哪儿去?

通、英:你们干什么?

众:干什么?! (一拥而上,将通、英围起打了一阵)

忠:(喘)大伙歇歇吧!

贫甲等:还没打够哪!

兴:我看先留他俩一条狗命。

成:对。一下子把他打死太便宜了他了! 留着慢慢收拾不好?

众:好。

忠:绳子带来了。

贫甲:有了。(贫甲等数人把通及英绑了起来)走! (拉通及英下)

　　(这时贫雇乙、丁等数人推杨德财、张云太、杨广智三人上。)

贫乙:都弄来了。

众:绑起来!

财:各位乡亲……我杨德财——

338

众:不听,不听!

兴:(向财)你还说什么?大伙还不知道你的底细?

贫甲:他当过一两年警察……

贫乙:打过不少人!

贫丙:给他说什么?他事儿多哪!(走去绑财)来吧!

太:我……我求求大伙……我也是个"贫苦农"我……

忠:(对太)你啊?哼!旁人我不摸底。你可瞒不过我!

成:"贫苦"农?他放屁!他父亲是有名的"小辣椒"。谁还不知道?

众:对。

太:可我这会儿什么也没有了……

兴:大伙信不信?

贫甲:别跟他啰唆吧!老富农底子,把地都让亲戚给顶了名了,自己
    来装穷!

贫戊:来吧!你威风也不小了!(绑太)走!

    (拉财、太二人下。)

智:大伙说说,我为人怎么样?再说我真真正正"贫雇农"。这些
    日子都是张四他们几个人……我一点坏事也没干,就是写个账
    混口饭吃!……

一部分人:杨广智,人倒是老实人!

    也没干过坏事!

    他父亲是蒸烧锅的。

    他跟父亲在外头学过生意。

    眼前就一个人过日子,什么也没有。

兴:可他在老"伪"村公所帮过忙,写过字。

智:那也是没什么吃逼的。

339

一部分人:那就"宽大"吧!

贫丙:咱往后办事,少他这样能写能算的还不行哪! 再说,他也
　　　真穷。

一部分人:对。

智:(脱帽鞠躬)谢谢大家!

一部分人:不要这样,现在讲"民主"了!

兴:(向大伙)还有一个人,咱们把他忘了么?

众:没忘!

成:你们说谁呵?

众:杨敬齐!

忠:对,杨敬齐是个老坏根。我知道……

兴:咱们把杨敬齐立即抓来,过他的"大堂",追他的金银财宝,追他
　　　的枪,追他的特务儿子,杨贵元……

众:好,好!

兴、成、忠:(领唱第四十七曲)

　　　搬掉身上千斤大石头,

众:(和)

　　搬掉身上千斤大石头,

　　咱们挺起腰。

兴、成、忠:(领)

　　　推翻面前一堵百尺墙,

众:(和)

　　推翻面前一堵百尺墙,

　　咱们往前走。

　　自古来,

射人先射马,擒贼先擒王。

今天呵,

打蛇先打头,斩草要除根。

(人们在行进)

挺起腰,往前走,

睁开眼,抬起头,

奸霸地主,地主奸霸,

一个也不白饶,一个也不白饶。

(第三场完)

第四场——当天晚上

(往杨敬齐家的路上。)(奏四十八曲)

(杨敬齐妻及红花扶着杨敬齐痛苦万分地走了过来。杨敬齐脸上有血,衣服破碎,腿部受伤。)

齐:哎,做梦也没想到会来得这么快呵!今天早起还和张四、兰英他们合计得好好的,说到县里去开大会的那些穷鬼们快回来了,一定带来什么新的章程,咱们得好好地想办法对付。哪想到——

(唱第四十八曲)

晴天霹雳祸从天降,

措手不及打了我当头一棒。

杨敬齐头一遭,受痛打,

可恨那穷光蛋胆大包天。

齐、妻、花:(三人合唱第五十曲)

张四、兰英不中用,

叫杨敬齐/他爹爹/爹爹你受这磨难。

打得我/你爹遍体鳞伤好凄惨，

心如刀绞烈火焚。

老"中央"何时来到救苦救难，

哎，心如刀绞烈火焚。

齐：把我打了个死去活来，倒说要"宽大"我，放我回家仔细"反省"；

叫我只要把金银财宝拿出来，把我儿子杨贵元找回来，把枪交

上，就没事儿。哼，杨敬齐难道是傻瓜，看不出你们"跳梁小丑"

的阴谋诡计？你们要放长线钓大鱼呵！（唱第五十一曲）

你千方百计都是梦想，

我舍上老命不露风声。

（白）看你穷小子们有多大本领——

我心不甘气不平，

试一试谁有道眼，谁能占先。

（白）我就不信斗不过你们！只要我杨敬齐还有一口气……

齐妻、红花：回家歇歇再说吧！哎！

（三人慢慢下。）

（第四场完）

第五场——翌日晨

（往杨敬齐家的路上。）

（王新成匆匆上。）

成：（快板）王新成，不怕早起北风冷，我急急忙忙往前行。

往前行，去扫听，扫听杨敬齐这老家伙，看他有什么鬼动静。

说起来！我心高兴：

昨天傍晚过大堂，大家伙七手八脚"喊里嘟咚"，

打得那杨敬齐,屁滚尿流死去又活来。

还有那,张四张兰英也几乎丧了命,丧了命。

(白)大伙一合计,说,先别着急,他三个人一句实话没说,可不能打死,得让他们多遭点罪,把一些事弄个水落石出……这就来了个放长线钓大鱼,把他三个人放了回去。

(想起。快板)再一件,我心高兴:

我,李国忠,李长兴,大伙举咱三人当头领;

人品好咱根儿正,领头办事大伙都放心。

可就是,有一点儿,

咱三人都是大老粗,斗大字儿识不了五升,

不会写来不会算,这可就没法办,没法办。

(白)大伙说,不要紧,你们三人不会写不会算,还是让老文书杨广智帮帮忙吧。哎,这个人……再说,贫农团里不三不四的人也还有那么七八十来个的,真叫人不放心……罢罢罢,这会管不了这些。我还是立即去扫听扫听杨敬齐到底有什么动静没有。

(匆匆下)

(第五场完)

第六场——紧接第五场

(杨敬齐家中。摆了一口棺材,敬齐妻及红花,悲啼不已。)

(王新成匆匆上。)

成:到了。哎,闩着门。(悄悄到门边,听)

齐妻:(哭)红花她爹呵,你死得苦呵!……

花:(哭)爹呵,你死得冤……

成:(自语)怎么? 在哭爹哪! 难道杨敬齐这老东西死了? 让我偷偷

343

瞅瞅！（往里看）×他妈！摆了一口棺材,那老东西真死了！哎,糟透了！怎么就死了哪？我赶快去找他们来看看。

（王新成下。少顷,王新成带着李国忠、李长兴、杨广智及贫雇甲、乙、丙等十余人上。）

兴:怎么,杨敬齐死了？

成:可不死了怎么的！

忠:进去看看去！

（众人一齐进屋。）

齐妻:大伙都来了。你们行行好吧！

兴:怎么回事？

齐妻、红花:（诉苦,夸张地,唱第五十二曲）

> 他（我）爹昨晚回家转,
>
> 倒在门前断了气。
>
> 七窍流血真可惨,
>
> 丢下娘儿俩没人理。

（白）可怜死了！（唱第五十三曲）

> 他（我）爹空着两手进棺材,
>
> 香纸蜡烛也没钱买。
>
> 乡亲邻里不理睬,
>
> 一口棺材没人抬。

忠:哼,倒诉起苦来了。像他那样的再死两个也不算多！

成:这样死了太便宜他了！

兴:哼！死了？是真死还是假死了？

齐妻:哎哟,这是什么话呵！不信你们就掀开棺材看看吧！（唱第五十四曲）

　　　　惊动了死鬼不要紧，

　　　　冲撞了大家不相当。

　　　　既要看来就掀开看，

　　　　到这地步我有口难言。

贫丙:谁有这样的闲工夫,再看还不是那个凶神样?!

智:看什么? 一股臭味! 又看不出东西来……

一部分人:算了! 就算便宜了他吧!

兴:人死啦! 事儿可还没了。

成:老头死了找老婆!

兴:对!

齐妻:你们找我干什么?

忠:你装什么傻! 干什么? 还得跟你要你的"好"儿子——贵元,要

　　枪,要金银财宝!

众:少一样也不行!

齐妻:你们这样不是存心不让我活了么?（耍赖地,唱第五十五曲）

　　　　死鬼你什么没甩下,

　　　　甩下了大祸留给我。

　　　　我一头碰死跟你去,

　　　　倒比活着强得多。

　　　　（白）死鬼啊! 我跟你去吧,我碰死算了!（欲碰）

花:（拉住）妈,妈! 你不能死呵!

齐妻:红花,咱们活不成了!（二人抱头痛哭）

众:走,别理她! 不把东西拿出来,把人找回来,就不客气!

　　　　（众纷纷下。母女俩松了一口气。）

花:妈,你累了,快歇歇吧!

齐妻：妈饿了。红花，你去和点荞麦面包包子吃吧。

花：好。妈，还有点肉哪！

（第六场完。幕落）

（第二幕完）

第三幕

第一场——第二幕后的半月一天下午

（往村公所的路上。）

（李长兴匆匆上。）

兴：（愉快地，唱五十六曲）

轰隆，轰隆，轰隆隆大车来往不停。

（众合唱。大车声由远而近而远）

哗哒，哗哒，哗哒哒骒马跑得欢。

（众合唱。骒马蹄声及嘶叫声由远而近而远）

贫农团里，老老少少，男男女女，

个个心欢喜。

（众合唱。车伙及其他人的喝声、呼应声）

今天以往，以往今天，

好比天和地，好比天和地。

（快板）转眼又是十来天。十来天，真正忙，忙得个个一头汗，忙得个个心喜欢。斗地主，拉浮产，今天又是干了一整天，一整天！

（白）不用说干别的啦，今天我光是跑这跑那照应大伙来回拉大肚皮家的东西，就把我忙得够呛了。……快落日头了。大伙也该回家休歇吃饭了。我得去和大伙合计合计明天干什么事。这

就走。（绕了一圈）

（王新成、李国忠，贫甲、乙、丙及标妻、杏儿及众人上。大多数穿着整洁的衣服，都面目一新。）

成：（对兴）哎，你怎么才回来啊！

众：（玩笑地）主任今天落后了！

兴：又来了！你们不看我来了又去，去了又来，来来回回多少趟呵！

成：咱说正经的吧。趁大伙都在，合计合计明天的事吧。

忠：合计合计也好。

兴：大伙忙了一天，累得够呛了！

众：不累！

兴：别说不累了。

众：累死了也高兴呵！（唱第五十七曲）

　　咱们不怕累，咱们不怕忙，

　　以往不比今天，今天不同以往，嗨哟嗬。

　　挖来粮食堆满仓，挖来衣裳穿身上，

　　嗨哟嗬！穿的戴的，吃的用的样样有。

　　物归原主财宝还家，

　　大家乐洋洋，乐洋洋！（笑声）

兴：可是咱们明天干什么？

贫甲：明天分大肚皮的房子吧！

一部分人：对！跟大肚鬼换房子。

忠：我看也该换换。给他们一间破房子住住，让他也尝尝那个滋味！

兴：我想起一件：杨敬齐死了，张四、张兰英给咱打坏了，到今天半个月了，也该把他俩赶快处理了。再就是那几个被斗的家伙咱们也得看管着点，让他们成天东游西逛地去要饭，也不是个事儿。

智：张四、张兰英到如今还躺在炕上不能动弹，他还能怎么的？

成：还能跑出咱手心里去了？依我说，让他俩能起来了，再拉来打一顿，教他俩回家躺个十天半月的，又拉来打一顿……慢慢收拾，看他俩说不说实话。

贫丙：这样好。那几个被斗的家伙，就得让他们去要饭。要不，咱贫农团还得养活他们。

智：对。这样办就不错。

大部分人：对。

忠：明天到底干什么？

众：换房子！

成：先分杨敬齐家的。

众：好！

兴：那就这样。咱可不要走了风声。

智：又没有外人，谁去说这个？明天说干就干，错不了。

忠：（看天）好好的——天又阴下来！今晚上八成要变天。

兴：起风了。咱快家走吃饭吧。

　　（众唱第五十七曲，欢欢喜喜下。）

（第一场完）

第二场——同日，夜深。漆黑的天，寒风狂啸

　　（李国标家门前。一个身穿黑袍，头戴黑色高帽，满脸涂黑的人，一步步，一步步走到窗下。）

黑人：（慢，低沉）杏儿她妈，杏儿她妈！我回来啦，我回来啦！我死得太冤了！把你娘儿俩闪得好苦！这全是杨敬齐指使张四害的我。我在阎王爷面前打了官司。阎王爷说，你们穷的富的

在阳间也闹,到阴间也闹,阎王爷不给断;还说,你要报仇,我许你自由几天,你有本事就干去吧。我就出来了。我要到杨敬齐家把他老婆和他女儿的魂给勾来! 还要到跟杨敬齐一个鼻眼儿出气的大肚鬼家去……杏儿妈,杏儿! 你俩不用怕! 待会儿杨敬齐八成也要来找你吓你。千万不用害怕! 我走了,我走了。杏儿,杏儿她妈! 你们好好地闹翻身吧。我在阴间也保佑你们……

(黑人说罢,一步步,一步步走远了。片刻,屋门悄开了。标妻持灯迟疑欲出。一阵狂风,灯灭。标妻惊,急退入,猛关门。接着,一个身穿白袍,头戴白色高帽满脸涂白的人,一步步,一步步走到窗下。)

白人:(严厉,嘶哑)李国标,李国标! 你躲到家里来了! 你想我杨敬齐怕你不成?! 你出来呵,你带着一家三口出来吧! 我不怕你! 你要翻身? 我要让你们这些穷鬼——子孙万代也翻不了身! 你干吗不敢出来? 好! 你不出来我就要进去啦! (举起一块大石头向窗户掷去。啪哒一声——白人转眼不见了。狂风呼啸)

(第二场完)

第三场——翌日拂晓

(村公所院内。站岗的民兵在门前打盹。)

(国标妻及杏儿慌忙上。)

标妻:他长兴叔,他长兴叔! (摇民兵)主任哪?

民兵:(惊醒)什么事,什么事?

标妻:不得了啦! (向屋内)主任!

349

杏:（亦喊）长兴叔！

　　（李长兴、王新成、李国忠披衣从屋内上。）

兴:谁？（见标妻及杏儿）呵！是国标嫂娘儿俩。什么事,大清早,这么慌张?

标妻:你们不知呵！（唱第五十九曲）

　　　主任你们听我谈,

　　　昨天半夜吓破胆。

兴等:到底什么事?

标妻:（接唱上曲）

　　　她爹冤魂不息回家转,

　　　地主杨敬齐又来把我缠。

　　　仇人相见闹到阴间,

　　　冤冤相报闹不完。

成:还有这样的事?

　　（这时贫甲、乙、丙等上。）

杏:可不是？都快把我吓死了。窗户还给杨敬齐那大肚鬼砸了个大窟窿！

忠:哎,奇事！

　　（敬齐妻及红花匆上。远远就招呼着:"主任,主任!"）

齐妻、红花:（高呼）主任,主任！你们可得给我做主呵！

兴、成、忠等:又是什么事?

齐妻:大伙在这儿。哎！（唱第六十曲）

　　　昨天半夜睡蒙眬,

　　　忽听门外有人声。

　　　她爹冤魂回家转,

李国标又来把我缠。

兴等：又是闹鬼。

花：你们听我说呵！（唱第六十一曲）

　　他俩都说是屈死，

　　穷的富的都有理。

　　阎王老爷不给断，

　　回到阳间来撒气。

众：这真是奇事！

　　（地主甲、乙不约而同上。人也越来越多了。）

地主甲：哎，大伙说说！这可怎么办呵？

众：又是什么事？！

地主甲：大伙听我说，昨天半夜……

成：（抢着）得了得了。又是昨天半夜！你不用说了。你家又闹鬼了是不是？

地主甲：可不？可怜那头老驴也给李国标死鬼给弄死了！……

地主乙：我家里……

兴：你家里也闹鬼？

地主乙：我……我……

成：怎么的？

地主乙：那一口老母猪大伙说让我先喂着……昨天晚上闹鬼，早上也死了。

成：×他妈！成了鬼的世界了！

智：哎。这不可全信，也不可不信呵！

一部分人：是呵！

兴：大伙说，这可怎么办？

351

贫己：我看，烧点香、纸送送吧！

贫戊：请"大神"来问问也好！

兴：真急死人！这是什么怪事？

　　（这时，张兰英喊"张四"的声音由远而近，接着跑上。她披头散发，衣服破碎，神志昏迷。）

英：（叫骂地，唱第六十二曲）

　　张四，张四！你害得我好苦，

　　你血口喷人逼死了我。

　　（白）我要跟你来算账！

贫戊等：（向英）你是谁？

英：什么，你们不认识我了？我是李国标。好！你们都翻身了，忘了我这穷汉了。哎！（接唱上曲）

　　张四呵张四！你逼死了我，

　　我甩下妻、女，娘儿俩日子怎么过？

　　（哭不成声，白）我要找张四算清这笔账！我要和你拼了！（欲冲向屋内）

成：（拦住）你到哪儿去？

英：我……我找张四！

成：张四不在这儿！

英：不在？你……你是谁？……呵，你是杨敬齐？（怒）好！杨敬齐！原来是你挑唆的张四！咱……咱俩拼了吧！（手舞足蹈）哎哟！（倒地）

贫戊：快去请"大神"来问问吧！

英：（忽地跳起，狂笑）哈哈……李国标，难道我杨敬齐怕你不成？哈哈……我轻轻的这么一拳就把你打倒了！什么？你去找贫农

团? ……哈哈……什么,你要放火烧我的房子? 好,李国标! 你

烧吧! 你烧我的,我烧你的! 烧! 烧! 哈哈……火! 火! 火!

（指着仓库方向）

（一阵浓烟,仓库方面起火。）

英:火! 烧起来了! 哈哈……

（众大惊。）

众:(看,惊)真起火了! 仓库起火了!

兴等:不得了啦! 粮食跟衣裳都在里头! 快救呵!

众:快救呵! 快! ……

（众惊叫,骚动,向仓库方面涌去。人声嘈杂,火光熊熊。兰英
独自一人在场。）

英:(得意)大清早,好热闹!

（第三场完）

第四场——又过了一天

（村公所屋内。奏六十三曲曲调）

（李长兴、王新成、李国忠三人垂头丧气,相对无言。终于,王新
成先打破沉默。）

成:×他妈! 那天闹了鬼,仓库又不明不白地着了火,这两天什么事

也都来了。我的头都快炸了。×他妈! (唱第六十三曲)

谁知道是人是鬼,

兴:(唱)放火烧仓库。

忠:(唱)糟蹋不少粮食叫人难过,

成:(唱)衣裳和浮产丢掉许多。

兴:(唱)一些人趁火打劫,

成:(唱)定准是存心要闯祸。

忠:这还不算呵。要命的是——(唱第六十四曲)

　　不三不四的在嚷嚷,

　　嚷着给咱来算账。

兴:(唱)说咱三人贪了赃,

　　贪赃粮食和衣裳。

成:你说这不急死人么?(唱第六十五曲)

　　千斤大石压心上,

　　穷兄弟们不敢到场。

　　说是怕神又怕鬼,

　　风言风语一盘散沙。

成:这两天贫农团里谁也不来了。要合计什么都不行了。

兴:你说这不是天大冤枉么?一场火灾,粮食还能不少?加上不三不四的人趁火打劫,衣裳什么的不丢完了就是好的。这会儿说算账,你说怎么算?

忠:背地里有人说,两身狐皮大氅、一床鹅毛被子,都教咱们三个吞了。这些东西你们见了么?

成:放他妈的狗屁!

兴:可也奇怪!杨广智写的账上就有这三样东西。

成:这还不明摆着是杨广智这小子捣的鬼!×他妈!我这就去找这小子算账!(欲出)

忠:(拦住)你着急什么?找他,找他有什么用?

成:不找他怎么的?你看他两天不来了,说是有病。我看他是心里有病,不敢见咱们了。

　　(杨广智挂着一根棍,没精打采,呻吟着上。)

354

成：（唱第六十六曲）

　　你来得正好！我正要去找你。

智：（呻吟、无力）找我？

成：（唱）你说说，那些账目怎么回事？

智：什么账？

成：（唱）你还装傻？

智：我……

忠：（接唱上曲）

　　你在账上写了两件狐皮大氅，一条鹅毛被子。

　　（白）这些东西你见了？

智：这……这……反正谁交上什么我就写什么。

兴：那是谁交上了这几样东西？

智：我……忘了！

成：你忘了？你忘了你爹叫什么姓什么了！

忠：广智！你说这个我不信。

兴：你好好想想。

成：（厉声）我告你说，你今天不把事弄明白就不行！

智：（想）哎，这事……！（唱第六十七曲）

　　我说说你们听，

成：快说！

兴：你说吧！

智：（唱）这几天犯心痛，

　　脑子里乱哄哄。

成：说这些废话！

智：（唱）我害怕有一天……

忠：你害怕什么？

智：我怕——

兴：你到底怕什么？这又没外人！

智：我怕——我怕——有一天……有一天喘不上气来死了！

成：（唱第六十八曲）

你自己死了不要紧，

不要拖累旁人。

忠：对！（接唱上曲）

我们和你无冤无仇，

好人也得讲良心。

智：（叹了一口气）唉！（一旁唱第六十九曲）

有心把实话讲，

又怕把命丧。

左右为难啊，

我心里没主张。

兴：怎么的？

智：唉！心痛。我坐不住，我得回家躺着。

成：你走？杨广智，你听着，你要不把账目弄个明白，我可不让

你！哼！

智：我病好了，一定弄明白！

（杨广智心神不定地，连拄棍也不拿就走了。）

兴：（奇怪）杨广智是怎么的？

忠：谁知道？

成：揍一顿就好了！

（贫甲、乙、丙匆匆上。）

贫甲:(紧张地对兴等)快点,快点!去!

兴等:(惊)什么事?

贫甲:开会!

兴:是要算账么?

贫丙:你想哪儿去了!

贫甲:你听我说吧!贫农团里全体老实人,这两天心里又愁又闷。都说,李长兴他们三个人诚心诚意领着咱翻身,辛辛苦苦才说引上了道,出了这些乱七八糟的事,真急死人了;难道这样就算完了?……

贫丙:还能这样算完了!咱们不快弄,眼看打到头上来了。(秘密地)你们没出去扫听,东头西头一些小狗腿,拉拢几家中农背地乱喳咕,喳咕开会斗你们哪!

贫乙:反正咱们不能让他反过来咬咱一口。

贫甲:我们七八个人,昨晚上跑了一整宿,到这家到那家的,串联了咱们贫农团里的人又好根又正的贫户……他们大伙都在等你们去哪!

成:到这儿开会多好!

贫丙:你真是一根肠子通到腚。到这儿一吵吵不三不四的人都来了,还能办事?

贫甲:快走吧。大伙说好了,给你们三个人撑腰,好好地再干一下。

贫丙:区上徐会长也在那儿哪!

忠:真的?

贫甲:区上徐会长在那儿跟大伙合计了半天了。

兴等:(高兴)那快走!

(众人正要出门,国标妻及杏儿上。)

标妻:你们到哪儿去?

兴:你来了正好。一块走!

杏:到哪儿?我有要紧事告诉你们哪!

忠:什么要紧事?杏儿!

杏:昨天跟妈去上坟,远远看见一个人……

贫甲:走!到大伙跟前一块说去。

标妻:这事不能当着大伙呵。

贫甲:都是咱们自己人。走,走!(拉杏儿先下。众随下。)

(第四场完)

第五场——第四场的晚上

(坟地。)(奏第七十曲)

(李长兴及贫丁、戊、己扛着锹镢上。)

兴等:(齐唱第七十一曲)

    点点银星耀眼明,

    今晚咱们巧计定。

    天罗地网来捉鬼,

    妖魔鬼怪都扫清。

兴:你说这不是一件怪事儿么?(唱第七十二曲)

    杨敬齐丧了命,

    家中只有妻女二人,

    为什么半夜三更烟窗冒火星?

贫丁等:谁说不是?

    (接唱)四邻的狗儿吠个不停,

    他家的后窗下面,

一片雪地踩成了平路。

兴:(唱)这当中定有内情。

贫丁等:(唱)定有内情。

兴及贫丁等:(齐唱第七十三曲)

今晚掘开杨敬齐的坟,

起出棺材看个清,

看个清,判个明,看个清,判个明。

兴:今天晚上……

贫丁等:(唱第七十四曲)咱们来捉鬼,

兴:怎么捉?

贫丁等:(唱)全屯大包围。

兴:碰上怎么办,不害怕?

贫丁等:那正好——(唱)灯蛾来扑火,

兴:就怕让他们跑了!

贫丁等:哼!(唱)有翅也难飞。

兴:我看也真跑不了他。老大带了一伙到了杨敬齐家去了。

贫丁:王新成带了一伙到了张四家。

贫戊:国标嫂和杏儿他们到了张兰英家。

贫己:国忠叔带了一伙到了杨广智家。

兴:还有哪!

贫丁等:什么?

兴:区长和徐会长带了区中队在这四面山头上给咱戒严哪!

贫丁等:这可好了。

兴:好是好。咱们四个人可得快动手。要不,一会他们来报信儿,看
到咱们没起出棺材,又该说咱们不积极了。

贫丁等：快动手干！

（兴及贫丁等动手掘坟。奏七十二曲。少顷，国标妻及杏儿匆匆上。）

标妻、杏：（唱七十五曲）

　　星星闪闪月儿明，

　　不怕他闹神又闹鬼，

　　不怕更深人又静，

　　娘儿俩要做大事情。

　　（白）主任，主任！

兴：（停下）你们来了。怎么样？张兰英家里有动静没有？

标妻：我正要来给主任说哪！（唱第七十六曲）

　　她家门没闩也没上锁，

　　家中漆黑哪没点灯火。

　　蹲在墙角等了又等，

　　鬼影儿也没见——没见一个。

兴：你们就回来了？！

杏：不。长兴叔，你听我说——（唱第七十七曲）

　　我轻轻推门爬进去，

　　爬到炕边我摸了摸。

　　忽听有人透大气，

　　原来是她家的老妈妈。

　　（白）我爬到炕边上摸了摸。她家那死老妈妈透了一口大气，半醒半睡地问了一声："兰英，你又出去啦？"我赶快学猫叫（学猫叫）。那老东西翻了翻身，又呼呼地睡了。

兴：张兰英那东西不在家，还能跑哪儿去？

标妻:谁说不是!

（贫甲匆匆上。）

兴:（向甲）老大! 杨敬齐家里怎么样?

贫甲:×他妈! 静悄悄的什么动静也没有。

兴:这就怪了!

（王新成匆匆上。）

成:×他妈! 张四这小子准是有鬼!

兴:怎么回事?

成:我带了一伙到了张四家,在门口等了一会,什么也没有。我不耐烦了,"嘭嘭"两脚把门给蹬开了。不管他三七二十一地闯了进去。一看,就他老婆在家里。她说,她男人张四昨天才下炕,今天晚上出去借钱,明天托人到城里买药回来治伤。我没等她说完,按倒就揍。她还死咬定张四不知是上谁家借钱去了。

兴:借钱去了? 三更半夜的他到哪儿去借钱?

成:我看,咱们大伙快动手,挨家搜吧!

兴:别忙。国忠叔他们还没来报信儿哪。

成:国忠叔老是慢腾腾的。等他来报信儿,人家早跑了。

（国忠及贫丙匆匆上。）

忠:（喘）长兴,长兴! 快,快!

兴:怎么样?

成:国忠叔,就等你啦! 怎么样,有个影儿没有?

忠:让我喘一口气再说。

贫丙:让我说吧!

忠:不,我来说!

成:快说吧! 真急死人了。

忠：我们到了杨广智家门口，悄悄分开躲了起来。开头什么动静也
　　没有，等了好一会，门儿轻轻开了……

成：开门的是谁？

忠：你别急啊！（神秘地，唱第七十八曲）

　　一个人，一身黑，

　　头戴一顶黑高帽，

　　直挺挺地走了出来。

　　他向东走几步看一看，

　　他向西走几步望一望，

　　转身又进屋里去。

兴：是谁？

忠：我也看不清是谁，也不知是人是鬼。我头皮一阵阵紧，心里麻嗖
　　嗖的。

成：你真是！

贫丙：我正想到门缝上往里瞅瞅……×他妈！又出来了一个——

　　（唱第七十九曲）

　　怪东西，浑身白，

　　白高帽，头上戴，

　　直挺挺地走了出来。

　　他向东走几步看一看，

　　又向西走几步望一望，

　　转身又进屋里去。

　　（白）这回门儿就顶上了。

杏：你看，你们还不信。那天我跟妈去上坟，远远看见一个人，拿着
　　镢头在杨敬齐的坟头，好像要干什么似的！一看有人来了，扛起

镢头就跑。我看他样子像是张四,我就撵他。撵到杨广智家门
　口就不见了……

标妻:小孩子,别乱插嘴。听大叔他们讲。

成:你们怎么不把他逮住?

忠:还敢逮? 一些人吓得光想往回跑。

贫丙:要不是我和国忠叔胆儿大,那就糟了。国忠叔轻轻跟大伙说,
　先趴着,别动。我就悄悄爬到窗子底下去听。屋里有人叽叽
　喳喳地说话。开头声音很小,慢慢地,说话的声音越来越清
　亮……

兴:都说些什么?

贫丙:说什么? 主任,说出来吓你一跳呵!(唱第八十曲)

　　他说一不做来二不休,

　　领头人通通杀掉。

　　明天半夜就动手,

　　看一看,谁还敢出头。

兴:你听不出来是谁的口音?

贫丙:都压着嗓子说话,谁知道他是谁?

成:还说什么?

贫丙:后来……

忠:让我说吧。后来,有一个说……

兴:说什么?

忠:哼! 这个人说的计谋更毒啊!(唱八十一曲)

　　他说明枪易挡暗箭难防,

　　拿命去拼断断犯不上,

　　借刀杀人,计策最高强。

　　　　硬说干部贪赃,挑唆大伙,

　　　　开会斗争过大堂,

　　　　乱棒打死,冠冕堂皇。

成:×他妈! 借刀杀人。

兴:真毒呵!

贫丙:接着说话的,我听出来是杨广智。

成:这小子说什么?

贫丙:他说,粮食浮产的账目,他可不敢乱写了,要他在斗争会上对
　　　证,他死也不干,他怕咱贫农团知道了不得了。这时候,有人
　　　把桌子一拍,说"干也得干,不干也得干!"嘎喳一声好像匣子
　　　枪上了顶门火。

成:(气愤)别说了,走!

兴:到哪儿?

成:到杨广智家去捉人!

忠:人家有枪。咱手无寸铁的。

兴:可不是,也得准备好家私……

贫丁:(喊)大伙别光顾说话了。快来帮帮忙,把棺材盖起开。

　　　(兴、成、忠等齐去帮忙,掀开棺材盖。)

众:好了,好了。

兴:快看看! 杨敬齐的死尸在里头不?

成:我来!(俯身去摸)×他妈! 哪有死尸,连个影子也没有。

众:怎么,没有死尸?

成:可不!(再摸)哎! 坛子!

众:坛子?

兴:拿出来,看看盛的什么。

成:来！（与贫丙把坛子拿出来）

忠:（探手进坛内,掏出一发亮的东西）啊！你们看！

众:元宝！

忠:杨敬齐难道真是个财神,死尸变成了一坛子元宝！

成:别扯淡了！

兴:再进去摸摸,看里面还有什么没有。

成:让我下去看看。（下棺材,忽然高呼）哎哟！

众:怎么哪？

成:×他妈！这回可找着了！（跳出,扛了一卷用布包裹着的东西,
　　一手提了一小布袋）

众:什么！什么？

成:大伙仔细瞧吧！（把布解开,原来是两支三八步枪）瞧！

众:枪,枪！

成:（把小布袋一扬）子弹也有了。

众:杨敬齐这王八蛋,闹的什么鬼呵？

成:这还不是明摆着的事么？快走吧！有了这家伙,（指枪）什么鬼
　　也不怕！

兴:（扛起枪）走！（对忠）大叔！我和新成先去。你去告诉大伙立即
　　到杨广智家去捉鬼！

忠:对！

李:我也去！

众:走！

　　（众蜂拥下。）

（第五场完）

第六场——同日夜深

（杨广智家后面的野地里。有高粱秸垛三两个。）

（李长兴、王新成持枪及贫甲、乙、丙数人擎火把急忙追上来。）

成：怎么不见了？

贫甲：难道真是鬼么？

兴：不。咱们砸开门进去，明明看见有几个人从后窗上跳了出来，跑向这边来的。

贫乙、丙：是呵。怎么一下就不见了，难道他会飞？

兴：好好找找。

（几个来回搜索，把两个高粱秸垛掀倒了，只剩下一个没动。）

成：（不耐烦）×他妈！黑天半夜的，到哪儿去找？把张兰英和杨广智弄来拷问拷问得了。

（李国忠及贫丁、戊、己等十数人牵张兰英及杨广智上。）

忠等：怎么，让他们跑了？

成：×他妈！眼看着几个人跑向这里，咱紧跟着追上来就不见了。

忠：（对英及智）你俩快说！跑的几个人是谁，藏哪儿去啦？

英：（冷笑）哼，你说怪不怪！屋里就我和广智俩在说闲话。你们偏说还有几个人跳窗子跑了。你们是看花了眼还是怎么的？

众：放屁！明明看见几个人跳窗子跑了。不是人难道是鬼？

英：反正我不知道！

成：（走向英，打她脸）你不知道！你不知道！（又走向广智）你知道不知道？不说，要你的命！

众：快说！

智：我……我也是穷人呵！

众:穷人！你为什么帮着大肚鬼害咱们？

智:我……我……

众:不说？打！

智:我说,我说！

忠:广智！说起来,你爹在生的时候,带着你成年在外给人蒸烧锅,也没过个好日子。可是你呵！（责备地,唱第八十二曲）

　　你这东西,没骨气,

　　好吃懒做,光想吃清闲饭。

　　谁来你给谁干,

　　墙头草,随风倒,

　　害了自己人！

成:别跟他闲扯了！

众:快说！不说,打！

智:我说,我说！（跪下）乡亲们呵！（唱八十三曲）

　　求众位乡亲饶我一条命,

　　事情底细我说分明。

　　杨贵元山上"爬"不住,

　　挨饥受冷转回家中。

　　张兰英家中有个地洞,

　　偷偷摸摸把他存。

英:广智,你血口喷人呵！贵元早跑到沈阳去了！

众:住嘴！

智:（唱第八十四曲）

　　杨敬齐、张四、兰英挨了打,

　　阴谋诡计安排下。

用钱收买用枪逼我，

硬要藏他父子在我家。

我时时刻刻提心吊胆，

他们却装神作鬼把人吓。

（白）哎！（唱第八十五曲）

杨广智我太没主张，

好吃懒做上了当。

成：别说废话了！痛痛快快说，他们藏哪儿去了？

众：说！他们藏哪儿去了？

智：（接唱上曲）

远在天边近在眼前，

地窖子里藏得严。

管教大家生擒他们，

只求饶我一条命。

众：捉住他们，就没你的事！

兴：到底藏在哪儿？

智：众位乡亲！就在这（指高粱秸垛）下面哪！

众：在这儿？！

（众推倒高粱秸垛，露出一层草。众将草扒开，露出一洞口。）

众：窖子！！

智：众位乡亲！不要着急。杨贵元带着一把匣子枪哪。让我告诉他
们，再也跑不了啦，干脆出来吧！

众：叫吧！

兴：大伙散开，好好围起来！

（众散开包围。智走到洞边。）

368

智:(向洞内)什么事我都说了……你们快出来吧! 跑不了啦!

众:不出来,往里填土堵洞口!

智:快出来吧! 他们要填土堵洞口了!

　　(一个浑身黑的人爬了出来。贫乙、丙把他拉到一边,上绑。)

众:是谁?

贫丙:小霸王张四!

众:成了黑鬼了!

　　(接着一个浑身白的人爬出来。贫甲等把他拉到一边,上绑。)

众:这又是谁?

贫丙:鼎鼎大名杨敬齐!

众:×他妈! 看你再鬼吓人吧!

　　(突然从洞内打出了两枪,一人跃出洞口,飞奔而去。众惊。李长兴、王新成持枪,及贫雇农数人急追。前面传来了枪声。)

智:让他跑了可不得了呵!

众:那是谁?

智:你们没听明白么? 那是杀人不眨眼的"刀子手"杨贵元呵!

众:是他?!

　　(李长兴、王新成等在外嚷着:"看你跑!""你飞了吧!""×你妈! 看你跑出老子手心去!""……"李长兴在头里,贫雇农数人将杨贵元拖了上来。杨贵元腿上受伤。王新成背着步枪,手持匣子枪在后押着,上。)

兴:捉回来了!

众:谅他也跑不了!

成:好小子还行凶哪!

兴:天快亮了!

众:天快亮了!

成:立即开大会过大堂吧?

众:好!

忠:我去找人去!(跑下)

　　(锣声大作。)

(第六场完)

第七场——第六场后第二天

　　(广场上。)(奏第八十六曲,乐声中幕起。)

　　(被围的地主甲、乙等男女六七人,胸前戴着木牌,毕恭毕敬地站在李长兴、李国忠及贫雇农众人面前,听训话。)

兴:想起来,你们这些人——哼!

众:(训斥地。唱第八十七曲)

　　你们吃尽我们的骨和肉,

　　你们喝干我们的血和汗。

　　想起这些烈火烧心,

　　乱棒打死不解恨。

忠:真是! 再说,这回你们还跟杨敬齐一个鼻眼儿出气,也指望着造反……可是,今天先饶你们一回。

众:你们知罪不知罪?

地主等:(恭敬)知……知罪!

众:(唱第八十曲)

　　今天穷人当家做主,

　　宽宏大量饶了你们。

　　服服帖帖受管听使唤,

370

让你们重新做个人。

贫甲:这些日子,你们装穷要着吃,倒怪清闲。日后分了地,不兴你
　　们要着吃当懒虫!

众:(唱第八十九曲)

　　要起早带晚把活干,

　　一时一刻不许偷懒。

贫乙:一举一动都得受管!

众:(接唱上曲)

　　不许随随便便乱动弹,

　　叫你往北不得往南。

贫丙:他要造反呵? 哼!

众:(接唱上曲)

　　要想造反试试看,

　　一网打尽不留情。

贫丁:只要你们老老实实的——

众:(接唱上曲)

　　咱们赏给你们一碗饭,

　　老老实实重新做个人。

兴:要不,你们瞧着吧!

众:(接唱上曲)

　　做个样子你看看,

　　做个样子你看看。

　　(杨敬齐父子、张四、张兰英像狗一样爬着上来。几个贫雇农在
后面鞭喝着。王新成等在后持枪押着上。)

成:(对齐等)×你妈! 你做梦也想不到会有今天吧? 当年小鼻子

（日寇）"满洲国"时间——

众：（愤恨地，唱第九十曲）

　　你们这些大坏蛋，

　　狐假虎威仗势欺人。

　　捉劳工，霸财产，

　　奸淫抢掠样样干，

　　逼死害死多少人，

　　这笔血债得清还。

　　（白）哼，这笔账你们还得起么？

兴：去年来了老蒋反动派——

众：（唱第九十一曲）

　　你们这些大坏蛋，

　　如虎添翼更横行。

　　闹倒租，罚粮款，

　　反对八路样样干，

　　这笔血债得清还。

　　（白）哼！这笔账你们还得起么？

忠：这回，咱们闹翻身，没想到你们又——

众：（接唱上曲）

　　你们装神作鬼来吓人，

　　阴谋诡计想造反。

贫甲：你们放火烧仓库，挑唆大伙"暴动"，坑害好人，借刀杀人……

成：×你妈！这些熊事三天三夜说不完！

众：（接唱上曲）

　　大坏蛋，死对头，

宰了你们报大仇。

大坏蛋,死对头,

宰了你们报大仇。

(白)你们的老祖宗小鼻子哪儿去了? 你们的老爷爷蒋介石哪儿去了?

(高呼)枪毙奸霸地主杨敬齐! 枪毙特务、胡匪头子杨贵元!

(王新成及贫雇农数人推杨敬齐父子至舞台正后——即"天幕前",观众仍可看到——执行枪决。枪响两声,奸霸父子倒地。群众鼓掌欢呼。人心大快。)

忠:(向众指张运通及张兰英)这两个东西该怎么办?

众:枪毙也不多!

(张运通及张兰英连忙跪下,苦苦求饶。)

通:求求大伙饶我这一回吧! 都怪我从小不学好……我对不起大伙……可都是杨敬齐他爷儿俩指使的我……我实在……

英:(哭)大伙饶了我吧! 都怪我死心眼,想不开! ……一份家业,我爹临死就折腾完了,我无依无靠,就想只好仗着杨贵元过日子……这一来,我就错了! 我……对不起大伙……

众:哼,这会儿倒来讨饶了! 打!

(一声喊打,众争先恐后围打张运通及张兰英,通及英哀叫求饶。众先后停下。但国标妻及杏儿等仍在打。)

忠:(对标妻)行了行了! 先把他俩拘留起来反省反省再说。

标妻:(悲愤,唱九十二曲)

乱棒打死不解恨,

杏:(唱)想起爹爹刀刺心。

众:先饶他俩一条狗命吧! 先押起来!(贫丁等拉通及英,下)

兴：好了好了。大伙的苦处多了。哎！今天总算报了仇了！按理说
　　像张四这样的，枪毙也不多，今天就算饶了他吧！

众：对，总算报了仇了。饶他一个半个的……

忠：把这（指齐父子尸）两个东西埋了吧。

成：不。用火烧，烧掉这股肮脏气！

众：对！用火烧，烧！

　　（一阵火光，杨敬齐二人的尸体不见了。台上突然出现一副辉
煌夺目的对联。上联写：

　　"从祖先受压迫，世世代代受尽地主肮脏气"；

　　下联配：

　　"自今后大翻身，子子孙孙要做主人掌大权"。

　　横匾是："打天下，坐江山"。）

众：（决心，兴奋，唱）

　　从祖先受压迫，

　　世世代代受尽地主肮脏气；

　　自今后大翻身，

　　子子孙孙要做主人掌大权。

　　打天下，坐江山，

　　打天下，坐江山，

　　全看咱们一步一步往前干。

　　站得稳，看得清，

　　不怕那地主坏蛋，

　　野心不死千方百计，

　　三番五次来造反。

　　站得稳，看得清，

一步一步往前干，

一时一刻不怠慢，

打开天下，坐稳江山，

打开天下，坐稳江山。

（全剧终）

一九四七严冬，于安东初稿

光华书店 1948 年 9 月初版

◇ 孙　芋

取长补短

第一场

时间：一九四八年四月中旬的某日早晨。

地点：哈尔滨道外某私营铁工厂。

人物：董良——年二十四岁，铁工厂劳金（旋盘工），工作学习都细
　　　　　心，精明，智慧，性格明朗大方，待人和蔼热情，是新入团
　　　　　的"毛泽东青年团"团员。

　　　鲁守义——年二十五岁，劳金（旋盘工），性格倔强鲁直，劳动
　　　　　观点很强，说话得理不让人，学习很用心，但主观很强，外
　　　　　号叫"小钢炮"，是代表本厂六名工人对外取联系的"工人
　　　　　代表"（不是工人团体普选的正式代表，亦非工会代表）。

　　　徐香远——年五十余岁，是旧式工厂学徒出身，有埋头苦干精
　　　　　神，由于半生的苦心钻研，学会简单的设计、制图及做小
　　　　　木样子等，有很重的技术观点，自尊心很大，人呼之为"徐

376

师傅"，是厂内干活的领头人。

梁二成——年十六岁，工厂学徒二年，干活不踏实，技术很差，好掩饰自己的惰性，不耐心学习，言过其实，爱出风头。

老孟——年二十六岁，劳金（钳工），为人老实诚朴，学习亦较好，不计较小事情，对人有些淡薄，但真诚。

袁玉——十四岁，学徒一年多，老实，做事很认真。

老大司釜——年五十多岁，来自市郊农村，伪满去劳工腰腿受潮湿有些瘸，直爽幽默，年老而天真，是徐师傅的同乡。

王师傅——年四十左右，原是鞋匠手艺，与人合伙开了个压五眼的小工厂。

王妻——年三十岁左右，王师傅之妻，很朴素。

王女——王师傅的女孩子，年十二三岁。

布景：规模不大的铁工厂，共占两间房子，出现在舞台上的只是右边的一间，三面都有墙，台正后面有正门，两开的门扇，门上边墙上挂一个挂表，正门左边有玻璃窗，窗外是大炉及风匣（炉低于窗台，生火时可以望见火苗，和干活的人影）。室内靠窗有一钳案，上面放些工具和一个水壶，钳案底下有杂乱东西及洗脸盆等。正门右侧有一吊铺，距地面约有七尺，有一梯子上下时可供攀登，吊铺约可容四人，吊铺上边墙壁上沿墙搭着木板一块，板上放些衣物用品，墙上钉着钉子挂着冬天穿的旧鞋，吊铺上放着被褥枕头。吊铺底下，挨墙放着有类似货架的木架，架上搪板，放着洗脸盆和随手用的工具等。铺底下的显眼处有一个木箱子是装六零炮筒子用的，箱子旁边的地上，放着七八个炮筒料子。右侧墙有一门可通厨房，门旁有一堆桦子，一把斧子，并有一辆自行车，还有机器油桶。台前部稍偏左有一个钳案子,案左边有一个自动砂轮,近处有一小盆水(磨刀时用的)。靠左侧墙有一把大扫帚,左侧墙中间有一宽大的门通机器房,这门口设一台钻眼床子,床子的皮带斜挂到机房的吊杠轮子上去(从台下看不见吊杠,只看见木架子)。门右墙上安有电闸,A表。室内墙上贴着"发展生产,支援战争","提高技术,打倒蒋介石"的标语,和一两张机器制图,墙壁上凡手能触到的地方都有漆黑的痕迹……

(幕启时梁二成仍在吊铺上睡觉,袁玉已下铺穿衣服,老孟由梯子上往下下。)

孟:(已从梯子上下来,穿着衣服,揉揉眼睛,看墙上的表)梁二成! 梁二成! 快到五点啦! 你还不起来?

(袁进机房找钻头。)

梁:(未动)嗯。

孟:(看梁仍未动)梁二成! 快到五点啦! 你还不起来,昨天下晚徐师傅不是说叫你做早饭吗?

梁:谁告诉你快到五点啦?(起来揉揉眼睛,看墙上的表)现在好啦有四点多。(又要倒下)

孟:你近视眼咋的? 你看那明明是差五分钟五点啦! 怎么还四点多?

梁:咱们这分会昨下晚召集开会,我怕去晚了就拨快了半点钟。

孟:就打是四点半钟你还不该起来啦? 徐师傅昨下晚不是说厨房老大司釜若是不回来,就叫你替他做早饭吗?(结衣扣)

梁:大司釜还没回来?(从被窝里爬起来穿衣)

孟:可不还没回来!

梁:真他妈的找病! 现在工厂的活越忙他越歇工,咱这分会十来家工厂哪家做军活的都比咱们做得多,若不赶紧加油干,等到月底比数目字儿,准得比到人家那几家后头去。

孟:老大司釜歇一两天工他也耽误不了工厂啥活,你就替他做两顿饭也妨害不着你啥,反正你也不能把一盘床子!(把案上壶里仅有的水,倒在洗脸盆洗脸)

梁:(听这句话说到短处)不能把一盘床子我还不能帮床子?现在学徒的还能跟早先一样做饭劈柴火给大伙打下手哇?学徒的也不比谁低气!

孟:我也没跟早先比呀!早先那掌柜的跟师傅看哪个学徒的不顺眼扯过来就揍一顿呢!学徒的还得给掌柜的和师傅倒尿鳖子呢!那还能跟那个比吗?我是说学徒的不能干重要活,有零碎活啥的伸手干干,这也不算低气呀!

梁:干?那得看谁来支使我,像徐师傅那样的老顽固他拉拉个脸子"倔不搭的",好像谁该他多少钱似的,我一瞅他就有气!若是问他点啥活咋做,他总是待搭不理的,这样人呐,应该斗他一顿!就像铁工业工友那回斗"缺德王"那样斗他一下子!

孟:斗"缺德王"那是因为啥?他跟徐师傅是两码事,"缺德王"是工厂的头,早先仗着鬼子势力欺负工友,他净没头没脑地打徒弟!你没听开会那天那个一只眼的工友说,"缺德王"打他的时候,搁脚踩脖子踩到沙子堆里,拿扳子打屁股,把眼睛都呛瞎了!徐师傅哪有那么凶?他就是倔点,他那也不是一天半天的,你挑起他的理还有头?

(袁由机房出,仍在找。)

梁:他这个老顽固也应当给他换换脑筋呐!这个老大司釜就是他给柜上找来的!是他的亲戚!来了这么两天就歇工,调过来抓学徒的"垫背"给他做饭！这也是"封建剥削"！我他妈才不受这一套呢！反正他瞅我也不顺眼,我他妈的也不"勒"①他！他干"下活子眼"找着我啦！问问他！他教我啥手艺啦？

孟：你自个不用心,光靠人教也是不行呵！"师傅领进门,修行在个人",（由厨房门下倒洗脸水后回来戴帽子要出去修理车）你跟袁玉你们俩先去到厨房把灶坑点着烧火做饭,一会他们在夜校跟在家住的人都回来吃饭来啦！吃饭晚啦看耽误干活！我得赶紧抢着工夫把这车子修理修理去。（推车由正门下）

梁：你去做饭去呀！（向袁）

袁：你先去把火点着吧！我得把那六厘钻头找着上上,一会好使唤它。

梁：那我先点火去。（懒洋洋地下）

袁：轮到你的班你还攀着人家！（在室内走来走去找不着）真他妈怪！说丢就丢了,这么几天丢三个钻头啦！

（袁玉正发急时,梁一手拿扁担一手提水桶上。）

梁：袁玉！他妈的一点水也没啦！走！咱俩抬一筲去。

袁：那有一对筲,你自个挑一挑子得啦呗！你又能挑动了。

梁：早晨做饭用不着多少水,有一筲就够了,等老大司釜回来他自个挑去呗！（不屑地）待候他这份呢！（袁随着由正门下）

（哑场片刻,董、鲁由正门上,手拿笔记本谈着话进来。）

董：……昨下晚那个问题你到底明白没有？

鲁：明白啦！"犟咕"了半宿,再不明白可得啦！

董：咱们这夜校的人数越来越多啦！真是工人觉悟提高啦！都要学

---

① 指理睬。

习文化啦!（上吊铺放东西）

鲁:早头净是咱们这么大岁数的爱上夜校,现在老头也有去的啦!

（从钳案底下取出洗脸盆来又放下,提起案上的水壶）

鲁:我"提拉"壶水去洗洗脸。（提壶进厨房）

（董在吊铺上见梁被子未叠自语。）

董:天到这时候啦! 被还没叠呐?!（叠完拿自己牙具适鲁提壶上）
　　水热不热?

鲁:（不悦地）还热不热呐! 厨房还没点火呐! 连点凉水也没有!

（气得把壶往案子上一放）

董:咋不烧火呢?（从吊铺下来）

鲁:没有人呗!

董:哎呀! 我想起来啦! 昨个吃完晌饭老大司釜出去啦! 昨个的晚
　　饭还是袁玉做的,大概老大司釜歇工啦!

鲁:赶上忙的时候他歇工,耽误工厂干活!

董:老孟（指铺）哪去啦?（喊）老孟!

鲁:（看孟放车子地方没有车子）两个学徒的也没啦,大概梁二成又
　　骑着老孟车子上街去遛去啦!

董:（焦急地）活这么忙,到这时候还不烧火哪行呵? 这早饭咋没人
　　管了呢?!（急进厨房,瞬间梁、袁抬水上）

鲁:你们还是抬水去啦?

梁:不抬咋的? 整那么个老大司釜来,撂下活就走,还得待候他这
　　份!（董由厨房出）

董:你们别抬啦! 我去挑去吧!

梁:这一桶就够啦,这都使不了呢。

董:（问梁）你咋不早烧火呢? 你觉着你早晨起不来昨下晚告诉我一

声,叫我早点回来做呀! 这不耽误干活么? 那些炮筒子四勾连一勾还没旋出来呢! (董一手提壶一手提水桶进厨房,袁随下)

鲁:你知不知道老大司釜干啥去啦?

梁:我也不知道! 徐师傅也没跟我说。

鲁:老大司釜是咋回事? 来了这么两天就歇工。

梁:谁知道! 反正是徐师傅的三亲六故。

鲁:徐师傅这越来越不像话啦!

梁:他一点也不讲"民主",哪回开会他也不发言! 你给他提意见,他总觉砢磣他似的,背后不定骂你啥呢! ……

鲁:他干活不紧不慢的……拉拢私人关系找着他啦!

梁:他对待我们学徒的一点也不正经教! 你还没看出来? 我跟他二年多啦,应名叫我"帮床子",可是他也不教给我上手干! 就像他那点手艺怕别人学来似的,哼! "王麻子思想","落后分子"!

(董提壶出,往鲁、梁洗脸盆倒水,并倒自己盆,都洗脸。)

鲁:小董呵! 你看徐师傅那个落后的劲儿老也不改。

董:还是得慢慢帮助他进步哇,他上岁数人脑筋死板。

鲁:这样人你不疼不痒地批评他算啥事不顶! 明个咱们在这墙上贴上标语,写上"反对传药不传方的王麻子思想"!

董:那还像话啦! 那样一来不是更别扭了吗?

梁:他就是传药不传方,一点都不假!

鲁:自个会点手艺怕别人学去,工人要都像他这样,那还有个好?

董:要说他"传药不传方"那还不是,反正他心里憋着个劲。

(徐抱一压力机木样子由正门上,看见了他们在议论,脸上毫无表情地未加理睬,董向徐点头。)

董:徐师傅来啦! (发觉刚才说的话被听到,有些窘)

徐：嗯。（徐淡淡地应一声适袁玉在厨房喊）

袁：（声）梁二成！梁二成！（站在厨房门口）来做饭来呀！（又入内）

董：我去做饭去！（洗完脸端着盆水进厨房）

鲁：咱俩去做。（端脸盆下。梁仍在洗脸）

徐：梁二成，我昨晚不是告诉你今早晨做饭吗？到这时候你咋还没烧火呢？这等做完了饭吃完了得晌午，还想干活不的?!

梁：（一时想不出答话）那我寻思老大司釜能回来呢！谁知道他没回来！

徐：我不是告诉你，他回家去办"迁移"去啦，连去带回来得两天么？

梁：（又不知所答）那我不忘啦！（洗完擦脸）

徐：你这一忘不要紧，得耽误俩钟头干活！叫掌柜的知道了又背后嘀咕啦！啥你都忘，吃饭你再不能忘。

梁：（恼羞成怒索性顶上几句）他嘀咕不嘀咕跟我有什么相干？（指桑骂槐）他还想拿学徒的当奴隶一样地使唤？别做梦啦！我可想着天天早晨给他倒"尿鳖子"，就怕他一口气上不来美死了！

（端洗脸盆走向厨房门，听徐说"站住"，瞪眼视徐）

徐：得啦得啦，算我没说！算我老头子不知好歹！（觉着不可理喻）你是师傅，我是徒弟！等明个你支使我得啦！

梁：我支使你干啥！现在"人人平等"，我凭啥支使你呢？

（梁下，徐望背影进厨房门后，咬牙切齿地。）

徐："平等"，你"平等"到我眼前来啦，这么平等可好！一支使两瞪眼，两个"哈巴腿"顶个"屎瓜肚子"，啥能耐还没学好呢，来不来就跟我平等来啦！你还想学手艺呐，有好手艺烂到肚子里也不教给你这货色！（说完坐在凳子上，忽然发觉木样子还在手中。

此时适袁玉由厨房门上奔窗下案子旁取笤帚）

袁：徐师傅来啦！（稍一点头示意）

徐：袁玉！（在木样子边画上了尺寸）

袁：（站住）干啥？徐师傅！

徐：你把这压力机木样子送到对门鞋铺去！这是王师傅求我做的！

袁：啊！（接过转身欲下，徐转念刚才一幕）

徐：得啦得啦！不用你啦！我自个去吧！打这往后我谁也不支使你们，咱们不是"平等"吗？你愿意干啥干啥去吧！（收回木样子，袁呆良久由厨房下）

（徐踱几步，瞅瞅机器房子里，牢骚又来了。）

徐：这还叫铁工厂？这"造害"得像个"八杂市"！床子也不给我抹！叫油把床子"滞"个死沉，可地的铁末子也不往外收拾收拾，手艺没学好嘴可倒强！我看你们能出息个啥样？（转身看墙上表，从衣兜把自己怀表拿出来对照一下）这个表快半点钟呵！（回头向厨房那边望一眼）整个表瞎拨！这一伙人呐！还有个好？没有"造害"不到的玩意！（挪凳子又把表拨回来半点钟，拿起木样子用嘴吹了吹，又用袖子拂了拂，往外走，适值董、梁由厨房门出）

董：徐师傅上哪去？（鲁出）

徐：我上对门去。（走了两步，回头一眼看见梁，生气地）你们以后别跟我叫徐师傅！就叫我老徐头好啦！（拂袖走出正门，众相顾）

鲁：这老家伙，今儿个咋这么别扭呢？

董：大概是刚才他进来的时候，咱们说的那些"王麻子思想"啦啥的让他听着啦！

梁：他早就听着过呀，不在乎说不说那个，天生他是那洋灰灌的脑瓜"老顽固"！他看谁老实就跟谁"吊歪"！他还想跟早头一样抓过来学徒的就给几撇子呐！

董：他就是去年春天打你一撇子，咱们那回不是也把他批评了么，他也认错啦！

鲁：他嘴里认错，他心里可没认错呐！

梁：那可不！他嘴里认错心里可没认错呐！

董：还是慢慢来吧！以后还是别说他"老顽固"啦"王麻子思想"啥的，咱们不要刺激他。

鲁：这样人呐！一点"阶级友爱"都没有，刺激他都是轻的，我看咱们狠狠开他个批评会叫他坦白坦白都应该的。

梁：叫他坦白是轻的，应该斗争他！（走进机房）

董：老鲁哇！怪不得人家都跟你叫"小钢炮"，你啥事动不动就想动硬的，我问你：你一起头就像这样知道啥是"阶级友爱"吗？不是还得人家帮助你给你讲，自个找书看才知道的呀？

鲁：我用人家帮助可没像他这样呀！

董：你在旧社会呆几天，徐师傅在旧社会混了多少年！你不能那样比么！

（袁由厨房出。）

袁：你们帮助我找找那个六厘钻头吧！一会钻炮筒子后堵就得用啦！

鲁：你啥时候弄没有的呀？

袁：昨个头晌还使着来的呐，昨晌午我卸下来，我觉着搁床子上啦！下晚一找就没有啦！

（四人各处找，梁出。）

梁：还费这个劲找它呢，丢了再换一个得啦，别找啦！

袁：一共三个这么大的钻头，那两个头两天丢啦，这个又没啦！还忙

着使,现买哪赶趟呀!

董:没有谁借去呀?

袁:没有谁借过。

董:那丢不了。

梁:丢不了可没啦! 要我看呐! 非有人偷不可!

众:有人偷?

梁:没人偷就没啦?

董:谁偷?

梁:先往咱们工厂人的身上"猜访猜访"吧!

鲁:工厂里有谁来偷?

梁:我看一定是新来的那个老大司釜偷去啦!

袁:哎! 备不住哇! 从他来了以后就丢了三个钻头啦! 他没来咱咋
　　没丢过东西呀!

梁:老大司釜昨个歇工,一定是偷了不少东西一块出去卖去啦!

鲁:徐师傅给咱工厂找这么个人来,他也太不够"人行"啦! 等会我
　　得问问他,这叫啥事?!

董:你不能这样冒冒失失地问人家,你得有凭据呀!

鲁:(稍停)我不问他别的,工厂活忙,他找来个人,来了这么几天就
　　歇工,叫学徒的替他干活,这就不合理呗!

梁:那老大司釜是徐师傅的亲戚么! 你别寻思徐师傅咋的,他比谁
　　都见钱眼开,你看他在咱工厂干活不紧不慢的,他自个在外边揽
　　的活可卖力气干啦!

董:他揽啥活干?

梁:制个图,做个木样子啥的,自个儿挣钱就卖力气干呗!

鲁:他今早晨拿那个压力机木样子,是不是给别人做的?

袁：是！是给对门鞋铺做的，他下工在家做的。

梁：看怎样？哼！（得意地大摇大摆地拿笤帚进机房）

董：他自个揽活做跟这丢钻头有啥连带？

鲁：他在这柜上干活不积极，他自个揽活干积极，这简直就是自私自利！有这样自私自利的心思，就能干出来勾搭坏人合伙偷东西的勾当！

董：啥事要叫你一说就省事啦！你就看得那么透？你不能冒冒失失的……

鲁：（有些不平）你想想咱们柜上主要包的是"军工活"旋六零炮，床子上那么忙，他当工厂的头儿，还总想抽着工夫自个揽点私活做，他若有这工夫帮助咱几个人多旋出几门漂亮的六零炮送到前线上去，又能支援战争，工厂又能多挣钱，这好处有多么大！这么大的好处他看不着，他光"捅捅咕咕"地顾小头儿，一点"战争观点"都没有，说他自私自利还算屈他呀？

董：自私自利倒不说，你既没看着你就不能一定赖他，只要在解放区有活干的工人，不论他思想怎样落后，可是偷人家摸人家的也太少了。

鲁：冲他不进步的劲儿也备不住哇！（望厨房一眼）哎呀！我得看看窝窝头蒸得咋样啦……

（鲁急急跑下，袁玉又开始找钻头。）

董：袁玉呀，老孟上哪儿去啦？（梁由机房出）

袁：孟师傅收拾车子去啦。

董：每天这时候都开车干半天啦。你先别找啦，找也找不着，等他跟徐师傅回来问问他俩看着没有吧。

袁：又算白瞎一个钻头，买一个得不少钱呐。

梁：(蹲在一旁修饰自己的鞋)董良，你上去把这个表拨一拨吧！昨
下晚我怕到分会开会去晚了，叫我拨快了半点钟，你上去再拨回
来吧！

董：早点去就得啦，拨表干啥！

(董搬凳子站上去拨回三十分钟，鲁上。)

鲁：饭还得等一会儿好，现在咱们也不能开车干活，我看趁着这个工
夫，把庆祝"五一"的游艺节目练一练吧！

梁：(举起双手)我最拥护这个意见！

董：咱先开车干活吧，我看咱们这些六零炮到月底要旋不完，得紧着
点整。

鲁：反正早晨也是晚啦！咱们今下晚起多加几点钟班就能赶出来，
夜校过两天再去吧！

梁：干活还在乎这么一会儿，人家都出去办自个的事儿去啦，咱们几
个人逞啥"干巴强"？！学歌学歌！我赞成！

董：(犹豫片刻)那也好，咱们到外边学去吧！

(众一拥而下，室外响起歌笑声，徐由正门进，带着厌烦的表情，
把门扇子用力一摔。)

徐：(向外瞅一眼)正经事找不着你们，一早晨没吃饭没干活呢，先唱
上啦！可倒不羞口，不干活，净搁嘴"支援前线"！(抬头看墙上
表，时间不对，又从怀中掏出自个的表，对一下揣起，气愤地)这
么一会工夫又拨回来半点钟，(向窗外)这回你们可得"自由"啦！
愿意几点钟就几点钟，这么"民主"可好，再呆两天你们自个还得
造一本"皇历"？！整天嘴里喊着"提高生产""提高生产"，干活
连个准钟点都不守？(拿起零件衔在钳案子的虎钳上，用锉锉
起来)

388

（外面董招呼："老孟，你来教教吧！"孟推着车子进来，鲁、董、袁、梁，笑嘻嘻随上。）

梁：修理好啦？

孟：这回可修理好啦！人家还没开板呢！我叫开门叫他好好给我收拾了一下。

鲁：我得看看饭好没有。（进厨房）

董：老孟你快出来吧！把那天文工团教的那几个歌再教几遍吧！

孟：不行，我也没学好。

董：行啊，你领着唱，大伙随着学几遍就能会，再不学好了，更没工夫学啦。

孟：你看我瞎哼哼还能抓住那几个调，我教别人哪行！

梁：你自个能唱，让你教别人你就不干啦，你也来了"王麻子思想"啦，别那么"传药不传方"！会点玩意当了"宝贝"啦！谁也不教！

孟：我真教不好么！哪个"王八蛋"才有"王麻子思想"呐！

董：梁二成！你别顺嘴啥都说！（向孟）来！你唱大伙随着，唱错了的地方以后再找人改正！

梁：对了，错啦也没关系。

孟：好好！

（孟放下车子由正门一拥而下，徐当听到他们争论"王麻子思想"时，他过敏地感到句句是挖苦他，他被激起无名的火，但又不能爆发，抑制着自己的感情，额上的青筋蹦起来，当他们出去之后，他发疯似的把锉往地下一摔，响声很大，锉即摔断，此时适值鲁喊着"吃饭了！"由厨房走出来，一眼看着，立时火性爆发，兴师问罪地）

鲁：（过去把锉拾起来）你这是干啥？你反对谁你明着来！你不愿唱歌谁也没强迫你唱啊！你还说理不说理呀？！

徐：我摔坏了我给买！用不着你来审问我，（夺回坏锉）我又没摔你的，你少管闲事！（把锉扔在桌上，气愤地坐下）

鲁：怎么？你不爱护工具还不许人说？！你摆什么臭架子？不管这东西是谁的，你摔它就不对，这就是破坏行为！

（董、孟、梁，跑进来。）

徐：你说我破坏我就破坏！你爱咋的就咋的！我老头子看看你们倒有多大"章程"？！（霍然起立）

董：因为啥事犯上吵吵起来啦？

鲁：（给看锉）你看他把东西摔坏啦，他还不说理！

董：行啦！坏啦就坏啦吧！吵吵也是坏啦！饭好了没有？

鲁：（余愤未息）好啦！

孟：（拉鲁）吃饭吧！

众：吃饭吧！

（董、孟让徐，徐未动。孟、袁推鲁进厨房。）

董：（转过身来温和地）徐师傅也吃饭去吧？

徐：（瞅董一眼）我吃饭啦！我不吃啦！

董：在哪吃的？真的吗？

徐：刚才我到对门鞋铺送木样子去，在他们那儿吃的。

董：若没吃饱再吃点吧！

徐：吃饱啦，你们去吃吧！

董：那我们吃去啦。（董半信半疑地进厨房）

徐：（看董已出）我还吃饭呢！我气也叫你们气饱啦！（站起转个弯子，沉思一下一跺脚）我他妈在铁工厂吃这一碗饭吃一辈子啦，我老了老了还得受你们的气，听你们说咸道淡的。

（鞋铺的王师傅手拿木样子由正门上。）

王:徐师傅,(满脸赔笑地)你吃饭了吗?

徐:王师傅! 我还……(改嘴)我吃饭啦。咋把木样子拿回来啦? 你咋没拿胜利翻砂厂"倒"去呀?

王:刚才我去了一趟,他们那厂子堆了不少活赶不出来,我想再到别的家翻砂厂去看看,我恐怕别的家不常"倒"这个东西,怕他们倒不好,我想再麻烦你一下给写在纸上,要不我到翻砂厂也说不明白。

徐:噢! 这没啥,这个小玩意倒很容易,说起来我也没专门学过这木工活,反正我年头多啦! 爱"琢磨"这些个,做过几个还都挺"合炉",你告诉他们"倒"的时候,这拐弯的地方加点小心就行啦! 用不着写上。(徐比划着说明)

王:好好! 嘿嘿! 让我做鞋行,让我弄这玩意儿我就找不上门道啦! 这我可太麻烦你啦,刚才我给你手工钱你说啥也不收,你这叫我下回咋求你呀?

徐:你何必老这样客气呢! 我又不缺钱花,做这么点玩意有啥? 还提到钱啦!

王:我寻思你满打工钱不要,这木料不也得用钱买么……

徐:有限有限,提不到,提不到!(忙转话题)我说你常在外边跑跶着知不知道有三两个人干活的工厂,没有年轻的劳金,又没有学徒的,光老头干活,我想……(改嘴)我有个朋友,他也是我这样手艺,我能做的活他都能做,你看有没有合适的?

王:现在政府正在发展工商业,哪家都想往里用人,可是像你说的"光老头干活"的工厂,恐怕可这哈尔滨也找不着,他这是什么打算呐?

徐:(想一下)我那个朋友他就是跟现在这年轻人"处合"不来。

王:(为难)不过——哦,好吧,我慢慢"哨听哨听",这样地方不大好
　　找,反正找着我就给你送信来。你忙吧,我走啦!

徐:好吧! 你给费费心吧!

王:(欲行忽上)可是的! 别的翻砂厂你有认识的地方没有? 你给我
　　指引一下,好能快点把这小压力机"倒"出来,我跟别人搭伙,给
　　军鞋厂做"五眼"就急着用这个小压力机呢!

徐:我认识的翻砂厂倒有一家,(稍停)好吧! 我领你去一趟!

王:你现在抽出空来了哇? 可别耽误你的事!

徐:行啊! 那个翻砂厂不远,就去吧!

　　(徐、王由正门下,哑场片刻。梁由厨房出,吐出漱口水,到吊铺
底下洗脸盆取出手巾擦嘴,看室内无人,乐颠颠地推车子。)

梁:咱先骑出去遛两圈再说。

　　(推车由正门下出院。瞬间,鲁、董、孟、袁,由厨房出,各以手巾
擦手脸。)

鲁:今早晨饭这一晚不要紧,耽误一个多钟头的活。

孟:等老大司釜不回来可得早点下手做饭啦。

董:今个晌饭我做!

孟:今下晚饭我做!

袁:我给你们烧火!(又开始找钻头进机房)

鲁:今个老大司釜再不回来,明早晨饭我做,管保比平常早一个钟头
　　吃饭!

孟:我看往后应该早点吃饭了,早晨多干一个钟头活倒比晚上多干
　　一个钟头得劲。

董:(看看机房)徐师傅又哪去啦? 他早饭也没在工厂吃! 这么会工
　　夫上哪去啦?

鲁：他那是"生财有道"！又出去自个儿揽自个的活去啦，上回咱们
　　表决成立技术研究会，抽出工夫研究点技术，他摆头不干，我真
　　对他有意见，就好像这工厂的工人都是他的敌人似的……

董：你又来了你的脾气啦！这几天他本来心就有点不顺，你还越发
　　地跟他别扭起来啦，眼瞅着炮筒子在月底要赶不出来，你跟他一
　　别扭他更没心思干活啦。

鲁：到现在他还摆着他师傅的臭架子，他不愿意学歌也没强让他学
　　呀！他还不让别人练习吗？摔家伙找谁"邪火"？我真不惢这种
　　"封建残余"！

董：刚才也怪梁二成，他叫老孟教歌的时候又说"传药不传方"啥的，
　　又叫他听见啦。

鲁：梁二成又说来的吗？

孟：可不！他是说我，可是又叫他听着啦。

董：他顶不爱听这句话啦，往后咱们千万可别再说啦。咱们开车干
　　吧！（急躁）天到啥时候啦！（拿卡钳量图）

鲁：好，咱们开车干吧！等月底开检讨会这些事都给他提出来，他本
　　来就不爱教人家技术么，那还怪人说！（说着走进机房，袁由机
　　房出）

袁：哎，先别开车，那个旋床子还没钻头呐！帮我找找哇。

董：可是的，老孟呵！你知不知道那个六厘钻头弄哪去啦？

孟：我不知道，多咱没啦？

袁：昨个头晌还使着来的呐，今早晨就找不着了。

孟：你没仔细找找看看，床子那边儿有没有？

　　（鲁由机房出。）

鲁：一定是叫人偷去啦！要不三个钻头这么几天就丢净啦？

孟：昨下晚谁扫的地？

袁：梁二成。

孟：那家伙干活不着天不着地的，备不住他扫地乱"划拉"，"划拉"掉哪儿去啦。

（袁趴在地板缝里看。）

董：哎！梁二成哪去啦？

孟：（看看自己放车子的地方）我车子也没啦，又是他给骑出去遛去啦！这个家伙！（向院内望一望）

袁：（大声）有啦！有啦！在这地板缝里呐，哎呀！

（鲁、董、孟亦过去看袁掏出来。）

鲁：可不是咋的，（鲁摸一会）这里还有一个！

孟：梁二成这家伙可不知道保护工具啦！就能说嘴！

董：我说你（向鲁）不能冒冒失失地硬瞎瞎"猜访"这个那个的么！

孟："猜访"谁来着？

袁："猜访"老大司釜跟徐师傅来着。

鲁：（脸红了）这都是梁二成跟我一套一套说的我就信啦！

董：以后可别提这回事啦！要是传到徐师傅耳朵里去更该发生隔膜啦。（向鲁）老鲁哇，往后咱们啥事也得"叫真"呀，多心也不好哇！

鲁：（又愧又气地）这个事我是"主观主义"，（迁怒）梁二成这家伙我非好好"剋"他一顿不可！

董：给他提意见就行啦，你还用得着"剋"他？咱们快开车干吧……

鲁：咱们先开车干。（入机房准备开车，外面一阵吵声）

妇：（声）谁他妈把你惯的？你骑车子往人堆里骑！把孩子撞坏了你还不说理，我非到公安局告你不可，你把孩子给撞坏了！

梁（声）：把他撞坏了，把我也摔坏了，是谁"好意"①的是咋的？

（孟闻声跑出，梁头破血出瘸着上，妇扶伤孩子上，孩哭。）

妇：你不"好意"的你往人堆里骑！你这不是诚心想欺负人吗？！你仗着啥那么硬气？！

（董、袁、鲁，上前劝慰妇，鲁在旁怒目视梁。）

董：王太太，你不要生气，先看看孩子到底咋样啦！

孟：对了，先看看孩子吧！有话慢慢说，这是我们工友的过错。（抚孩子脸臂）

董：王太太，您先别着急，一定想法给他治。

（徐由正门挤入。）

妇：我问他为啥不说理！走！叫他跟我找个地方说说理去！

徐：王太太这咋的啦？（看孩子伤）谁给撞的？

妇：就是他给撞的。（指梁）

徐：你想咋的？（逼近梁）你看你给人撞的！你净惹事去，你放着活不干骑车子遛啥？你还想上天呐！（转向妇）王太太，你别生气，他是我徒弟。

妇：不是别的，我问问他为啥不说理！

徐：（又气又愤，但又无可奈何）你别和他一般见识，我这算……唉！……

妇：你看这脸"抢"的！我们掌柜的也没在家，我领他出来买东西来啦，给撞倒了"抢"成这样，叫我可咋整？！

徐：王师傅拿着木样子上翻砂厂去啦！我刚才跟他一块去的，他还得一会回来。我领她到医院去看看吧！走吧！你冲我说，别耽

---

① 喜欢的意思。"好"读四声。

误啦！（领孩子出）

妇：（向梁）你别再那么"毛愣张光"的，换别人今个我就不能答应他！

（拂袖而出门，下）

董：（向门外）王太太，太对不起啦！

孟：这可太对不起啦！

鲁：（向梁问罪）你也太不像话啦！人家干活你在外边遛车子，你整天说别人不进步，你这是什么进步法？！

孟：你把我车子摔坏了不要紧，你看把你摔的这个样！

（董把鲁拉开，鲁气不平地在一旁。）

董：走，到医院上点药去吧！

梁：不用啦！在家整整吧！我钱都花没有啦！

（董一怔，急掏自己兜，看看还有钱，揣入。）

董：那不要紧，我给你拿钱治！

孟：大伙给你拿钱治！（董、孟、袁，扶梁由正门出）

董：老孟，你在家吧！我和袁玉去就行啦。（董、梁、袁下）

孟：好，那我不去啦。（转身进屋来）

鲁：老孟啊！你说梁二成把钱都花哪去啦？

孟：他净买零嘴吃，你还不知道哇？他哪天住了工都得买点啥东西吃，嘴说"戒烟戒烟"的，背着人净买好烟抽，上夜校三天两头说不去就不去啦！自个出去跑戏园子看戏去。

鲁：我住了工就上夜校，下晚又住在那儿，我哪寻思他这个熊样！我光看他头些日子在夜校动不动就发表意见，我寻思他真挺进步的呐！他床铺头上还摆几本进步的书，我寻思他挺好学习的呐！

孟：那都是做样子的，他一回也没好好看过。

（大司釜从正门上。）

大：天到这时候啦，咋还没干活？

孟：你回来啦！老司釜。

大：我回来啦，你们是不是还没吃饭呢！

孟：你别提啦！今早晨做饭做晚了还不说，梁二成骑我车子上街去遛，把对门鞋铺那个王师傅的孩子撞坏啦！差点没"沾包"，梁二成也把脸"抢"坏啦！他们都上医院去治去啦，"扯扯"到这咱也没干上活。

大：哎呀，这都怪我腿脚不灵利给耽误事啦，我起迁移昨下晚就起完啦，就因为道远点我的腿脚不灵利就没"嘎游"①回来，耽误了两顿饭，这太说不下去啦！

鲁：（像新发现似的）你还是办理户口迁移去来的呀？！

大：我家不是在半拉城子那边住么！这回我搬到柜上，不得把户口办清楚么！

鲁：迁移证起来了吗？

大：起来啦！（由兜里掏出给鲁看后装兜去）天也不早啦，我去预备晌饭去！（入厨房）

孟：钻头都找着啦，你还硬"猜访"他呐！我说人家就不能么！

鲁：这都是梁二成瞎他妈"编造"的，坏事都坏在他身上啦，我看梁二成也没救啦！他还想叫小董给他介绍入"毛泽东青年团"呢！

孟：那可不能那么说，你没听杨同志说过吗？"在工人堆里没有不可改造的人"，就看大伙帮助得够不够啦！

鲁：没有自觉的人当个解放区的工人都是将就材料啦，还想入青年团？！

① 指走路慢。

孟：只要改正缺点，去了毛病，也有资格入团么！

鲁：他可不大容易，（真挚地）青年团得有毛主席的思想和作风，得"吃苦在前，享福在后"。小董入团的时候人家团支部讨论多少回，才通过的呀！我还觉着我不错呢，可是要入团到现在还没得到批准呢！

孟：别忙呵！咱们好好干出个样儿来，入团还成问题？你着啥忙？

鲁：我倒不是着忙，实在说现在我一个漂亮的六零炮还没做出来，我心里真有点不得劲儿。

孟：这也得慢慢来呀！早先咱们这样小工厂谁家做过炮？那天军工部萧同志把样子拿来，这些家还都说做不了呢！咱们这几天就旋出那些个来。

鲁：那些个里头我就旋坏了两个，小董有一个也差点没废了，（进内取出六零炮）这床子"活死拉"地不听使唤，你不摆弄它你就不知道，可气死人啦！（孟接看）你看看人家徐师傅旋那个它就不出毛病。（又到铺下搬来一个好炮筒交孟，孟看炮筒里眼）

孟：从这上看来，咱们可就不如徐师傅啦！你还老说他"落后落后"的，他也有他的长处哇！

鲁：他本来思想落后么！他有天大的本事，他一脑袋"王麻子思想"，怕别人学他的手艺，我就不佩服他，连一点"阶级友爱"都没有！

孟：这还得怪梁二成一天"咋咋呼呼"闹扯的，从打那回铁工业工友斗争了"缺德王"以后，他啥事都"咋呼"，搅和得徐师傅连咱们也不愿意理啦！

（董、袁，扶梁在正门外出现，梁额上包着药布，胳膊上用药布缠着挎在脖子上，于门外通过走向账房，董在门外喊。）

董：袁玉！你把梁二成搀到账房去吧！这屋机器开起来动静太大，

看震着。（进门）咱们快开车吧！

孟：梁二成上那边干啥去啦？

董：叫他上账房那屋养一养吧？那屋肃静，这屋机器开起来动静大，看震着他。

孟：大夫给看的说怎么样？伤着骨头没有？

董：大夫说过几天就好啦，光把肉皮"抢"破啦，上上药啦！

鲁：小董，你看梁二成这里里外外整些啥事?！上大街给工厂丢人去，叫人家找上门来。徐师傅跟这几个人不对头，不都是他给"拴对"拴的呀？

董：别说啦！ 这些事慢慢再解释吧！

鲁：他扫地乱"划拉"，把钻头都"划拉"地板缝里去啦，生赖人家老大司釜偷去啦，"编笆结枣"地整了一大套，这里里外外整的啥熊事！

（徐由正门走进。）

董：徐师傅回来啦，王师傅那个孩子的伤看得怎么样？

徐：他自个家人领着看去啦。（走几步回头对鲁气愤地）那个锉摔坏啦，叫账房扣我的工钱啦！ 没你的事！（瞪鲁一眼拂袖进机房）

鲁：（难堪的样子）小董，我是工厂的工人代表，整得我里里外外不够人，这都是梁二成整的，我非找他去不可！（欲急出奔账房）

董：（拉住鲁）你现在找他干什么？ 等有工夫我说说他去，你先跟徐师傅解释解释吧！

鲁：不是他乱"撮鼓"①，我哪能跟徐师傅干起来呢?！

董：你知道不怪徐师傅就行啦，你快跟徐师傅解释去吧！ 叫他消了

---

① 指出馊主意。

气儿好好干活要紧,军队在前方干得正紧的时候,咱们多旋六零炮比啥都重要。

鲁:先开车吧! 晌午歇着时候我跟徐师傅好好说说,给他赔不是!

董:对,咱们不怕有错,只要错了能改就行! (喊)徐师傅,开车吧! (面向机房)

徐(声):开吧! (在机房答)

　　(鲁扳电闸,机器声动起来,董在砂轮上磨刀,火星飞迸,场上各自紧张工作。幕徐落。)

第二场

时间:距第一场一星期后的早饭后。

地点:与第一场同。

人物:董良、袁玉、老大司釜、鲁守义、老孟、徐香远、梁二成。

　　(幕起时左侧的机器响动着,老孟正在钳案子忙于工作。袁玉收拾杂乱东西,董良搬运着"光"好的炮筒子,在右侧盛炮筒子的木箱子已摆好六个炮筒子,又进机房。此时徐从机房出来,在厨房门口的木桦堆旁拾起斧子劈桦子,董又搬炮放好至徐身旁。)

董:(关怀地)徐师傅你老劈桦子干啥? 生火吗?

徐:生火,我把刀烧烧改一改。

董:来让我劈吧! 劈完了我给你生上火吧!

徐:不用,我自个儿劈吧!

董:来,我劈吧! 我劈吧! (徐被董把斧子夺过劈木桦子)

徐:你忙乎你的活儿去吧,这点活儿我自己整整就得啦!

董:我整吧! 我的床子"走刀"呢! 你老先歇歇再干吧!

　　(徐见董非常诚恳只好依从,转身到吊铺底下取炮筒料子,适鲁由机房出倒油,见徐,关心地。)

鲁:徐师傅你"扒荒料"哇?

徐:那个炮筒子"光"完啦! 再"扒"一块荒料。(搬铁料欲走)

鲁:(急接过)来,我拿吧! 我拿吧!

徐:(有动于衷)嗨——我拿吧!

鲁:我给你搬到床子上,这玩意儿挺沉的,看你老不得手脚。

　　(鲁进机房,徐亦随入,鲁又出倒油。)

鲁:(看董)哎? 你劈桦子干啥?

董:徐师傅要"改刀",我替他生着炉子改一改。

鲁:徐师傅这两天真干啦! 管咋的呢也把徐师傅"答对"个乐乐呵呵
　　的。小董,给你青年团的团报吧! (从兜里掏出报纸交董)叫我
　　干活在兜里揣着都给你磨坏啦!

董:(接报揣起)你都看完了吗?

鲁:都看完啦! 那上登的"青年工友要尊敬老年工友"那一段我看了
　　两遍,那意思跟大前天分会开会说的那意思一个样。真应该那
　　样做呀!

董:早先咱们就"拉忽"①这个事儿啦!

孟:可不是咋的! 我没说么? 工会同志的眼睛可好使啦! 啥事儿都
　　比咱们看得透!

董:咱们早跟徐师傅这样,他哪能跟咱们闹别扭呢!

孟:咱们一跟他闹别扭不要紧,少出多少活儿!

鲁:真不值事,前些日子那么一闹扯,多了瞎话,"寡"炮也少旋十来
　　个。净怨他妈梁二成这小子瞎"扯咕"的。

————————————

　① 马虎;拖延。

董：头几天旋一个炮筒子得十来个工，这几天五个工一门炮，整差
　　一半。

孟：徐师傅他手熟经验多，出的活儿就快。

鲁：他多咱不带"废料"的，我真佩服他。

　　（大司釜由正门上，端着菜碗、饭碗。）

鲁：（对大司釜）你端饭碗、菜碗，上哪去来的？

大：梁二成早晨不是没过来吃饭么！我给他端到账房那屋吃的。

鲁：他不是好了吗？

大：还是让他好好养养吧！（进入厨房）

鲁：梁二成这家伙也太不带劲啦！他受了那么点伤好像有功了似
　　的。养了六七天啦，还不来干活，还得搁个人侍候他。

孟：可不是咋的！活这么忙，也不说干点来。

鲁：真是"是狗改不了吃屎的"，我去找他去。（转身欲走）

董：哎，你不用找他去啦！呆会儿他就来啦！

鲁：（站住）咋不找呢？不找他再呆一个礼拜他也不能过来干活来。

董：才刚我跟他说半天啦！他说一会儿就来干来。一会儿他就
　　过来。

鲁：那好，就等他自个儿过来吧！（转身回来）

董：（看看放铁料子的铺底下）那些炮筒料子都旋完啦，还得赶紧到
　　军工部去拉料子去呀！

鲁：这谁也倒不出手来呀！

孟：那叫掌柜的去吧！

董：最好是咱们去，顺便和军工部同志交换一下意见。

鲁：要不，我看还是老孟去吧！你这活还能撒开手。

孟：那也行，我去吧！

402

（大司釜出，至砂轮旁磨菜刀。）

鲁：你到账房先写好个收条拿着拉去。（孟下，鲁进机房）

袁：（走近董）我烧炉子吧！看你的刀快走到头啦！

董：还得一会呢，我先跟你俩生着。你拉风匣吧！

袁：不用，我自个儿能生着了，我一个人生吧！

董：那也行。

（董进机房，袁拿木梓在窗外生起大炉。）

（徐拿一个炮筒撞针到虎钳案子上衔好，用锉"光"。大走近徐身旁。）

大：徐大兄弟，你那天说了半截话，你到底因为啥想不干？

徐：我气不顺，就不干呗！我这么大岁数啦！犯得上跟他们生闲气？！

大：人家这几个劳金，不是对待你挺好吗？我看哪点也没有看不起你的地方。

徐：这是这两天啦！你没看着头些日子，他们眼睛里还有我啦？学徒的跟我捣蛋，鲁守义还宠着他。这两天他们用着我啦，他们旋炮筒子整不好"抓家伙"了么！这叫"刘备摔孩子收买人心"！等他们用不着我的时候，眼睛里又没有我啦！

大：那哪能呢！你这可真是"一回经蛇咬，十年怕井绳"啊！年轻人做事可是"毛愣"点，可他也不能拿你老头子作践着玩呀！不能不能，这是你多心。

徐：啥事他们都站在头前儿，说话又算。现在这啥事儿老头子也不吃香，嘴再不能说，干憋气！你还犯得上吗？

大：你肚子里有话不往外说，那你还怪谁？别人谁知道你想些啥？你把话跟他们说开了就好啦，啥事还不得"两好搁一好"么！

徐：这实在太憋气啦，哪兴学徒的没大没小的连点搽程也不讲呢！我学手艺那时候都是师傅叫咋的就咋的，给师傅拿虱子、倒尿壶，那尿壶倒了还得搁黑矾把臊味给刷没了呐！这时候这学徒的可倒好！哼！……

大：我看这工厂就是梁二成那个学徒的没有做派，不大听话。劳金对待你也不大离呀！

徐：别看那个，差一层是一层啊！这三个劳金，哪个也不是我教出来的，都在别处学的徒。梁二成这么个学徒的，又跟我捣蛋，我在这儿还干个啥劲？

大：照理说，人是应该"干啥务啥"的。我要不是因为鬼子那时候抓我的劳工去修水磨电睡潮湿地，弄得我腰腿受寒，我哪能不跟我儿子一块种庄稼呢？你这"坐窝"是工人，又都这么大岁数啦，你还改啥行？

徐：倒不一定改行呀！我是想找个没有学徒的，没有年轻劳金的工厂干去，不比在这儿当这个领头人省心呐！

大：哪能有你说的那样地方？

徐：我正托人"搭搁"呢，往前赶着看。

（徐走进机房，大司釜很黯淡地在砂轮上磨菜刀。有顷，董由机房出，至正门外。）

董：（在窗外）烧好啦，改吧！

（董、袁在窗外打铁声，良久，大亦走出去，在打铁间隙谈话。）

大：（在窗外）这是什么钢的？

董：风钢的，旋炮筒子旋多啦，把"刀壳"都磨没了。把它往外"捋一捋"。（梁在门外出现）你伤好啦？能干活呀？

梁：（心平气和地）行啊——不要紧。（进门）

大：（随梁进门）你照量着能干你就干点也好,若不能干,等养好了一堆干也是一样啊!

（鲁由机房出,在砂轮上磨刀。）

梁：将就点呗! 我看董良他们挺忙,我寻思要有好干的活我也将就着干点!

鲁：你干活来啦?

梁：嗯。

鲁：我问问徐师傅他叫你干啥。（入内又出）徐师傅说就着炉子着着呢,叫你把那几块"瓦""挂"上。

梁：（为了难）我这脸上的伤还没好呢,在炉子跟前怕烤得慌。

（袁由正门进来。）

鲁：不要紧,你那不是用药布包着呢么? 那几块"瓦"一会儿就"挂"上啦。

梁：包着也不行啊,一烤伤该疼啦。

袁：炉子那么点火,还能烤脸啦?

梁：你也没受伤,你又知道啦?

袁：那你怕烤你拉风匣,我化"乌金"往上"挂"。

梁：（从心里往外地反感）你好大口气! 我给你拉风匣! 我不能"挂瓦"还不能干别的?

袁：你不拉"拉倒"! 我自个儿干去。（转身从正门下。鲁气不平）

鲁：你愿意干就干点,不愿意干就拉倒。干点活还挑拣上啦!

梁：（像受到意外打击,向鲁反攻）我不愿意干过这屋来干啥?（此时鲁转身进机房。梁一时窘住,只好自言自语地为自己遮羞。董由正门入,手拿刀）"官还不差病人"呐,我可不"愿意干才干"咋的,哼!

董：(怔住)你不能干别的,那你就接着老孟把那几个信号枪整整吧!

梁：(本想推却,但又不好开口)嗯。

（董拿新改的刀到砂轮上磨一会,向机房走两步回头。）

董：你整好了哇?若不叫袁玉整吧!可别整废了料。

梁：整好了,废不了。

（董进入机房。梁摆弄信号枪,有些蒙头,操起锉,锉了几下,又觉得锉坏了。心中发急,用手直挠头摸颈,两眉直皱,满脸难受的表情,回头回脑向机房瞅,盼望有人来救驾。适鲁抱一炮筒子,放在箱子里,转身又向机房走去,梁心想上前询问,但鲁并未发觉到,一直走进机房。梁又羞又恼,窘态毕露。有顷,徐由机房出,到吊铺底下提取机器油桶,向机房回走。梁鼓起勇气追上向徐询问。）

梁：徐师傅哇,这个信号枪你是怎么个做法?跟我参考参考。

徐：(看他一眼觉得梁问的口吻不太诚恳,轻卑地)一个人一个做法,我这个做法也不比你那个做法高,你还是照你那个做法做吧!还参考啥?!(转身进入机房。梁窘在那里,恼羞成怒,把信号枪往桌子上一摔,咒骂起来)

梁：你还他妈有啥"章程"?!你不告诉,你死不死?!问你点活儿,你"拿兑"①起来啦,看你那个"德行"!臭他妈"王麻子思想"!(此时徐提油桶出,打算送往原处,适梁转过脸仍在骂,徐站立听着)我问问你是瞧着你啦,你"嘎巴"死了看我能做不能做!

徐：(把油桶往地下一放,兴师问罪地搭了腔)你骂谁呀?你嘴里不干不净的!

梁：我的嘴,你管我骂谁呐!

————————

① 指刁难、整治。

徐:你在这工厂骂人就不行,你说谁"嘎巴"死了? 谁该你骂的?!

梁:我没指出名骂,你就问不着我!

　　(董、鲁、袁闻声赶出,大亦出,齐拉,鲁顺手把电闸闭死,机器停住。)

众:(惊疑地)咋的? 咋的? 咋又吵吵起来啦?

徐:(挣扎着扑梁,众拉)你个小兔崽子,你他妈明明是骂我,你反啦你呀?

董、鲁、袁:(拥过徐师傅,按坐在凳子上,徐不坐)徐师傅你老别生气!

大:(拉过去梁二成)你看你这伤还没好"利索",你咋又吵架啦? 快少说两句吧!

梁:你管个"严实"! 我没提出名来,你管我说谁!

董:梁二成你又忘了你跟我说的话啦? 你怎么不寻思寻思你自个儿呢!

鲁:梁二成,你还想捣乱咋的? 你也真欠教训!

徐:我他妈不干啦! 这工厂有你没我! 有我没你! (挣扎着要往外走,董拉住)

董:你老别生气,气坏了身子耽误干活。(安抚坐在凳子上)

梁:这不是早先那时候啦,你压迫不了!

鲁:(红眼了)你还有完没完啦? 我他妈揍你!!(抓起来一件工具欲打,众拉住,董拉鲁做手势,示意鲁劝徐)

董:梁二成,你怎么还不改呢? 走,到那屋我跟你说说。(边说边推梁走)徐师傅那么大岁数啦,你这么的,他更不能好好教你啦!

　　(董、梁进厨房)

鲁:徐师傅,你们吵吵半天到底为啥事呀?

徐：为啥事？！这你们还不知道么？这一年多啦，因为他在里边"撮鼓"打架，大伙闹别扭，我憋多大的气！窝多大的火！这我也不说啥，他这越闹越不像话啦！简直要骑我老头子脖颈子上拉屎呀！学了二年徒啦，连个信号枪都"装构"不上，来问我来啦，他也不是那好样地问呐，他说："这个信号枪你怎么个做法？跟我参考参考。"我说："一个人一个做法，参考啥。"他这就骂起街来啦。那图在那摆着，我告诉他多少遍啦，他自个儿不去"琢磨"，跟我捣蛋，这还像话吗？

大：他一个小孩子，你跟他生气多不值得。

袁：你老消消气吧，这回我们一定狠狠批评他，叫他改。

徐：你们也不用叫他改，惯着他吧，我算不干啦！

鲁：这回一定开除他，我一定和工会说，叫工会答应开除他。

徐：你也不用开除他，我算不干啦！

袁：徐师傅别不干呐，兴他不干还兴你老不干吗？他是个"白薯"，有他没他也是一样！

徐：（气愤已极）这他妈简直是"熊"我，说啥我也不干啦，我这么大岁数啦，再干我就白活啦。（转身向正门出，鲁、大、袁拉）

鲁：徐师傅，咱们工厂一定开除他。

大：你急个啥呀？看你这个脾气！

徐：我再干简直没人味啦，没地方干我改行干别的去，也不受这个！

　　（挣脱由正门奔账房下）

鲁、袁：（喊）徐师傅！徐师傅！徐师傅！

　　（董由厨房闻声急出。）

董：徐师傅上哪去啦？

袁：他走啦！

董:徐师傅！（追下）

鲁:他妈梁二成这小子干活不行,捣乱可找着他啦！我非起出他去
    不置,叫他滚蛋！（急奔厨房,大拦住）

大:你别再"嘣"他啦！董良不是把他说了么！

鲁:他这一捣乱不要紧,活儿还干不干啦?！人本来就少,徐师傅再
    一走,炮筒子到月底一定旋不完！

    （董拉徐上说着话。）

董:……谁不说呢！这就是他不知道好歹的地方,他再要这么闹,我
    们都不答应他,你老消消气吧！他再不好,你老冲着我说。

徐:（怒气稍息）反正我和他算完不了！这工厂有他没我,有我没他！

董:徐师傅,你先别生气,他不知道好歹！

徐:他眼睛里谁也没有啦！我还是走,就算我怕他就得啦！

    （徐又挣扎欲出,董拦住）

董:徐师傅！你老还能跟他一般见识吗?

大:看你这么大岁数啦,哪能跟个小孩子一般见识呢！

袁:徐师傅,你老消消气吧！

董:他再不改,用不着你说话,我们大伙也不答应他！

袁:对啦！再不改,大伙也不答应他！

徐:（沉思不语）

鲁:这个事儿,一定弄出头来,你老用不着走！

董:管咋的也别把活撂了,呆会儿就有头啦！

    （董推徐向机房走两步。）

徐:我算跟他完不了！我先看看活去！

    （徐过去扳一下电闸,机器响动起来,徐进机房。董走近鲁。）

董:你先安抚安抚徐师傅,我再说说梁二成去。

鲁：用不着安抚徐师傅，先开除梁二成再说！

董：你又来了你这个劲啦！

鲁：工会叫咱们尊敬老年工友，你也跟他说啦！我也跟他说啦！他还他妈跟徐师傅调皮捣蛋！不把他起出去，这工厂就不能太平！

董：人本来就少，活儿又这么忙，你开除他这不是好办法！

鲁：他能干个×！我早就说他没救啦！

董：这回就叫他好好改！你去再劝劝徐师傅。（推鲁一把，鲁未动，董进厨房）

大：梁二成手艺没学成，你开除他叫他干啥去？

鲁：你看这还有头？！头些日子不着他闹扯得大伙别别扭扭的，哪能做出一个六零炮费十来个工！

袁：这两天他没在这儿，大伙也不别扭啦，五个工就出一个炮。他这刚一过来干活，又闹这么一出！

（梁、董由厨房门出，梁向正门走去。）

董：你那钱够啦？不够我再给你借点。

梁：这些钱倒够啦！（梁由正门下，奔向大门）

鲁：他干啥去啦？

董：他说伤疼，上医院换药去啦！

鲁：又是你借给他的药钱？

董：他自个儿花得一个子儿也没有啦！不借给他怎么整？

鲁：你真有工夫搭理他，（郑重其事地）开除他你到底赞成不赞成？

董：我不赞成！你开除他，对工厂对他自个儿都没好处。

鲁：你看谁像他？！学二年多啦，连个信号枪还"装构"不上，你还留他……

董：留他叫他学好，刚才这个事是怪他，可是徐师傅也不都对呀！

鲁：工会告诉我们尊敬老年工友，没叫我们尊敬学徒的！

董：尊敬老年工友也不能糊里糊涂地尊敬啊！也得分分哪个地方对，哪个地方不对呀！

鲁：不管谁对谁不对，这么整活儿就干不好。梁二成不走徐师傅也是不能干，你说！一个没用的一个有用的，叫谁走？

董：我说都有用，都让他们在这，可是得咱们想想法子改造他们。

鲁：没那么容易的！越来越生！还有个整？！（转身进机房）

董：（稍停向大）老司釜哇，你跟徐师傅是同乡，你说的话他能听到心里去，你得帮助劝劝徐师傅不叫他走，刚才这个事，是两下挤起来的，梁二成叫我说得也"服软"啦！

大：徐师傅是老脑筋呐，他早就想离开这工厂不干啦！

董：这都怪我们早先对待上岁数的人太"拉忽"啦，这两天他刚刚"煞"下心干活啦……

大：这两天他"煞"下心干活也是你们感动了他啦！可是他还想走哇！

董：（关心地）你没听他说过打算上哪儿去呀？是不是找着别的地方啦？

大：他可跟我说托人另找地方啦，找妥没找妥我可不知道。

董：他是个老工人啦，早先他辛辛苦苦地耍了多半辈子手艺啦！也没得啥好，现在工人翻身当家啦，我们一点也不能轻看了他，这话我都跟他说过啦！可是他还是听不进去。

大：他那个人是有点心眼死，听不进别人的言语。

（大缓缓地走进厨房。董思索有顷入机房，拉出鲁，回头望一望机房，向鲁。）

董：徐师傅是早就不打算在这工厂干啦，刚才老大司釜说他托人找地方,找妥了就要撂下活不干啦,你看怎么办?

鲁:(惊疑地想片刻)那么说他这两天还是假积极呀?!

董:别真积极假积极的啦,他心里有他的想法。

鲁:(抱怨地)我看透啦! 在这工厂讲民主算不行,气走了师傅,惯坏了徒弟!

董:你这是说些个啥? 你不想打通他的思想,又冒这么一炮! 你看人家公营工厂做啥活儿不比早先强好几倍!! 那都是靠着讲民主来的,不讲民主工人能那么干吗?!

鲁:那是公营的! 这是私营的! 不一样!

董:(激愤地)私营的也得讲民主哇! 也不能把那套老规矩再往外搬啦! 你也在那时候学过徒哇! 你也遭过罪受过气呀! 别"好了疤瘌忘了疼"!!

鲁:没关系! 谁爱走谁就走! 咱们自个儿干! 这是何苦呢?……

董:不是别的,这工厂就这么几个工友还团结不好,这也太差劲啦!

鲁:不开除梁二成没个团结好! 告诉他尊敬老年工友,他净当放屁!

董:开除他就算团结老年工友了吗?

鲁:整到这个份儿上啦! 要不的咋整?

　　(梁由正门进来。)

董:你换药了吗?

梁:换上啦! 大夫告诉不让去啦! 说掉"嘎渣"就好啦!(从衣兜掏出钱给董)给你吧! 我不用啦!

董:怎么的? 你怎么没花呢? 药钱搁啥给的?

梁:我去换药去,鞋铺那个王师傅带着撞坏的孩子也去换药,他一块儿把我的药钱也给开付啦!

鲁:(气愤地)你害臊不害臊?! 你把人家孩子给撞坏啦! 你不给人

家治,调过来人家给你开付药钱!我都替你害臊!!

董:他那个孩子好了没有?

梁:也快好啦!大夫说也不用再去治啦!

董:你自己带去钱啦,怎么还叫人家给开付呢?

梁:他非开付不可么!(有些惭愧,脸上发烧)他说求咱们徐师傅给做的压力机木样子,徐师傅也没要钱,给我开付点药钱算啥,就给开付啦!

鲁:你不说徐师傅自己在外边揽活儿"发洋财"吗?怎么又是不要钱做的了呢?

梁:我不是寻思错啦!我早哪知道!

鲁:(大声)不知道你瞎说!

董:徐师傅那么大岁数啦,你还跟他学徒,你不应该跟他闹别扭,找他的小脚;你更不应该给他造谣言叫大伙跟他不对头,左一回右一回的还不都是你自个儿找的吗?去年他打你一"撇子",那是他的不对,可是那时候不光他脑筋没开,大伙也没明白民主哇!这也不光怪他一个人。现在咱们讲民主讲平等,可不是像你这样爱咋的就咋的呀!徐师傅现在在工厂是领头的,这也是咱们大伙开会选的他呀!咱们干活儿应该听他支使,就拿前方打仗来说,那战士也得听司令员的指挥呀!这不是什么不平等不民主。我没跟你说么?"民主也得集中。"徐师傅有不对的地方,开会你可以批评他,可是该你干的活儿你总得干呐!

梁:他不教给我,我能干好了吗?

鲁:袁玉怎么比你强呢?他还比你后来好几个月呐!别"拉不出屎来怨茅楼"!!

董:还是你没好好学,早先我就没看见过你"上赶着"问过谁!再说你净当他面说疙瘩话,他听着就记到心里去啦!他还能愿意教你吗?

鲁:人家别人求徐师傅做点活儿,你说徐师傅揽小活儿做,"见钱眼开"。你把钻头"划拉"地板缝儿里去了,生说老大司釜给偷去啦!也"邪"上了徐师傅!你不好好学手艺,活儿干不好,你硬说人家不教给。张嘴就是"王麻子思想"。一出一出的这都是啥熊事?你还有心肝没有?

董:干活儿的时候你遛车子去,惹出"娄子"来啦!幸亏徐师傅给王师傅做木样子,人家看徐师傅的面子上没叫你花钱"扎咕"①,要不,你还不得"做鳖子"呀!

鲁:这回你没给人家"扎咕",人家倒给你"扎咕"啦!

董:你想人家冲着谁对你这样?

梁:(面红耳赤)冲着徐师傅呗!

鲁:为啥不冲你梁二成呢?!

董:(恳切地)冲着徐师傅,冲着徐师傅的手艺,冲着徐师傅白给他做木样子。这前前后后的你都借徐师傅的光啦!你对得起徐师傅吗?

梁:(半天挤出一句话)我对不起徐师傅。

董:你对不起徐师傅是小事,你给耽误生产是大事!

鲁:(激动地)徐师傅因为你跟他闹别扭,头几天都提不起精神干活,少旋不少炮筒子,你连前方打仗的战士都对不起!!

董:一闹别扭徐师傅干活就没心思啦!少旋了炮,前方正在打仗用炮的时候,你寻思寻思你这一整,你坏了多大的事!(梁狼狈

---

① 指治病、看病。

不堪)

鲁:(怒吼)你算哪路工人？你是解放区的工人吗?!

董:你赶快去给徐师傅赔不是去吧！

（梁往机房走两步又转回来低下头。）

鲁:你还那么"滞滞扭扭"的？你还"端"起来啦！我告诉你吧！你现在赔不是也晚啦！徐师傅把地方都安置啦！人家就要不干啦！离开这儿!（气愤地走进机房,梁惊疑地望着董)

梁:这是真事咋的？

董:这不是真事谁还骗你,工厂本来人就少,他这顶硬的人一走,活儿更干不过来啦！你就不想想打仗的战士在前方等着用炮急不急?! 你一天瞎"咋呼",连床子都不能上。

梁:(不语)……

董:徐师傅走不走就在你啦！你要给他赔不是他也许就不走呢！梁二成！你好好想想！你也上过几天夜校,你也该懂得点道理啦！这个事你觉着你还有理吗？

梁:我没理！

董:那你倒快给徐师傅赔个不是去呀！

梁:(不语)……

董:你不认错,徐师傅就不干啦！他一走炮筒子到月底一定旋不完,那得耽误多大的事?! 旋六零炮是打反动派用的,是打咱们的敌人用的,你是工人还能连这点事都不知道吗？事情摆在这儿,徐师傅走不走就全凭你啦！你照量着办吧!（进机房)

（梁苦思片刻,毅然想到机房道歉,走几步适徐拿"炮筒后堵"迎面走出,至钳案子上街好用锉"光",梁挨近徐旁,徐不理睬。）

梁:徐师傅！我错啦！

徐:我锉！（憎恶地）我会锉，用不着你！

（董出，站在机房门口向机房里招手，鲁出，两人会意地注视着。）

梁:不是，徐师傅我错啦！是我把事做错啦！我太糊涂啦！我在你跟前净惹你老生气，我不好好学手艺，完了我还净说你老是"王麻子思想"。那天我把钻头"划拉"地板缝里去了，找不着，我背后就说你老给"抵当"出去啦。你给对门鞋铺的王师傅做木样子，我说你自个儿挣钱，我太不应该啦！平常我不爱干活，你老一说我，我还跟你老顶嘴。这回我骑车子闯下了祸，要不看着你老，我还不知道闹成啥样子了呢！（痛苦地）我太不对啦！我的错。

徐:你还能做错事？这都是我老头子不知好歹！

梁:（乞求地）这都是我的不对，因为我坏了不少事。（董走近）

董:徐师傅哇，这回你老可别再怪他瞧不起你啦！这些事都怪他，他也后悔啦！你可别再怪罪他啦！

（大司釜提水桶扁担出，静观着。）

梁:徐师傅，我往后再也不惹你老生气啦！我净顺嘴瞎说，惹得你老生不少气，我自个儿手艺也没学好。

徐:我没说么？你用不着跟我"老顽固"学，我是个"落后分子"！

董:徐师傅！那是他一时的错处，胡说乱说的，这回他明白啦，给你老赔不是来啦！你也别怪罪他啦，他岁数小，又是个学徒的……

大:中啦！中啦！你这"大人不见小人怪"，"杀人也不过头点地"呗！你还能跟学徒的一般见识么？

徐:我教不好这样年轻徒弟！

大:（诙谐地）你不教年轻徒弟，只好收我当你的徒弟，就怕不等我满徒,咱俩都老死啦! 你开开脑筋吧! 我的好乡亲!

徐:我还是那个打算,住了工我把账一算,我能干啥就干啥去! 我又不少谁的! 又不欠谁的!

董:徐师傅! 你不能因为这点事就离开这儿,那不叫人家笑话咱们么!

梁:徐师傅! 你老别走啦,我往后一定跟你好好学手艺,我好好地学……

徐:(泄愤地)你用不着学手艺! 我这手艺也不值钱!

大:唉! "人抬人高""自尊自贵"呀! 人家真心恭敬你,那才有价钱呢! 你打着骂着叫人家恭敬你,就是人家恭敬啦,心里也不服哇! 那样一来你就不值钱啦!

董:徐师傅你是在老规矩时候学出来的徒,连我也是一样,挨打受骂,吃苦受罪,那些滋味咱们都尝过啦! 现在咱们工人翻身啦! 做了主人啦! 早先那套规矩现在不应该要它啦! 现在干活儿是为了国家,教徒弟也是为了国家呀! 不是"教会了徒弟饿死师傅"那个时候啦!

徐:我也不是怕年轻人学我的手艺呀!(态度由紧张而缓和)

董:那你为啥想不在这儿干,还想改行呢?

徐:我实在就是因为……(想说因为学徒的调皮,但一眼看见梁二成像绵羊似的站在那里,只好把话咽到肚子里)啧! ……

董:(亲昵而诚恳地)徐师傅! 这倒不是讲民主不好,就是因为梁二成不明白民主的意思,净瞎闹扯一阵,这回他也明白啦……

梁:徐师傅! 早先我不明白民主平等啥意思,瞎说乱说的,往后我再也不的啦,你是领头人,干活应该听你支使,好好跟你学。

鲁:对了! 干活的时候,徐师傅是领导的,咱们是被领导的,总得听徐师傅支使才行呵！（向梁）别说徐师傅还没有大毛病，就是哪点不对，你也得"正儿八经"地提意见呐！你愿意咋的就咋的，那算哪一出呢？

董：各人有各人的责任，谁不照着责任干，开会大伙批评，不打不骂，都得服理，这样才能讲好民主呢！要论平等，咱们还都是平等的，就是担的责任不一样。徐师傅！这回梁二成他都明白啦！

鲁：徐师傅！这回梁二成能改过啦！你别走啦！你对他有啥意见你都说出来吧，他好改！

梁：你老说吧！我一定改，我啥毛病都改！

徐：我没啥说的！

董：我看徐师傅还对我们几个劳金有意见吧？

徐：没有，没有。从那天把话说开了，我对你们没意见啦！

鲁：要不对账房人有意见？

徐：（摇头）没有。

大：那么说你对我有意见吧！小时候在老家的时候，咱俩上房檐底下掏家雀，我把着梯子一下子没把住，把你摔下来摔叫唤啦，是不是那个事你对我还有意见？

众：（哄然大笑）哈哈哈！

董：徐师傅管咋的也别走啦！咱们这工厂做军活，徐师傅要不走，往后六零炮出得比现在还能快，还能好……

鲁：对了，徐师傅你别走了，只要咱们活出得多，咱们自个也好啦！支援前线也做到啦！

董：等革命成功，你老也有功也光彩呀！

梁：徐师傅你别走了，我好好学手艺，我一定好好学，过去的事都怨我。"真格"的，你老还记恨我吗？

董:徐师傅,"话不说不透",咱们都是自个儿人,我们几个谁有啥毛病,你老也说出来吧! 知道了好改。

鲁:徐师傅对我一定还有意见不说,我的错也不少,徐师傅又想起那天因为摔锉闹误会那回事来了吗?(天真地)

徐:(在众目注视下诚恳地)不是啊! 我没啥话说的啦! 我看看你们,我也想起我自个儿来啦! 不光你们错了,我也有短处哇! 从打头几天你们三番五次地给我讲说,我心里有时候也觉着对。可是,有时候也觉着不对,脑袋里总是转不过劲来。到现在我才全明白啦! 早先我总觉我学徒的时候受苦受罪,现在我熬到师傅啦,徒弟又跟我讲民主,我心里也就不大愿意教啦! 这就不对啦! 自个儿当徒弟的时候,盼望不打不骂,等自个当了师傅又想打骂,这样下去就没完了。再说这也没啥好处,咱们中国这些工厂里,师傅打骂徒弟有多少辈子啦,手艺也没看精啊! 工业还是落后。这回我也想开了,咱们工人当了国家的主人啦! 这教徒弟就是给国家"拉帮"人才呀,只要梁二成你好好学,我准保好好教。

梁:我往后一定好好学。

徐:可有一样啊,工人翻身也有我一份呀! 往后你可不能给我小气受啦!

众:你老放心吧! 那哪能呢!

徐:我也不怕你(向梁)讲"民主"讲"平等",要真像董良讲的那样的"民主""平等",那好哇! 那我也赞成啊! 干活总得分工啊! 该干的不干,别人一支使就两瞪眼,净说"扎耳朵"的话给别人听,那就坏啦!

梁:徐师傅你别记恨我,我再也不瞎"张狂"啦!

鲁：（瞪起眼睛用手一指梁）梁二成！你犯的就是"极端民主"！"平均主义"你也够上啦！

董：（推鲁一把）你这毛病又犯啦，又扣起大帽子来啦！

鲁：（恍然大悟似的挤挤眼睛，伸伸舌头解嘲似的一笑，然后又天真地向徐）徐师傅你可别再想改行啦！

徐：我还改啥行，我原来本心是不打算改行的，可是让这些事把我气糊涂啦！这不，咱们把话说明白啦，我心里这块病也去啦！（感情激动而又酸楚地）我都五十多岁啦！在机器旁边转了三十多年啦，那机器就是我心尖上的东西，我看它比啥都亲呐！我哪能舍得呢！（兴奋地）现在咱们工人在人堆里又挺起胸脯抬起头来啦！我哪能愿意扔下这个行道干别的去呢！

梁：（向大司釜）老大爷我也得给你老人家"赔不是"，上回我扫地不加小心，把钻头"划拉"地板缝里去了，大伙找不着，我就背后说你给偷去啦！别人不知道就信了我的话，寻思老大爷真偷去了，后来钻头在地板缝里找出来了，这才把你的黑锅给揭了下来，我真对不起你老人家。

大：那就不用提啦！事情都过去了。

董：早先啥事都多心呐！乱"猜访"，一"猜访"就"猜访"拧啦！

众：对啦！可不是咋的。

徐：这可说起来啦，早头我也是多心呐！我总觉着你们不是我教出来的徒弟，跟你们在一块我总觉着和你们隔心，就是梁二成跟袁玉是我的徒弟，可是梁二成又不听我的话，我总觉着不好往一块"处合"。

董：普天下的工人都是一家人，还哪能分出远近呢！

徐：可是头些日子我就没这么想，我总觉着年轻工人是一家，老头工人又是一家。我也不怕你们笑话我,头几天我还托一个朋友给我"搭搁""光老头干活儿"的地方来着呐!

董:徐师傅,往后咱们谁也别多心,咱们工人不像从前啦,咱们都当了主人了,还能分心眼吗?咱们要齐心。

鲁:对了,天下工人是一家,咱们要齐心。

董:徐师傅,不但咱们要齐心,还应当跟蒋管区那些千千万万受罪的工友齐心,咱们多做炮,多打胜仗,早一天把他们都救出来,叫他们也得好。

徐:你说这话对呀!蒋介石管的地方还跟早头一样啊!早头工人净去受"熊"受"欺"那个角,"住地方"要不维持几个人,一下子打了饭碗子,真是"蹲马路""抱路倒"的都有哇!这事我可亲眼看见过!

鲁:现在咱们解放区可没这些事儿,咱们有工会,只要干好了活,啥也不用愁!

梁:徐师傅哇!以前都是我的不对,我手艺没学好,自个儿还觉着自个儿不错,不听大伙的话,借着受点伤的引子,就不过这屋来干活,人家前方的战士轻伤还不下火线呢!我这点伤算个啥?你们看看都好啦!(伸手解头上的药布,徐制止)

徐:不行!看受了风,别动!

众:不行!不行!别动,看受风!

梁:往后我不好好干活,不好好学习,你们开会狠狠批评我。

徐:唉——(感慨地)提起学习来啦!(向董、鲁)你们上夜校学习文化、学习政治,我不是不愿意去呀!就因为我这眼睛盯不上去,坐着学工夫大了腰疼,你们呐——往后把学习的玩意儿多告诉我点吧!你们要拿你们的长处补我的短处。

鲁:那太行啦!

董:徐师傅,我们几个人的短处也不少哇!往后咱们都要拿别人的长处补自个儿的短处。

鲁:对了,往后咱们都要拿别人的长处补自个儿的短处。

徐:这话对呀! 人谁也不能说自个儿是十全的呀!

梁:徐师傅,你们都有长处,(痛苦地)我一点长处也没有,干啥啥整不到好处,我净短处啦!

徐:唉! 傻孩子,年轻就是你的长处哇,你这个长处我这辈子也得不来啦! 你用心学手艺吧! (由感慨而兴奋)

梁:我一定好好干。

徐:(向鲁、董)他要好好学,我要不好好教,你们开会可得批评我啦!

众:(笑声)哈哈哈!

(大司釜又拾起扁担水桶,由正门走出。)

鲁:(兴奋得几乎跳起来)我想起来啦! 工会告诉订生产计划,咱们还没订呢,这回大伙都一心一意地要往好干啦,可得订个计划啦!

董:等下晚住了工就开会好好合计合计,咱们要详细点订!

梁:我一定把我下的决心都写在生产计划上,我再也不调皮说疙瘩话啦!

徐:对! 咱们都把自个的决心写到生产计划上,我不光要在干活上"叫叫劲儿",还把他俩学徒的教好了! 我会啥就叫他俩会啥!

众:那太好啦! 好! 好!

(孟抱炮筒子由正门上。)

孟:我搁军工部把炮筒料子拉回来啦!

徐:你拉炮筒料子去啦? 多少?

孟：一车。

徐：那都把它搬进来吧！

众：好！快搬吧！

（梁急搬，袁亦搬，穿梭似的，徐继续锉，鲁磨刀，孟找工具，董以尺量图，紧张工作起来。）

鲁：（兴奋地）这回咱们非跟别的家比赛比赛不置，叫他们跟咱们
　　看齐！

董：老孟呵！下晚住了工咱们都订生产计划好不好？

孟：那太好啦！刚才我在军工部听说别人家也都订啦！

董：订了计划，往后要出炮出得快，也得旋得好。

徐：你们看着，我老头子也卖卖老！

（在紧张气氛中幕徐闭。）

东北书店 1948 年 9 月初版

存　目

425

赵云华

姑嫂做军鞋

胡青

李有才板话影词

胡莫臣

兄弟

昨非

机智英雄丁显荣

侯相九

灯下劝夫

铁石

铁石快板

奚子矶

义气

高水宝

自找麻烦

黄红

治病

黄耘

新小放牛

崔宝玉

翻身

鲁亚农

百战百胜

丁洪、陈戈、戴碧湘、吴雪等

抓壮丁

正平、维纲

捉害虫

合江省鲁艺农民组

王家大院

军大宣传队

天下无敌

祁继先、侯心一

演唱戴荣久

苏里、武照题、吴因

钢筋铁骨

张为、吴琼

翻身年

雪立、宁森

坚守排

428

韩彤、赵家襄

破除迷信

敬　　告

　　《1945—1949 年东北解放区文学大系》为展现东北解放区文学的整体风貌而编辑出版。丛书选取此间最具代表性的作品，以纪录这段波澜壮阔的历史时期内东北解放区所发生的翻天覆地的变化。由于丛书所收录的作品众多，时代不一，加之编辑出版时间有限，至今尚有部分收录作品未能与原作者或继承人取得联系。为保护作者著作权益，我社真诚敬告：凡拥有丛书所选录作品著作权的，请与我们联系，我们将按照国家规定及时付酬。

　　感谢社会各界对我们的理解与支持。

黑龙江大学出版社